Manuela Maer
Fluch des Bösen

Manuela Maer

Fluch des Bösen

Roman

Teil II
Erkenntnisse

Die Bibliografische Information der Deutschen Bibliothek

Die Deutsche Bibliothek verzeichnet diese Publikation in der Deutschen Nationalbibliografie; detaillierte bibliografische Daten sind im Internet über http://dnb.ddb.de abrufbar.

Einbandillustration: Manuela Maer
Herstellung und Verlag: BoD - Books on Demand, Norderstedt
Copyright © 2017 Manuela Maer
ISBN 978-3-7460-0057-2

Für Stefan,
ich liebe dich

Inhalt

Anekdote

Als es um den Schluss dieses Buches ging, kam ich nicht daran vorbei, eine wahrlich nervenaufreibende Diskussion mit meiner Freundin Kristina über mich ergehen zu lassen. Meine Intention für den zweiten Teil verfolgte zunächst eine andere Richtung, so auch der Verlauf im dritten und letzten Teil dieser Trilogie. (Ihr werdet verstehen, dass ich hier nicht ins Detail gehen kann.) Mit unendlicher Geduld und facettenreicher Wortgewalt warf sie mir ein Argument nach dem anderen vor, nur damit ich den Schluss dieses Teils in ihrem Sinne abänderte. Dass das eine Änderung des letzten Teiles zur Folge hatte, war ihr buchstäblich egal! Sie meinte nur, dass ich ja die Autorin sei und mir gefälligst was einfallen lassen solle.

Fazit: Ihre Argumente wogen mehr. Der Schluss in diesem zweiten Teil verläuft so, wie Kristina es sich wünschte. Nicht zuletzt bin ich ihr im Nachhinein dankbar dafür. Der dritte und letzte Teil wird ein tragisches, grandioses Ende bekommen, das es ohne die Diskussion mit Kristina so nicht geben würde.

Manuela Maer

Finstere Sonne

Wenn die Sonne scheint,
die Welt erhellt,
kein Wesen im Dunkeln schaudert.
du fliehst vor dem Schatten,
folgst ins Licht,
irreführend dem Schein hinterher?
In gefährlichen Augen sich spiegelt das Feuer.
Trügerisch,
denn nicht die Sonne ruft.
Wie ein Schattennebel ist es,
wabernde Flammen.
Wir erkennen das weiße Spiegeln nicht.
Es reißt Opfer,
zurück bleibt Traurigkeit.
Wage den Schritt hinaus!
Doch zu spät.
Der Schatten fordert,
und
finster wird der Sonne Schein.

Hauptfiguren des Romans

SARAH VON DELCARDE	Sangvuella, die junge Frau, um die sich alles dreht
DOMINIK VON RASCUDO	Vampir, Geliebter von Sarah
JOHN EARL OF HIGH TEMPER	Vampir, eifersüchtiger Cousin von Dominik
LAURENTIU DUMITRESCU	Vampir, Freund von Dominik, familiär mit Sarah verbunden
ANTONIO	Vosantus, Laufbursche von Dominik, freundet sich mit Sarah an
JACQUES	Vosantus, Laufbursche von Laurentiu
ROSALIE SANTES	Sarahs Freundin, jetzt eine Vosanta

Prolog

Dominik

Krachend schlug ein Blitz in die alte Eiche hinten im Garten ein. Durch die halb offene Bürotür beobachtete ich das ständige Aufleuchten im Saal. Die Stille zwischen den Donnerschlägen wirkte bizarr. Vor allem nach diesem Abendessen, bei dem John und Sarah sich beinahe genauso verhalten hatten. Schmunzelnd dachte ich darüber nach, wer von den beiden den Blitz und wer den Donner verkörperte. Sarah verbarg ihren Ärger darüber, dass mein Cousin John ihre beste Freundin getötet hatte, keineswegs; zudem trug sein Aufenthalt hier in der Villa nicht gerade zu einer guten Stimmung bei. Wie so oft in letzter Zeit ärgerte ich mich über meinen Cousin und zitierte ihn in mein Büro. Ich tat ohne Umschweife meinen Unmut kund.

»Könntest du dich Sarah gegenüber etwas manierlicher verhalten? Merkst du denn nicht, dass du ihr Angst machst?«

»Angst? Das glaube ich kaum. Du solltest dich nicht unnötig darüber aufregen. Klär sie auf, weshalb sie hier ist, und alles ist bestens. Laurentiu ist da ausnahmslos meiner Meinung, wie du weißt.«

Johns Worte bewirkten, dass meine ohnehin längst angestaute Wut auf ihn noch mehr anschwoll.

»Wollt ihr mich eigentlich alle nicht verstehen? Nicht mal du, John? Ich werde nicht zulassen, dass man Sarah verschachert wie ein Stück Vieh. Was Laurentiu angeht, habe ich ihn schon mehrmals eindringlich gebeten, Sarah gegenüber unter allen Umständen Stillschweigen zu bewahren. Außerdem verfolgt er andere Ziele. Es ist schon schlimm genug für ihn, dass ausgerechnet der Bruder seiner verstorbenen Mutter seinen Vater getötet hat. Und ja, es stimmt, ich begehre Sarah, seit ich ihr Bild sah, und habe seither keinen klaren Gedanken mehr gefasst. Mich beschäftigt unentwegt die Frage, wie ich sie vor diesem Zeremoniell bewahren kann, für das mein Vater sie auserwählte.«

»Und gleichzeitig versuchst du den Schein aufrechtzuerhalten, ich versteh schon«, John grinste mich an. »Das Bild … Ein Rätsel, auf dessen Lösung ich einfach nicht komme. Wie kam das eigentlich zustande? Ich weiß ja um vieles. Wobei sich mir der Umstand nicht erschließt, wie ein Porträt von einer Person existieren kann, die erst vierhundert Jahre später das Licht der Welt erblickt.«

Deutlich sah ich ihm an, dass er ungehalten war. Sicherlich glaubte er, dass man ihn absichtlich im Unklaren ließ.

Seine Frage löste eine kaum verhehlbare Genugtuung in mir aus.

Mittlerweile saß ich in meinem ausladenden ledernen Schreibtischsessel und schwieg.

»Red mit mir und sitz nicht einfach nur da in deiner typischen Denkerhaltung! Ich kenn das von dir, wenn du in Situationen wie dieser darüber sinnierst, wie du vorzugehen gedenkst.«

Ich hatte tatsächlich Kenntnis von seiner Unwissenheit. John war in der Vergangenheit nur minimal über die Belange und Vorgänge informiert worden, die in den letzten achthundert Jahren unsere Welt beeinflusst hatten. Das lag nicht zuletzt an Johns unbeherrschbar ungestümen Art. Bisher hatte ich immer dafür Sorge getragen, diesen Zustand so weit wie möglich beizubehalten. Jetzt hingegen sah ich die Notwendigkeit, ihm einige Dinge zu erzählen, in der Hoffnung, dass er genügend Verständnis für meine Situation und die daraus folgende Konsequenz aufbringen würde.

»Tante Marie, deine Mutter, ließ dieses Bildnis anfertigen. Die Kunst der Vorsehung ist ihre Gabe. Kaum einer weiß davon.« Ein Grinsen zwang sich mir auf die Lippen.

John schüttelte den Kopf. Ich wartete auf einen Ausbruch. Er musste sich in diesem Moment vorkommen wie ein bedeutungsloser Junge, dem man keine Geheimnisse anvertrauen wollte.

»Meine Mutter eine Seherin? Und weshalb, entschuldige, dass es mich interessiert, sollte ich das nicht wissen? Warum erfahre ich das erst jetzt, von dir? Warum erzählt mir meine Mutter das nicht selbst?«

Meine Befürchtungen trafen ein. Er stand vor mir, die Hände auf dem Schreibtisch aufgestützt, und blitzte mich mit rot glühenden Augen an. Offensichtlich hatte er wengistens verstanden, dass nicht ich allein schuld an diesem Dilemma war.

»Alle behandeln mich wie einen kleinen Jungen. Weshalb diese Farce, diese Ausbildung bei dir? Wo bleibt das Vertrauen?« Johns Stimme hob sich mehr und mehr. »Sollen sie mich doch gleich in die Karpaten zum Steineklopfen schicken. Und der Gipfel des Ganzen ist, dass ihr mich zu den Vampirtreffen ebenfalls nicht lassen wollt. Ihr behandelt mich manchmal wie einen Vosantus, auch du.«

Während er hin und her lief, zeigte er mit dem Finger auf mich. Schon seit langem ahnte ich, dass er sich zu Höherem berufen fühlte und nicht verstand, weshalb er zunächst eine Ausbildung bei mir absolvieren sollte. Doch wenn einer darüber Bescheid wusste, wie unberechenbar er sein konnte, dann ich. Schließlich ließ ich allzu oft die Folgen seiner Uneinsichtigkeit forträumen.

»Wenn du dich beruhigst, werde ich dir alles erzählen.«

Abrupt blieb er stehen. Nach all seinen Eskapaden fühlte er sich trotz seines Eigensinnes mir gegenüber in der Pflicht; das wusste ich. Mit dem unangenehm aufdringlichen Bewusstsein nämlich, mit mir seinen einzigen Freund vor sich zu haben, der selbst in weniger begrüßenswerten Situationen zu ihm hielt.

Nur widerwillig riss er sich zusammen und ließ sich in einen Sessel vor meinem Schreibtisch fallen.

»Ich bin gespannt, was du zu erzählen hast. Weitere Familiengeheimnisse? Bitte, ich bin ganz Ohr.«

Gelassen hatte ich ihn beobachtet. Endlich glaubte ich ihn an einem Punkt, an dem er mir zuhörte.

»Deine Einstellung freut mich. Vor allem aber, dass dir klar zu sein scheint, dass nicht ich die Entscheidung getroffen habe, dich unwissend zu lassen. Trotz allem wird es dich nicht überraschen zu hören, dass ich diesen Beschluss bisher unterstützte. Und wenn ich deine Reaktion Revue passieren lasse, fühle ich mich einmal mehr bestätigt. Ich möchte ehrlich zu dir sein. Du kennst mich lange genug, um zu wissen, dass ich dir hier nichts vormachen will.«

Zum wiederholten Mal konnte ich mir ein Lächeln nicht verkneifen. Er saß vor mir wie ein gerügtes Kind, das auf seine Strafe wartet. Erwartungsvoll blickte er mich an. Seine Augen hatten wieder ihre dunkelbraune Farbe angenommen.

»Legen wir die Zeitrechnung des gregorianischen Kalenders zugrunde, wurde deine Mutter anno 292 als Sangvuella geboren. Annähernd einhundert Menschenjahre später trat ihre Gabe das erste Mal in Erscheinung. Nach unserer Rechnung war sie zu diesem Zeitpunkt etwa sechsundzwanzig Vampirjahre alt. Mein Vater erzählte mir, dass sie sich nach einer Jagd in den Wäldern gerade auf dem Nachhauseweg befanden. Sie war stehen geblieben, versteifte und atmete nur stoßweise. Ihre Augen färbten sich glutrot und ihr Körper bebte, als wollte er explodieren. Ihr Bruder drang nicht zu ihr durch und bekam Angst. Auf einmal, so berichtete er mir, sank sie in sich zusammen. Mein Vater beschrieb, dass sich Marie wie in einem Trancezustand befand, als sie zu reden begann. Sie sprach von einem König, einem aus unseren Reihen, der die Macht gewänne. Sie prophezeite eine Gala Placida, die der König zu seiner Frau auserwählen würde. Und sie sah, dass er dem Tod geweiht war. Als Grund nannte sie, dass der Gedanke dieses Vampirkönigs, die Vampire könnten öffentlich unter Menschen leben, dazu führen würde, dass sich alle Vampire verstecken und viele davon zu

Tode kommen würden. Sie erklärte ihrem Bruder, dass Soraya, seine erste Frau, anno 508 durch die daraus resultierenden Unruhen sterben würde, und bat ihn eindringlich, rechtzeitig zu fliehen. Definitiv besprachen sie dieses Ereignis mit den anderen Vampirclans. Doch es kam, wie es kommen musste: Keiner nahm es ernst. Selbst mein Vater glaubte ihr nicht – selbst dann noch nicht, nachdem er mit Soraya zusammengekommen war. Zur Bestürzung aller traten sämtliche Prophezeiungen deiner Mutter ein.«

Mein Mund war vom Reden trocken geworden. Ich wollte mir etwas zu trinken holen, hielt jedoch inne. Es amüsierte mich, wie John dasaß und mir höchst gespannt zuhörte. Überraschenderweise erhob er sich plötzlich, verschwand kurz und kam mit einer Flasche Blutwein zurück. Gläser standen an der Seite auf einem Beistellwagen.

»Kaum nachzuvollziehen, dass es Vampiren schwerfällt, Prophezeiungen zu glauben. Immerhin hätten viele gerettet werden können. War es denn üblich, dass Sangvuellas solche Fähigkeiten besaßen?«

Erwartungsvoll blickte er mich an, während er wiederholt vom Wein nippte. Ich leerte mein Glas in einem Zug und schenkte nach.

»Die von uns verfluchten Frauen weisen nicht die geringste Befähigung auf, außer natürlich, dass sich ihr Blut vermehrt. Nur diejenigen, die als Sangvuella geboren werden, haben eine spezielle Begabung. Oft zeigt sie sich erst im fortgeschrittenen Alter. Dass es bei Marie bereits so früh begann, erklären wir damit, dass diese Veranlagung dazu diente, uns Vampire zu schützen. Und um deine Frage vorwegzunehmen: Wir können nicht im Ansatz erahnen, welche Fähigkeiten in einer Sangvuella verborgen liegen.«

John lehnte sich mit verschränkten Armen zurück. Abschätzend blickte er mich an. Diesen Gesichtsausdruck kannte ich; er verhieß nichts Gutes.

»Also bist du darüber im Bilde, was für eine Fähigkeit Sarah besitzt? Womöglich der Grund, weshalb du so vehement um sie kämpfst?«

Ich empfand sein Grinsen als unverschämt. Was nahm er sich wieder heraus? Ich hatte es ja fast geahnt, dass er in seiner egoistischen Welt sofort auf der Suche war nach Möglichkeiten, die ihm zum Vorteil gereichten. Einmal mehr fragte ich mich, wie lange ich seine Frechheiten eigentlich noch hinnehmen wollte.

»Halte dich zurück, mein Lieber. Deine Behauptung führt ins Leere. Wenn du mich fortfahren lässt, wirst du verstehen, was mich diesbezüglich antreibt. Dahingegen bleiben, was Sarah angeht, nur Spekulationen über ihre Gabe – sofern es eine gibt.«

John winkte mir abfällig zu. Er verhielt sich gekränkt. Das Verhältnis zu seiner Mutter war seither tadellos gewesen; dessen ungeachtet war es *ihr* Wunsch gewesen, ihn so lange wie möglich im Unklaren zu lassen.

»Deine Mutter sagte in den darauffolgenden Jahrhunderten viele Ereignisse voraus. Nach der vorausgegangenen Erfahrung schenkte man ihr mehr Beachtung, und so konnten sich die Vampire das ein oder andere Mal rechtzeitig in Sicherheit bringen. Ihrem Bruder, der nach dem Tod seiner ersten Frau fortging, ließ sie regelmäßig Briefe zukommen. Oft warteten die Briefe bereits an dem Ort, zu dem er kam. Marie ging das Bindungsritual mit Johan, deinem Vater, ein. Danach glaubte man die beiden lange Zeit verschollen. Tatsächlich jedoch hielten sie sich nur im Verborgenen, um kein Aufsehen zu erregen. Bis zu dem Tag, an dem deine Mutter meinen Vater aufsuchte, um ihm dieses Bild zu überreichen.

Sie hatte sich mit einem Mann namens Michelangelo, der ihr durch seine Malereien aufgefallen war, in Verbindung gesetzt. Sie betörte ihn in ihren Briefen, sie nicht zu verraten, schließlich musste sie sich ihm ein Stück weit offenbaren. Michelangelo unterlag zweifellos ihrer Anziehungskraft und so verabredeten sie endlich einen Treffpunkt in Venedig. Es muss so um 1590 gewesen sein. Tante Marie versetzte sich in Trance und erzählte ihm, wie dieses Mädchen, das einmal die Gemahlin ihres Neffen sein sollte, aussehen würde. So malte er nach ihren Vorgaben dieses wundervolle Gemälde. Sie suchte meinen Vater auf, übergab ihm das kostbare Gut und weissagte ihm, dass er eine bezaubernde Partnerin finden würde. Die Liebe dieser Frau wäre mächtig genug, sodass er den Fluch der Sangvuella über sie legen könnte. Sie würde ihm einen Sohn gebären und so seine Linie fortführen. Und dieser Sohn würde das anmutige Wesen, das auf dem Gemälde abgebildet war, zu seiner Gemahlin machen.«

John wirkte argwöhnisch, als verstünde er die Bedeutung des Gehörten nicht. »Noch ein Nachkomme? Wo hält sich der Junge denn auf?«

Ich fuhr eine Spur zu harsch fort: »Damit war ich gemeint. Verstehst du es endlich? Es kann also unmöglich sein, dass Sarah für irgendjemanden anderen bestimmt sein soll als für mich.«

Überrascht riss er die Augen auf und lachte lauthals los.

»Meine Güte, Dominik! Du vergisst, wer du bist. Was versprichst du dir von dieser Gefühlsduselei?«

Schon bereute ich die Entscheidung, ihm alles zu erzählen.

»Vielleicht liefert dir das die Erklärung. Eine weitere Vorsehung deiner Mutter besagte, dass die Verbindung zwischen dieser einen besonderen Sangvuella und mir eine Befreiung für mich sein würde. Eine uneingeschränkte Macht ginge mit dieser Erlösung einher. Es würde Leben und die Rettung aller Vampire bedeuten.«

Johns Aufmerksamkeit lag auf der Spitze des Möglichen, das sah ich ihm an. Immerhin offenbarte ich ihm hier eine vollkommen neue Perspektive. So, wie ich ihn einschätzte, glaubte er in diesem Moment mit an Sicherheit grenzender Wahrscheinlichkeit, dass ihm von dieser absoluten Herrschaft auch ein Stück gehören sollte. Ich kannte ihn zu gut.

»Und du glaubst, dass diese Macht dir alleine zusteht?«, fragte er dann auch.
»Aus welchem Grund erzählst du mir das sonst? Du hast ganz gewiss nicht vor, diese Herrschaft mit mir zu teilen, stimmt's? Du wärst nicht Dominik, solltest du anderes behaupten.«

Nur zu gerne wäre ich über den Schreibtisch gesprungen und hätte ihm den Kopf abgerissen. Es genügte. Die Hoffnung, die ich gehegt hatte, was John anging, war in Sekundenschnelle ins Bodenlose gesunken. Ich spürte die Absicht, die hinter seiner Aussage steckte. So war es nur folgerichtig, dass er nicht die Antwort bekam, die er erwartete.

»Mein lieber John, ich denke, dass du mit deiner Ausbildung hier einen Stand erreicht hast, der es zulässt, dass du die Anwesen in England übernehmen kannst. Ich würde es also begrüßen, wenn du noch in dieser Woche deine Abreise dorthin veranlassen würdest. Ich denke, es ist zu unser aller Bestem und wird dazu beitragen, dass in diesen Mauern wieder Ruhe einkehrt.«

An meinem Ton schien John klar zu erkennen, dass ich keinerlei Widerspruch dulden würde. Er schnaufte erbost, erhob sich jedoch und ging ohne ein weiteres Wort hinaus.

In den folgenden drei Jahren fanden viele Vampir-Versammlungen statt. Die Clan-Ältesten berieten immer wieder aufs Neue, wie über meine geliebte Sarah bestimmt werden sollte. Bei dem letzten Treffen, dem ich beigewohnt hatte, war die Debatte eskaliert. Meine daraus resultierende Verzweiflung führte unabänderlich zu einem eklatanten Zerwürfnis zwischen mir und Sarah. Erst spät begriff ich, dass die schwerwiegende Entscheidung, die Sarah danach fällte, den Weg zur Erfüllung der Weissagung ebnete.

Folgendes spielte sich bei diesem letzten Treffen ab, bei dem ich verzweifelt versuchte, das Vorhaben meines Vaters in andere Richtungen zu lenken:

»Sarahs emotionale Bindung zu unserer Kultur ist noch nicht stark genug. Ihr wisst, dass sie nicht unter uns aufgewachsen ist. Solltet ihr die Pläne meines Vaters nur ansatzweise in Erwägung ziehen, ihr dürftet niemals zulassen, dass sie ohne die Verbundenheit zu dieser Welt an einen fremden Clan weitergereicht würde. Sie versteht nicht, was um sie herum geschieht. Abgesehen davon käme diese Option für mich ohnehin nicht in Betracht.«

Ich hörte selbst, wie die Verzweiflung den Klang meiner Stimme verschärft hatte. Ein Raunen ging durch die Versammlung, die ungeachtet der bisher vorgetragenen Argumente geteilter Meinung war. Mein Vater schritt bedrohlich auf mich zu. Keinen Zentimeter wich ich von der Stelle, selbst als sich unsere Körper fast berührten.

»Du gebärdest dich hier wie ein verliebter Bursche. Wir wissen doch alle, dass es dir nur darum geht, dir deine Liebschaft zu erhalten!«

»Welch banale Rechtfertigung aus deinem Mund, Vater. Und das, obwohl dir jede Einzelheit, die Marie voraussagte, vor deinem geistigen Auge stehen sollte? Wie kannst du es wagen, eine solche Weissagung zu ignorieren? Aus Angst?«

Das letzte Wort war kaum verstummt, als mich mein Vater rücklings gegen die Wand drückte. Der Aufprall presste mir die Luft aus den Lungen.

Seine Reaktion überraschte mich nicht wirklich. Viel mehr erschütterte mich die Tatsache, dass er generell nicht abgeneigt schien, Hand an mich zu legen.

Einige Vampire schnellten hoch, dennoch wagte niemand einzugreifen. An mich gepresst, schloss mein Vater seine Hand bedenklich eng um meine Kehle. Das hinderte mich nicht daran, meinen Unmut erneut kundzutun.

»Ihr alle habt nur Furcht und lasst euch von meinem Vater in die unvermeidliche Unterwerfung hineinziehen. Macht die Augen auf: Hat sich Marie in der Vergangenheit nicht schon oft bewiesen? Glaubt ihr im Ernst, dass die Bedrohung ein Ende hat, wenn wir nach dem Willen meines Vaters handeln?«

Die eiserne Umklammerung an meinem Hals verstärkte sich. Ein Mensch hätte das nicht überlebt. Mit dem Mut der Verzweiflung versuchte ich weiterzureden, wenngleich meine Stimme mittlerweile nur noch so etwas wie ein Keuchen zustande brachte.

»Du kannst nicht verhindern, dass ich um sie kämpfe. Sie ist für mich bestimmt, sie gehört zu mir! Lass dir gesagt sein – wenn du von deinem Entschluss, Sarah auszuliefern, nicht ablässt, werde ich sie eigenhändig töten.«

Ich spürte seinen Atem auf meiner Haut. Feuer brannte in unser beider Augen, jeder von uns bereit, bis zum Äußersten zu gehen.

Die Rage, die in mir schwelte, hatte mich zu dieser Aussage verleitet. Und doch, in einem war ich mir sicher: Lieber sähe ich Sarah tot, als sie in den Händen dieses Wahnsinnigen in Russland zu wissen.

Die Wut ließ das Gesicht meines Vaters noch weißer werden, als es ohnehin schon war. Mit einer Schnelligkeit, die für das menschliche Auge nicht wahrnehmbar gewesen wäre, packte er mich plötzlich am Kragen, zerrte mich nach vorn und donnerte mich erneut an die Wand.

»Nein!«, brüllte er, »das wirst du nicht tun!«

Blitzschnell entwand ich mich seinem Griff, riss einem der Vosanti, die an den Seitenwänden Wache standen, den Dolch aus der Hand und ging auf meinen Vater los. Ein heftiges Gerangel entstand zwischen uns beiden, während ich mehrmals auf ihn einstach und ihn am Arm, an den Händen und am Bauch verletzte, mit der Folge, dass er mit seinem Blut reichlich Spuren auf meiner Kleidung hinterließ; so rasch schlossen sich die tiefen Wunden nicht.

Rechtzeitig ließ ich von meinem Vater ab, als er, im Augenblick Unterlegener des Kampfes, verletzt am Boden lag.

Immer noch wagte es keiner der Umstehenden, in unsere Auseinandersetzung einzugreifen. Betrachteten die Clanmitglieder dies etwa als Kampf um die Führung? Das lag mir fern.

Ich stand über meinem Vater, maß ihn mit abfälligem Blick. Dann ließ ich den Dolch fallen, und so flink, wie gerade noch meine Bewegungen gewesen waren, so langsam schritt ich nun zur Tür.

»Unter keinen Umständen überlasse ich euch Sarah. Bevor das geschieht, töte ich sie!«, rief ich beim Hinausgehen.

Auf dem nur spärlich beleuchteten Gang blieb ich stehen. Diese Wut, dieses Gefühl des Hasses, das mich ergriffen hatte, kannte ich gar nicht an mir. Ich war es gewohnt, über den Dingen zu stehen und mit klarem Weitblick in die Zukunft zu schauen. Jetzt allerdings wurde mein Denken getrieben von tiefster Abneigung gegen meinen Vater und seine Entscheidungen; seine stoische Ignoranz wollte mir einfach nicht in den Kopf.

Die Tatsache, dass er es schaffen würde, die restlichen Clanmitglieder von der Notwendigkeit zu überzeugen, Sarah auszuliefern, war mir mehr als bewusst. Das durfte nicht geschehen. Doch anstatt in Ruhe nach einer Lösung zu suchen, beging ich den größten Fehler meines bisherigen Daseins.

In den frühen Morgenstunden erreichte ich meine Villa. Mittlerweile war es mir nicht mehr möglich, auch nur einen klaren Gedanken zu fassen. Ich wurde in meinem Vorhaben einzig und allein von der Feindseligkeit bestimmt, die mich gegen meinen Vater umtrieb. Voller Blut, das noch immer von der heftigen Auseinandersetzung zeugte, stürzte ich in Sarahs Zimmer, rasend, außer mir, völlig verblendet vom Hass. Ihr erschrockener Blick sprach Bände. Für einen Augenblick saß sie wie gelähmt in ihrem Bett, ehe sie anfing zu schreien. Ich hörte sie, doch ihre Worte drangen nicht zu mir hindurch.

Ich stürzte mich auf sie. Ich trank von ihr, saugte an ihr, ohne nur einmal abzusetzen, so als würde ich ein Glas in einem Zug leeren. Mit geschlossenen Augen wollte ich jeden verdammten Tropfen von ihr, um sie jetzt und in diesem Moment zu töten.

Erst als ihr Herz immer langsamer schlug und die Stille in meinen Ohren dröhnte, wurde mir bewusst, dass ich dabei war, einen großen Fehler zu begehen.

Unverzüglich ließ ich von ihr ab.

Bewusstlos lag sie in meinen Armen – und ich hoffte mit einem Mal, dass es noch nicht zu spät war.

Panik ergriff mich. Ihr Puls war nur noch ganz schwach und mir war klar, dass ihr Leben an einem seidenen Faden hing. Dennoch wollte ich glauben, dass sie überlebte. Ich flüchtete aus dem Zimmer.

Eine erschreckende Gewissheit drängte sich mir auf. Wenn Sarah dies überstand, würde unsere Beziehung einen tiefen Riss haben. Den zu heilen würde mich vor eine schier unlösbare Aufgabe stellen. Doch ich würde sie annehmen. Ich liebte sie zu sehr – und ganz gleich, wie die Folgen für mich aussehen mochten, ich hatte keine andere Wahl, als sie hinzunehmen.

Dass ich längst keine Chance mehr hatte, wusste ich damals noch nicht. Der immer größere werdende emotionale Abstand zwischen Sarah und mir hatte den Nebel, in dem sie sich durch meine Nähe bisher befunden hatte, bereits deutlich gelichtet. Mein Verhalten hatte über Jahre hinweg viele Fragen in ihr angesammelt, und immer mehr Argwohn war in ihr aufgekeimt. Und John hatte das bemerkt und das Zerbröckeln unserer Beziehung geschickt forciert. Er war überzeugt, dass Sarah ihm verzeihen und sich ihm zuwenden würde, wenn er ihr Rosalie zurückgab. Dass er Rosalie nicht umgebracht, sondern zu einer Vosanta verwandelt hatte, war selbst für mich eine große Überraschung gewesen.

Oh, wie hatte sich John getäuscht. Sein ungebührliches Verhalten führte zum Gegenteil, das selbst durch Rosalies Erscheinen nicht zu mildern war, während ich verzweifelte, weil ich keine geeignete Lösung für Sarah und mich fand. Das manövrierte mich in diese Sackgasse, in der ich Sarah beinahe umbrachte. Beinahe. Denn meine Hoffnung ging in Erfüllung: Sie überlebte.

Doch Sarahs Entschluss stand von nun an fest, ihr Plan war geschmiedet.

John und ich wurden von ihr zu Recht in die Verbannung geschickt und die Geschichte …

… nahm ihren weiteren Verlauf.

Die Erinnerungen

»Die Bedeutung der Anwesenheit der beiden ist unbestreitbar«, sagte ein stattlicher, schlanker Mann mit kurzem Haar. Mit seinen schätzungsweise sechzig Jahren wirkte er wie jemand, der in seinen besten Jahren konsequent viel Sport getrieben hatte.

»Darüber musst du mich nicht belehren, Johan«, kam es beruhigend zurück. »Wir arbeiten mit Nachdruck daran herauszufinden, wo Dominik und John festgehalten werden. Unsere erste Vermutung, dass Gregor Bojarow mit ihrem Verschwinden zu tun hat, hat sich zerschlagen. Bojarow geht davon aus, dass er in einigen Tagen seinen Sohn in dem Ritual mit der kleinen Sarah vereinen kann. Da er weiß, dass zu diesem Zeremoniell aus dem Blut der drei jüngsten Familienmitglieder das Blutsiegel erstellt wird, glaube ich nicht, dass er Dominik oder John etwas zuleide getan hat.«

Domians Blick schweifte über die Köpfe hinweg zu Lui von Delcarde, der darauf wartete, sprechen zu dürfen. Erhaben deutete er Lui hierfür die Erlaubnis an.

»Du gehst folglich immer noch davon aus, dass Sarah mit dem Verschwinden der beiden zu tun hat?«

Nach einer theatralischen Pause ertönte unerwartet ein unüberhörbares »Laurentiu!« aus seinem Mund. Dieser, links vorne sitzend, zuckte zusammen, als er seinen Namen vernahm.

»Du wirst zu Sarah gehen und sie aufklären. Ihr alles, und zwar tatsächlich alles erzählen, was sie wissen muss. Wovon auch immer sie Kenntnis besitzen würde, wäre sie, wie es vorgesehen war, unter uns aufgewachsen. Verheimliche ihr nichts. Lass keine ihrer Fragen unbeantwortet. So erreichen wir, dass in ihr ein Gefühl der Sicherheit wächst. Geben wir ihr ihre Familie zurück.«

So abrupt, wie er begonnen hatte, verstummte er. Laurentiu nickte nur. Ein triumphierendes Lächeln flog über sein Gesicht. Endlich gab man seinem Drängen nach. Er war schon lange der Meinung, dass man Sarah über die familiären Verknüpfungen aufklären sollte. Die Befriedigung, die er durch diesen Auftrag empfand, konnte man ihm ansehen. Befriedigung aus mehrerlei Gründen.

Nach dem Tee verabschiedete sich Dr. Danori von Sarah, selbstverständlich nicht ohne von ihr noch Blut genommen zu haben. Es fiel ihm nicht leicht, sie unter diesen Umständen sich selbst zu überlassen. Wie versprochen nahm er das Aufnahmegerät mit Sarahs Erinnerungen und brachte es zu seinem Freund Frederik Fallmar.

Frederik Fallmar war ein Anwalt, dessen Ausbildung weit über das übliche Studium hinausging. Jeder, sofern er Kenntnis davon gehabt hätte, hätte ihm die Macht und die Allwissenheit seines Druidendaseins angesehen. Darin stand er Dr. Danori in nichts nach.

Diese Kenntnis über Fallmar hatte jedoch nur Danori. Und so würde es auch bleiben. Fallmar wirkte auf Außenstehende äußerst selbstsicher, ohne arrogant zu sein. Er konnte jedem das Gefühl vermitteln, einem lieben Großvater gegenüberzusitzen, der sich seiner annahm.

Zu den überschaubaren Alltäglichkeiten in Fallmars Leben zählte eine bescheidene Kanzlei mit fünf Mitarbeitern. Dieser Fall gehörte, wie so vieles, zu seiner üblichen Arbeit. Im Vorfeld hatten sie längst besprochen, wie sie agieren wollten. Daher nahm Fallmar das Aufnahmegerät entgegen und bestätigte Danori lediglich, dass mit Walter Vogler bereits alles geklärt war.

Walter Vogler lebte in einer anderen Stadt, was sich zu diesem Zeitpunkt eher als Vorteil erwies. Unter anderem hatte Dr. Danori auch ihn ausgebildet und ins Vertrauen gezogen.

Im Laufe seines Lebens hatte Danori ein umfangreiches Netzwerk gesponnen, das ihm vielerorts gute und wachsame Augen bot.

Diese beiden sollten nunmehr in regelmäßigen Abständen von ihrem Lehrer Nachricht über das Wohlergehen Sarahs und der Hausangestellten erhalten. Und würde diese Unterrichtung nicht erfolgen oder beunruhigend negativ ausfallen, sollten beide Kanzleien sich um eine Veröffentlichung der Informationen bemühen.

So kam es, dass Frederik Fallmar, im Vertrauen auf ihre Zuverlässigkeit, seiner Sekretärin Sabine das Aufnahmegerät übergab, mit der Bitte, vier Kopien davon zu machen. Handschriftlich verfasste Zeilen, die er, in zwei Umschlägen gut verschlossen, hinzufügte, mit der Anweisung, einen davon dem Notar Walter Vogler mitzuschicken. Er hatte auf den Kuverts vermerkt: *Nur öffnen nach Hinweis oder wenn Gefahr droht!*

Sabine konnte man in der Tat alles Erdenkliche anvertrauen. Sie verstand sich gut mit ihrem Chef und ihren Kollegen. Umsichtig führte sie ihre Aufgabe aus und steckte via USB-Kabel das Gerät an den PC, um die Daten direkt auf geeignete Datenträger zu überspielen. Sie vermied es bewusst, den Inhalt des Aufnahmegerätes auf den Rechner zu ziehen. Zur Sicherheit arbeitete sie auch an einem PC, der nicht an das Internet angeschlossen war. Mit solchen Obliegenheiten wurde die Kanzlei des Öfteren betraut.

Nachdem Sabine die Kopien gemacht hatte, holte sie aus einem Schrank vier CD-Hüllen. Um zu überprüfen, dass die Duplikate geglückt waren, musste sie nur noch hineinhören. Sie beabsichtigte, für diesen Zweck heute länger zu bleiben.

Die Uhr zeigte schon nach halb sieben, als endlich der letzte Kollege ging. Sabine nahm die erste CD, legte sie in den Rechner und zog den Mauszeiger an den Anfang der Wiedergabeleiste. Wenn sie an dieser Stelle etwas hörte, konnte sie sich des Gelingens der Kopie sicher sein.

Als die ersten Worte erklangen, zog sie erstaunt die Augenbrauen zusammen.

Er sah mir in die Augen, als wollte er herausfinden, welche Gedanken in meinem Kopf umherkreisten. »Du weißt nicht, was viele der hier Anwesenden sind?«
»Nein,«, antwortete ich. »Woher sollte ich wissen, was diese Leute beruflich machen?« Er schmunzelte über meine offenbar naive Frage. »Dann weißt du auch nicht, was ich bin.«
Nun klangen seine Worte mehr nach einer Feststellung als nach einer Frage.
Hatten seine Augen vorhin noch wie schwarzes Feuer gelodert, verfärbten sie sich jetzt in leuchtendes Rot. Ich erschrak und wollte aufspringen, aber er saß nah vor mir und umklammerte meine Hände. Ich konnte mich nicht bewegen. »Ich bin ein Vampir«, sagte mein Gegenüber und wartete meine Reaktion ab. Ein Vampir. Ein Vampir???
Und was sollte das alles mit mir zu tun haben? Ein Witz.
Das war alles nur ein Witz, und ich war darauf reingefallen.
Tausend Gedanken schossen mir durch den Kopf und keiner ließ sich fassen. Ich sah Dominik an. Und dann musste ich lachen.
Selbst jetzt, wo ich mich nach so langer Zeit an diese Situation erinnere, muss ich grinsen. Es war wirklich grotesk. Ich traf den Mann meiner Träume, und er hatte nichts Besseres zu tun, als mir zu erzählen, er sei ein Vampir. In diesem Moment war ich wirklich überzeugt, einem Witz aufgesessen zu sein. Wenn ich es mir genau überlege, weiß ich eigentlich bis heute nicht genau, woher er seine Informationen hatte.

Sabine stoppte die CD. Verwundert schaute sie auf das Aufnahmegerät, als könnte es ihr mehr darüber sagen. Neugierig geworden schob sie den Mauszeiger vorwärts.

John umfasste Rosalie und sprang mit ihr in den Schatten der Mauer. Völlige Dunkelheit umhüllte sie. Er küsste sie auf Stirn und Wangen und drehte sachte ihren Kopf zur Seite. Liebevoll ließ er seine Lippen über ihren Hals gleiten und spürte ihren Puls. Rosalie kam plötzlich zu Bewusstsein, was hier passierte – aber es war zu spät. John vergrub seine Zähne tief in ihrem Hals und sie war wie gelähmt, gänzlich unfähig, sich zu bewegen oder zu schreien. Hilflos lag sie in Johns Armen. Langsam schloss sie ihre Augen, bereit, auf ihr Ende zu warten. John trank. Das warme Blut schoss nur so aus Rosalies Körper. Sie fühlte, wie es an ihr hinunterlief. Ihr Herz schlug immer langsamer.

Anders als bei der Frau, von der hier erzählt wurde, fing Sabines Herz rascher zu klopfen an. War das der Beginn eines noch unveröffentlichten Romans? Oder entsprach das, was ihr hier zu Ohren kam, der Wahrheit? Absurd, diesen Gedanken verdrängte sie sofort aus ihrem Kopf. Sie schob den Regler auf ihrem Bildschirm weiter.

Ich konnte kaum noch atmen. Starr blickte ich auf das Bild. Oh mein Gott – Rosalie!
»Rosalie!«, schrie ich verzweifelt auf. Plötzlich war alles egal. Ich sank auf den Küchenboden. Der Schmerz begrub mich wie eine große Welle unter sich, und ich begann hemmungslos zu weinen. Wie lange ich auf den Fliesen lag, wann ich mich ins Schlafzimmer und dort auf mein Bett schleppte, kann ich nicht sagen. Irgendwann versiegten meine Tränen und ich verfiel in einen Zustand vollständiger Resignation. Sollten sie mich doch finden. Sollten sie mich doch töten. Wozu flüchten – ich war ja doch chancenlos, es war ja doch alles egal …
Pause. Ich brauche eine kurze Pause. Vampire sind schwer zu verstehen. Sie können leiden und lieben. Sie sind auch in der Lage, Sehnsucht zu verspüren. Wenn es aber darum geht, etwas zu erreichen oder sich zu schützen, sind sie skrupellos, kalt und ohne jedes Gefühl. So viel weiß ich heute. Ich weiß genug, um nicht wieder Gefahr zu laufen, meinen Gefühlen nachzugeben. Und trotzdem kommt mir Dominik wieder in den Sinn, seine sanfte Stimme, sein liebevoller Blick … und es fällt mir unendlich schwer, sachlich bei meiner Linie zu bleiben. Eine Träne rollt mir über die Wange. Die Erinnerung an diesen Moment, in dem ich entdeckte, dass Rosalie getötet worden war, holt den unsagbaren Schrecken von damals in die Gegenwart zurück.

Das konnte unmöglich nur eine Geschichte sein. Da erzählte doch eindeutig jemand etwas über seine Erlebnisse! Sabine schob den Regler abermals weiter.

Dass er mein Blut trank, war für mich sehr intim. Es band uns aneinander, und ich erlebte anfänglich darüber eine Art Befriedigung. Wie es sich für Dominik anfühlte, konnte ich nur ahnen.

Es war von unglaublichem Reiz für uns beide, zu wissen, dass er mich beim Trinken hätte töten können. Würde er zu viel trinken, würde es mich das Leben kosten. Aber ich vertraute ihm, und er wusste sich nicht nur zu beherrschen, sondern war liebevoll und zärtlich.

Die Zweifel an den gehörten Worten ließen endgültig nach und noch einmal lenkte Sabine den Mauszeiger weiter.

»Und ich selbst möchte auch nicht sterben.«

Dr. Danori nickte verständnisvoll und unterbrach mich nicht.

»Wenn es uns gelingt, werden wir in Gefahr sein. Wir alle hier, Rosalie und Antonio eingeschlossen. Hin und her habe ich überlegt und jetzt weiß ich, was ich tun könnte, um uns alle zu schützen – Sie eingeschlossen: Ich werde meine Geschichte aufschreiben. Alles, was ich hier erlebt habe, auch, wie ich hierhergekommen bin. Ich werde festhalten, was ich über Vampire und ihre Welt weiß. Ich habe nicht nur Einblick in Dominiks Firma gewonnen, sondern weiß auch, mit welchen von Vampiren geleiteten Firmen er zusammenarbeitet. Wenn ich all mein Wissen an einer … nein, besser an zwei sicheren Stellen, zum Beispiel bei Anwälten, aufbewahre und mit Veröffentlichung drohe, sollte einem von uns etwas geschehen, habe ich ein wirksames Druckmittel. Kein Vampir würde es jemals riskieren, dass die Existenz ihrer Art öffentlich gemacht wird.«

Jetzt endlich glaubte Sabine, dass das, was sie da hörte, authentisch war. Keine Geschichte oder dergleichen. Das war echt!

Die Besitzerin der angenehmen Stimme traf Sicherheitsvorkehrungen. Sabine mutmaßte, dass diese arme Frau so etwas wie einen Schutzbrief brauchte. Allem Anschein nach befand sich diese Frau noch immer unter diesen Vampiren. Und Dr. Danori, offensichtlich bemüht, mit seinen ihm zur Verfügung stehenden Mitteln Hilfe zu leisten. Wenn das ans Licht käme, wäre dann nicht darüber hinaus ihr Chef in Gefahr? Vom Doktor ganz zu schweigen, der, wie

Sabine annahm, in deren Haus ein und aus ging? Beträfe das nicht ebenso sie und die Kollegen hier in der Kanzlei?

Sabines Herz raste und sie blickte verwirrt auf die CDs. Sie überprüfte die anderen Kopien, erneut erstaunt über die Worte, die sie vernahm. Ihre Fantasie spielte verrückt und verstärkte ihre Befürchtungen immens. Dass diese Angelegenheit auf keinen Fall an weitere Ohren dringen durfte, stand außer Frage. Normalerweise verschickte Sabine solche Kleinigkeiten mit der Post. Es erschien ihr in diesem Fall allerdings verlässlicher, einen Kurier zu beauftragen. Sie betrachtete die CDs im Safe, bevor sie ihn mit einem mulmigen Gefühl sorgsam verschloss. Sie schaltete die Computer aus und packte ihre Sachen. Wie gewöhnlich überprüfte sie jedes der vier Bürozimmer gewissenhaft auf geschlossene Fenster und gelöschte Lichter. Danach verließ sie die Räumlichkeiten geradezu überstürzt.

Sie ging hinüber auf die andere Straßenseite und betrat den einzigen Tante-Emma Laden der Stadt, um noch ein paar Kleinigkeiten für den Abend einzukaufen. Sie erwartete ihren Freund Georg, der bei der hiesigen Polizei arbeitete. In Windeseile wanderten die Einkäufe in ihre Stofftasche. Sie konnte es kaum erwarten, Georgs Meinung zu hören. Ob ihr Chef wusste, was sich auf dem Aufnahmeband befand?

Zu Hause verstaute sie erst einmal ihre Besorgungen, räumte ein wenig auf und ließ sich Badewasser ein. Ein Blick auf die Uhr verriet ihr, dass ihr mindestens eine Stunde blieb. Mit einer Haarklammer steckte sie ihr schulterlanges brünettes Haar nach oben, ließ sich in den Badeschaum gleiten und das Gehörte noch einmal Revue passieren.

Ob sie schon mal mit einem Vampir zu tun hatte? Womöglich war der Nachbar unter ihr einer? Bestände eine Möglichkeit, diese Wesen zu erkennen?

So hing sie ihren Gedanken nach. Vollkommen davon überzeugt, dass es Vampire tatsächlich gab und dass dies kein Ammenmärchen sein konnte, wie sie ursprünglich immer geglaubt hatte.

Nach einer Viertelstunde stieg sie aus der Wanne.

In der Küche ihrer schlichten Zwei-Zimmer-Wohnung fing sie an, das Abendessen vorzubereiten. Da Georg erst gegen acht Uhr zu ihr kommen wollte, blieb genügend Zeit.

Doch da läutete es an der Tür. Sabine schrak auf und meldete sich über die Sprechanlage. Es war wahrhaftig Georg, der es geschafft hatte, etwas früher Schluss zu machen. Sie betätigte den Türöffner und wartete ab, bis sie das Geräusch der ins Schloss fallenden Eingangstür hörte. Kurz darauf öffnete sie ihre

Wohnungstür. Georg umarmte sie liebevoll und gab ihr einen Kuss. Erst dann sagte er: »Hallo Liebes«, und küsste sie noch einmal. »Ich habe dich vermisst. Wie war dein Tag?«

»Eigentlich ganz gut. Das Übliche halt, du weißt ja«, setzte sie beiläufig nach. »Ich bin gerade dabei, uns eine Kleinigkeit zu essen zu machen.«

Georg hängte seine Jacke an einen Haken im Flur, zog die Schuhe aus und folgte ihr in die Küche, wo sie gerade begonnen hatte, eine Salatsoße zu mischen. Es gab grünen Salat, Tomaten, Paprika und Fetakäse. Mit ausgelassenem Gelächter bemühte sie sich, sich seinen schlangengleichen Armen zu entwinden. Schließlich verteilte sie den Salat auf die Teller und trug sie hinüber ins Wohnzimmer, während Georg die Baguettestücke und das Besteck nahm.

Sie setzten sich an den Wohnzimmertisch.

Georg beobachtete Sabine, die ungewöhnlich in sich gekehrt in ihrem Essen herumstocherte.

»Ist etwas?«, fragte er und biss in sein Baguette. »Sonst bist du nicht so wortkarg.«

»Ach, ich weiß nicht«, sie ahnte schon, dass er nicht lockerlassen würde. »Bei der Arbeit heute habe ich etwas Seltsames gehört.«

»Möchtest du mir davon erzählen?«

Sabine zuckte mit ihren Schultern, legte die Gabel zur Seite und schob den Teller von sich.

Georg war über Sabines Job im Bilde. Sie erfuhr oft Dinge, die sie nicht mit ihrem Gewissen in Einklang bekam. Daher redeten sie hin und wieder über diese Fälle. Sabine wusste, dass sie sich auf Georgs Verschwiegenheit verlassen konnte.

»Weißt du«, begann sie, »ich will keinen unnötigen Wirbel machen, doch ich glaube, ich habe da was gehört, was nicht ungefährlich klingt. Ich halte es sogar für denkbar, dass Fallmar und sein Freund Dr. Danori in Gefahr sein könnten.«

Er spürte ihre Aufgewühltheit. Mehr als sonst, irgendwie anders. Das beunruhigte ihn.

»Es ist so, mein Chef hat vom Doktor ein Aufnahmegerät bekommen. Ich sollte den Inhalt auf CDs kopieren. Als ich zur Kontrolle hineinhörte, dachte ich zunächst, dass das vielleicht die Rohfassung eines Romans ist. Das machen Autoren manchmal, dass sie ein Original bei einem Anwalt oder Notar hinterlegen. Aber da erklangen Dinge, die sich durchaus echt anhörten. So, als ob jemand von seinem Leben erzählen würde.«

Georg hatte aufgehört zu essen. Ihrer Mimik und ihrem Tonfall entnahm er, dass sie in der Tat sehr erschrocken sein musste über das Gehörte.

»Die Person, die da sprach, war eine Frau. Der Stimme nach nicht so alt, allenfalls so alt wie ich.« Wieder holte sie tief Luft. »Diese Frau redete sogar von Dr. Danori, und dass er ihr geholfen hat!«

»Sabine, beruhige dich doch.« Er nahm ihre Hand und legte ihr den Arm um die Schultern.

»Du wirst mich bestimmt für verrückt halten. Es ging darin um Vampire. Die junge Frau scheint unter ihnen zu leben und ich glaube, nicht freiwillig. Sie erzählte davon, dass sie gebissen wird und dass die Vampire Feste feiern, bei denen Menschen umgebracht werden. Und ich glaube, dass sie da weg will. Dr. Danori hilft ihr wohl, die Hausangestellten in Sicherheit zu bringen. Er weiß Bescheid, ganz sicher. Ich habe mich da nicht verhört. Ehrlich, ich erzähle dir hier keine Märchen. Ich fürchte, dass Fallmar, Dr. Danori und die Frau in Gefahr sind …«

Nachdem alles aus ihr herausgesprudelt war, sah sie ihren Freund erwartungsvoll an.

»Liebes«, fing er an, »mir ist durchaus bewusst, dass du eigentlich nicht zulassen darfst, dass andere Informationen über eure Mandanten erhalten. Mach das eine Mal eine Ausnahme und zieh mir von dieser ominösen Aufnahme eine Kopie. Ich hör mal rein.«

Perplex schaute sie ihn an.

»Nein, das kann ich nicht. Stell dir vor, irgendwie kommt das in die falschen Hände. Du bekommst Ärger, ich sowieso … Ich kann höchstens eins machen: dass ich noch mal reinhöre und die Namen rausschreibe, und du forschst nach, was da dahintersteckt.«

»Okay«, sagte er, »wenn dir so wohler dabei ist.«

Erleichtert sah sie ihn an. Sie hatte schon befürchtet, dass er es als Fantasiegebilde abtun und sagen könnte, dass sie sich zu sehr da reinsteigern würde.

Sie irrte sich gewaltig.

Georg nahm sie ernst. In dieser Sekunde dachte er an ganz was anderes.

Okkulte Sekten. Schon des Öfteren hatten seine Kollegen und er in diese Richtung ermittelt. Bisher war dies immer im Sand verlaufen. Insgeheim hoffte er sogar, dass die Namen ihn auf eine Spur führen würden. Besser wäre in der Tat, er könnte die CD selbst anhören.

Er nahm sich vor, am nächsten Tag noch einmal mit Sabine darüber zu reden. Bis dahin hätte sie sich sicherlich beruhigt und würde das alles unter Umständen etwas unbesorgter sehen.

Als Sabine, immer noch ein wenig aufgewühlt, später in ihrem Bett lag, schlichen die gehörten Worte in ihre Gedanken. So schlief sie ein und durchlebte eine wilde Nacht mit seltsamen Träumen von Vampiren und in denen Georg sich in einem riesigen, unheimlichen Haus befand.

Am nächsten Morgen tat sie, was sie mit Georg ausgemacht hatte. Sie fuhr früher ins Büro, legte eine CD ein und hörte wiederholt verschiedene Passagen ab, um die Namen aufzuschreiben.

Mit einem speziellen Stift wollte sie anschließend die zwei CDs beschriften, die nicht in den Kuverts waren. Sie schrieb auf die erste: *Sarah von Delkarde!* Sie nahm die zweite, schaute erneut auf die Notiz ihres Chefs – und stutzte. Sie hatte *Delcarde* falsch geschrieben. Mit *k* anstatt einem *c*. Kopfschüttelnd beschrieb sie die letzte CD korrekt, griff einen neuen CD-Rohling und kopierte den Inhalt des Aufnahmegerätes noch einmal. Diesmal schrieb sie den Namen fehlerlos. Während der Vorgang lief, überprüfte sie die schon beschrifteten Kopien vom Vortag. Sie nahm neue Kuverts und verstaute alles wie am Tag zuvor.

Die falsch beschriebene CD hielt sie nachdenklich in ihrer Hand. Nein, sie würde ihrem Freund die CD nicht geben. Sie hätte einfach kein gutes Gefühl dabei. Sabine schloss die geöffneten Fenster und ging hinüber in den Kopierraum. Dort stand ein übergroßer Bürokopierer, mit dem man auch Faxe verschicken konnte, und ein einfacheres Gerät, das ein Aktenvernichter war. Zunächst ließ sie mehrere Blätter hindurchlaufen. Als Nächstes wollte sie die CD zerkleinern, doch das erwartete laute Motorengeräusch blieb aus, als sie die runde Scheibe in den dafür vorgesehenen Schlitz steckte. Es geschah nichts. Sie nahm die CD raus und ging in die Knie, um den Schredder genauer unter die Lupe zu nehmen.

»Guten Morgen, Sabine!«

»Guten Morgen«, grüßte sie zurück, ohne sich umzusehen. »Sag mal, weißt du, was mit dem Ding hier ist? Es macht keinen Mucks.«

»Ich weiß nur«, bekam sie freundlich zur Antwort, »dass Kerstin gestern bereits Probleme damit hatte. Ich glaube, wir brauchen ein neues.«

Unbeeindruckt von Sabines Pech verzog sich der Kollege in sein Büro, welches er mit eben dieser Kerstin teilte. Schulterzuckend, mit der CD in der Hand, tat Sabine es ihm nach. Normalerweise vernichteten sie immer die CDs, die nicht mehr benötigt wurden. Sie legte sie neben sich auf den Schreibtisch. Mittlerweile waren die anderen Kollegen eingetroffen.

Sabine rief bei einem Kurier an, um das Kuvert für den Notar Walter Vogler abholen zu lassen. Keine Minute zu lang sollten die bedeutungsvollen Ausführungen der jungen Frau auf ihrem Schreibtisch liegen. Die anderen Sachen deponierte sie wieder im Safe. Dr. Danori würde hoffentlich bald kommen und sie holen. Mit einer kurzen Notiz, die sie ihrem Chef auf die Unterschriftenmappe klebte, informierte sie ihn über die Erledigung des Vorgangs.

Einstweilen ging sie zu ihrer täglichen Arbeit über und vergaß dabei fast, was sie so beunruhigt hatte. Der Tag verging rasch. Wie so oft verließ sie als Letzte das Büro. Wie immer schaute sie in alle Räume, und tatsächlich, im Zimmer ihres Kollegen war das Fenster noch gekippt. Sie schloss es und wandte sich zum Gehen. Geschäftig nahm sie ihren Papierkorb mit, um den Inhalt in den Container unten im Hinterhof zu leeren. Eine Zerkleinerungsanlage für größere Papiermengen war an diesen speziellen Großbehälter angeschlossen. Eigentlich wollte sie die falsch beschriftete CD in einem der Restmüllbehälter entsorgen; sicherlich würde es genügen, sie einfach in der Mitte durchzubrechen. Sabine legte die Kopie auf den Aktenabfall und eilte die Treppe hinunter. Die Putzfrau kam ihr im Treppenhaus entgegen, und so bat sie die Dame, den Papierkorb später mit nach oben zu nehmen.

Ein aufdringliches Hupen drang an ihr Ohr, als sie auf die Straße trat. Kurz stellte sie den Papiermüll ab. Es nieselte, daher zog sie ihre Jacke fester um sich und die Kapuze über den Kopf. Von Neuem ertönte das Hupen, und sie warf einen Blick in die Richtung, aus der es kam, und erblickte zu ihrer Überraschung Georg, der am Straßenrand auf sie wartete. Das kam selten vor, dass er so früh Feierabend machte. Sie winkte ihm und deutete auf den Eimer. In diesem Moment bemerkte sie, dass sie ihre Tasche vergessen hatte. Da sich in ihr Hausschlüssel und Geldbeutel befanden, konnte sie nicht ohne sie weggehen.

Georg stieg aus und kam auf sie zu, weil er registriert hatte, dass etwas nicht stimmte.

Sabine schaute ihn genervt an. »Hi Schatz, tut mir leid, ich muss noch einmal zurück. Habe meine Tasche oben liegen lassen. Und den wollte ich ausleeren, pass mal eben auf, bin gleich wieder da ...«

Schon hatte sie sich umgedreht und war im Gebäude verschwunden, bevor er überhaupt dazu gekommen war, sie zu begrüßen. Er grinste amüsiert. Das war Sabine, immer etwas hektisch und zerstreut. Er rückte weiter unter den Dachvorsprung, da der Nieselregen stärker wurde. Sein Blick fiel auf den Papierkorb, der vor seinen Füßen stand. Obenauf lag eine CD, die mit *Sarah von Delkarde* beschriftet war. War das etwa eine der besagten Kopien? An den Namen erinnerte er sich. Der Grund, weshalb Sabine so aufgewühlt gewesen war.

Kurz zögerte er noch, nahm schließlich die CD an sich und ließ sie in der Innentasche seiner Jacke verschwinden. Um zu vermeiden, dass seine Freundin Verdacht schöpfte, eilte er mit dem Eimer unter dem Arm durch den Regen zum Container im Hinterhof.

Er war gerade von seinem kleinen Ausflug zurück, da stürmte Sabine auch schon aus der Haustür heraus, schlang die Arme um seinen Hals und küsste ihn. Im Bemühen, den Eimer nicht fallen zu lassen, fing er mit dem anderen Arm Sabines Begrüßung ab. Geistesgegenwärtig nahm sie ihm den Eimer ab und stellte ihn ins Treppenhaus.

Schnellen Schrittes gingen sie zum Auto. Elegant ließ sich Sabine auf den Beifahrersitz sinken, während auch Georg einstieg, nachdem er noch ein hupendes Auto vorbeigelassen hatte. »Was willst du denn«, äffte er ihm hinterher, »da ist doch genug Platz!« Kopfschüttelnd stieg er ein. Liebevoll beugte er sich in Sabines Richtung und sie küssten sich erneut.

»Du hier?«, tat sie jetzt übertrieben überrascht, »mit dir hab ich gar nicht gerechnet. Das ist schön, gerade bei dem Wetter.«

Sie schüttelte ihr Haar unter der Kapuze hervor.

Er schmunzelte wieder, wohlwissend, welche Freude er ihr bereitet hatte.

»Ja, ich konnte heute noch mal früher gehen. Gestern eigentlich auch, doch ich stand lange im Stau, daher war ich nicht rechtzeitig bei dir am Büro. Diese Baustellen rauben einem den letzten Nerv. Ich verstehe, warum du lieber mit der U-Bahn fährst.«

Er startete den Wagen und lenkte ihn auf die Straße.

»Ich habe übrigens die Namen!«, erzählte sie ihm gleich. »Du musst mir versprechen, dass du sie niemanden weitergibst.«

Er lächelte und legte seine rechte Hand auf ihren Schenkel.

»Keine Sorge, du kennst mich lange genug, um zu wissen, dass ich diskret mit allem umgehe.« Plötzlich riss er die Hand in die Höhe und schimpfte: »Mann, fahr endlich, es ist grün!«

Eine Weile schwiegen sie, während der Wagen dahinglitt.

»Geht es dir denn besser?«, fragte er. »Ich meine, wegen gestern, du warst so durcheinander wegen der Sache da.«

»Ach so«, Sabine gefiel sein Interesse, »ja, doch. Wahrscheinlich ist alles nur halb so schlimm. Ich sollte endlich lernen, diese Dinge, die ich im Geschäft mitbekomme, nicht so an mich heranzulassen. Dass du das immer so hinbekommst!«

Eine Viertelstunde später erreichten sie das Haus, in dem Sabine wohnte. Mittlerweile regnete es in Strömen.

Oben in der Wohnung gab sie ihm die Notizen und verschwand ohne Umwege im Bad. Sie wollte sich beeilen, damit sie noch einige Momente mit ihm alleine verbringen konnte, denn ihre Freundin holte sie heute zu einem Kinobesuch ab. Rasch verflog die Dreiviertelstunde, die ihnen blieb, und schon klingelte es an Sabines Haustür.

Ihre Freundin und Georg kannten sich schon und begrüßten sich herzlich. Er bot den beiden Frauen an, sie ins Kino zu fahren. Schließlich würde er ja eh nach Hause gehen und es sei kein Umweg. Wegen des Regens nahmen sie sein Angebot gerne an.

Georg lieferte die beiden am Kino ab und fuhr nachdenklich nach Hause. Sabine hatte offensichtlich nicht bemerkt, dass er die CD an sich genommen hatte. Ein ungutes Gefühl beschlich ihn deswegen. Er nahm sich vor, es ihr zu sagen.

Zu Hause holte er sich aus dem Kühlschrank eine Flasche Cola und ging hinüber ins Wohnzimmer. Er schaltete seinen CD-Spieler ein, legte die CD ins Fach und drückte die Starttaste.

Sofort ertönte eine angenehme Stimme. Sabine hatte recht, eine Frau, sicherlich noch nicht alt.

Nachdem er das Gerät lauter gestellt hatte, ging er zurück in die Küche, um sich etwas zu essen zu holen. Toastbrot und Salami aus dem Kühlschrank. Teller und Besteck nahm er von der Spüle. Die standen da noch von vorgestern, als er gespült hatte. Zurück im Wohnzimmer, setzte er sich in den Sessel neben dem CD-Spieler und startete die CD von vorn. Trotz der Lautstärke hatte er den Anfang nicht mitbekommen. Gespannt horchte er, was die junge Frau zu erzählen hatte, und schon nach den ersten Erzählpassagen lauschte er aufmerksamer.

Nach einer halben Stunde stoppte er die CD. Startete sie von Neuem. Etwas war ihm bekannt vorgekommen … Wieder hörte er sich die ersten paar Minuten an. Er war fertig mit dem Essen und brachte sein Geschirr in die Küche. Als er so dastand und die Stimme vernahm, hörte er zum wiederholten Mal den Namen *Karl* und dass sie ihn als Hausmeister bezeichnete.

In diesem Augenblick erinnerte er sich an einen Fall vor circa drei Jahren. Ein Hausmeister wurde tot in seiner Wohnung aufgefunden. Eigenartige Todesursache – er war blutleer gewesen. Nach den Befragungen im Haus war klar, dass das Mädchen, das ganz oben gewohnt haben sollte, spurlos verschwunden war. Dadurch wurde sie anfangs verdächtigt. Als sie allerdings feststellten, dass auch ihre Freundin Rosalie verschwunden war, glaubten sie an ein Verbrechen, dem auch die jungen Frauen zum Opfer gefallen waren. Alle Ermittlungen verliefen damals im Sande. Die Akten der Mädchen waren zwar noch offen, jedoch aktuell nicht in Bearbeitung. Nur die Sache mit den rätselhaften Morden wurde von Georgs Abteilung gegenwärtig verfolgt.

Er zog den Zettel, den ihm Sabine gegeben hatte, aus der Hosentasche. Und hier las er: *Karl, Hausmeister …*

Die Frau auf der CD sprach doch auch von einer Rosalie. Das wäre wirklich ein Zufall! Sollten die beiden Fälle etwas miteinander zu tun haben?

Erwartungsvoll lauschte er weiter. So verbrachte er den Abend bis in die Nacht hinein. Und je mehr er hörte, desto mehr bestätigte sich der Verdacht, den sie alle, seine Kollegen und er, seit langem hegten. Es konnte sich dabei nur um eine Sekte handeln. Dass es echte Vampire sein sollten, glaubte er in der Tat nicht, Verrückte, die sich so benahmen, waren grauenhaft genug. Georg nahm sich vor, die Akten dieses Falls hervorzuholen und nachzuprüfen, was davon zusammenpasste.

Wenn er jetzt aus dem Fenster sah, konnte er die Silhouetten der gegenüberliegenden Fassaden nur verschwommen erkennen, so heftig regnete es inzwischen.

Zur gleichen Zeit saß Antonio in der U-Bahn. Sarah alleine zu lassen bereitete ihm ein wenig Unbehagen. Die Freude über diese Einladung überwog dennoch und die Wichtigkeit, die er seinem Erscheinen bei diesem Vampirtreffen beimaß, überdeckte den vorhandenen Argwohn. Argwohn darüber, wie ernst ihn die Vampire bisher genommen hatten. Er war der Meinung, so zu tun, als sei alles in Ordnung, und aufzuzeigen, dass die Geschäfte zunächst auch ohne Dominik halbwegs weiterlaufen würden, wäre die beste Möglichkeit, jeglichen Verdacht im Keim zu ersticken. Verdacht, der aufkommen musste. Über diesen Umstand war er sich im Klaren. Die Vampire würden ohne Zweifel in Erwägung ziehen, dass Sarah, er und Rosalie etwas mit dem Verschwinden von Dominik und John zu tun haben könnten.

Laurentiu kam ihm in den Sinn.

Antonio hatte bereits mehrmals dabei zusehen müssen, wie Laurentiu mit Menschen umging, in dem Versuch, herauszufinden, ob diese etwas von den Nachtwesen erfahren hatten. Das Ergebnis war fortwährend dasselbe, ganz gleich, was die Personen aussagten; sie überlebten die Befragungen nie. Laurentiu war in dieser Hinsicht äußerst verlässlich und überließ nichts dem Zufall.

Grundlos leitete er die Detektei bekanntlich nicht. Antonio schüttelte sich, um die Bilder loszuwerden.

Er musste mehrmals die U-Bahn wechseln. Schließlich fuhr er hinaus in die Vorstadt. An der vorletzten unterirdischen Haltestelle stieg er aus und wartete ab, bis der Zug die Halle verlassen hatte. Sich umschauend, ob sonst noch jemand hier verweilte, ließ er seinen geübten Blick durch die von Säulen durchzogene Station wandern.

Es kam so gut wie nie vor, dass außer den Vampiren jemand in diese verlassene Gegend kam. Und Gnade dem Menschen, der versehentlich hier dem Zug entstieg.

In diesem Viertel gab es nur ein paar alte Firmengemäuer, Ruinen und Wohnblocks, die zum Abriss bereit standen, sowie Gelände, die sicherlich einmal gut gehenden Firmen als Parkplätze gedient hatten oder als Parkanlagen für die ehemaligen Anwohner dieser ausgestorbenen Siedlung. Hier oben erinnerte nur wenig daran, dass echt mal was los gewesen war. Antonio musste grinsen bei dem Gedanken. Er war darüber im Bilde, dass sich nunmehr fast alle Grundstücke in diesem Bezirk im Besitz des Clans befanden.

Antonio ging nicht nach oben, sondern schritt geradewegs neben dem Gleis die Bahnsteigschräge hinunter. Ein schmaler Weg, vermutlich ein ehemaliger Kontrollweg, führte tief ins Tunnelsystem.

Keiner würde hierherkommen

Keiner freiwillig hier heruntersteigen.

Keiner diesen dicken, nach Tod riechenden Gestank einatmen.

Antonio störte er nicht, er nahm ihn kaum noch wahr.

Er war ein Halbblut. Ein halber Vampir, ein gemachter, einer, der auch bei Tag nicht auffiel – ein Vosantus.

Bis zu dem Tag, an dem Sarah die beiden Vampire in die Verbannung geschickt hatte, war er Dominiks Verbündeter gewesen.

Immer weiter sog der U-Bahn Tunnel ihn in sich hinein. Er durchquerte kurz hintereinander mehrere Türen, die so alt schienen, dass man denken konnte, sie zerfielen bei der geringsten Berührung. Nichts dergleichen geschah. Sie öffneten sich fast wie von selbst, und je weiter er voranschritt, desto besser sahen die Gänge aus. Der Weg führte konstant leicht bergab. An den Seiten hingen Fackeln, die Licht in die Gewölbe streuten, und die Wände vermittelten den Eindruck von in Stein geschlagenen Höhlen; in sporadischen Abständen kam Antonio an schweren, massiven Holztüren vorbei. Er beachtete sie nicht und marschierte weiter. Die Geräusche seiner eiligen Schritte hallten von den Wänden wider.

Nach circa fünfzehn Minuten erreichte er eine auffallend besondere Tür. Mit wuchtigen Eisenbeschlägen in den dahinter liegenden Fels eingelassen, zeigte sie vorne in der Mitte einen massiven schmiedeeisernen Ring, darüber eine Fratze, die zunächst an einen Dämon erinnerte, bei genauerem Hinsehen jedoch einen Vampir darstellte, der einem Opfer in den Hals biss.

Antonio betätigte den Ring, der daraufhin dröhnend gegen die Tür schlug. Einen Augenblick später hörte man das Knirschen und Knarren des sich öffnenden Portals.

Eine attraktive Frau von vielleicht fünfundzwanzig Jahren schaute prüfend durch den Spalt. Eine der wenigen weiblichen Vosanti, eine Vosanta.

Sie lächelte, als sie Antonio erkannte, wuchtete die schwere Tür auf und ließ ihn hindurch. Sie hatten sich schon bei der einen oder anderen Festlichkeit gesehen.

Antonio nickte ihr zu und schritt an ihr vorbei. Vorbei an vielen Türen gleicher oder ähnlicher Art, einen Gang entlang, rund gemauert und sauber gekalkt mit zahllosen Kerzen zu beiden Seiten. Die zappelnden Flammen verbreiteten ein geheimnisvolles Licht. Sein Schatten huschte geisterhaft an den Wänden entlang.

Die Luft war stickig und schwül, als befände man sich in der Nähe des Erdmittelpunktes. Tatsächlich konnte Antonio nicht genau sagen, wie weit unter der Erde diese Behausung versteckt lag; jedenfalls lag sie weit unterhalb der U-Bahn-Anlagen.

An einer Tür aus dunklem Holz mit ebensolchen Beschlägen wie am Eingangsportal blieb er stehen. Diesmal zögerte er kurz, hielt sich eine Hand an den Kopf, verzog das Gesicht zu einer Grimasse und öffnete die Tür schließlich, ohne anzuklopfen.

»Oh, hallo Antonio«, ertönte eine sonore Stimme aus dem dunkelsten Eck im Raum, in der Antonio einen Sessel erkennen konnte, dessen Rückenlehne ihm zugewandt war. Kerzen und Fackeln brannten im vorderen Bereich der Tür und warfen auch hier unförmige Schatten an die dunklen, staubigen Wände.

»Wie geht es dir?«, vernahm er die Stimme von Neuem. »Alles okay bei euch da oben?«

Langsam drehte sich der Hochlehner, bis Antonio die darin sitzende Gestalt erkennen konnte. Antonio trat so nah wie möglich heran.

Vor ihm im Sessel saß ein Mann, mindestens ebenso groß wie er, nur viel älter; und doch sah er tadellos aus, eine imposante Gestalt mit langem, schwarzem, glänzendem Haar, das die scharfen Gesichtszüge umrahmte. Ein Vampir, einer von der reinen Art, und zugleich der Anführer des Rascudo-Clans – Dominiks Vater.

Den Blick ungeduldig auf Antonio geheftet, wartete er auf eine Antwort. Antonio lächelte flüchtig.

»Es geht mir gut, zumindest fühlt es sich so an.« Er setzte sich in den Sessel, nicht weit vom Hochlehner des Clananführers entfernt.

»Wie ist das Wetter da oben?«

»Es regnet stark, jedenfalls tat es das, als ich losging.«

Der alte Vampir nahm den kritischen Blick keine Sekunde von ihm weg.

»Man sieht es dir an.«

Unwillkürlich strich sich Antonio, nun doch etwas nervös, über das nasse Haar. Auf seinem Mantel konnte man keine Spuren des Regens mehr erkennen.

»Gibt es Probleme in der Firma?«

»Nein, im Moment läuft alles. Sarah, Chalou und Dûra sind mit der nächsten Sommerkollektion schon durch.«

Chalou und Dûra waren die Herren- und Damenschneidermeister in Dominiks Unternehmen *Nobilio*. Sarah arbeitete mit ihnen zusammen. Im Laufe ihrer Zeit in der Villa hatte sie begonnen sich in die Geschäfte miteinzubringen. Da ihre Vorliebe dem Malen und Zeichnen galt, lag es nahe, dass sie sich in den Bereichen betätigte, in denen es um neue Entwürfe für kommende Kollektionen ging.

»Da Sarah Prokura hat, bleibt nichts liegen. Wir sind in allen Abteilungen im Zeitplan. Es stehen nur einige Gespräche an, die ich Sarah nicht zumuten möchte. Es wäre besser, noch einen oder zwei von uns dabeizuhaben.«

Antonio konnte seinen Redefluss kaum stoppen. Zu gerne hätte er von Rosalies Aktivitäten berichtet, da sie wahrhaftig bemüht war, John gebührend zu vertreten.

Er wollte zeigen, dass es vorerst keinen Grund zur Besorgnis gab. Die Geschäfte liefen, das wusste Dominiks Vater höchstwahrscheinlich längst. Antonio nahm einfach an, dass es nicht schaden würde, wenn er aufzeigte, wie engagiert sie waren. Indem er wie selbstverständlich über die Alltagsgeschäfte Bericht erstattete, so glaubte er, könnte er vom eigentlichen Thema ablenken.

»Antonio, du weißt, warum du heute hier bist?«, wurde er jäh unterbrochen.

»Ja, Oberster der Oberen«, gab er ein wenig überrascht, aber gehorsam zur Antwort, »ich denke, ich soll vorerst Dominik vertreten, bis wir wissen, wo er sich befindet?« Tief atmete er durch.

»Aaah«, kam es abfällig von dem alten Vampir, »vertreten kannst du ihn nicht. Jedoch schadet es nicht, wenn du bei einem unserer Treffen dabei bist.«

Langsam erhob sich die mächtige Erscheinung und schwebte zur Tür. Antonio beeilte sich, ebenfalls aufzustehen und ihm zu folgen. Die Tür öffnete sich und der alte Vampir wallte gemessenen Schrittes an ihm vorbei.

»Ist Laurentiu nicht hier?«, fragte Antonio unterwürfig. »Ich dachte, ich treffe ihn?«

»Wenn er seinen Auftrag vernünftig ausführt«, merkte Dominiks Vater an, »ist er jetzt auf dem Weg zu Sarah und teilt ihr das mit, was mein Sohn die ganze Zeit vermieden hat.«

Antonio blieb ruckartig stehen. Es graute ihm förmlich. Sie hatten ihn nur weggelockt. Er war so verblendet gewesen, dass ihm das nicht aufgefallen war. Seine Freude über die Teilnahme an diesem Treffen hatte ihm den Blick getrübt, seine Wachsamkeit abgelenkt und seine Gedanken um alles andere kreisen lassen, nur nicht um Sarahs Sicherheit. Was würde Laurentiu mit Sarah anstellen? Unwillkürlich beschlich ihn ein Gefühl, als hätte er sie im Stich gelassen. Er wusste, dass der Vollblutvampir zu allem fähig war. Laurentiu war ein Meister, wenn es galt, etwas herauszufinden.

»Folge mir!«, drängte ihn der Vampir in drohendem Ton, und seine Stimme hallte von den Wänden wider.

Antonio blieb keine Wahl. Er hätte es ahnen müssen. Wie hatte er annehmen können, sie würden ihn gleichrangig behandeln?

Sieben Tage

Laurentiu

Der Regen prasselte unaufhörlich auf uns herunter. Wir stiegen aus dem monströsen schwarzen SUV aus. Er hatte abgedunkelte Scheiben.

»… so hab ich Antonio dazu gebracht, uns mit seiner Abwesenheit zu beglücken«, erklärte ich während des Aussteigens.

Jacques ließ sich meines Erachtens, trotz des heftiger gewordenen Niederschlages, ziemlich viel Zeit beim Verlassen des Wagens.

»Bist du wirklich sicher, dass er nicht da ist?« Den Blick hatte er auf die Tür gerichtet, als würde sie gleich aufgehen.

»Milli hat gesagt, Sarah sei alleine, keine Rosalie, kein Antonio. Ich habe sie eigens noch einmal angerufen, bevor wir wegfuhren. Wir können uns also ganz in Ruhe mit ihr unterhalten.« Ich schlug die Tür der Fahrerseite zu.

»Wie kommt es eigentlich, dass du dich jetzt um Sarah kümmern sollst?«, wollte Jacques wissen. Er wartete geduldig.

»Dominiks Vater hat mir den Auftrag dazu erteilt. Weil Dominik nicht aufzufinden ist und uns sonst die Zeit davonläuft. Ich soll dafür sorgen, dass Sarah endlich alles erfährt, was Dominik ja die ganze Zeit verhindert hat.«

Inzwischen hatte ich einen Regenschirm geöffnet und stand immer noch auf der Beifahrerseite. Der Regen war jetzt so stark, dass selbst der Schirm seine Mühe hatte, die Wassermassen aufzuhalten. Ich musste den Kopf über Jacques schütteln, der tapfer dem Regen standhielt.

Kein Außenstehender konnte erkennen, was in mir vorging. Ich war zwiegespalten in meinen Empfindungen, die ich, obgleich dies eigentlich nicht meine Art war, zuließ. Mit Sarah endlich offen reden zu dürfen bedeutete mir mehr, als ich zunächst geglaubt hatte.

»Warum wollte Dominik ihr eigentlich nichts sagen?« Fragend schaute Jacques mich an.

»Sag mal, hast du denn gar nichts mitbekommen?« Schnaubend eilte ich um das Auto herum, bis ich bei ihm stand. »Dominik ist bis über beide Ohren in Sarah verliebt.«

»Das gibt es bei euch?« Jacques schüttelte den Kopf. Beide verharrten wir unter dem Schirm, den ich über unsere Häupter hielt.

»Ja das ist bei uns potenziell möglich. Das Schlimme dabei ist, dass wir die Gefühle, sofern wir sie zulassen, viel intensiver spüren als alle anderen Wesen auf dieser Welt.«

»Du hörst dich an, Laurentiu, als wüsstest du, wovon du sprichst?« Fast gleichzeitig betraten wir die ersten Treppenstufen.

»Allerdings«, antwortete ich knapp.

Es war nicht zu übersehen, dass er sich offensichtlich über mich wunderte. Dass Vampire lieben konnten, musste er meines Erachtens wissen. Dass die Loyalität darunter leiden konnte, war ihm allem Anschein nach fremd.

Ich hoffte einfach, dass Jacques verstanden hatte, dass Dominik sich seinem Auftrag widersetzt hatte, Sarah zu finden und auf das Ritual vorzubereiten.

Er erkundigte sich weiter: »Sag mal, hat Antonio nicht darum gebeten, Sarah in Ruhe zu lassen?«

»Antonio, Antonio, was hat der schon zu melden. Der schwärmt für die Ahnungslose. Dominik hat sich mal darüber lustig gemacht. Er war sich seiner

Sarah sicher und zweifelte nicht eine Sekunde an ihrer Liebe. Antonio, so meinte er damals zu mir, sei ihr ohnehin nicht gewachsen.«

Langsam schritten wir die breiten Stufen hinauf zur Tür. Jacques gab nicht auf und löcherte mich weiter mit Fragen. Er war für einen Auftrag von mir länger weg gewesen und hatte wirklich vieles nicht mitbekommen, daher versuchte ich ihm weiterhin geduldig Rede und Antwort zu stehen.

»Hat denn Dominik von all dem nichts gewusst? Warum er Sarah für sich gewinnen soll? Wozu sie gebraucht wird?«

»Oh doch, er war von Anfang an im Bilde darüber. Dominik hat sich verhalten wie ein verliebter Teenager. Vor allem seit er von der Vorsehung wusste, konnte ihn keiner eines Besseren belehren. Er war total trotzig seinem Vater gegenüber und prophezeite, dass er eine Möglichkeit fände, das Ritual zu verhindern. Er wollte Sarah nicht hergeben.« Ich stand vor der Tür, meinem Vasallen zugewandt.

»Dominik war schon von Anfang an in Sarah verliebt. Dies verstärkte sich noch, als sich ihr Bild in seinen Händen befand. Allgemein glaubte man, dass seine Zuneigung zu ihr einiges vereinfachen würde. Es konnte ja keiner ahnen, dass er sich so vehement weigern würde, sie ihrem Schicksal zu überlassen. Er hütete sie wie seinen Augapfel. Sie durfte keinen Schritt ohne ihn tun.« Ich musste grinsen. »Das wurde ihm letztlich zum Verhängnis.«

Jacques blickte überrascht.

»Willst du damit sagen, dass Sarah etwas mit Dominiks Verschwinden zu tun hat?«

»Na ja«, ich grinste noch breiter, »mal schauen, ob wir da nicht in ein Wespennest stechen.«

»Wolltest du deswegen, dass Antonio nicht dabei ist?«, fragte Jacques gespannt. Ich nickte.

»Ich denke, dass er seinen Teil dazu beigetragen hat. Das kann sie unmöglich alleine bewerkstelligt haben – unter keinen Umständen!«

Ich schloss den Schirm.

»Wichtig ist zunächst, dass wir ihr ungestört mitteilen können, wer sie ist und was sie ist und wofür wir sie brauchen.«

»Hast du keine Bedenken, dass sie fortgehen könnte?«, fragte Jacques mahnend.

»Das steht außer Frage«, antwortete ich schmunzelnd. »Als Dominiks Vater mir den Auftrag erteilte, habe ich gleich veranlasst, dass das Haus, und somit Sarah, unter ständiger Beobachtung steht.«

Ich deutete kurz in die Richtung, in der die Straße lag. Ein weiterer SUV stand in der Parkbucht auf der anderen Straßenseite.

Wir befanden uns mittlerweile vor dem massiven Eingangsportal und ich drückte den Klingelknopf. Etwas gedämpft drang das wohlklingende mehrstimmige Geläut zu unseren Ohren durch.

Milli öffnete.

»Ah, da sind Sie ja. Sarah ist im Kaminzimmer. Ich soll sie eigentlich nicht stören«, flüsterte sie, ließ Jacques und mich jedoch an sich vorbei in die Vorhalle gehen. Dort nahm sie unsere langen schwarzen, triefenden Mäntel ab und brachte sie in einen kleinen Nebenraum zu ihrer Linken. Schon war sie wieder da. Sie hatte ein schlechtes Gewissen, weil sie Sarah offenbar nichts davon gesagt hatte, das sah ich ihr an, und spüren konnte ich es auch. Natürlich wollte sie es nicht zulassen, dass wir allein zu Sarah ins Kaminzimmer marschierten. Milli war sich im Klaren über Sarahs Antipathie uns gegenüber.

Um keinen unnötigen Stress zu verursachen, ließ ich Milli vorangehen. Sie öffnete die Tür zum Saal, und wir gingen an den großflächigen Gemälden vorbei, die dort an den Wänden hingen. Rechts sah man den Durchgang zum Kaminzimmer. Sarah schaute irritiert hinaus in den Saal, weil sie Milli und uns offenbar bereits von Weitem gehört hatte. Mir fiel auf, dass sie sich angestrengt umsah, als würde sie etwas suchen, bevor sie uns mit einem Ausdruck der Überraschung empfing.

Ihr Herz schlug schneller. Wir hörten das natürlich, schoben es jedoch darauf, dass sie uns nicht wohlgesinnt war. Ihre ursprünglichen Ängste, wir könnten ihr gegenüber die Beherrschung verlieren, würden sich melden, dessen war ich mir bewusst. Dominik hatte mir mehrmals berichtet, wie groß ihre Befürchtungen diesbezüglich waren. Sie wusste sicherlich, dass Antonio uns untersagt hatte, hierherzukommen. Wenn es nicht sogar ihr Wunsch gewesen war, dies durch ihn mitteilen zu lassen.

Ihr Blick verriet mir deutlich, dass sie sich fragte, was wir hier wollten. Ich kannte sie bisher als äußerst aufmerksam und clever. So musste ihr klar sein, dass wir gekommen waren, *weil* Antonio nicht anwesend war. Zumal sie möglicherweise ahnte, wenn nicht sogar wusste, dass ich ihn persönlich zu diesem Vampirtreffen eingeladen hatte.

Schon betraten wir das Kaminzimmer. Ich ging einen Schritt auf Sarah zu und verbeugte mich dezent. Jacques tat es mir nach, blieb jedoch versetzt hinter mir stehen, hatte ich ihm doch eingebläut, sie in keinster Weise zu bedrängen.

Milli hielt es wohl für nötig, etwas zu sagen.

»Sarah«, sie holte tief Luft, aufgeregt und weil sie ein schlechtes Gewissen hatte, das man ihr deutlich ansah. »Die beiden Herren wollen mit dir reden.«

Der Blick, mit dem Sarah sie ansah, war undurchdringlich. »Ist gut, Milli.« Ich konnte sehen, dass ihre Hände zitterten. »Milli, wärst du so lieb und bringst mir eine Kleinigkeit zu essen? Egal was. Die Herren wird es sicher nicht stören, wenn ich eine Winzigkeit zu mir nehme.« Dabei blickte sie uns beide aufmüpfig an.

»Natürlich«, beeilte sich Milli zu sagen. »Ich hatte schon geglaubt, du isst gar nichts mehr heute.« Sie machte auf dem Absatz kehrt und ging hinaus.

Der überaus besorgte, freundschaftliche Ton ließ mich aufhorchen. Dominik hatte nichts dagegen gehabt, es sogar wohlwollend geduldet, weil er ahnte, dass Sarah diesen recht mütterlichen Zuspruch brauchte.

So standen wir da und beobachteten uns gegenseitig. Sie wirkte, als hätte sie Jacques und mich am liebsten weit weg gewünscht. Das funktionierte leider nicht.

Eine Gefühlswelle schwappte von ihr zu mir, die mich irritierte. Deutlich nahm ich wahr, dass sie sich vor allzu eindringlichen Fragen bezüglich Dominiks Verschwinden fürchtete.

»Was gibt mir die Ehre?«, fragte sie ein wenig spitz. »Ihr habt den passenden Zeitpunkt gewählt. Ich bin vollkommen schutzlos. Kein Antonio, keine Rosalie.«

Ich spürte, dass sie am liebsten weggelaufen wäre. Sicher, es war unsere Absicht gewesen, sie alleine vorzufinden, keine Frage. Dennoch lag es uns fern, ihr etwas anzutun. Um das zu verdeutlichen, verhielten wir uns zurückhaltend. Das musste Sarah einfach bemerken. Ihr Blick glitt von mir zu Jacques und wieder zurück. Dass Jacques mir unterstand, wusste sie.

Neben Jacques wirkte ich wohl eher wie ein Banker. Mit meiner Größe von 1,70 gehöre ich nicht gerade zu den mächtig wirkenden Typen. Obwohl ich ein Vollblutvampir bin, ziert mich nicht die sonst so übliche blasse Haut. Meine ist eher vom dunkleren Typ. Mir wird oft gesagt, dass ich Außenstehenden wie ein Südländer vorkomme. Dunkles kurzes Haar, ein ebenmäßiges Gesicht wie ein aus Keramik gegossener Engel – so hatte mich einmal eine Frau beschrieben, die mit ihrem Mann zur Anzugprobe bei unserer Herrenschneidermeisterin Dûra gewesen war. Und laut Dûra, die das sofort bestätigte, wurde meine Erscheinung durch die korrekt sitzenden Anzüge noch unterstrichen.

Jacques wie gesagt überragte mich um einiges und war vom Typ eher blass, fast schon weiß. Sein Haar hing etwas länger, was ihm gut stand. Man glaubte ihm anzusehen, dass er jünger war als ich. Seine Augen schimmerten genauso dunkel und gefährlich wie die meinen. Er war meistens schlicht gekleidet, mit schwarzen Jeans, erdfarbenen Hemden und dunklen Jacketts. Wenn ich so darüber nachdachte, musste ich zugeben, dass ich ihn noch nie anders gesehen hatte.

»Du weißt, warum wir dich aufsuchen?«, begann ich behutsam.

»Nein«, gab Sarah ehrlich zur Antwort. Da sie nur Vermutungen anstellen konnte, wollte sie offensichtlich nicht durch ein falsches Wort schlafende Hunde wecken. Die Art und Weise ihrer Reaktion verriet mir da einiges.

»Ich kann ja nicht hellsehen oder voraussehen, wie manche von euch.« Sie versuchte meinem durchdringendem Blick standzuhalten. Ich grinste breit, und mir war klar, dass Sarah es drauf ankommen ließ.

»Nun«, sagte ich, »wir vermissen Dominik und John seit einiger Zeit.«

»Als ob ich das nicht wüsste.« Sie spielte nervös mit dem Ring, den sie an einer Kette um ihren zarten Hals trug. Ein kleiner Schlüssel hing dabei. In ihren wunderschönen Augen war plötzlich eine tiefe Traurigkeit. »Ich vermisse ihn auch«, hauchte sie.

Doch im Gegensatz zu ihren Worten benahm sie sich wie ein ertapptes kleines Mädchen. Nur allzu deutlich spürte ich ihre Unruhe. Sie verheimlichte etwas. Nur was?

Jacques fiel in der Tat darauf herein. »Schau hin, Laurentiu, sieht so jemand aus, der etwas damit zu tun hat?«

Prompt sah sie auf und lächelte gequält. Ich sprach ruhig und besonnen weiter.

»Inzwischen bin ich davon überzeugt, dass du weißt«, ich betonte das *du*, »wo Dominik und John sind.«

Sarah blickte mich mit einem entsetzten Ausdruck an und schüttelte stumm den Kopf.

»Hat Dominik dir jemals erzählt, warum er dich damals hierhergeholt hat?«

Diese Frage schien sie zu irritieren.

»Ja, klar … er hat mich gesucht … wegen des Bildes. Weil er sich in mich verliebt hatte. Das hat er zumindest so gesagt. Und dann hat er —«

»Er hat dir nie die ganze Wahrheit offenbart. Du weißt nichts von dem Ritual? Und dass du jemandem versprochen bist …« Das war mehr eine Feststellung als eine Frage.

Mit offenem Mund starrte sie mich an. Sie stand auf und lehnte sich an den Kamin. Die Wärme schien ihr angenehm zu sein, da unser Erscheinen mit ziemlicher Sicherheit frostige Gefühle in ihr hervorrief.

»Du meinst also, er machte mir was vor?«, ihre Stimme klang für einen Moment aufgebracht, »und war gar nicht in mich verliebt?«

»Doch doch«, antwortete ich rasch, »das war er, sehr sogar. Ich sagte ja, er hat dir nicht die ganze Wahrheit erzählt. Den eigentlichen Grund für deine Anwesenheit hier. Es hat nicht nur damit zu tun, dass du eine Sangvuella bist und er in dich verliebt ist. Doch bevor ich mit meinen Ausführungen beginne, setzen wir uns doch.«

Jacques und ich standen noch immer an derselben Stelle, an der Milli uns verlassen hatte. Jacques, der als Anstandsdame dienen sollte, schwieg und folgte gespannt dem Wortwechsel. Ohne auf ein Zeichen von Sarah zu warten, ging ich langsam zu dem niedrigen Tisch und setzte mich. Sarah stand nur eine Armeslänge von mir entfernt. Ich widerstand dem Drang, sie zu berühren. Dafür wies ich Jacques mit einer knappen Geste an, in dem Sessel neben dem meinen Platz zu nehmen.

Sarah verharrte weiterhin am Kamin. Ihr Herz klopfte wieder rascher, viel zu schnell, wie ich fand; aus der geringen Entfernung nahm ich es überdeutlich wahr.

Just in dem Moment, als ich mit meinen Ausführungen beginnen wollte, kam Milli herein. Sie stellte das voll beladene Tablett auf dem Sideboard ab und blickte etwas hilflos zu Sarah. Sarah nickte ihr zu und nahm die Unterbrechung zum Anlass, hurtig an mir vorbeizuhuschen und sich uns gegenüberzusetzen.

»Stell das Tablett bitte hier herüber«, wies sie Milli in beiläufigem Tonfall an.

Milli tat, wie ihr geheißen. Nach und nach stellte sie eine reichhaltige Auswahl von Speisen auf den Couchtisch. Es roch nach frisch Gebackenem. Von Dominik wusste ich, dass Sarah diesen menschlichen Genüssen nur allzu gerne zusprach, was durchaus verständlich war. Ich selbst konnte keinen Gefallen an diesen Dingen finden, dazu war ich zu sehr Vampir. Jacques, der diese Genüsse aus seinem vorherigen menschlichen Leben kannte, sah das sicherlich anders.

Ich musste ein Lachen unterdrücken, weil ich dem Gesichtsausdruck der Haushälterin entnehmen konnte, dass sie sich über Sarahs Reaktion wunderte. Sarah wirkte nach außen hin tatsächlich souverän.

Zu beherrscht? Zu normal?

Dass ich ihre Aufgewühltheit wahrnahm, konnte Milli in diesem Moment zweifellos erahnen. Sie war sich durchaus darüber im Klaren, dass wir Vampire in der Lage sind, Emotionen zu erspüren, und dass meine Wenigkeit darin Meister war.

Sarah richtete eine Scheibe Brot. Langsam lehnte sie sich zurück, den Blick erwartungsvoll auf mich gerichtet.

»Nun, dann will ich mal fortfahren Solchen Genüssen brauchen wir uns ja nicht hinzugeben.« Ich schüttelte lächelnd den Kopf. »Es ist so: Den Fortbestand der Vampire können wir nur erhalten, indem wir gewisse Konstellationen einhalten. Ein Vampir kann sich nicht mit jeder Frau fortpflanzen. Mit einem normalen Menschen würde nur ein Wesen dabei herauskommen, das von der Art einer Rosalie oder eines Jacques wäre. Wenn du verstehst, was ich meine.«

»Ich bin darüber im Bilde«, sagte sie, während sie weiteraß.

»Okay«, ich räusperte mich. »Es gibt da einen russischen Vampir-Clan, die Bojarows —«

»Auch das weiß ich«, unterbrach sie mich. »Ich weiß, dass fünf Clans existieren. Und ich habe einmal in einem Buch gelesen, dass die Bojarows sich mit den anderen zerstritten haben. Den Grund dafür konnte ich dem Buch leider nicht entnehmen.«

»Dann werde ich ihn dir erklären.« Mein Blick fiel auf den Teller, was Sarah zum Anlass nahm, sich eine weitere Scheibe zu richten. Entspannt lehnte sie sich wieder zurück, ein Zeichen, dass sie gewillt war, meinen Ausführungen zu folgen. Ich freute mich über ihre Bereitschaft, ersparte sie mir doch ernsthaftere Maßnahmen, die ich im Falle absoluter Widersetzlichkeit zweifellos angewandt hätte.

»Ich möchte zu den Ursprüngen zurückkehren. Weißt du, Sarah, die Entstehung unserer Art haben wir nämlich den Druiden zu verdanken, auch wenn wir nur ein Produkt des Zufalls waren.«

Ich registrierte, dass selbst Jacques aufmerksam zuhörte.

»Die Druiden hantierten aus falschen Beweggründen mit schwarzer Magie. Der Vampir wurde geboren. Schnell bemerkten die Druiden, dass ihre Söhne besonders waren. Herkömmliche Nahrung bekam ihnen nicht, es musste Blut sein oder rohes Fleisch. Und damit unsere Vorfahren ihren Durst nicht nur an den Menschen stillten, stellten sie den Vampiren Frauen, wie du eine bist, an die Seite – Sangvuellas. Mit einem Ritual, das nur bei einer bestimmten Himmelserscheinung vollzogen werden konnte, verfluchten sie die Körper der Frauen. Ihr Leben war fortan dazu bestimmt, die Blut saugenden Wesen zu nähren.

Den Druiden wurde das zu gefährlich, und so beschlossen sie, ihre Produkte der Ungläubigkeit zu töten, die Leichen zu verbrennen und ihre Asche zu vergraben.

Einer der Vampirjünglinge belauschte damals die Druiden, und so kamen sie ihren Erschaffern zuvor. Ein jeder erschlug seinen Vater und begrub ihn. So gab es keinen mehr, der solche Kraft besaß, und niemanden, der die Cleverness gehabt hätte, ihnen entgegenzutreten. Von diesem Zeitpunkt an war klar, dass sie sich bedeckt halten mussten, um nicht aufzufallen. Es kam, wie du sicherlich schon ahnst: Ihre Frauen gebaren ihnen Kinder. Die Jungen wurden wie ihre Väter, gefährliche Raubtiere, denen kein Opfer entkam. Die Mädchen waren fortan wie ihre Mütter, und so sorgten sie selbst immer wieder dafür, dass jeder seinen Partner fand. Da, wie du weißt, unser Alterungsprozess anders verläuft als bei den Menschen, sahen sich die Vampire gezwungen, sich alle paar Jahrzehnte eine andere Bleibe zu suchen, um keine Aufmerksamkeit zu erregen. So versuchten sie unentdeckt unter den Menschen zu leben, mehrere Jahrhunderte lang.«

Ich hielt inne, um zu erspüren, was in Sarah vorging. Sie saß regungslos da, die Beine hochgezogen, und blickte mich gespannt an. Ohne Angst und irgendwelche Vorbehalte. Meine Erzählung schien sie etwas zu beruhigen, ihr Herzschlag hatte sich normalisiert. Hübsch sah sie aus, wie sie dasaß, fast wie eine Aristokratin.

»Was ist? Willst du nicht weitererzählen?«

War das Eis etwa gebrochen? In diesem Moment spürte ich eine unbeschreibliche Verbundenheit mit ihr, eine Vertrautheit, wie man sie sich nicht verdienen kann, sondern die einfach da ist.

»Nun erzähl schon«, drängte mich sogar Jacques. Jetzt konnte ich ein Lachen nicht mehr zurückhalten. Mein Gefühl täuschte mich nicht.

»Es kamen Phasen, in denen die Ländereien zerrissen waren von den Kriegen der Menschen. Gute Zeiten für unsere Vorfahren: Schlachtfelder, wohin man sah, sodass es ihnen an Nahrung nicht mangelte. Wenn die Vampire die Kampfplätze mit den unzähligen Leichen durchkämmten, war der Lohn in vielfacher Hinsicht beträchtlich. Die Halbtoten gaben ihnen nicht nur Blut, das sie zum Überleben brauchten, sie überließen den Vampiren darüber hinaus ihre kostbaren Güter, den letzten Sold, Goldschmuck und vieles mehr. In wenigen Jahren häuften sie ein ungeheures Vermögen an, was ihnen einen Lebensstil ermöglichte, der dem eines Fürsten gleichkam. Ja, unsere Vorfahren hätten ein vorteilhaftes Leben haben können.«

Ich senkte meine Stimme, als ich weitersprach. »Dessen ungeachtet war da der eine unter den fünfen. Der, der nie genug bekam. Der in einer Nacht eine komplette Familie zerstörte, um damit sich und seine Familie zu nähren. So kam es, dass die Menschen die Existenz der Wesen entdeckten, von denen sie verfolgt wurden und die ihnen das Blut aussaugten. Da halfen weder Gott noch Teufel,

waren die Vampire doch buchstäblich Raubtiere. Es half nur, sie grausam abzu-
schlachten, sooft es gelang, einen von ihnen zu fassen.

Die Familien der anderen vier Vampire hatten durch das zerstörerische men-
schenverachtende Verhalten der einen große Mühe, ihr Wesen unentdeckt zu
halten. So kam es, dass zur Jagd auf unsere Vorfahren aufgerufen wurde. Inzwischen weit verbreitet gab es kaum einen Landstrich, auf dem sich nicht mindestens eine Sippe unserer Art angesiedelt hatte.

Mittlerweile hatten unsere Vorfahren herausgefunden, dass sie Vampire
schaffen konnten. Diese verfügten zwar nicht über dieselben Eigenschaften und
konnten sich auch nicht fortpflanzen, jedoch erwiesen sie sich als nützliche Helfer in diesen Zeiten. Sie waren wie du, Jacques. Wir nennen sie heute Vosanti.«

»Wie lange bist du eigentlich schon ein Vosantus, Jacques?«, fragte Sarah frei
heraus. Sie hatte offensichtlich keinerlei Berührungsängste mehr.

»Nun«, Jacques wurde verlegen, und sein Blick flog zu mir. Ich nickte ihm
lächelnd zu. »Ich war sechsundzwanzig Jahre alt, glaube ich, das war, ähm, wenn
mich nicht alles täuscht, 1989 … Ich hatte einen fürchterlichen Streit mit meinem Vater, das hatte Laurentiu mitbekommen. Er kam zu mir, sprach mit mir
und erklärte mir alles. Ich stimmte zu und bin seit dem das, was ich heute bin
– ein Vosantus.«

»Mehr nicht?« Sarah reagierte irritiert. »Ich dachte, Vampire sind blutrünstig
und nehmen sich einfach alles, was sie wollen. Machen Vampire, wie sie wollen.
Aber selbst Antonio, der mir seine Geschichte einmal erzählt hat, folgte freiwillig diesem Weg. Ich dachte, er sei eine Ausnahme … Dann verstehe ich aber
dieses Gemetzel an Silvester nicht. Wenn ihr tatsächlich so kultiviert seid, so
erhaben über den Dingen steht, warum benehmt ihr euch an diesem einen Tag
wie Raubtiere?«

Sarah hatte sich aufrechter hingesetzt. Ihr Verstand konnte natürlich den
Empfindungen eines blutrünstigen Tieres nicht folgen. Es fiel ihr schwer, das
zu verstehen, und ich sah auch kaum eine Möglichkeit, ihr das begreiflich zu
machen. Meines Erachtens lag es nur daran, dass sie nicht unter uns aufgewachsen war. Ich konnte nur hoffen, dass sie sich von mir und Jacques nicht wieder
bedroht fühlte.

»Das ist das, was uns ausmacht und weswegen man Jagd auf die Vampire
macht. Eben daher werden Geschichten geschrieben, die die Geschehnisse als
Mär verkaufen. Wir wollen unerkannt und friedlich unter den Menschen leben.
Doch einmal im Jahr sind wir, was wir sind – Blut saugende Bestien.«

Ihr Pulsschlag steigerte sich, das spürte ich deutlich. Trotzdem war sie neugierig genug, zu hören, wie die Geschichte weiterging. Jacques' Blicke gingen während meiner Ausführungen nervös zwischen Sarah und mir hin und her. Sicherlich nahm auch er ihren erhöhten Herzschlag wahr und schien sich zu wundern, da ich ihn zuvor noch gemahnt hatte, Sarah nicht zu bedrängen. Jetzt aber war ich es, der sich nicht zurückhielt. Deutlich spürte ich, dass es in Ordnung war. Dass Sarah diese Offenheit begrüßte, wenn sie sich auch nicht gerade entzückt zeigte.

»Soll ich fortfahren?«, fragte ich.

»Ich bitte darum!« Vorwurfsvoll schaute sie mich an. »Ich will endlich alles verstehen.«

»Nun, der deutlich gehobene Lebensstandard führte dazu, dass die Vampire in den besten Häusern ein und aus gingen. Geschicktes Taktieren und das Heranziehen von Befürwortern an den richtigen Stellen sorgten sogar dafür, dass es einem von uns gelang, König zu werden. Er nahm sich ein Weib, eine menschliche Frau. Sie hieß Gala Placidia. Leider hing er dem Glauben an, dass es möglich sein sollte, offen mit den Menschen in Einklang zu leben. Er wünschte, dass die Normalsterblichen von unserer Existenz erfuhren. Sämtliche Warnungen schlug er in den Wind. Er beteuerte, dass es funktionieren würde, wenn nur alle Vampire sich an die Regeln hielten …«

»Gala Placidia, sagst du?« Zu meinem Erstaunen strahlte Sarah. »Rosalie ließ mir einmal ein Tagebuch zukommen. Es muss von Dominiks Vater sein. Mit der Hilfe von Dr. Danori ließ ich es übersetzen. Darin schrieb er von diesem König und dessen Frau. Wenn ich mich recht erinnere, ist das im Tagebuch auf das Jahr 414 oder 415 datiert.«

»Du besitzt ein Tagebuch von Dominiks Vater?«, fragte ich leichthin, um meine Überraschung zu verbergen. Wie war Rosalie daran gekommen? Oder hatte John das Buch an sich gebracht und Sarahs Freundin entwendete es, um ihr zu helfen? Sarah war sich sicherlich nicht im Klaren darüber, was sie da in den Händen hielt. Schwer vorstellbar, dass Domian von Rascudo, unser Clananführer, ahnte, wo sich sein Tagebuch in diesem Moment befand.

»Du hast es nicht zufällig greifbar? Es ist alt und sehr kostbar«, versuchte ich die Sache herunterzuspielen, in der Hoffnung, dass sie meine Erregung nicht wahrnahm.

»Es ist gut aufgehoben, mach dir darüber keine Sorgen.« Lächelnd verschränkte sie die Arme. So ohne Weiteres würde sie es mir also nicht sagen. Ohne Zweifel wäre es mir ein Leichtes, es herauszufinden; doch ich dachte, dass es bei ihr unter Umständen sogar ganz gut aufgehoben wäre. Also fuhr ich fort:

»Von dem Moment an also, wo unser König versuchte, den Menschen die Existenz der Vampire zu offenbaren, begannen die Menschen zunächst Jagd auf unsere Frauen zu machen. Viele Jahrhunderte lang wurden sie als Hexen verbrannt. Selbst noch im Mittelalter wurde dieser Vorwand benutzt, um lästige Zeitgenossen aus der Welt zu schaffen. Männer und Frauen, die auch nur den Anschein erweckten, irgendwie anders zu sein. Die Vampire mussten sich in weit abgelegene Gebiete zurückziehen. Wir waren der Meinung, dass rasch Duldsamkeit und Friede einkehren würden, wenn wir nur weit genug weg wären und man uns keine Morde zuschreiben könnte.

Leider, dank Gregorians unbändig bösartiger Einstellung den Menschen gegenüber, die er auf Gedeih und Verderb als Beute betrachtete, gab es keine Ruhe. Immer und immer wieder zog Gregorian mit seinen Söhnen los und mordete, teilweise einfach aus Spaß am Töten. Dadurch schafften es die Menschen, uns stets und ständig aufzuspüren, dank seiner Blutdurst fanden sie von Mal für Mal näher zu unserem Unterschlupf. In der Zwischenzeit hausten wir mitunter in Felsenhöhlen statt in unseren mit Reichtümern bestückten Häusern.

Eines Abends kamen mein Vater und einige seiner Brüder von einem Streifzug zurück und berichteten aufgeregt, dass die Sterblichen sich im nahe gelegenen Dorf zusammenrotteten. Die Menschen hatten gemerkt, dass sie gegen diese Monster gewinnen konnten, und ermutigt traten sie in den Kampf. Sie begannen eine grausame Jagd auf uns Vampire. Bald hatten sie nicht nur viele Sangvuellas gemeuchelt, sondern auch viele unserer Vorfahren starben bei diesen Kreuzzügen. Ja, so nannten sie es – Kreuzzüge!

Eine leidenschaftliche Diskussion entbrannte, ob wir weiterkämpfen oder fliehen sollten, um die Familien in Sicherheit zu bringen. Die Vampire würden bei dieser Fehde vermutlich viele ihrer Frauen verlieren, denn die Sangvuellas waren nicht so stark und nicht so schnell.

Da Gregorian die Schuld für diesen Zustand zugewiesen wurde, sollte er den Großteil seiner Familie zurücklassen, um die wütende Meute aufzuhalten, bis sich die anderen in Sicherheit gebracht hätten.

Wie ihr euch denken könnt, entbrannte ein heftiger Kampf zwischen den Clanbrüdern. Dorian gewann, und am Ende musste Gregorian drei seiner Söhne zurücklassen. Da die Sangvuellas an ihre Partner gebunden sind, blieben auch sie –«

»Was war mit Gregorians Frau? Konnte sie denn nichts ausrichten?«, fragte Sarah aufgebracht dazwischen.

»Sie lebte zu diesem Zeitpunkt schon nicht mehr. Die Menschen hatten sie erschlagen, nachdem sie bei der Zubereitung eines Kräutersuds erwischt worden war. Den wollte sie einer besorgten Mutter geben, deren Kind unter starken Bauchschmerzen litt. Durch diesen Vorfall war Gregorians Hass auf die Menschen noch gewaltiger geworden.«

Nicht nur Jacques verfolgte meine Ausführungen höchst gespannt. Sarah stand auf, völlig außer sich lief sie auf und ab. Ich spürte erneut ihren schnellen Herzschlag.

»Er war also schuld an dem ganzen Dilemma, Gregorian, dieses abscheuliche Geschöpf! Anstatt zu bleiben und mit seinen Söhnen zu kämpfen, nahm er seinen übrig gebliebenen Sprössling und floh. Er ließ seine Familie im Stich – das sagt genug.« Wütend setzte sie sich wieder hin.

Sarahs Wangen hatten sich verfärbt; die Aufgewühltheit wegen der Geschichte stand ihr ironischerweise gut.

»Mit dieser Entscheidung ging einher, dass Gregorian für die Opferung seiner Familie von Dorian verlangte, ihm bei Bedarf eine seiner Töchter zu überlassen, um selbst wieder Nachkommen zeugen zu können. Dass Dorian nie vorhatte, diesem Wunsch nachzukommen, konnte sein Bruder nicht ahnen. Dorian und die anderen drei Brüder hatten es noch nie gutheißen können, dass Gregorian die Menschen wie Vieh behandelte, sie jagte und seinen Blutdurst an ihnen stillte.

Er glaubte diese Abmachung so lange hinauszögern zu können, bis sie hinfällig würde. Allerdings unterschätzte er die Blutrünstigkeit seines Widersachers.

Dieser sprach nämlich eine Drohung aus: Wenn Dorian seiner Forderung nicht nachkäme, würde er – Gregorian – dessen Familie und alle bis dahin geborenen Kinder und Kindeskinder töten. Die Frauen würde er für sich behalten, um seine eigenen Nachkommen zu zeugen. Darüber hinaus wollte er an jedem Rache üben, der Dorian bei dieser Entscheidung beigestanden hatte.

Zweifellos berieten sich die anderen, hatten sie doch seit Anbeginn ihrer Existenz zusammengelebt und versucht, weitgehend unentdeckt zu bleiben. Bei den Menschen waren sie als Freunde ein und aus gegangen, auch wenn diese nichts von den Wesen in ihrer Mitte ahnten.

Immer schon war Gregorian ein Rebell gewesen. Hatte er sich je an Abmachungen gehalten? Nach unserem König hatte es eine Weile gedauert, bis die Lage für die Vampire sich entspannt hatte. Durch Gregorian waren die Menschen wieder auf sie aufmerksam geworden. Von Neuem wurde zur Jagd auf die Frauen der Vampire geblasen.

In dieser Situation beschlossen sie, dass es besser wäre, sich zu trennen, sich in aller Herren Länder zu verstreuen und dort ein neues Leben aufbauen, denn hier würde es nicht mehr möglich sein.

So kam es, dass Jade sich ins heutige England zurückzog, Dorian im jetzigen Deutschland blieb, René ins gegenwärtige Frankreich reiste und Ludore nach Rumänien auswanderte. Gregorian wurde von seinen Brüdern davon in Kenntnis gesetzt und sie verlangten auch von ihm, weit fort, in den asiatischen Raum ins heutige Russland, zu gehen. Dort solle er sich zunächst beweisen. Nach ein paarhundert Jahren würden sie dann beraten, ob sie ihm eine Frau gewährten. Gregorian erboste sich zwar darüber, doch blieb ihm letzten Endes nichts anderes übrig – sie waren in der Überzahl. Wutentbrannt zog er mit seinem letzten Sohn von dannen und schwor, dass er zurückkäme und eine Frau mitnähme, ob mit oder ohne deren Zustimmung.«

Ich musste etwas trinken und sah mich um. Sarah registrierte das, denn sie sprang sofort auf. Wie elegant sie sich bewegte. Lächelnd reichte sie mir ein Glas Wasser. Auf einmal zögerte sie, zog das Gefäß aus Bleikristall weg und schaute mich bestürzt an.

»Oh, willst du überhaupt Wasser?« Sie sah zur Bar. Schnell nahm ich ihr das Glas ab.

»Das ist schon in Ordnung. Es muss nicht immer Blutwein sein.«

Amüsiert trank ich ein paar Schlucke. Jacques nahm dies zum Anlass, sich selbst zu bedienen; er allerdings begab sich an die Bar und schenkte sich von dem Blutwein ein. Sobald er wieder saß, fuhr ich fort:

»Jeder meiner Vorfahren verschaffte sich eine Identität, indem er sich mit seiner Familie in wohlhabende Häuser einschlich. Sie übernahmen die vorhandenen Geschäfte und waren schnell erfolgreich. Die Firmengeflechte dehnten sich aus, und immer mehr Menschen wurden in den Arbeitsalltag eingebunden. Es stimmte, wenn auch nur bedingt: Die Vampire konnten unter den Menschen leben – solange diese von deren Existenz nichts ahnten.«

»Es gibt also noch viel mehr von euch?«

»Ja, Sarah, wenn man es genau nimmt, sind die Vampire, bis auf den asiatischen Raum, auf der ganzen Welt verteilt. Vollblutvampire und Vosanti. Auch Sangvuellas gibt es wieder einige.«

»Aber was hat das mit mir zu tun? Außer der Tatsache, dass ich eine Sangvuella bin?«

»Diese Frage ist natürlich berechtigt. Kommen wir also zum Kern der Angelegenheit.

Im Laufe der Zeit kam Gregorian Bojarow, wie er sich inzwischen nannte, immer wieder und bestand darauf, dass man ihm eine Frau gab. Dass meine Vorfahren keine ihrer Töchter hergeben wollten, kannst du dir denken … Dominiks Vater fand nach langer Suche die Unterlagen, die ihn befähigten, Frauen zu verfluchen. Dessen ungeachtet, nicht einmal das waren sie bereit für Gregorian zu tun. Schließlich wurde deine Mutter geboren. Kurz danach kam Gregor, Gregorians Sohn, zu Dominiks Vater und bestand darauf, dieses Mädchen zu bekommen. Um seinem Verlangen Nachdruck zu verleihen, berichtete er ihm, dass sein Vater Gregorian Domians Schwester Dilana getötet hätte. Einfach nur, weil er durstig war und nicht aufhören wollte zu trinken. Er habe daraufhin im Streit seinen Vater getötet und verlange nun Ersatz. Schließlich habe er Dilana gerächt. Er versicherte, dass er sie immer gut behandelt habe und nur sein Vater solche Grobheiten begangen hätte. Bojarow drohte, dass er die anderen Vampirclans an die Menschen verraten würde. Dass er sie töte, wenn sie ihm eine Partnerin vorenthielten. Domian wollte kein Risiko mehr eingehen, und obwohl er von seiner eigenen Schwester zu Genüge erfahren hatte, wie grob selbst Gregor mit ihr umgegangen war, versprach er ihm, dass sie, wenn dieses Mädchen alt genug sei, das Ritual vollziehen würden und dass deine Mutter fortan ihm gehören solle.«

Sarah schaute mich jetzt mit großen Augen an.

»Wusste meine Mutter denn, was mit ihr geschehen sollte?«

»Zunächst nicht. Sie wurde nur darauf vorbereitet, ihre Aufgabe als Sangvuella zu erfüllen. Sie wusste um ihre Fähigkeit und sie war bereit, sich ihren Aufgaben zu stellen.«

»Was aber ist passiert?«, flüsterte Sarah.

Einen Moment kämpfte ich mit mir. Doch sie hatte ein Recht darauf, die volle Wahrheit zu erfahren.

»Mein Vater hatte den Auftrag bekommen, dafür Sorge zu tragen, dass deine Mutter heil in Russland ankäme. Da es im Vorfeld viele Dinge zu klären galt, trafen sie und er sich einige Male. Die Frau meines Vaters, meine Erzeugerin, war zu diesem Zeitpunkt schon seit über zwanzig Jahren tot.

Es geschah, was geschehen musste: Er und deine Mutter verliebten sich ineinander. Als die Übergabe anstand, verhinderte er die Überbringung deiner Mutter, was dazu führte, dass Bojarow kam, um sie sich eigenhändig zu holen. Mein Vater konnte sie rechtzeitig verstecken.

Leider kam er im Kampf gegen Bojarow ums Leben. Bojarow floh, bevor man ihn zur Rechenschaft ziehen konnte. Jedoch war klar, damit würde er sich nicht zufriedengeben. Als sich nach einigen Monaten alles beruhigt hatte, kam deine Mutter aus ihrem Versteck, keiner hatte sie bis dahin finden können; mein Vater hatte alles wohlüberlegt organisiert.

Bei einer Menschenfamilie war sie untergekommen. Sie kam mit einem Baby auf dem Arm, einem Mädchen. Sie wollte dieses Neugeborene seinem Vater zeigen. Dem Vampir, der auch mein Vater war.

Doch als sie erfuhr, dass er im Kampf gegen Bojarow zu Tode gekommen war, beschloss sie, ihrem Leben ein Ende setzen; zu groß war der Schmerz über die verlorene Liebe. Sie wusste, dass der Russe keine Ruhe geben würde, und es war niemand da, der sie und ihr Baby beschützen konnte.

Der Clanführer war schließlich geneigt, sie dem Russen zu übergeben.

Sie versteckte ihr Baby und beendete ihr Leben. Und von nun an war klar, dass die Aufgabe der Mutter auf das Kind übergehen würde.«

»Willst du damit sagen, dass *ich* dieses Baby war?« Ich konnte zusehen, wie Sarahs Gesicht an Farbe verlor.

Mit dieser Frage hatte ich zwar gerechnet, nicht jedoch mit den Emotionen, die mich wie eine Eisenbahn überrollten. Ich nickte nur, unfähig zu sprechen. Wie lange würde sie brauchen, um den Rückschluss zu ziehen? Selbst Jacques machte ein erstauntes Gesicht. Er blickte zu Sarah, dann zu mir, ich verstand ihn ohne Worte. Das langsame Schließen und Öffnen meiner Augenlider sollte seine stille Frage bejahen. Stöhnend hielt er sich die Hand an die Stirn.

Sarah schaute mich immer noch entgeistert an.

»Aber ... aber ...«, sie schnappte nach Luft, »das würde ja bedeuten, dass du mein Bruder bist ...«

Ich konnte ein Lächeln nicht unterdrücken. Sie saß regungslos da, den Blick ins Leere gerichtet, und musste offensichtlich erst begreifen, was sie gerade selbst ausgesprochen hatte.

Eine lastende Stille breitete sich aus. Langsam ging ich hinüber zur Bar, um mir diesmal Blutwein einzuschenken. Sarahs Nähe und ihre auf mich prallenden Gefühlsschreie ertrug ich in diesem Moment nicht. Mein Innerstes kehrte sich gerade nach außen und meine eigenen Gefühle stürmten, endlich freigelassen, die Berge hinauf und hinunter.

Dies war die Folge davon, dass ich diese Empfindungen zuließ. Für mich stand fest, dass ich nur so eine Verbindung zu Sarah aufrechterhalten konnte.

»Ich habe einen Bruder«, hörte ich sie flüstern. Immer wieder sagte sie diese Worte auf. Plötzlich und unerwartet erhob sie sich, schaute Jacques an und wurde jetzt laut.

»Ich habe einen Bruder?!«

Ich stand mitten im Raum, als sie sich langsam zu mir umwandte. Mit einem Schluck leerte ich das Glas. Die Gefühle, die in mir brannten, konnte ich nicht länger verdrängen. Ich hatte eine Schwester, die ich am liebsten in meine Arme geschlossen hätte. Doch ich wusste nicht, ob sie das zulassen würde, daher hielt ich mich zurück.

Wie in Trance ging sie auf mich zu. Sie war so schön ... oh, wie hatte ich Dominik verstehen können, als ich sie damals auf dem Ball das erste Mal gesehen hatte.

»Du bist mein Bruder?«, füllte ihre Stimme jetzt den Raum. Ihre Brust hob und senkte sich rasch. Ich sah ihr an, wie ihre Gedanken alles soeben Gehörte in die richtigen Bahnen lenkten. Das Weitersprechen kostete sie große Mühe, deutlich nahm ich den Kloß in ihrem Hals wahr.

»Ihr wusstet es die ganze Zeit! Ihr wart euch darüber im Klaren, dass ich mich wie eine Waise fühlte, und ihr habt es mir trotzdem verschwiegen!«

Ihre schönen blauen Augen blickten mich an und füllten sich mit Tränen. Tränen der Freude, der Bestürzung, des Entsetzens, der Erkenntnis?

Inzwischen stand Sarah nur noch eine Armeslänge von mir entfernt. Eine Träne rollte ihr über die Wange. Ich ließ sie auf meinen Finger rollen. Und auf einmal riss sie ihre Arme hoch und fiel mir um den Hals. Sie weinte laut, fast schon hysterisch, und klammerte sich an mich.

Jacques stand auf und verließ wortlos den Raum.

Wir waren allein.

Sekunden verstrichen, Minuten vergingen.

»Ja, ich bin dein Bruder«, flüsterte ich irgendwann. Ich musste es aussprechen, es war, als ob diese Worte es erst wirklich machten. Behutsam schloss ich meine Arme um sie, ein Moment, den ich mir schon so lange herbeigesehnt hatte.

Sarah bebte, sie weinte und konnte sich gar nicht mehr beruhigen.

Wenn sie erst erfuhr, was in wenigen Tagen auf sie zukam!

Endlich lockerte sie ihre Umklammerung. Langsam nahm sie ihre Arme von mir, wandte sich ab und schnäuzte sich.

»Warum habt ihr mir denn nicht schon früher etwas davon erzählt? Ich hätte mich gefreut zu erfahren, dass ich keine Waise bin, dass ich noch Familie habe, einen Bruder.«

Familie, Bruder, diese Worte hörten sich aus ihrem Mund so wunderbar an.

»Dominik verbot es mir. Er befürchtete, dass du es nicht verstehen und am Ende das Gleiche wie deine Mutter tun könntest. Er wollte dich nur beschützen. Er glaubte, je weniger du weißt, desto sicherer bist du. Vor allem, weil klar war, dass Bojarow auf der Einlösung der Abmachung bestand. Dominiks Vater konnte ja nicht ahnen, dass sein Sohn sich in dich verlieben und sich weigern würde, dich auszuliefern. Schließlich war es nur eine Frage der Zeit, dass der Russe käme, um sein erpresstes Recht einzufordern.

Mein Vater war für deine Mutter gestorben. Das sollte sich nicht noch einmal wiederholen, daher bekam nicht ich, sondern Dominik, sein eigener Sohn, den Auftrag, dich zu finden. Dominiks Vater vertraute mir nicht, vor allem in Hinblick darauf, dass du und ich Halbgeschwister sind. Und weil Bojarow meinen Vater«, ich stockte kurz, »unseren Vater auf dem Gewissen hat. Dass nunmehr seinem eigenen Sohn dasselbe widerfährt wie damals unserem Vater, bringt ihn schier um den Verstand. Bei jedem dieser Treffen in den letzten Monaten gerieten die beiden in Streit. Er setzte Dominik immer mehr unter Druck, dir endlich reinen Wein einzuschenken. Damit dir klar werden würde, wie wichtig es wäre, dass du zu diesem Bojarow gehst. Damit dieser Zwist zwischen den Vampirclans endlich beendet werden könnte.

Beim letzten Vampirtreffen gerieten Vater und Sohn so aneinander, dass sie sogar aufeinander losgingen. Er verletzte seinen Vater schwer. Dominik war so voller Wut, als er das Treffen verließ. Wenn ich geahnt hätte, was er vorhatte, ich wäre ihm hinterhergegangen.«

»Du sagst also, das Blut an ihm war gar nicht von einem Menschen? Es war von einem Streit mit einem anderen Vampir?« Sarah sah mich ungläubig an. »Ich dachte, er hätte einen Menschen getötet. Ich habe ihm das vorgeworfen. Warum hat er mich in diesem Glauben gelassen?«

»Hätte er erzählt, woher das Blut kommt, hättest du sicherlich den Grund des Streits wissen wollen. Lieber nahm er deinen Zorn auf sich. Sarah, Dominik liebt dich über alles. Er würde sein Leben riskieren, um deines zu retten.«

Sie stand wieder am Kamin.

»Was denkst du, wie oft ich mit ihm diskutiert habe. Ich glaube, ein Gespräch dieser Art hast du einmal mitbekommen, habe ich recht?« Wachsam beobachtete ich ihre Mimik.

»Ja … ich erinnere mich. Es war an Millis Geburtstag«, gab sie zu. »Und es stimmt, ich habe mich immer gefragt, warum er nie mehr von mir wollte.«

»Dann hast du zumindest teilweise eine Antwort darauf bekommen. Bojarow hätte Dominiks Vater die Hölle heiß gemacht, wenn das passiert wäre. Das Ritual käme nicht zustande, und dich würde man einsperren oder gar töten. Was sie mit Dominik angestellt hätten, will ich mir lieber nicht vorstellen. Ihm war klar, dass er dich nur beschützen kann, wenn er sich zumindest in dieser Sache an die Regeln hält. Du bist Bojarow versprochen und Dominik hatte nichts anderes im Sinn, als eine Möglichkeit zu finden, dies zu verhindern.«

Ich setzte mich, nahm Sarahs Hand und zog sie zu mir heran.

»Hör zu, Sarah, in sieben Tagen wird Bojarow kommen. Er will, dass du das Ritual mit seinem Sohn vollziehst. Es gibt keine Möglichkeit mehr, das zu verhindern, denn Dominik ist nicht da, um dich zu beschützen.«

»In sieben Tagen?«, rief sie entsetzt. »Was soll das sein, dieses Ritual? Werde ich dabei verletzt? Trinkt der dann von mir?« Sie wollte ihre Hände wegziehen, doch ich hielt sie fest.

»Das ist so ähnlich wie bei den Menschen eine Hochzeit. Durch einen Bann wird diese Ehe derart besiegelt, dass die Frau ihren Partner nie mehr verlassen kann. Nur wenn er stirbt, wäre sie frei. Und … natürlich trinkt er von seiner Braut. Von diesem Zeitpunkt an, wann immer ihm danach ist.«

Ihre Augen füllten sich von Neuem mit Tränen und schon tropften die ersten auf unsere Hände. Auch wenn sie mir noch so leid tat, ich musste ihr begreiflich machen, dass das Wohl des Clans vorging und wir nicht riskieren konnten, dass Bojarow wütend wurde. Ich musste dafür Sorge tragen, dass Sarah verstand, worum es hier ging und was alles davon abhing. So lautete mein Auftrag.

Bojarow würde diesmal nicht alleine kommen. Ich hatte herausgefunden, dass er eine ganze Menge Vosanti gemacht hatte, die ihm zur Seite stehen würden.

»Kannst *du* es nicht verhindern?«, fragte sie weinend. »Du bist mein Bruder, wie kannst du zulassen, dass ich irgendwohin verschachert werde, als wäre ich ein Stück Vieh!«

»Ich weiß«, gab ich trocken zur Antwort, »es ist schwer zu verstehen. Da du nicht unter uns aufgewachsen bist, kann ich mir denken, dass deine Loyalität dem Clan gegenüber nicht wirklich existiert. Gleichwohl, es ist beschlossene Sache. In sieben Tagen wird dieses Ritual stattfinden und somit kehrt nach hunderten von Jahren endlich Ruhe ein.«

Sarah zog erneut ihre Hände zurück, und diesmal gab ich nach. Es schmerzte mich, sie so zornig auf mich zu sehen, und ich verstand einmal mehr, wie sich Dominik gefühlt haben musste. Bei allem Verständnis, ich hatte keine andere Wahl. Ich würde alles dafür tun, dass sie in sieben Tagen in den Katakomben zu diesem Ritual erschien.

Ich war es meinem, unserem Vater schuldig.

*

Mehrere Gestalten befanden sich im Raum, hagere Gestalten mit weißen Gesichtern unter dem schwarzen Haar, die Haut dünn, im Kerzenlicht beinahe durchscheinend, die Hände knochig und langgliedrig. Und dennoch, schaute man sie genauer an, konnte man meinen, dass sie gutaussehend waren. Ein sonderbares Getuschel füllte den Raum, und hin und wieder drang eine fremdartige Sprache hindurch. Die schwere Holztür mit den schmiedeeisernen Beschlägen ging auf und alle verstummten. Fast schwebend kam der Oberste der Oberen herein, gefolgt von Antonio, der, wohlwissend, dass alle Blicke auf ihn gerichtet waren, hoheitsvoll in die Runde sah und zur Begrüßung kurz die Hand hob. Kalt und erwartungsvoll ruhten die Blicke aller auf dem Clanführer, Dominiks Vater, Domian von Rascudo. Schmunzelnd schickte er sich an, die Runde zu eröffnen.

»Schön, dass ihr alle gekommen seid«, ertönte seine tiefe, klare Stimme. »Wie ihr wisst, sind wir unserem Ziel sehr nah. Wenn Laurentiu es schafft, unseren Vermutungen die Bestätigung zu bringen, steht dem Ritual nichts mehr im Weg.«

»Was ist mit Sarah?«, meldete sich eine Sangvuella mit ebenso klarer, aber angenehm weicher Stimme zu Wort. »Sie ist schließlich diejenige, um die es geht. Unsere Söhne benötigen wir ja nur wegen des Blutsiegels. Sie waren so dumm, sich von einer jungen Frau überlisten zu lassen. Dafür allein sollte man sie da lassen, wo auch immer sie sich befinden. Die beid–«

»Halte ein«, unterbrach sie der Oberste barsch, »selbst wenn du recht haben solltest. Ich bat Dominik, auf Sarah zu achten. Ich weiß, diesem Auftrag ist er leider nicht in unserem Sinne gerecht geworden. Wir brauchen ihn und wir brauchen John. Da ich spüre, dass Dominik noch lebt, habe ich Laurentiu zu Sarah geschickt.«

»Du denkst, es war eine gute Idee, ausgerechnet den Bruder zur Schwester zu schicken?«, ereiferte sich Lui.

»Es wird sie in Sicherheit wiegen. Laurentiu hat in der Vergangenheit seine Loyalität dem Clan gegenüber ausreichend unter Beweis gestellt. Ich bin mittlerweile sicher, dass er, anders als sein Vater, loyal handelt.«

Antonio wurde hellhörig. Still stand er an der Seite der Tür. Augenblicklich wurde ihm vieles klar. Dominiks Verhalten, Laurentius Verhalten, plötzlich ergab alles einen Sinn. Sarah, die arme Sarah. Wie es ihr wohl gerade erging? Aber wahrscheinlich würde Laurentiu ihr nichts tun, wenn er, wie er es vernommen hatte, ihr Bruder war.

»Steht der Termin für das Ritual fest?«, fragte jemand aus der Gruppe.

Domian zeigte keine Regung. Da stand die Sangvuella auf, die zuvor gesprochen hatte.

»In sieben Tagen soll es stattfinden. Bojarow wird Freitag in der Nacht mit seinem Sohn und seinen Helfern anreisen. Wie ihr sicherlich bemerkt habt, sind wir dabei, alles vorzubereiten.«

Bis in die frühen Morgenstunden dauerten die Diskussionen, zumal wegen Dominiks Verschwinden Alltagsgeschäfte thematisiert wurden, die es zu regeln galt.

Sechs Tage

Christian Berg, Hauptkommissar Sondereinheit
Ein leises Klopfen drang an mein Ohr.

»Ja«, sagte ich genervt, weil wir schon das vierte Wochenende in Folge arbeiteten. Meine Tür sprang auf und Georg lugte herein, nur knapp den Oberkörper durch den Spalt schiebend, bereit, gleich wieder zu gehen. Ich blickte kurz auf und nickte, was er zum Anlass nahm, sein Anliegen loszuwerden.

»Ich hab 'ne neue Botschaft von unserem Informanten.«

»Okay, ich komm gleich raus«, brummte ich, während ich erneut die Zeilen überflog, auf der Suche nach weiterführenden Informationen für meine Ermittlungen.

Langsam lehnte ich mich zurück und schüttelte den Kopf. Mittlerweile war ich so vielen Hinweisen nachgegangen, dass ich gar nicht mehr sagen konnte, wie viele es waren. Alles war bisher ins Leere gelaufen. Und jetzt kam Georg wieder mit seiner Informantennummer. Was die Quelle betraf, so hatte ich da meine Vermutung, und wenn die zuträfe, konnte ich seine Geheimnistuerei allerdings verstehen.

Plötzlich fegte die Tür auf und zwei Männer aus meinem Team traten herein, ohne anzuklopfen, in eine heftige Diskussion verwickelt.

»Hey, Christian, du solltest dir das mal anhören«, sagte der Kleinere von den beiden grinsend. Der andere machte sich größer und zog ein künstlich beleidigtes Gesicht,

»Tu nicht so, du bist nur neidisch, dass du nicht selbst darauf gekommen bist.«

»Ja klar doch, ich wein ja gleich.«

Ich schüttelte den Kopf, stand auf und ging an ihnen vorbei.

»Kommt mit, ihr Hübschen, bevor ihr meinen Taschentüchervorrat angreift. Hören wir uns erst an, was Georg weiß. Er hat nämlich eine Info von seiner Quelle.«

»Deswegen sind wir ja hier«, hörte ich den Kollegen.

Langsam schritt ich vor. Hinter mir blafften sie sich erneut an.

Ich bin Christian Berg, von meinen Kollegen kurz Chris genannt. Seit fünfzehn Monaten Chef der Sonderkommission – *Caneo 8*.

Wegen unzähliger rätselhafter Todesfälle, die sich in der Zeit davor gehäuft hatten, entstand in den oberen Etagen viel Unruhe. Sicher, Morde gab es immer wieder. Aber diese offensichtlichen Morde weckten leider auch auf politischer Ebene Interesse. Das lag wohl daran, dass die gefundenen Leichen alle dasselbe Merkmal aufwiesen: Sie waren blutleer. Das Tropeninstitut fand nichts, die Pathologen fanden nichts, es gab keinerlei Hinweise darauf, wie das zustande gekommen sein könnte. Und wie es natürlich immer war, irgendjemand versuchte sich dann zu profilieren, und schon wurden Unruhen erzeugt, die auch vor der Öffentlichkeit nicht verborgen blieben. Durch das Einrichten dieser Sondereinheit wurde, selbst wenn wir zurzeit noch nicht die geringste Ahnung hatten, worum es sich handelte, zumindest innenpolitisch für Ruhe gesorgt. *Caneo 8*, diese in meinen Augen alberne Bezeichnung kam daher, dass die Einheit nach dem Auffinden der achten blutleeren Leiche installiert wurde. Das Einzige, was wir uns vorstellen konnten, war, dass es sich hier um eine Sekte handelte. Dies war auf keinen Fall das Werk eines Einzelnen.

Ich schlängelte mich vorbei an den mit Papierstapeln überhäuften Schreibtischen und blieb mitten im Raum vor einem dieser Pulte stehen. Meine Kollegen eilten, immer noch diskutierend, hinter mir her. Ich beachtete das nicht weiter.

Georg, der kurz zuvor bei mir hereingeschaut hatte, blickte zu mir hoch, nahm eine blaue Mappe, stand auf und hielt sie in meine Richtung, stolz, nicht ohne den Kommentar: »Ich denke, wir haben eine neue Spur, zumindest jemanden, den wir uns genauer anschauen sollten.«

»Wie schon so oft«, mahnte ich, während ich die Mappe entgegennahm.

»Du hast sicherlich recht. Jedenfalls haben wir einen Hinweis auf eine Kontaktperson, die in diesem Haus lebt.« Er deutete auf ein Bild, das eine Villa zeigte. Eine mächtige Limousine stand davor. »Das ist schließlich neu und entbehrt nicht einer gewissen Wichtigkeit, oder?«

Alle drei warteten offensichtlich auf eine Reaktion von mir.

»Wäre möglich. Wie gelangte denn deine Quelle zu diesem Hinweis? Hat sie das auch mitgeteilt?« Ich blätterte, ohne zu lesen, in der Mappe herum. Den Inhalt kannte ich schon zu Genüge. Es drehte sich hier um die verschwundene Sarah von Delcarde. Ein bisher ungelöster Fall und eigentlich, zumindest bis dato, in keinem Zusammenhang mit unseren Fällen.

»Das habe ich nicht erfahren. Ich nehme an, er möchte damit seine Informationskanäle schützen, das übliche Geschwätz halt. Das kennen wir ja.«

Georgs Blick verriet mir, dass er es keinesfalls verraten würde. Ich flog über die Notizen und Fotos. Georg hatte einige jungfräuliche Bilder hinzugefügt. Ein weiteres Blatt mit Notizen von ihm lag dabei, das ich gerade durchlas. Er fing langsam an zu lächeln, fast wie in Zeitlupe. Es verblüffte mich, was ich da las, und so schaute ich wohl Georg an. Er hatte in Stichpunkten notiert, was er auf einer CD gehört hatte, und seine eigenen Schlüsse daraus gezogen.

»Das kann kein Zufall sein, oder?«, fragte ich leise. »Sie soll diejenige aus dem Vermisstenfall Sarah von Delcarde sein? Woher hast du das?«

Mein Erstaunen hielt ich nicht zurück. Da mich alle recht gut kannten, sorgte mein Gesichtsausdruck dafür, dass selbst die Schwatztanten gespannt auf Antwort warteten. Matthias, der Kleinere der beiden, hakte sofort nach.

»Was ist denn, so red doch. Wir sollten schon wissen, was da drinnen steht, gib mal her.«

Er griff nach der blauen Akte, die sich noch in meiner Hand befand. Georg lächelte, als hätte er ein riesiges Eis bekommen.

»Nun ja«, begann er zu erklären. »Vor etwas über drei Jahren gab es in einem Haus in der Innenstadt einen Todesfall – der Hausmeister. Eins der Opfer, die dafür verantwortlich sind, dass es unsere Einheit überhaupt gibt.« Er deutete auf eine rote, stark abgegriffene Mappe, die zuoberst auf seinem Schreibtisch lag.

»Also, damals, bei den Befragungen zu diesem Todesfall, stellte man fest, dass die Bewohnerin der obersten Wohnung nicht aufzufinden war. Einfach verschwunden und mit ihr ein weiteres Mädchen, das angeblich ihre beste Freundin war. Sarah, die Unauffindbare aus dem Haus, ist als Pflegekind in der Familie dieser Freundin aufgewachsen. Selbst die Anhörung der Eltern, die wieder in Spanien leben, blieb erfolglos. Die Mädchen sind nicht wieder aufgetaucht. Noch nicht mal die minimalste Spur.« Er stupste die blaue Mappe an, die unser Partner in der Hand hielt.

Stolz schaute er die beiden anderen an, die immer noch nicht wirklich verstanden, um was es ging. Ich klärte sie auf, da sie erst vor drei Monaten in unsere Abteilung versetzt worden waren und somit nicht vollständig im Bilde waren. Ich erzählte, dass wir die Fälle getrennt hatten. Dass uns keine Spur bekannt war, die darauf hinweisen könnte, dass der Tod des Hausmeisters und das Verschwinden der Mädchen zusammengehörten. Georg hatte etwas erfahren, was das Ganze in einem neuen Licht erscheinen ließ. Sonst hätte er die alten Akten nicht hervorgeholt.

»Tja«, meinte Georg nebulös, »wir haben ein Foto von der Verschwundenen. Das könnt ihr euch ansehen.« Er machte eine Pause, bevor er weiterredete, und ließ den beiden Zeit, sich das Foto anzuschauen.

Georg beobachtete seine Kollegen. Matthias drehte sich und kramte auf dem Schreibtisch hinter ihm in den Mappen herum. Er zog eine hervor, sie war ebenfalls blau. Kurz schaute er auf, und der Ausdruck in seinen Augen versprach nichts Erfreuliches. Sein Blick konzentrierte sich auf die Mappe, die er inzwischen aufgeschlagen hatte. Eine Handvoll DIN-A-4-Seiten und zwei mit einer Büroklammer befestigte Bilder befanden sich darin. Er löste eins ab und zeigte es mir.

Man erkannte darauf ein durch die Gitterstäbe einer Grundstücksumzäunung fotografiertes Haus. Ein wunderschönes, altes Gebäude, das an eine hochherrschaftliche Villa erinnerte. Eine lange Zufahrt führte zum Haus, umrahmt von gewaltigen alten Bäumen. Davor, auf der Wiese, eine junge Frau, die dem verschwundenen Mädchen auf dem vorherigen Foto frappant ähnlich sah. Ich hielt beide Bilder nebeneinander.

»Gib mir das andere noch«, bat ich Georg.

Die Aufnahme zeigte dasselbe Haus, etwas näher herangezoomt. Nur, dass hier nicht die Frau, sondern eine schwarze Limousine den Bereich vor dem Haus zierte. Dem Datum nach, das vorne zu erkennen war, war das Foto erst heute gemacht worden.

»Hast du es selber fotografiert?«

»Ja, in der Früh!«

Das war es.

Drei Akten, in den beiden blauen Mappen unverkennbar, Bilder desselben Hauses. Einmal davor ein Auto und in der anderen Akte eine junge Frau vor dem Haus. Die rote Mappe mit dem Bericht vom Hausmeistermord, in dessen Mehrfamilienhaus Sarah wohnte. Aus deren Wohnung das Porträtfoto stammte, das ich hier in der Hand hielt.

»Wieso haben wir das bisher nie gemerkt?« Die Überraschung war mir vermutlich anzumerken.

Matthias antwortete wissend: »Ich nahm mir letztens all die Akten vor, in denen Hinweise abgelegt worden sind, die auf Seltsamkeiten hindeuteten. Ich rede von Meldungen, weil jemand glaubte, mysteriöse Dinge mitbekommen zu haben.« Er zog eins der Blätter heraus.

»Bei diesem hier war ein Nachbar der Meinung, gesehen zu haben, dass dort sehr viele Leichenwagen ein und aus fahren, obwohl es kein Bestattungsunternehmen sei. Es stellte sich heraus, dass diese Leichenwagen große Limousinen waren. In dieser Villa finden nämlich regelmäßig Festlichkeiten statt. Mehr konnte damals leider nicht ermittelt werden. Ich hatte vor, der Sache noch mal auf den Grund zu gehen. Jedenfalls, wie es der Zufall wollte, der Mann, der das gemeldet hatte, ist zwei Wochen danach verstorben. Angeblich Herzinfarkt. Ich wollte eigentlich noch mit dem zuständigen Arzt oder Pathologen reden. Wer weiß, vielleicht war der Mann auch blutleer, und keiner hat es bemerkt?«

Ich drehte das Bild herum. Zwar konnte ich mir denken, wer es gemacht hatte, aber ich wollte mich vergewissern.

Ich hielt hier endlich mal einen Zusammenhang in den Händen, den wir bisher noch nie gesehen hatten. Offensichtlich weilte die junge Frau, Sarah von Delcarde, dort in diesem Haus. Und so entspannt, wie sie auf diesem Foto aussah, zweifellos nicht unter Zwang. Das hatte nichts zu bedeuten, das war mir klar. Vielleicht wurde sie unter Druck gesetzt.

Ich kam Georg, der gerade etwas kundtun wollte, zuvor.

»Männer, ich würde sagen, sie ist es. Und ich denke, dass wir hier entweder eine Verdächtige oder ein Opfer haben, das nicht in der Position ist, sich aus seiner Lage zu befreien. Das gilt es herauszufinden.«

Meinen Blick ließ ich auf Georg geheftet. »Was genau hast du gefunden?«

Georg hatte sich das Bild angesehen und nickte heftig.

»Das passt. Ich bin mir fast sicher, dass da was vor sich geht, das nicht ganz unserem Weltbild entspricht. Ich bin davon überzeugt, dass dort eine Sekte ihr Unwesen treibt und diese Sarah möglicherweise ein Opfer ist.«

»Aber wie kommst du darauf?«, hakte ich erneut nach, »sie könnte doch auch freiwilliges Mitglied dieser Sekte sein?«

»Ich habe von meinem Informanten Aufzeichnungen bekommen, die eindeutig von dieser Sarah stammen. Sie beinhalten Ausführungen, wie sie in diese Lage gekommen ist. Selbst von dem Hausmeister ist die Rede und von dieser anderen jungen Frau, daher bin ich ja so davon überzeugt, dass es echt ist. Ich denke, wir sollten der Sache in jedem Fall auf den Grund gehen.«

»Unter diesem Umstand würde ich sagen, ihr prüft das nach«, sagte ich. Und zu Georg gewandt: »Es interessiert mich brennend, wie deine Quelle an die Informationen gekommen ist. Die erste wirklich heiße Spur seit langem.«

Ich hob beschwichtigend die Hände, um seinem Widerspruch zuvorzukommen. Tatsächlich grinste er mich diesmal nur an.

Ich bat darum, mir von den Akten Kopien zu machen, und marschierte zurück in mein Büro. Die Bilder hatte ich in der Hand behalten. Ich sollte David anrufen und fragen, ob er sich noch an Details erinnerte, und vor allem, warum er damals das Foto von diesem Haus geschossen hatte.

Meine Mitarbeiter blieben bei Georgs Schreibtisch zurück.

Ich war mir sicher, dass die drei eine Vorgehensweise ausarbeiten würden, die es zuließ, dem Haus einen Besuch abzustatten, ohne beide Möglichkeiten außer Acht zu lassen. Sarah konnte sowohl Täter als auch Opfer sein, wer wusste das schon? Seltsam war ohnedies, dass sie dort zu leben schien. Das Bild von dem Haus mit ihr darauf war gerade mal vor etwa drei Monaten gemacht worden, wie das Datum auf der Rückseite verriet. Es blieb zu hoffen, dass wir die Dame in der Villa antreffen würden.

Was trug sich dort zu? Wer hatte Georg diese Aufzeichnungen gegeben, dass er sich so sicher fühlte? Und woher hatte mein Bruder David die Informationen, die ihn in die Lage versetzten, dieses Bild zu schießen?

Zeitweilig war er mir nicht ganz geheuer mit dieser für manche Journalisten seltsamen Eigenart, immer zur rechten Zeit am richtigen Ort zu sein.

Ich schaute abermals die Fotos von Sarah an. Ausgesprochen hübsch. Auf dem einen Foto hatte sie ein sehr ansprechendes Lachen, das Bild war sicherlich bei einem Fotografen geschossen worden, um es in einem Rahmen an die Wand zu hängen. Das andere zeigte die junge Frau in diesem Vorgarten des schönen Anwesens. Im Hintergrund erkannte man deutlich die Villa.

Das Haus …

der Garten …

Sarah …

Gedämpft, wie aus weiter Ferne, hörte Sarah ein Telefon läuten. Vorsichtig öffnete sie ihre Augen. Der Helligkeit nach zu urteilen, die durch die Vorhangritzen drang, war es sicherlich später Vormittag. Milli hatte sie lange schlafen lassen.

Sarah schloss konzentriert die Augen. War denn keiner in der Nähe? Es läutete noch einmal. Stille. Dann noch einmal. Stille. Und ein weiteres Mal. Jetzt brach das Läuten mittendrin ab. Schleunigst schwang sie ihre Füße aus dem Bett und lief auf den Balkon. Jetzt konnte sie Milli reden hören. Sarah hoffte, dass es Rosalie wäre. Sie beugte sich ein wenig mehr hinunter, um mehr mitzubekommen.

»… nein, das sagte ich schon. Sie ist jetzt nicht zu sprechen.«

Sie beugte sich noch ein klein wenig mehr über die Brüstung.

»Ja, ich gebe ihr Bescheid.«

Sich fragend, wer das wohl sein mochte, fasste sie über das Geländer, um sich von außen abzustützen.

»Keine Sorge, das werde ich ihr weitergeben. Selbstverständlich hab ich –«

Wieder Pause, Milli schien unterbrochen worden zu sein. Sarah hörte an Millis Stimme, dass sie nicht gerade erfreut über diesen Anrufer war.

»Ja, Sie können sich darauf verlassen. Ich kann es ihr nicht mehr als sagen und werde es tun, sobald sie anwesend ist. Da brauchen Sie nicht in einem solchen Ton mit mir zu reden.«

Sarah lachte. Mit Milli durfte man sich nicht anlegen, sie selbst konnte ein Lied davon singen.

»Ach ja, jetzt auf einmal?«

Wieder Stille.

»Na, gut. Werd ich tun. Auf Wiederhören.«

Sarah hörte, wie Milli den Hörer etwas zu heftig auf die Gabel knallte. Das arme Telefon.

»Milli, was ist los? Wer war das?«

»Oh Sarah, schon wach?« Milli schaute nach oben und rief: »Was machst du denn da? Lehn dich nicht so weit rüber! Wie ein kleines Kind. Ich kann das nicht sehen! Irgendwann fällst du herunter.«

Als Sarah nur lachte, gab Milli es auf. »Frühstück?«, fragte sie.

In der Küche duftete es nach frisch gebackenen Brötchen. Mehrere Teller standen schon auf dem Tisch und Milli war dabei, Kaffee in die großen Tassen einzugießen. Sabrina stellte die noch warmen Brötchen dazu. Der Rest befand sich schon auf der schön gedeckten Tafel.

Milli und Sabrina standen meist sehr früh auf. Wenn Sarah in der Küche frühstückte, nutzten die Hausangestellten dies für eine Pause und leisteten ihr Gesellschaft.

Sarah nahm gleich ihre Tasse, während Milli ihr ein Brötchen auf den Teller legte. Manchmal verhielt sie sich wirklich wie eine Mutter.

»Danke Milli, ohne dich würde ich verhungern.«

Milli schnaubte ungehalten: »Ohne mich würde hier das Chaos ausbrechen.« Sie goss Milch in ihren eigenen Kaffee.

»Milli, jetzt sag schon, wer war da vorhin am Telefon?«

»Ach das! Ein Herr Berg. Er ist von der Polizei und wollte die Tage einen Termin für ein Gespräch mit dir machen. Er wird sich wieder melden.«

Sarah wunderte sich. Was wollte denn die Polizei von ihr?

»Wie wäre es, wenn du berichten würdest? Sag, was war das gestern? Was war da los? Wie kommt's, dass du den beiden gegenüber so, wie soll ich sagen, ähhm, ja fast schon wohlgesinnt warst? Zu guter Letzt hast du diesen Laurentiu zum Abschied auch noch in den Arm genommen.«

Milli schaute Sarah unsicher an, weil sie nicht wusste, ob es okay war, danach zu fragen.

»Ich ahnte ja nicht, dass du noch wach warst, Milli«, Sarah wirkte auf den ersten Blick vergnügt. Allerdings ließ ihre Stimme erahnen, dass diese Frage sie aufgewühlt hatte.

»Sie suchen nach Dominik und John. Laurentiu ist mein Bruder und ich soll in sechs Tagen einen Russen heiraten und mit dem neue Vampire zeugen. Reicht das?«

Gespielt genüsslich biss sie in ihr Brötchen. Milli hielt inne. Sogar Sabrina erstarrte. Milli hörte sogar auf zu kauen. Sie sah die junge Frau ungläubig an.

»Ach ja, Antonio kann was erleben, wenn er wieder da ist. Ich bin mir nämlich sicher, dass er die ganze Zeit davon gewusst hat«, setzte Sarah noch nach, aß weiter und nahm einen Schluck Kaffee dazu.

Sabrina und Milli wechselten einen Blick.

An Sarah gewandt, fragte Milli fast flüsternd: »Du machst jetzt keinen Witz, oder? – Nein«, beantwortete sie ihre Frage selbst, »du machst keinen Scherz.« Sie schüttelte den Kopf, als müsste sie die gehörten Worte in die richtige Reihenfolge bringen. Langsam nahm sie ihren Kaffee. Schließlich blickte sie Sarah wieder an.

»Ja, aber was willst du jetzt tun? Wie geht es weiter?«

Sarah lachte.

»Milli, verstehst du denn nicht? Ich habe einen Bruder. Laurentiu ist mein *Bruder*«, betonte sie. »Ich habe eine Familie, ist das nicht toll? Diese Vampire sind meine Familie.« Sarahs Lachen wurde hysterisch, da sie selbst noch überdreht vom Vortag war. Gewundert hatte sie sich schon, dass sie nach diesen

Neuigkeiten so gut geschlafen hatte. Traumlos und ruhig. Richtig gut, und das seit langem.

»Milli, eine echte Familie. Ich dachte, ich bin alleine auf der Welt. Ich hab Bruder, Vater, Cousins.« Sie leerte die Tasse und hielt sie Sabrina hin.

»Sarah«, stammelte Milli, »du musst doch vor Angst fast verrückt werden. Geht es dir gut? Ich meine, soll ich den Doc anrufen?« Sie legte eine Hand auf Sarahs Arm.

»Den Doc brauche ich nicht. Angst habe ich, das stimmt, weil ich nicht weiß, was mich erwartet. Zumal die hier echt wie im Mittelalter vorgehen. Ich soll einen russischen Vampir heiraten, man kann's kaum glauben. Angeblich ein Ritual. Ich muss das irgendwie verhindern. Zumindest muss ich es versuchen«, sagte Sarah jetzt etwas bestimmter. Milli sah sie immer noch mit großen Augen an.

»Hast du Laurentiu etwa erzählt, wo Dominik und John sind?«

»Natürlich nicht«, beschwichtigte Sarah schnell. »Ich schätze, damit würde ich mein Todesurteil unterschreiben. Dominik ist sicher nicht mehr gut auf mich zu sprechen. Und John wird sich mit an Sicherheit grenzender Wahrscheinlichkeit an mir rächen wollen für das, was ich ihm angetan habe. Bevor auch nur jemand im Geringsten davon erfährt, wo die beiden sind, muss ich hier verschwinden. Ich weiß auch schon, wohin.«

Sie trank einen Schluck von ihrem frisch eingeschenkten Kaffee und nahm sich ein zweites Brötchen.

»Du weißt auch schon, wohin? Wohin denn?«

»Schon vergessen? Ich hab doch jetzt Familie. Ich werde zu Laurentiu gehen. Der *muss* mir einfach helfen.«

Trotz ihrer Zweifel hielt Sarah an diesen neu gefassten Gedanken fest. Gestern Abend hatte Laurentiu nicht wirklich so geklungen, als wollte er Sarah vor dem Ritual bewahren.

Sie bat Sabrina, Jakob und Bastian zu holen, weil sie mit ihnen allen etwas besprechen wollte. Es dauerte ein paar Minuten, bis Sabrina mit den beiden in die Küche zurückkam.

Sarah erzählte den Hausangestellten ausführlich von den Neuigkeiten. Ferner teilte sie ihnen mit, dass sie sich darauf einrichten sollten, die Villa zu verlassen. Sie wies auf die Adressen hin, die sie ihnen schon gegeben hatte. Im Anschluss daran versicherte sie ihnen noch einmal, dass für das Finanzielle gesorgt war und dass vor allem der Doktor ab sofort ein wichtiger Ansprechpartner für sie alle war.

Natürlich wollten sich die Hausangestellten nicht so einfach damit abfinden.

Keiner wollte von heute auf morgen das Haus verlassen, trotz der Vorkommnisse. Vor allem Milli wandte ein, die junge Dame nicht gerne allein lassen zu wollen. Aber Sarah versicherte, dass es nicht lange dauern würde, bis Dominik und John gefunden würden. Und dass es besser sei, wenn keiner von ihnen sich zu diesem Zeitpunkt im Haus befände. Dafür bekam sie natürlich Zustimmung. Es galt nur noch zu klären, wann sie die Villa verlassen sollten, und eine heftige Diskussion entbrannte.

»Milli«, sagte Sarah leise, »ich geh nachher für eine Weile weg. Falls Rosalie anruft, sag ihr, dass ich nicht weiß, wann ich zurück bin. Es könnte auch dunkel werden, macht euch keine Sorgen um mich.«

Milli spürte, dass Sarah ein wenig Freiraum brauchte. Mütterlich strich sie ihr mit der Hand über die Wange.

Zufrieden lehnte sich Sarah in den Küchenstuhl und umschloss mit beiden Händen ihre Kaffeetasse.

Antonio konnte es kaum erwarten, endlich wieder nach oben zu gehen. Es klopfte an der schweren Tür, die fast im selben Moment aufzugehen schien. Laurentiu stand im Durchgang und verneigte sich vor dem Clanführer. Dieser verließ, ohne etwas zu sagen, den Raum. Mit einem satten Geräusch schloss sich die Tür hinter ihm wieder. Antonio reagierte schnell, schließlich brannte er darauf zurückzufahren, um Sarah alles zu erzählen und sie zu warnen, sofern Laurentiu noch etwas von ihr übrig gelassen hatte. Draußen auf dem Gang traf er niemanden mehr an. Eine halbe Stunde später erreichte er die Villa.

Gerade als er die Eingangshalle durchquerte, kam Sarah aus der Küche. Zuerst blieb sie konsterniert stehen, aber als sie registrierte, dass es Antonio war, polterte sie los.

»Du hast mich die ganze Zeit belogen! Du wusstest, dass ich Familie habe und dass Laurentiu mein Bruder ist. Du hättest es mir sagen müssen! Wie soll ich dir unter diesen Umständen noch vertrauen?«

Sie stürmte wild fuchtelnd auf Antonio zu, sodass er erst mal zurückwich.

Mit ernster Miene reagierte er verwirrt. »Guten Tag Sarah, ich freu mich auch, dich zu sehen.«

Sie sah ihn fassungslos an. »Machst du dich etwa über mich lustig?«

»Aber nein, Sarah, wie kommst du denn darauf? Es ist nur, ich komme rein, laufe dir über den Weg und du gehst wie eine Furie auf mich los! Was um alles in der Welt hat dir Laurentiu erzählt?«

»Das solltest gerade du am besten wissen!«, zischte sie. »Laurentiu hat mir alles anvertraut. Einfach alles. Und wenn ich das vorher auch nur im Ansatz gewusst hätte, die Entscheidung, Dominik einzumauern …«

»Du hättest ihn nicht eingemauert«, stellte Antonio fest. »Ich wusste das alles nicht. Die Zusammenhänge, und dass Laurentiu dein Bruder ist. Erst letzte Nacht auf dieser Versammlung habe ich das erfahren. Wenn ich schon vorher einen Verdacht gehegt hätte, denkst du nicht, ich hätte es dir erzählt?« Prüfend sah er ihr ins Gesicht.

»Du lebst so lange als Vosantus, bist Dominiks Laufbursche und willst mir allen Ernstes weismachen, dass du von all dem nichts gewusst hast?«, schrie sie und stürmte die Treppe hinauf.

In ihrem Zimmer widerstand sie dem Drang, ihren Tränen freien Lauf zu lassen. Sie zog sich etwas anderes an, wollte raus, in die Stadt, nachdenken, ohne von diesem Gemäuer umgeben zu sein. Ohne Personen um sich herum, die sie in ihren Entscheidungen unter Umständen beeinflussten.

Auf dem Weg nach unten hoffte sie, nicht erneut Antonio zu begegnen.

Schräg gegenüber der Toreinfahrt des Grundstücks fiel ihr ein großes schwarzes Auto mit abgedunkelten Scheiben auf. Sie überlegte, ob das Fahrzeug das letzte Mal ebenfalls da gestanden hatte. Ihr war klar, dass die Vampire nichts dem Zufall überließen. Laurentiu hatte ihr mitgeteilt, dass sie überwacht wurde. Angeblich zu ihrer eigenen Sicherheit.

Nun, wenn schon. Solange die nur genügend Abstand einhielten. Wie schon vor ein paar Tagen ging sie in Richtung U-Bahn.

Ich hätte ihnen zuwinken sollen, dachte sie. Kaum war sie einige Meter gelaufen, stand der SUV neben ihr und die Scheibe glitt geräuschlos hinunter. Jacques saß auf dem Beifahrersitz; den Fahrer kannte sie nur vom Sehen.

»Sollen wir dich irgendwohin fahren?«, fragte er liebenswürdig.

»Nein, danke«, versuchte sie halbwegs nett zu erwidern, ich will nur ein bisschen in die Stadt und fahre lieber mit der U-Bahn.«

Sie hatte ihren Schritt nicht verlangsamt.

»Wohin genau?«

»Jacques, ich weiß, du musst das tun. Ich will nur mal eine Zeitlang alleine sein. Könnt ihr euch nicht wenigstens unauffällig im Hintergrund halten? Ich will nur zum Marktplatz, genügt das?«

Es waren noch wenige Meter zur Station. Der elektrische Fensterheber surrte und der satte Ton des SUVs, der deutlich an Geschwindigkeit zunahm, entfernte sich.

Erleichtert atmete sie auf. Höchstwahrscheinlich würden sie schon dort sein, wenn sie ankam. Es war ihr gleichgültig, solange man sie in Ruhe ließ.

Christian

Georg eilte telefonierend herein und legte mir eine Mappe auf den Schreibtisch. Ich bedankte mich, was er sicherlich nicht bewusst wahrnahm. Nachdem er die Tür hinter sich geschlossen hatte, schlug ich die Mappe auf. Oben auf den Kopien lag ein Kuvert. Ich drehte es herum, eine CD schaute heraus. Ein Notizzettel steckte dabei.

> *Bitte äußerst vertraulich behandeln.*
> *Hör es dir an.*
> *Bin gespannt, was du sagst.*
> *Gruß Georg*

Die Bilder, die ich mitgenommen hatte, legte ich zu dem Kuvert. Nebenbei wählte ich Davids Nummer.

David war mein Zwillingsbruder. Wir hatten fast alles gemeinsam, bis auf unser Aussehen und unseren Beruf. Wir waren keine eineiigen Zwillinge; man konnte allenfalls erkennen, dass wir Brüder waren. Er war Journalist bei einem großen Zeitungsverlag, und dadurch waren wir in der Vergangenheit des Öfteren auch beruflich in Kontakt gekommen. Das gereichte meistens uns beiden zum Vorteil. Er hatte seine ganz eigene Art, Nachforschungen zu betreiben. Und gerade an den Stellen, an denen wir uns durch unsere Vorschriften oft gebremst sahen, erzielte er mit seinem Charme so manchen Erfolg.

Den Hörer hatte ich liegen lassen, so trat automatisch der Telefonlautsprecher in Aktion.

»Berg«, ertönte es.

»Hi, ich bin's, wo bist du gerade?«

»Hallo Bruderherz, in der Redaktion, warum?«

»Können wir uns heute Mittag zum Essen treffen?« Ich nahm mir eine Flasche Wasser und schraubte den Verschluss auf.

»Oh, was gibt's denn? Brauchst du mich mal wieder?« David lachte.

»David, ich brauch dich immer, das weißt du doch. Aber ja, wir haben neue Erkenntnisse. Davon erzähl ich dir nachher. Na, wie schaut es aus, treffen wir uns im *Bernstein*? Dreizehn Uhr?«

»Jo!«

Er hatte schon wieder aufgelegt.

Ich nahm mir die Kopien vor und versuchte mit eigenen Notizen Zusammenhänge aufzuzeichnen.

Mein Stammplatz am Fenster im *Bernstein* war frei. Wir bestellten gleich etwas zu trinken, was Else, die Besitzerin, umgehend brachte, mitsamt der Speisekarte. Ich nahm das Übliche und David orderte sich eine Gulaschsuppe.

Kaum alleine, holte ich die Mappe mit den Kopien raus und legte sie zwischen uns.

»Schau her, es geht um den Hausmeistermord von vor etwa drei Jahren. Kannst du dich erinnern? Du hast meines Wissens über diesen Mord berichtet, und über die Mädchen, die damals verschwanden.«

David drehte die Mappe zu sich und blätterte in den Kopien. Während er die Notizen überflog, nickte er.

»Ja, ich erinnere mich. Ich habe damals Bilder in ihrer Wohnung gemacht. Ihr fandet keinerlei Hinweise. Ja, es fällt mir alles wieder ein … da hing auch ein Bild von dem Mädchen an der Wand. Das habe ich damals mitgenommen.«

David blätterte zurück und sah die Bilder durch, wobei er bei dem eben genannten stoppte. »Das ist es doch.«

»Richtig, das ist Sarah«, bestätigte ich.

»Stimmt, so hieß sie. Hatte die nicht irgendso einen Adelstitel? Wie war der noch mal …« Er blätterte in den Notizen. »Hier, Sarah von Delcarde.«

»Hast du die Bilder von ihrer Wohnung noch?«, wollte ich wissen.

»Aber klar doch. Die kann ich dir zukommen lassen. Um was genau geht es denn eigentlich?«

Else kam und brachte unser Essen. Ich schob die Mappe zur Seite. Die folgenden Minuten verbrachten wir schweigend. Ich dachte darüber nach, wie ich ihm den Zusammenhang, den wir glaubten gefunden zu haben, nahebringen konnte. Die Bratkartoffel mit Ei und Schinken schmeckten vorzüglich. Erst als mein Teller fast leer war, versuchte ich ihm die Sache zu erklären.

»Das ist so, Georg hat von seinem Informanten eine CD bekommen. Auf dieser erzählt eine Frau, was sie die letzten dreieinhalb Jahre erlebt hat. Es ist auch die Rede von dem Hausmeister und von dieser Rosalie. Die verschwundene Freundin von Sarah.

Sie beschreibt auch ein Haus, das zu diesem Bild passt, warte mal, hier ist es, schau. Ich glaube, dass du das Foto damals gemacht hast. Und das hat Georg heute Morgen gemacht. Eine andere Villa gibt es nicht in diesem Gebiet, daher nahm er an, dass es die sein muss.« Ich deutete auf das andere Bild mit der Limousine vor dem Haus.

»Stimmt, das habe ich vor ein paar Wochen fotografiert.« David schob die Bilder zur Seite und legte das Bild vom Haus mit der Frau davor neben die Aufnahme von Georg.

»Warum hast du das überhaupt gemacht?«, wollte ich wissen. Die Frage hatte ich schon die ganze Zeit auf der Zunge.

»Christian, du weißt doch, ich bekomme manchmal von deinen Kollegen Tipps, wenn was anliegt, was eine nette Story abgeben könnte. Es bestand offensichtlich der Verdacht, dass in diesem Haus mysteriöse Dinge im Gange wären. Wegen der Leichenwagen. Daher bin ich hingefahren und habe ein paar Bilder gemacht. Ich habe dem Kollegen ein Foto für die Akten gegeben. Leichenwagen sah ich da die ganzen Tage nicht. Mehr gibt es da nicht zu erzählen. Die Sache hat sich dann eh als unhaltbar herausgestellt. Das wäre 'ne schöne Zeitungsente geworden.« David wischte sich mit der Serviette den Mund ab.

»Der Mann, der diese Meldung gemacht hat, ist zwei Wochen später tot aufgefunden worden. Matthias klärt gerade, ob der nicht zufällig auch blutleer war.«

Else kam und räumte das Geschirr ab. »Noch ein Kaffee?«, fragte sie.

Wir nickten.

»Sieh dir das Porträtfoto von der Sarah an und vergleiche es mit der Frau auf dem Bild, das du gemacht hast. Wir sind der Meinung, dass es dieselbe Person ist.« Abwartend schaute ich zu, wie David die beiden Bilder nebeneinander hielt.

»Da könntet ihr recht haben. Dass mir das nicht aufgefallen ist. Dieses Foto ist etwas über drei Monate her. Ich habe da auch noch bessere, weil ich sie so hübsch fand. Sicherlich sind Fotos dabei, auf denen sie viel deutlicher zu sehen ist. Ich suche sie raus und schick dir das nachher zu. Ich bin mir aber sicher, das ist Sarah.« Er schaute mich an. »Das würde ja bedeuten, dass mit diesem Haus doch etwas nicht stimmt. Ich meine, sie gilt als vermisst. Das stand in jeder Zeitung. Was, wenn sie dort festgehalten wird?«

»Ja mein Lieber«, erklärte ich, Zucker in meinen Kaffee rührend, »das müssen wir klären. Ich versuche schon, einen Termin mit ihr zu bekommen. Vielleicht fahre ich die Tage einfach mal spontan hin.«

David lachte. »Du und spontan, das glaube ich ja fast nicht. Soll ich mitkommen?«

»Lieber nicht. Ich weiß, deine Reporterseele, aber lass mich da erst mal klären, was mit der Frau los ist.«

David zog einen Flunsch. Eigentlich war mir klar, dass ich ihn kaum davon abhalten konnte, auf seine Art Nachforschungen anzustellen. Gewiss doch, er würde es mir sagen, wenn er etwas Neues herausfinden würde. Ich wollte nur nicht, dass er sich in Schwierigkeiten brachte.

Sarah bat darum, gleich bezahlen zu dürfen. Sie saß wieder draußen in dem Café, in dem sie schon vor ein paar Tagen gewesen war. An dem Tag, an dem sie begonnen hatte, dieses Aufnahmegerät zu besprechen. Von ihrem Leben zu erzählen. Würde es wirklich nützen? Könnten sie alle sich wirklich in Sicherheit wiegen? So hing sie ihren Empfindungen nach und rührte in ihrer heißen Schokolade, anstatt sie zu trinken.

»Ist der Platz hier noch frei?«

Sie sah auf und blickte in die blauen Augen eines Mannes. Sie musterte ihn, ohne zu antworten.

Doch er spürte, dass es in Ordnung war, und setzte sich.

»Stört es Sie, wenn ich rauche?«

Diesmal wartete er ihre Antwort ab.

»Nein. Bitte.«

Sarah spürte, wie ihre Wangen warm wurden. Sie überlegte, ob sie lieber reingehen sollte. Der Wind nahm ohnehin ständig zu.

Der junge Mann hob das Feuerzeug an die Zigarette zwischen seinen Lippen. Er versuchte es mehrmals, denn der Wind blies immer wieder die kleine Flamme aus. Schließlich gab er auf. Sarah konnte sich ein Grinsen nicht verkneifen.

»Rauchen ist eh ungesund.« Umständlich verstaute er die Schachtel mitsamt dem Feuerzeug in seiner Jacke.

»Sagen Sie mal«, redete er dann drauflos, »haben wir uns nicht kürzlich in der U-Bahn gesehen?«

Stirnrunzelnd versuchte sie sich zu erinnern. Klar doch, es fiel ihr wieder ein. Es war der Tag, an dem sie begonnen hatte, ihre Geschichte in das Aufnahmegerät zu sprechen.

»Ja, in der U-Bahn, Sie saßen ein paar Reihen weiter hinten. Ich stand an der Tür.« Sie erinnerte sich jetzt nur zu gut.

»Da bin ich aber froh«, gab er zu, »als ich eben vorbeilief und Sie sah, glaubte ich Sie zu erkennen. Sie sind mir in dem Abteil nämlich aufgefallen.«

Freundlich hielt er ihr seine Hand hin. »Ich bin David Berg.«

Sie nahm seine Hand. »Angenehm. Sarah Delcarde.«

»Sie wohnen in der Vorstadt, in dieser großen Villa, habe ich recht?« Immer mit der Tür ins Haus, so war er nun mal.

Sarah erschrak, hatte er sie erkannt? Es war immerhin sehr lange her. Außerdem wusste niemand, wo sie wohnte.

Bevor sie etwas entgegnen konnte, sagte er: »Sehen Sie, ich bin Journalist. Ich berichtete damals über Ihr Verschwinden. Und das Ihrer Freundin Rosalie.« Er holte die Mappe hervor, die er von seinem Bruder bekommen hatte.

Sarah blieb im Moment nichts anderes übrig, als ihm perplex gegenüberzusitzen, unfähig, auch nur einen klaren Gedanken zu fassen. Ihr Blick hing auf dem Tisch, wo David bei diesem Wind versuchte, einzelne Blätter hervorzuholen. Könnte er ein Vampir sein? – Ein Vosantus?

Was wusste er? Oder war alles nur Spekulation?

Sah sie Gespenster?

Sie schaute sich um, und tatsächlich, am Rande des Platzes, stand auf dem Parkstreifen der SUV von vorhin. David war somit in Gefahr, sollte er kein Vosantus sein. Sie hatten ihn sicherlich gesehen, und auch, dass er ihr etwas zeigte.

»Hier, schauen Sie mal, das sind Sie, oder?« David hielt ihr das Porträtfoto aus ihrer Wohnung hin. Sarah war einfach nur sprachlos.

Als Nächstes zeigte er ihr das Bild von der Villa, mit der Frau im Vordergrund. »Das sind auch Sie?«

Ihr Herz klopfte, als sie das Foto nahm. Der Wind blies immer ärger und David hatte zusehends Mühe, die Mappe im Zaum zu halten. Er nahm Sarah das Bild wieder ab und steckte alles in seine Umhängetasche zurück.

Das Kuvert mit der CD lag noch daneben. Da die CD etwas aus dem Umschlag herausschaute, konnte sie gerade noch erkennen, dass jemand *Sarah* daraufgeschrieben hatte. Sie war sich sicher.

Was ging hier vor?

Es begann zu tröpfeln.

»Ich würde sagen«, raunte David ihr zu, während er seine Tasche zurechtrückte, »wir gehen dahin, wo wir beim Reden trocken bleiben, meinen Sie nicht?«

Der Ober hatte begonnen, die Gäste abzurechnen. Ohne dass sie ihn dazu ermuntern mussten, kam er zu ihnen an den Tisch, doch David hatte nichts bestellt und Sarah ja schon bezahlt.

David stand auf und ging ohne ein weiteres Wort hinein, offenbar sicher, dass Sarah ihm folgen würde. Sie stand auf, unschlüssig, ob sie nicht einfach gehen sollte. Ihre Neugierde behielt schließlich die Oberhand.

An der Seite eines großen Kachelofens, etwas abgeschieden vom Rest des Raumes, sah sie ihn sitzen. Er winkte ihr zu.

Was wollte er bloß?

Sarah setzte sich ihm gegenüber. Nach und nach füllte sich der Raum und der Lärmpegel hob sich. Der Geruch von nassem Asphalt wurde hereingetragen und der Wind, der zugenommen hatte, blies dürre Blätter herein. Der Ober eilte herbei und entriegelte die automatische Tür.

Die Mappe lag wieder auf dem Tisch.

David ließ seine Augen über den Inhalt der Notizen schweifen. »Möchten Sie noch etwas? Ich lade Sie ein.« Er schaute Sarah auffordernd an, mit einem Blick, der Neugierde erriet und doch Respekt zeigte vor dem Unbekannten.

»Nun, wenn das so ist«, erwiderte Sarah, »dann nehme ich einen grünen Tee.« Er nickte, winkte der Kellnerin, bestellte und lehnte sich tief einatmend zurück.

»Ich weiß gar nicht, wo ich anfangen soll«, begann er erneut. »Eigentlich bin ich durch meinen Bruder auf Sie aufmerksam geworden. Er ist bei der Polizei«, David stockte kurz, »er ist dort Leiter einer Sondereinheit, müssen Sie wissen. Die ermitteln wegen der blutleeren Leichen.« Abschätzend beobachtete er Sarahs Reaktion.

Vorsichtig fuhr er fort: »Vermutlich fragen Sie sich jetzt, was das mit Ihnen zu tun hat. Na ja, es ist so, er hat mir erzählt, dass es neue Erkenntnisse gibt, wegen dieser Morde. Dabei ist denen ein Zusammenhang aufgefallen, der zu dem Haus führt, in dem Sie jetzt offensichtlich wohnen. Und natürlich zu Ihnen, wo Sie doch eigentlich als vermisst gelten.«

Wieder suchte er Sarahs Blick, sie wich ihm diesmal aus.

»Grüner Tee, Kaffee!« Die Kellnerin stellte die heiß dampfenden Tassen auf den Tisch. »Dürfte ich abkassieren, ich mach gleich Feierabend«, leierte sie ihr Sprüchlein herunter.

David bezahlte und sie eilte geschäftig weiter.

Noch bevor Sarah zu Wort kam, fuhr er fort: »Sie brauchen im Augenblick nichts zu sagen. Ich möchte es Ihnen nur mitteilen und Sie können überlegen, ob Sie mir in dieser Angelegenheit etwas erzählen wollen. Und keine Sorge, ich verrate Sie nicht.« Er machte eine Pause, um einen Schluck zu nehmen.

»Sie sind Journalist, sagten Sie?«

David holte seinen Presseausweis hervor und legte ihn vor Sarah auf den Tisch. Nachdenklich nahm sie ihn, um ihn genauer zu betrachten.

Er erzählte offenbar die Wahrheit.

Auffordernd sah Sarah ihn an, was er dankend annahm.

74

»Also, es ist so, es gibt ja bekanntlich doch eine nicht ganz unerhebliche Anzahl von unerklärlichen Todesfällen. Und da hat die Sondereinheit meines Bruders angefangen, Ermittlungen in der Sektenszene durchzuführen. Sie kamen darauf, dass etwa dreißig Prozent der Toten dasselbe Merkmal aufwiesen. Die Körper enthielten nur noch wenig oder gar kein Blut mehr.«

Er hielt inne und beobachtete wieder Sarahs Reaktion. Wenn sein Bruder das erfuhr, war ihm Ärger sicher. David war sich bewusst, dass er unter Umständen riskierte, dass Sarah diese Leute warnen könnte. Er musste es wagen. Er hatte das Gefühl, als würde die junge Frau darauf warten, dass man ihr half.

»In der Vergangenheit gab es Hinweise, dass sich in diesem Haus merkwürdige Dinge abspielen.«

Diesmal hatte er Glück, sie zuckte merklich zusammen. Hatte er sie tatsächlich aus der Reserve locken können?

Sarah schossen viele Dinge gleichzeitig durch den Kopf. Ihr wurde heiß und kalt. Ahnte dieser Typ irgendetwas von den Vampiren? Wenn ja, woher?

»Sarah …«, er schaute sie an.

Sie versuchte seinem Blick standzuhalten. Schöne blaue Augen hielten frech dagegen. Eine Strähne hing ihm in die Stirn, ansonsten gab er sich wohl nicht viel Mühe, seinen Haaren Einhalt zu gebieten. Der Wind von vorhin hatte seine Spuren hinterlassen, und sie fand, es stand ihm gut.

Christian

Ob es das Richtige gewesen war, David die Unterlagen zu überlassen? Ich wusste es ehrlich gesagt nicht. Im Grunde genommen genoss er mein Vertrauen und er hatte es noch nie missbraucht.

Im Laufe des nächsten Tages wollte er mir die Mappe zurückgeben. Ich war sehr auf seine Meinung gespannt. Er hatte sich vorgenommen, die CD anzuhören. Ich hatte heute eh keine Zeit dafür. Langsam fuhr ich auf die große Kreuzung zu. An der Ampel fädelte ich mich kurz entschlossen rechts ein. Da sie Grün zeigte, bog ich auf den Stadtring ab. In die Richtung, in der die Villa lag, die auf den Fotos zu sehen war. Mein Handy klingelte und ich betätigte die Freisprecheinrichtung.

»Berg hier!«

»Ich bin's, Matthias«, bekam ich zur Antwort. »Hab Neuigkeiten vom Pathologen, wegen dem verstorbenen Mann, der, der die Meldung machte wegen der vermeintlichen Leichenwagen.«

»Ach ja«, gab ich erfreut zurück. Da war mein Kollege ja echt rührig gewesen. »Und?«

»Zum gegenwärtigen Zeitpunkt meint der Pathologe, dass dieser Mann ebenfalls das seltsame Phänomen aufwies, dass ihm Blut fehlte. Er war nicht ganz so blutleer wie die anderen, gleichwohl wies er dieses Merkmal auf. Und da der alte Mann nachweislich seit Jahren an einer Herzkrankheit litt, könnte dieser Mangel zu dem Herzversagen geführt haben. Das steht als Todesursache auch im Bericht.«

»Okay, danke, Matthias, das genügt mir. Ich bin übrigens gerade auf dem Weg zu diesem Haus und schaue mal, ob diese junge Frau da ist. Vielleicht redet sie ja mit mir. Telefonisch erreichte ich sie nicht. Ich sag dann mal, bis nachher.«

»Bis nachher, Chef.«

Ich kam verhältnismäßig gut durch den Verkehr und nach zwanzig Minuten fuhr ich überaus neugierig in die Straße, an der das Anwesen lag. An der Ecke gab es tatsächlich eine U-Bahn-Station. Hier wohnten überwiegend wohlhabende Leute, aber ich glaubte kaum, dass die mit der U-Bahn fuhren. Die Grundstücke wirkten allesamt recht groß. Langsam rollte ich die Allee entlang, bis ich vor einem gewaltigen Vorgarten stehen blieb, der von einem kunstvoll geschmiedeten Eisenzaun eingefasst war, unterbrochen von gemauerten Steinpfosten.

Ich erkannte es sofort, die Details waren auf den Bildern problemlos auszumachen.

Das Tor zur Einfahrt war geschlossen, doch an der Seite entdeckte ich eine halb offene Tür.

Ich parkte auf der gegenüberliegenden Straßenseite. Nachdem ich ein paar Autos vorbeigelassen hatte, ging ich hinüber. Das halb offene Tor ließ sich weit genug öffnen, um ungehindert hindurchzugehen. Da weilte ich und betrachtete das imposante Gebäude. Seitlich, links am Haus, stand eine schwarze Limousine. Ich musste grinsen. Ja, die konnte man für einen Leichenwagen halten. Meine Füße versanken ein wenig im knirschenden Kies. Ich versuchte einen Blick in das Auto zu werfen, doch die getönten Scheiben ließen das nicht zu. Dem Gebäude entlang ging ich weiter. Überrascht schaute ich auf eine geräumige, moderne Garage, die mindestens Platz für drei, vier Fahrzeuge bot. Sie war mit der Villa verbunden, sodass ich annahm, dass es einen Zugang ins Haus gab. Diese Garage war um einiges jünger als die Villa. Ich machte auf dem Absatz kehrt und stand kurz darauf am Haupteingang. Es dauerte eine Weile, bis mir nach dem Betätigen der Klingel eine Frau, etwa Ende vierzig, öffnete.

»Ja bitte?«

»Guten Tag«, sagte ich, »ich bin Christian Berg, Hauptkommissar, ich glaube, wir haben miteinander telefoniert.«

Sie verzog das Gesicht. Ich glaube, ich hatte bei dem Anruf wohl nicht gerade Punkte sammeln können.

»Um was geht es?«, fragte sie etwas harsch.

»Ich möchte gerne mit Frau Sarah von Delcarde reden. Ich war in der Nähe und dachte –«

»Sie ist nicht da. Ich sagte doch, dass sie sich eventuell bei Ihnen melden wird.«

Ich hatte wirklich keinen Stein bei ihr ihm Brett.

Geschwind holte ich meine Visitenkarte hervor und reichte sie ihr. Sie warf einen skeptischen Blick darauf.

»Es wäre nett, wenn Sie ihr ausrichten würden, dass ich da war.«

»Meinetwegen«, lautete die knappe Antwort.

Wenige Minuten später saß ich wieder im Auto.

Jetzt war David überrascht.

»Sie erscheinen mir klug, daher gehe ich davon aus, dass Sie mir genau zuhören.« Der Ton der jungen Frau klang warnend. »Ich kann nicht sagen, wer den Menschen das angetan hat, aber eines muss ich Ihnen mitteilen, wenn Sie Ihres Lebens nicht müde sind: Nehmen Sie die Unterlagen und werfen Sie sie weg. Nein, besser, verbrennen Sie sie, und zwar so schnell wie möglich. David, vergessen Sie das alles im Handumdrehen, und es besteht der Hauch einer Chance, dass Sie heil aus der Sache rauskommen.«

»Das kann ich nicht«, antwortete er entschieden. »Ich kann das nicht einfach vergessen und die Sachen vernichten. Ich will ja keine Riesenstory daraus machen, aber vielleicht eine kleine, das ist mein gutes Recht. Und ich werde herausfinden, was da vorgeht, ob mit oder ohne Ihre Hilfe. Ohnehin«, jetzt senkte er seine Stimme, »wird mein Bruder bei Ihnen vorbeischauen. Wenn die von der Kripo erst auf Sie aufmerksam geworden sind, haben Sie keine Ruhe mehr. Bitte, Sarah, helfen Sie mir und ich helfe Ihnen.«

Eindringlich schaute er Sarah an. Er glaubte zu spüren, dass sie kurz davor stand, ihm alles zu erzählen.

»Hören Sie, Sarah, Sie wissen etwas, ich merke das doch, Sie können mir nichts vormachen, bitte, besteht denn wenigstens eine kleine Chance, dass wir uns gegenseitig helfen?«

Sarah wusste nicht, wohin mit ihrem Blick. Zusätzlich wurde sie so langsam nervös. Von diesem Platz aus hatte sie keine Möglichkeit zu sehen, was die beiden Vampire in ihrem großen SUV machten. Unruhig rutschte sie hin und her.

»Wie sollten Sie mir helfen, David? Je mehr Sie erfahren, umso mehr ist Ihr Leben gefährdet. Allein die Tatsache, dass Sie mit mir reden, lässt es nur noch halb so viel wert sein.«

Verzagt sah Sarah ihn an. Einerseits bereute sie es schon fast, hierhergekommen zu sein; die Hand, in der sie immer noch die Tasse hielt, obwohl sie schon leer war, zitterte jetzt. Andererseits, das erste Mal seit langem hatte Sarah das Gefühl, dass da noch etwas anderes sein könnte als das Leben, das sie führte. Und obwohl ihr bewusst war, dass das schier unmöglich war, wünschte sie sich in diesem Moment nichts sehnlicher als ihre alte Existenz zurück.

Das irritierte sie. Wollte sie denn wirklich da heraus, aus diesem Leben?

Und konnte sie dafür das Leben eines neugierigen Reporters in Gefahr bringen? Wobei es das doch bereits war, schon seit er sie angesprochen hatte, und dafür konnte sie ja nun wirklich nichts.

David legte freundschaftlich seine Hand auf die ihre, die immer noch die Tasse festhielt.

»Ich mache Ihnen einen Vorschlag. Ich biete Ihnen meine Hilfe an, wann immer Sie mich brauchen sollten.«

Seine Berührung war ihr unangenehm. Sie stellte die Tasse ab und versteckte ihre Hände im Schoß.

»Sie können mir vertrauen. Sicher, wir kennen uns nicht. Allerdings sieht es aus, als könnten Sie Hilfe brauchen. Oder einen Freund vielleicht?«

Er machte eine Pause. Sarah war kurz davor aufzustehen und zu gehen. Er gab nicht auf.

»Ich will doch nur wissen, was es mit dem Haus auf sich hat und in welcher Verbindung Sie damit stehen. Geben Sie mir eine Chance zu beweisen, dass ich Ihnen helfen kann.«

Sie wollte etwas sagen, doch ihre Stimme versagte. Alles brach wie ein Gewitterregen über sie herein.

»Wir können uns gerne nochmals treffen«, redete er weiter. »Wieder hier, in diesem Café. Mir ist irgendwie klar, dass das alles vielleicht nicht ungefährlich ist. Dieses Risiko bin ich bereit einzugehen. Da bin ich nun mal zu sehr Journalist.«

Er steckte sich eine Zigarette an und sah sich nach einem Aschenbecher um. Tief zog er den Rauch ein, um ihn genüsslich wieder auszublasen. Gleich darauf kam eine Bedienung an den Tisch und bat ihn freundlich, die Zigarette auszu-machen. Er entschuldigte sich und drückte sie auf der Untertasse aus.

Als Sarah ihn ansah, blickten sie zwei unschuldige blaue Augen an. Langsam lehnte sie sich zurück, und ehe sie sich anders entschied, begann sie.

»Mir ist aufgefallen, dass eine CD in dieser Mappe steckt. Wenn sich mei-ne Vermutung bestätigt, werden Sie auf dieser CD alles hören, was Sie wissen müssen. Im Anschluss daran sollten wir uns noch mal treffen. Ich wiederhole es noch einmal: Bedenken Sie, dass ab sofort Ihr Leben in Gefahr ist. Es ist Ihre Entscheidung.«

Sarah stand auf und machte Anstalten zu gehen. David hielt sie fest, nestelte eine Visitenkarte aus seiner Jacke und reichte sie ihr.

»Machen Sie sich um mich keine Gedanken. Ich kann auf mich aufpassen.«

Zum Abschied reichte er ihr seine Hand; sie fühlte sich warm an.

Ohne ein weiteres Wort verließ Sarah das Lokal. Draußen, es nieselte und der Wind wehte kräftig, zog sie ihre Jacke fester um sich. Langsam bahnte sie sich den Weg zur U-Bahn-Haltestelle, indem sie den Marktplatz überquerte. Dabei konnte sie ihren Blick hinüber zum Parkstreifen wandern lassen. Sie standen noch da, der große schwarze SUV war nicht zu übersehen. Kurz blieb sie stehen. Sollte sie …

Nichts dergleichen, sie drehte sich um und lief den zuvor eingeschlagenen Weg weiter, in der Hoffnung, dass sie ihr folgten.

David machte sich kurz danach auf und nahm ebenfalls den Weg zur U-Bahn. Es erheiterte ihn, dass Sarah ihm gegenüber Sorge um sein Leben geäußert hatte. Schmunzelnd eilte er über den Platz. Dass sein Leben in Gefahr sein könnte, daran glaubte er nun wirklich nicht.

Damit ihn der Regen nicht zu sehr durchweichte, stellte er sich unter die Überdachung eines Zeitungskiosks und wählte auf dem Handy die Nummer seines Bruders. Er musste ihm einfach erzählen, dass er zufällig die verschwun-dene Sarah in der Stadt getroffen hatte. Wie erwartet, ertönte zunächst eine Schimpftirade. Christian war nicht gerade erfreut über Davids Einsatz. Wenn Sarah unterdessen die Menschen in dem Haus warnte, würden die Ermittlungen in diese Richtung in Luft aufgehen. Nach einigem Hin und Her war sein Bruder bereit, seinen Worten Vertrauen zu schenken, dies auch nur, weil er eindringlich darauf bestand, ein gutes Gefühl dabei zu haben. Sie verabschiedeten sich, nicht ohne dass Christian seinen Bruder ermahnt hatte, von nun an die Finger davon zu lassen. Er erinnerte ihn daran, ihm unbedingt am nächsten Tag die Unterlagen zurückzubringen.

Die Bahn fuhr gerade ein, als er die Treppen hinunter auf den Bahnsteig hüpfte.

Während der Fahrt kreisten seine Gedanken um das Gespräch mit Sarah. Sie schien ihm zu vertrauen. Die U-Bahn hielt an, Leute stiegen ein und aus. Zwei Stationen hatte er noch vor sich. Der Zug fuhr wieder an. Es roch muffig in dem Abteil, nach altem Sitzpolster und Schweiß.

Eine ältere Frau bahnte sich auf wackeligen Beinen ihren Weg durch den Gang. Sie drängte sich an ihm vorbei und rempelte ihn unsanft an. Unterwürfig blickte sie zu ihm auf. Nachdem sie in seiner Nähe einen Platz ergattert hatte, flüsterte sie fast: »Entschuldigen Sie bitte. Ich wollte Ihnen nicht wehtun.«

Sie hielt seinem Blick stand, der keineswegs ärgerlich war.

»Kein Problem, ich lebe ja noch.«

Dann sah er aus dem Fenster, beobachtete das Vorbeigleiten der Mauern in dem dunklen U-Bahntunnel-Gewölbe, als ihn auf einmal ein merkwürdiges Gefühl beschlich, das ihn zwang, sich umzusehen.

Ein wenig erschrocken stellte er fest, dass sie ihn immer noch anglotzte, die ältere Dame, mit demselben durchdringenden Blick wie zuvor. Schon wollte er etwas zu ihr sagen, da öffnete sie den Mund, und wieder flüsterte sie, und nur er schien es zu hören:

»Wage es ja nicht, Sarah etwas an zu tun. Ich weiß, wer du bist und was du tust. Ich werde nicht zulassen, dass dem Kind etwas geschieht, merk dir das gut.«

Langsam, als ob er es nicht gehört hätte, drehte er wieder den Kopf zum Fenster. Der Zug stoppte zum zweiten Mal. Er konnte das Spiegelbild der Frau im Fenster sehen und auch, dass sie ihn immer noch fixierte. Die Bahn nahm wieder Fahrt auf.

David erstarrte, als er in der Spiegelung des Fensters bemerkte, dass ihn die Dame jetzt anlächelte. Es war kein nettes Lächeln, eher ein wissendes, gefährliches Grinsen.

Woher wusste sie, dass er mit Sarah Kontakt hatte? Er drehte sich um, sie danach zu fragen.

Wie konnte das sein?

Die alte Dame war verschwunden.

Verwirrt schüttelte er den Kopf. War er vielleicht eingeschlafen und hatte das nur geträumt? Unwillkürlich sah er auf seine Armbanduhr. Seit er eingestiegen war, waren kaum fünf Minuten vergangen.

Wie konnte sie von dem zufälligen Treffen zwischen ihm und Sarah wissen? Hatte sie vielleicht das Gespräch zwischen ihm und seinem Bruder belauscht? Seine Neugierde stieg ins Unermessliche und er beschloss, zu dem ominösen Haus zu fahren.

David dachte nicht mehr an die Warnungen seines Bruders, sich raus zu halten.

Zu Hause angekommen aß er eine Kleinigkeit, um gleich danach die Wohnung wieder zu verlassen. Er fuhr, diesmal mit dem Auto, denselben Weg, den schon sein Bruder genommen hatte. Währenddessen legte er die CD ein, die sich in der Mappe befand. Der Verkehr verschwand fast vor seinen Augen, weil er sich kaum noch darauf konzentrieren konnte. So erstaunt war er über das, was er zu hören bekam.

Nach einer halben Stunde parkte er dort, wo zuvor sein Bruder gestanden hatte. Sein Blick glitt hinüber zur Villa. Niemand war zu sehen. Interessiert und fasziniert lauschte er den Worten, die von Vampiren erzählten, und davon, ihnen als Nahrung zu dienen.

Sarah war nass geworden auf dem Weg von der U-Bahn-Station zum Haus. Leise versuchte sie die große Tür zu schließen. Aber schon kam Milli aus der Küche gestürmt.

»Sarah, wo warst du nur die ganze Zeit? Deine Freundin Rosalie ist wieder zurück und wir konnten nichts sagen.«

»Alles in Ordnung, ich habe doch gesagt, dass es später werden kann«, gab Sarah zur Antwort. »Hast du Rosalie was erzählt? Ich meine, das von heute Morgen?«

»Na ja«, stammelte Milli, »du warst ja so aufgedreht und bist dann so rasch weg. Ich habe nicht viel gesagt, nur ein bisschen … Laurentiu hat noch angerufen und wollte wissen, wo du bist.«

»Ist gut«, versuchte Sarah sie zu beruhigen, »schon in Ordnung. Ich werde Rosalie ohnehin alles genau erzählen. Wo ist sie gerade? Ich zieh mir nur schnell die nassen Sachen aus.«

»Sie ist im Kaminzimmer«, rief Milli ihr hinterher.

Wieder unten traf sie nicht nur Rosalie an. Antonio stand an der Bar. Er hatte sich von dem Blutwein eingeschenkt und sah nicht glücklich dabei aus.

»Sarah!« Rosalies Freude war nicht zu überhören und sie stürmte gleich auf sie zu. »Ich bin froh, dass du da bist. Siehst du meine Sorgenfalten?« Sie zeigte lachend auf ihre Stirn.

»Ich dachte, dass du erst später kommst, sonst wäre ich zu Hause geblieben.«
Sarahs Blick wanderte hinüber zu Antonio, nicht gerade von Wohlwollen erfüllt.

Rosalie sah missbilligend zwischen den beiden hin und her. Antonio schüttete den Inhalt seines Glases mit einem Schwups in sich hinein. Sarah schnaufte verächtlich.

»Du Verräter hast mich die ganze Zeit belogen. Du wusstest alles und hast mir nichts gesagt. Du …«

Antonio versuchte sich zu verteidigen.

»Das ist nicht wahr, das habe ich dir längst erklärt. Ich habe das alles auch erst gestern Abend erfahren. Wenn ich …«

»Ach, der arme unverstandene Antonio, das soll ich dir glauben? Du hast mir aufs Neue bewiesen, dass es falsch ist, einem Vampir zu trauen!«

»Aber Sarah«, sagte Rosalie erschüttert, »was ist denn nur los?« Sie zog Sarah zu sich heran und legte ihren Arm um sie. »Um was geht es denn hier?«, wandte sie sich an Antonio.

Antonio knallte wütend sein Glas auf die Barablage.

»Soll dir Sarah erzählen, ich bin ja eh der Lügner hier im Haus. Kann ich ja gleich zu Laurentiu gehen und ihm alles sagen. Wie wäre das?«

In der nächsten Sekunde hatte er den Raum verlassen. Normalerweise benahm er sich nicht wie ein Vampir, wenn Sarah in der Nähe war.

»Was um alles in der Welt …« Rosalie drehte Sarah an den Schultern zu sich herum und stellte fest, dass ihrer Freundin Tränen in den Augen standen. »So habe ich mir unser Wiedersehen nicht vorgestellt«, bemerkte sie tröstend. Sie schob Sarah hinüber zum Kamin und drückte sie in einen Sessel.

»Sag mal, muss dir Dr. Danori nicht bald wieder Blut nehmen?«

»Nein, nein«, sagte Sarah in schnell, »das war letztens so viel, dass es seiner Meinung nach eine Zeitlang anhalten sollte.«

»Okay. Und jetzt erzähl mir mal, was ist denn passiert? Antonio wirkt sehr betroffen, wie mir scheint. Deine Zweifel an ihm tun ihm weh, das konnte ich deutlich spüren.«

Mit sich kämpfend fing Sarah an, den gestrigen Abend Revue passieren zu lassen. Sie erzählte von Laurentiu und Jacques. Dass Laurentiu ihr Bruder sei. Sie beide denselben Vater hätten. Dass sie davon überzeugt sei, dass Antonio über alles Bescheid wusste. Sie erwähnte ferner, was es mit dem Russen Bojarow auf sich hatte und dass dies allem Anschein nach der Grund war, weshalb Dominik sie immer so abgeschottet hatte.

Laut Laurentiu liebte Dominik sie sehr und wollte daher natürlich nicht, dass sie den Platz ihrer Mutter einnehmen musste. Sarah erzählte von ihren Zweifeln, Dominik fälschlicherweise verbannt zu haben, und von ihren Befürchtungen, falls er wieder rauskäme aus seinem Verlies.

Auch von David, dem Reporter, erzählte sie. Zuletzt erklärte sie ihrer Freundin, dass sie zu aller Sicherheit ihre Geschichte in ein Aufnahmegerät gesprochen hatte und dies mittlerweile bei Anwälten hinterlegt war.

Ihre schwesterliche Freundin hatte gespannt zugehört.

»Ich weiß gar nicht, wo ich anfangen soll. Laurentiu dein Bruder? Da wundert mich nichts mehr. Aber warum hast du eigentlich solche Angst, falls Dominik freikäme?«

Fragend schaute sie Sarah an.

»Was denkst du, Rosalie, wie er dort unten leiden muss. Glaubst du nicht, dass er mich mittlerweile abgrundtief hasst? Da ist es sicherlich besser, mit diesem Bojarow zu gehen, da wäre ich wahrscheinlich noch am sichersten.«

»Das weißt du doch gar nicht«, widersprach Rosalie. »Was, wenn nicht, was wenn er froh wäre, dich in seine Arme schließen zu können? Glaubst du nicht auch, dass er weiterhin verhindern wollte, dass du zu diesem Typ musst?«

»Nein«, Sarah schüttelte den Kopf. Ihr Magen krampfte sich zusammen. Der Gedanke an diese Möglichkeit tat weh. »Ich bin überzeugt davon, dass er keine Mühe scheuen wird, sich an mir zu rächen. Das Schlimmste, was man einem Vampir antun kann, tu ich, die er am meisten liebt, ihm an. Ich hätte es nicht anders verdient, so sehr, wie ich sein Vertrauen missbraucht habe.« Und nach einer kurzen, nachdenklichen Pause: »Eigentlich habe ich es nicht einmal verdient, weiterzuleben. Ich sollte –«

»Das zieh gar nicht erst in Betracht, den Gedanken kannst du dir gleich abschminken«, drängte sich Rosalie ins Wort. »Du willst doch nicht im Ernst dasselbe tun wie deine Mutter.«

Als Rosalie das erklärte, musste Sarah erneut mit den Tränen kämpfen. Tatsächlich war sie stärker, als sie geglaubt hatte. Die ganzen Erkenntnisse schienen zwar mit einem Schlag über ihr zusammenzubrechen, und dazu kam das schlechte Gewissen. Dennoch, sie war nicht allein. Nicht nur weil sie Rosalie an ihrer Seite hatte. Sie hatte einen Bruder, Familie. Tief atmete sie durch und schaffte es sogar Rosalie anzulächeln.

Es klopfte zaghaft. Milli trat herein, sah Sarah still vor der Terrassentür stehen und kam, ohne eine Reaktion abzuwarten, näher. Rosalie hob beschwichtigend ihre Hände.

»Ich glaube«, meinte sie im Flüsterton zu Milli, »dass alles in Ordnung ist. Jetzt kommt alles raus, was sich in den letzten Wochen aufgestaut hat.«

Milli übergab Rosalie eine Karte. »Würden Sie bitte die Visitenkarte Sarah geben? Der Herr war heute Mittag da und wollte sie sprechen. Er bittet darum, dass sich Sarah bei ihm meldet.«

Rosalie bedankte sich bei ihr und Milli verließ mit schwerem Herzen den Raum. Sarah tat ihr so leid.

Immer begieriger lauschte er den Worten aus den Lautsprechern. Unfassbar, was er da hörte. Vampire, mitten unter ihnen? Das erklärte natürlich vieles. Fasziniert von dem Gehörten bekam er beinahe nicht mit, dass eine der Limousinen vom Grundstück fuhr. Schneller als notwendig. Er beschloss stehen zu bleiben und das Haus im Blick zu behalten. Seine Kamera hatte er auf dem Beifahrersitz drapiert.

David stand sicherlich schon seit mehr als einer halben Stunde an dieser Stelle, als ein großer schwarzer SUV langsam an ihm vorbeirollte. Flug nahm er die CD aus dem Player, legte alles in die Mappe zurück und steckte sie in ein Fach unter seinem Sitz. Sollte er lieber wegfahren? Oder wäre das erst recht auffällig?

Vielleicht zehn Meter entfernt blieb das Fahrzeug stehen. Da die Heckscheibe abgedunkelt war, konnte er nicht sehen, was die Insassen vorhatten. Er kramte seinen Presseausweis hervor und legte ihn auf den Beifahrersitz. Der hatte ihm schon oft geholfen. Im Anschluss daran schoss er ein paar Bilder vom Haus und natürlich auch vom Auto. Schnell startete er sein kleines Notebook, steckte den Chip hinein und lud die Bilder herunter. Das Bild vom Wagen, auf dem man das Kennzeichen gut erkannte, schickte er gleich per Mail an seinen Bruder, mit dem Kommentar versehen: *Bitte überprüfen, Rücksprache morgen!*

Das Notebook fand seinen Weg zurück auf die Rückbank. In diesem Moment hörte er ein Fahrzeug heranbrausen. Das große Tor zur Auffahrt öffnete sich und die Limousine von vorhin fuhr wieder hinein. Schon hatte David seinen Fotoapparat in der Hand. Er konnte durch den Sucher deutlich erkennen, dass zwei Männer ausstiegen. Prompt betätigte er den Auslöser. Ein paar Mal hintereinander klickte und surrte es. Einen Wimpernschlag danach sah er nur noch einen Mann. Es kam David so vor, als hätte sich der andere einfach in Luft aufgelöst. Er zoomte weiter heran und suchte den Bereich vor dem Haus ab. Es war niemand zu erkennen. Die Person schien wie vom Erdboden verschluckt, und der übrig Gebliebene ging hinauf zur Tür, sah kurz in seine Richtung und betrat dann das Haus.

Hatte er wirklich zu ihm geschaut oder bildete sich David das nur ein? Wo war der zweite Mann abgeblieben? Angestrengt suchte er weiter den Bereich vor dem Haus ab, aber der Mann blieb verschwunden.

Plötzlich hörte er seine Beifahrertür zuschlagen, und als er sich erschrocken umdrehte, sah er in ein paar gefährlich dreinblickende Augen.

Er nahm gerade noch wahr, dass die Insassen aus dem Auto vor ihm ausstiegen, schon spürte er die Hand des Eindringlings mit eisernem Griff an seiner Kehle. Einen Moment später standen die Männer aus dem SUV zu beiden Seiten seines Autos. Alles wirkte in diesen Sekunden auf ihn, als liefe es in Zeitlupe ab.

»Jacques, nimm die Kamera, mach den Chip raus und zerstöre ihn!«, hörte David seinen Peiniger sagen. Er hatte Mühe Luft zu bekommen. Er war nicht imstande, auch nur einen Laut von sich zu geben, geschweige denn sich zu bewegen. Der Griff um seine Kehle verursachte mittlerweile ein Flimmern vor seinen Augen.

Jacques hatte die Kamera an sich genommen. Die Beifahrertür ging auf und der andere spähte in den Wagen.

»Laurentiu, lass mich nach Waffen suchen. Danach kannst du loslegen.«

»Ist gut, mach schnell, bevor wir noch Zuschauer bekommen!«

Gesagt getan. In Sekundenschnelle durchwühlte er das Handschuhfach und durchstöberte das Durcheinander auf dem Rücksitz. »Clean!«, ließ er Laurentiu wissen. Dieser löste endlich seine Umklammerung. Nicht ohne David darauf hinzuweisen, dass jeglicher Fluchtversuch umsonst sei.

Irgendwann am späten Nachmittag hatte Sarah sich auf Rosalies Drängen hingelegt. Es war bereits dunkel, als sie wieder zu sich kam. Sofort drängten sich ihr die letzten Geschehnisse in den Sinn. Szenen, die ihr vorkamen wie Akte eines Theaterstückes, angefangen bei Laurentiu bis hin zu David. Und mit den neuen Informationen, die ihr Laurentiu hatte angedeihen lassen, kam noch ein immens schlechtes Gewissen hinzu. Waren diese Vampire dem ungeachtet nicht trotzdem blutrünstige Monster?

Obwohl … Dominik hatte ihr versprochen, keinen Menschen mehr zu töten, und hatte dies, entgegen ihrer Befürchtung, dem Anschein nach auch eingehalten. Demzufolge war es den Vampiren offensichtlich möglich, sich zu beherrschen. Im Gegensatz dazu hatte John das Gegenteil bewiesen. Was also tun?

Ein Bild drängte sich ihr auf, wie die beiden in ihren Sägen lagen, schreiend und sich vor Schmerzen windend. Schmerzen vom Hunger nach Blut, der Qual, eingesperrt zu sein, allein.

Sarah zog es in der Tat in Erwägung, in den Keller zu gehen, um – ja, um was zu tun?

Sie fürchtete sich bereits vor dem Gedanken daran; wie also wäre es erst, wenn sie ihn in die Tat umsetzte?

Sarah bekam Angst. Angst davor, schwach zu werden.

Ihr Atem ging schnell, ihr Puls flog. Es kostete sie allergrößte Mühe, sich von diesen Gedanken loszueisen. Weshalb jetzt, weshalb so eindringlich? Noch nie hatte sie so intensiv darüber nachgedacht. Keine Minute – und im Grunde wusste sie, warum sie diese Gedanken so immens verdrängt hatte.

Es tat weh zu verstehen, zu begreifen. Es schmerzte zutiefst, vor allem jetzt, da sie ihrer Aufgabe immer mehr bewusst wurde. Sie vermisste ihn. Sie liebte ihn.

Dominik.

Laurentiu

Ich ließ ihn los. Sofort griff er sich mit seinen Händen an die Kehle. Jacques und Lennart standen an den Seiten des Wagens. Dieser David, wie ich auf seinem Ausweis las, hätte nicht mal seine Tür öffnen können. Dafür war er zu langsam.

Er war Reporter.

Jacques hatte mir erzählt, dass er Sarah in der Stadt angesprochen hatte. Sie würde nicht riskieren, unsere Welt preiszugeben, dessen war ich mir sicher. Allerdings erschien mir die Neugierde dieses Mannes erschreckend genug, um einzugreifen.

»Was tun Sie hier, Herr Berg? Oder darf ich Sie David nennen?«

Er rieb sich immer noch den Hals und räusperte sich unentwegt.

»Ich versuche ein paar Bilder zumachen, oder nach was sieht es denn aus?«, kam keuchend und mehr flüsternd von ihm.

»Sie sprachen mit Sarah? Weshalb belästigen sie die junge Dame?«, wollte ich als Nächstes von ihm wissen.

»Ich weiß, dass sie diejenige ist, die vor ein paar Jahren verschwunden ist. Warum ist sie hier?«

Er schaute mich direkt an. Ein Lächeln konnte ich mir nicht unterdrücken. Mutig war er ja schon, der Bengel.

»Was glaubst du noch zu wissen?« Es interessierte mich enorm, was er darauf zu erwidern wusste.

»Ich weiß, dass die seltsamen Todesfälle mit euch zu tun haben.« Nach wie vor klang seine Stimme keuchend und rau.

Was sollte das? Entweder war er einfach nur dumm oder er wusste, wer wir waren, und spielte auf Zeit? Ich stieg aus und zog ihn grob über die Beifahrerseite aus dem Auto. Er schrie auf und stöhnte. Neben seinem Wagen ließ ich ihn unsanft zu Boden fallen. Natürlich wollte er sich aufrappeln. Noch bevor er auch nur annähernd einen Fuß aufgesetzt hatte, drückte ich ihn meinen in den Rücken. Hart landete er auf seinem Bauch und schon kniete ich neben ihm und presste ihn mit meinem Ellenbogen im Genick nach unten.

»Was willst du?«, zischte ich ihm ins Ohr. »Ist dir klar, mit wem du es zu tun hast?«

»Laurentiu, hör auf, wir nehmen ihn mit. Wir müssen Acht geben, dass uns niemand sieht. Komm … nicht hier!«, bremste mich einer meiner Mannen.

Einen Moment später drückte ich diesen David auf die Rückbank von Jacques Wagen.

»Jacques, du fährst. Lennart, du nimmst sein Auto. Wir fahren zum Bungalow.«

Ich musste ihnen Recht geben; keine Ahnung, warum ich überhaupt so unachtsam war. Schon die Tatsache, dass Jacques mir erzählte, dass dieser Typ Sarah angesprochen hatte, ließ Zorn in mir aufwallen.

Seit ich mich Sarah gegenüber geöffnet hatte, spürte ich die Emotionen intensiver und nachhaltiger. Das hatte zweifellos zur Folge, dass die Entscheidungen, die ich in Sekunden traf, unüberlegt waren. Die logische Konsequenz daraus.

Tief atmete ich durch. Ich war drauf und dran gewesen, ihm die Kehle aufzureißen. Gut, dass ich Jacques und Lennart dabei hatte.

Ebenso hilfreich war es, dass wir über die ganze Stadt verteilt verschiedene Immobilen haben. Dort waren wir in jedem Fall ungestört, vor allem, wenn dieser David uns erst mal erzählt hatte, was wir wissen wollten.

Fünf Tage

Christian

Es war schon fast Mittag, als ich in mein Büro kam. Da ich am Abend zuvor stundenlang über Papierkram gebrütet hatte, hatte ich beschlossen, heute später zu kommen. Die Kollegen waren längst eifrig bei der Arbeit. Ich sah zwei von ihnen telefonieren.

Hoffentlich brachte mir David die Unterlagen wieder zurück. Er konnte sich auf was gefasst machen. Einfach diese Frau anzusprechen. Sein Anruf vom gestrigen Tag beschäftigte mich noch immer. Eine junge Polizistin übergab mir ein großes Kuvert, es war von einem Kurier gebracht worden. Ein Absender stand nicht drauf.

Überrascht betrachtete ich den Inhalt des Kuverts. Es war genau die Mappe, die ich David gestern überlassen hatte. Kurz überzeugte ich mich, ob alles vollständig war. Auf dem Umschlag klebte ein Zettel.

Es ist Sarah, ohne Zweifel,
wohnt in der Villa,
Zusammenhang mit den seltsamen Morden kann ich bestätigen,
hör dir bitte unbedingt die CD an, es stimmt!
Mach dir um mich keine Sorgen
Pass auf dich auf,
David

Wieso kam er nicht selbst? Ich griff zum Telefon, doch es meldete sich nur seine Mailbox. Ich war noch zu verärgert, um ihm eine Nachricht zu hinterlassen, und legte wieder auf. Unterdessen war mein Rechner hochgefahren und ich konnte mich einloggen. Wie üblich sah ich zunächst in meine Mails und entdeckte eine von David. Von gestern Nachmittag, mit Anhang?

Die Bilder zeigten einen großen schwarzen Wagen, einen SUV, nahm ich an. Das Kennzeichen war deutlich zu erkennen. Wieder drückte ich eine Taste.

»Ja Chef?«, ertönte es sogleich.

»Georg, sei so gut und überprüfe folgendes Kennzeichen!« Ich gab es ihm durch. Seltsam fand ich das in jedem Fall. Das war eigentlich gar nicht Davids Art. Unter diesen Umständen, dachte ich, warte ich einfach mal ab, er wird sich sicherlich melden. Hoffentlich hat er nichts Dummes angestellt.

»Eine Tasse Kaffee bitte«, gab Sarah dem Kellner zur Antwort. »Schwarz, ohne Zucker.« Er nahm die Speisekarte, bedankte sich für die Bestellung und verschwand.

Sarah beobachtete das geschäftige Treiben. Sie hatte am Mittag mehrmals versucht, David anzurufen. Es war leider immer nur die Mailbox dran gewesen. Nach dem vierten oder fünften Mal hatte sie draufgesprochen, dass sie auf ihn in dem Café vom Vortag warte. Sie wolle unbedingt mit ihm reden und sei geneigt, auf sein Angebot zurückzukommen und gegebenenfalls seine Hilfe anzunehmen.

Sarah lehnte sich zurück, schloss die Augen und sah im Geiste Davids sympathischen Blick. Sie horchte in sich hinein und stöhnte bei der Erkenntnis, dass sie in höchstem Maße nervös und aufgeregt war. Ihr Herz schlug schneller. Vielleicht war diese Aufregung umsonst, vielleicht ließ sich David gar nicht erst blicken? Dies änderte jedoch nichts an ihrem Entschluss. Wenn er sich die CD angehört hatte, wusste er, um was es hier ging. Schließlich wollte er wissen, was es mit dem Haus auf sich hatte. Ob der Drang, das zu erfahren, ausreichte, um ihr Glauben zu schenken und das alles nicht als Hirngespinst abzutun, würde sich zeigen. Sie sah sich einfach gezwungen, so zu handeln. Ihre Lage hatte sich in so vielen Dingen geändert. Sie hatte eine Familie, wenngleich sicherlich nicht gerade die, die sich der Durchschnittsbürger wünschen würde. Sie war ja auch kein Durchschnittsmensch. Demzufolge fielen ihre Entscheidungen nicht durchschnittlich aus. Und aus diesem Grund ließ sie es zu, dass ihr Entschluss ihrem Herzen folgte.

Dominik aus seiner Verbannung zu erlösen, in die sie ihn gebracht hatte.

Aber sie konnte es nicht selber nicht tun.

»Bitte, Ihr Kaffee«, unterbrach der Kellner ihre Grübeleien und stellte die Tasse vorsichtig auf den Tisch. Eine große Tasse, sie erinnerte sich nicht, eine große bestellt zu haben. Der erste Schluck zeigte seine wohltuende Wirkung. Ach, sie hoffte so sehr, dass David ihre Beweggründe verstand, darauf vertraute, dass sie die Wahrheit sagte. Sie musste ihn einfach davon überzeugen. Sicherlich half er ihr dann, eine Möglichkeit zu finden, Dominik zu befreien, ohne jemanden zu gefährden.

»Ist hier noch frei?«, vernahm Sarah auf einmal die wohlbekannte Männerstimme.

»David!«

Er grinste sie an.

»Bin ich froh, dass Sie gekommen sind.«

»Nun«, witzelte er, »wenn mich solch sehnsüchtige Anrufe erreichen, muss ich reagieren.« Er setzte sich schaute sie frech an, fast triumphierend. »Ich hatte gestern einige seltsame Begegnungen. Da geht man gerne zu einem Treffen, bei dem man glaubt zu wissen, was einen erwartet.« Er lachte etwas zu gekünstelt.

»David«, Sarah musterte ihn, »Sie wirken heute so verändert. Ist Ihnen nicht gut? Ist alles in Ordnung?«

»Es geht mir gut. Oder sagen wir, es geht mir besser denn je?«

Sarah stutzte. Am Tag zuvor war er so vorsichtig gewesen. So als wollte er sie keinesfalls verärgern. Seine flapsige Art, die er jetzt an den Tag legte, erinnerte Sarah an Chalou, den Damenschneidermeister.

Mit einem Mal lief es Sarah heiß und kalt den Rücken hinunter. Sie starrte David mit offenem Mund an. Das konnte einfach nicht sein. Das wäre ihr mit Sicherheit gestern schon aufgefallen! Sie beobachtete seine Bewegungen. Eine Gänsehaut zog sich von der Hüfte hinauf über ihren Nacken. Wie konnte das sein?

»Sarah, mir scheint eher, als ginge es Ihnen nicht so besonders, Sie wirken plötzlich so blass?« Er klang ehrlich besorgt.

Hatte sie vergessen zu atmen? Atmen. Atme, Sarah, dachte sie und schnappte nach Luft. Der Kellner, der sie bedient hatte, schaute kurz in ihre Richtung.

»Sie sind ein Vampir, David, ein Vosantus, hab ich recht?« Mit blankem Entsetzen wisperte Sarah diese Frage. Unvermittelt nahm sie ihre Jacke und schlüpfte hinein, zog sie fest um sich, wie eine Schutzhaut.

In dieser Sekunde war es David, der Sarah erstaunt anstarrte. Doch schon kehrte der strahlende Ausdruck in sein Gesicht zurück.

Sie fühlte sich wie zugeschnürt. Fassungslos fixierte sie ihn.

»Laurentiu vermutete, dass du mich erkennst. Und dass du es gleich bemerken wirst. Faszinierend, oder? Es ist wirklich beeindruckend, was mit mir geschieht. Ohne Frage muss ich zugeben, dass ich keine andere Wahl hatte. Entweder er hätte mich umgebracht, oder ich bekomme heraus, wo sich dein Freund Dominik und sein Cousin John befinden. Dafür machte er mich zu einem Vampir. Zu einem … wie sagtest du … Vosantus.«

»Aber … aber … gestern, ich … ich könnte schwören, dass du gestern noch nicht …«

Sollte sie weglaufen? Die CD fiel ihr ein.

»War ich auch nicht. Das ist erst gestern Abend passiert, nach unserem Aufeinandertreffen. Und eigentlich, hat er gesagt, dürfte ich noch gar nicht unter die Leute. Ich müsste noch viel lernen. Nichtsdestoweniger drängt die Zeit und sie müssen wissen, wo die beiden sind.«

David unterbrach sich; der Kellner stand am Tisch. Aufmerksam, wie er war, hatte er sogleich die Karte parat, sah dabei Sarah stirnrunzelnd an. David nahm die Karte nicht. Er bestellte.

»Ein Kännchen Kaffee bitte«, er schaute Sarah an, danach ihre leere Tasse. »Willst du auch?«, fragte er sie zuckersüß.

»Ja, äh, ein Kännchen heiße Schokolade bitte. Ja, das nehme ich. Und … und … ein Stück von dem Käsekuchen«, stammelte sie.

»Kommt sofort«, gab der Kellner zur Antwort und verschwand hinter seinem Tresen. Von dort aus behielt er die beiden weiterhin im Auge.

David atmete tief durch. Langsam hob er seinen Arm in ihre Richtung. Seine Hand legte sich auf ihre Hände, die gefaltet auf ihrem Schoß lagen. Ihr Herz klopfte so rasend, dass sie glaubte, sie zerplatze gleich. Er lächelte, weil er es hörte.

Er war ein Vampir, ein Vosantus.

»Sarah«, begann er vorsichtig und kaum vernehmbar, »es ist wahr. Laurentiu hat mich gestern —«

»Schschscht«, unterbrach ihn Sarah. Sie sah sich schnell um, konnte jedoch keine verdächtigen Personen ausmachen. »Ich will es nicht hören. Grauenhaft genug, dass er das aus dir gemacht hat.« Verärgert schüttelte sie den Kopf. Sie war einfach ins Du übergegangen wie er auch. »Ich hatte dich ja gewarnt. Die beobachten mich und überlassen nichts dem Zufall. Warum hast du mich auch angesprochen?« Sie klang, als würde sie Davids neue Situation ernsthaft bedauern.

»Ich sagte doch, ich konnte es mir aussuchen. Ohne Frage, wer lässt sich schon gerne töten. Wie hättest du dich da entschieden?«

»David, das ist kein Spiel. Das hat weitreichende Konsequenzen. Du wirst nie wieder normal —«

»Es hätte dir klar sein müssen, dass sie irgendwann bei dir nachfragen. Bei dir suchen, nach Dominik und John. Oder hast du geglaubt, dass sie sich nie fragen, wo sie sind? Ja, ich soll mir dein Vertrauen erschleichen, um herauszubekommen, ob du etwas weißt. Einige sind davon überzeugt. Wenige denken anders. Und, ich soll sie finden. Das ist meine Aufgabe. Dafür hat er mir dieses Leben geschenkt. Was hatte ich demzufolge für eine Wahl?«

»Du brauchst nicht weiterzusuchen«, flüsterte Sarah. »Du hast sie gefunden.« Sie drückte Davids Hand jetzt fest. Sie war nicht mehr so warm wie am Vortag. »Ich werde dir sagen, wo sie sind, jedoch nur«, sie verschärfte ihren Ton, »wenn du mir versprichst, mir zu helfen.« Ihr Herz klopfte wie wild. Ihr war durchaus klar, wie gewagt ihre Aktion war.

»Ich hatte meine Gründe für das alles«, fuhr sie fort, »ich wusste zu wenig, ich hatte ja keine Ahnung. Erst seit Laurentiu mir erzählt hat, wer ich bin, und wer meine Familie ist, weiß ich, warum alles so gekommen ist. Ich habe Angst, verstehst du, Angst. Ich …«

Es keimte fast das Bedürfnis in ihm auf, Sarah tröstend in den Arm zu nehmen.

»Du brauchst nicht weiterzureden. Ich hatte gestern noch Zeit, mir dieses außergewöhnliche Hörspiel zu Gemüte zu führen. Ich weiß also, wo die beiden sind. Und Laurentiu hat mir den Rest der ganzen Geschichte erzählt. Daher würde ich behaupten, dass nur Dominik dich davor beschützen kann und dies auch tun wird. Ich hatte fast das Gefühl, dass dein Bruder auch so denkt.«

Entsetzt riss Sarah die Augen auf. »Hast du es –«

»Keine Sorge«, unterbrach David sie rasch. Ihm war klar, worauf sie hinaus wollte. »Ich habe ihnen nichts von deiner Geschichtensammlung erzählt. Ich wollte erst einmal mit dir reden. Das alles ist ohnehin höchst faszinierend für mich.« Er hob seine Hand, bewegte seine Finger und betrachtete sie fasziniert, als wären sie ein neues Spielzeug.

Sarah musste sich beherrschen, sollte sie weinen, schreien oder auf ihn einschlagen? Ein paar Mal schluckte sie, um den Kloß loszuwerden, der gerade dafür sorgte, dass ihre Stimme sich wie ein Reibeisen anhörte. David hatte ihren wunden Punkt getroffen.

Schließlich wähnte sie sich in dem Glauben, keinem Vampir trauen zu können.

Und gleichzeitig löste sich mit David eines ihrer Probleme in Luft auf. Da er jetzt ein Vosantus war, konnte er Dominik aus seinem Verlies herauslassen, ohne selbst in Gefahr zu geraten. In gewisser Weise hatte ihr Laurentiu sogar einen Gefallen getan. Eine Frage beschäftigte sie aber dennoch brennend.

»Sag, woher hast du eigentlich die CD? Ich habe die gestern gesehen, in dieser Mappe. Es stand mein Name drauf. Ich vermutete, dass sich darauf meine Erzählungen befinden.«

»Woher die CD kommt, kann ich dir nicht sagen. Ich habe die Unterlagen von meinem Bruder. Habe ich nicht erwähnt, dass er bei der Polizei arbeitet?«

Sie kramte in ihrer Hosentasche und legte eine Visitenkarte auf den Tisch.

»Das ist dein Bruder, habe ich recht? Weiß er denn, was du jetzt bist? Und wie um alles in der Welt kommt der an meine Erzählungen? Du musst ihn für mich danach fragen.«

»Ja, er ist mein Bruder, und nein, er weiß es nicht. Und ich weiß auch nicht, wann ich ihn das nächste Mal spreche. Ist das denn von Bedeutung? Außerdem würde ich dich bitten, ihm von meiner Wesensveränderung nichts zu erzählen!«

»Das ist euer Problem.« Sarah hob die Hände. »Mich interessiert diese CD und wie er daran gelangt ist.«

»Was um alles in der Welt ist denn so wichtig an dieser CD?«, wollte David wissen.

»Ursprünglich wollte ich das zum Schutz für unsere Hausangestellten, Rosalie, Antonio und mich einsetzen. Wenn das jetzt schon auftaucht, war alle Mühe umsonst.« Wie ein Häufchen Elend sackte sie in sich zusammen.

»Ach Sarah, entspann dich. Euch wird keiner was tun.« Genüsslich nahm er einen großen Schluck Kaffee. »Apropos tun, ich befreie selbstverständlich Dominik und John. Mich lässt das Gefühl nicht los, dass ich damit irgendwie jedem Beteiligten einen Gefallen tue.«

»Gib mir zwei Tage Zeit«, bat Sarah. »Ich muss erst dafür Sorge tragen, dass die Hausangestellten in Sicherheit sind. Lass uns übermorgen telefonieren. Ich ruf dich an«, beschwor sie ihn. »Bitte, gib mir die Zeit!«

David nickte mit ernster Miene.

»Ich will dir helfen. Meinen Auftrag erfülle ich ja trotz allem. Und ob zwei Tage früher oder später, darauf kommt es wirklich nicht an. Wenn das alles ist, was ich für dich tun soll.«

Fast ehrerbietig blickte er sie an. Er mochte ihren Geruch.

»Ja«, sie wirkte erleichtert und hatte ihren Atem wieder unter Kontrolle. Sie erhob sich und David machte ihr Platz. Beide standen sie da und betrachteten einander.

Dann, so wie sich Freunde verabschieden würden, drückte er Sarah an sich. Kurz, nur für einen Augenblick, ließ ihre Anspannung nach. Sie genoss den Moment. Den sachten Druck, mit dem er sie im Arm hielt. Einen Atemzug lang verstärkte er den Druck der Umarmung.

»Danke«, hauchte Sarah zum Abschied. Sie löste sich von ihm und verließ das Lokal.

Kalter Wind empfing sie draußen. Augenblicklich fiel ihr ein, dass sie nicht bezahlt hatte. Sie zögerte, bis ihr einfiel, dass David sie ja eingeladen hatte.

Sie war sich sicher, absolut sicher, dass David in ihrem Interesse handeln würde. Warum, konnte sie nicht sagen – wegen der Art, wie er mit ihr umging? Die Tatsache, dass er anscheinend ehrlich gewesen war? Ihre Enttäuschung über Antonio herrschte zwar noch vor, dennoch, was hatte sie zu verlieren? Ihr war klar, dass sie im Grunde keinem trauen durfte. Das Einzige, was sie wollte, war, dass Dominik wieder freikam und David ihrem Wunsch nachkommen würde.

Doch jetzt musste sie sich sputen. Alle, die in der Villa wohnten, mussten fort, weg, sich verstecken, abhauen. Sie sollte Dr. Danori verständigen. Er würde die notwendigen Angelegenheiten in die Wege leiten.

Sarah lief schneller.

Laurentiu

Ich telefonierte mit Jacques, der mir berichtete, dass Sarah wieder zu Hause angekommen war. Sie würden sich wieder in Position begeben.

David musste also jeden Moment zurückkommen. Meine Anspannung stieg. Sicherlich war es ein Risiko, einen frischgebackenen Vampir loszuschicken. Da er wie auch immer recht gefasst schien und bereitwillig auf mein Angebot eingegangen war, lösten sich meine Bedenken in Luft auf. Sein Verhalten erweckte den Eindruck, als hätte er über alles Bescheid gewusst. Fast war er mir vorgekommen, als freute er sich über meinen Vorschlag. Das vereinfachte zweifellos meinen Plan.

Es klopfte, und David trat ein, ohne dass ich ihn hereingebeten hatte.

»Da bin ich wieder!«, legte er in einem flapsig lockeren Ton los. »Es war einfacher, als ich dachte. Sie hat mir gesagt, wo die beiden sind – unter der einen Bedingung: dass nur ich sie herausholen darf.«

Ich schüttelte nur den Kopf über Davids Benehmen. Dieser Ton, diese Unverfrorenheit …

»Ich glaube kaum, dass du uns sagst, was wir tun sollen. Du berichtest mir, wo sie sind, und wir holen sie.«

»Nein!« Er stand vor mir, schaute mich keck an und ich spürte, dass er nicht daran dachte, nachzugeben.

»Soweit ich mich erinnern kann, haben wir eine Abmachung«, erinnerte ich ihn.

»Das stimmt«, konterte er, »jedoch musste ich ihr ein Versprechen dafür geben, dass sie es mir sagt. Und ich bin geneigt, ihr das zuzugestehen. Das ist nicht mehr als fair … und ich denke, es kommt auf ein zwei Tage mehr oder weniger nicht an, oder?« Jetzt grinste er noch obendrein. Dieser Typ war so was von dreist. Nichtsdestotrotz, was hatte ich erwartet. Er war ein Reporter.

»Ich für meinen Teil habe meine Abmachung erfüllt. Ich werde euch in zwei Tagen die Vermissten liefern. Das sollte genügen, meine ich. Wie sieht's aus, bekomme ich meine Kamera?«

Das war der Höhepunkt seiner Unverschämtheit. Innerhalb von weniger als einer Zehntelsekunde schnellte ich über meinen Schreibtisch hinweg, drückte ihn rücklings gegen die Tür, meine Hand wieder an seiner Kehle.

»Du solltest dir überlegen, mit wem du hier sprichst. Nur weil du einer von uns bist, brauchst du dich nicht der Hoffnung hinzugeben, dass ich dich nicht töte, wenn mir danach ist.«

David röchelte. Ich spürte, dass seine Kraft nicht reichte, sich zu wehren. Dies würde noch ein paar Tage dauern. Er klammerte sich mit beiden Händen an meinen Arm.

»Da Sarah meine Schwester ist, will ich ihr die Zeit zugestehen. Über ihre Gründe dazu werde ich sie selber befragen. Es ist von allgemeinem Interesse, dass Dominik und John rechtzeitig freikommen. Du verstehst?«

Trotz des eisernen Griffes, mit dem ich ihn spielend in Schach hielt, konnte ich ein krächzendes »Ja« vernehmen.

Langsam ließ ich ihn los, und so schnell ich ihn an die Wand gedrückt hatte, so rasch stand ich wieder hinter meinem Schreibtisch. Er rieb seine Kehle und ich konnte ein erhabenes Frohlocken nicht unterdrücken.

»Kann ich das auch irgendwann?«, fragte er mich mit heiserer Stimme. »Das war wirkungsvoll. Diese Schnelligkeit könnte mir bei meinen Recherchen nützlich sein.« Er fing laut an zu husten.

Ich glaubte, nicht richtig zu hören. Dieser David war nicht kleinzukriegen. Ich sollte entgegen jeglicher Annahme lieber vorsichtig sein, was ihn betraf. Hoffentlich war es kein Fehler gewesen, ihn zu einem Vosantus gemacht zu haben. Es erschien mir eine spontan gute Idee, und das bisherige Ergebnis zeigte, dass ich damit richtig gelegen hatte. Dennoch wurde ich das Gefühl nicht los, dass David mit gewaltigem Eigensinn gesegnet war. Einer dieser Typen, die niemals nachgaben.

»Unterschätze mich nie wieder, David. Du wirst die nächsten zwei Tage hier bleiben und lernen. Lernen, was es heißt, ein Vosantus zu sein. Und halte dich so lange von Sarah fern. Du wirst ihr erst wieder begegnen, wenn sie dich anruft, damit wir uns da verstehen.«

Damit war für mich das Thema vom Tisch. Ich schnellte zur Tür, drückte ihn zur Seite, was er kommentarlos hinnahm. Den beiden Vosanti vor der Tür erteilte ich noch Anweisungen, was ihn betraf. Ich hatte so eine Vermutung, was Sarah anbelangte.

Lennart befand sich draußen im Wagen. Einen Moment später saß ich neben ihm und ihm war klar, wohin ich wollte.

Vier Tage

Eingeschlossen in diesem Haus. Das war so gar nicht nach Davids Geschmack. Ihm war zwar klar, dass er mit den Folgen seiner Entscheidung jetzt leben musste, ihn allerdings gleich einzusperren, fand er reichlich überzogen. Diese CD, die er angehört hatte, war aber auch so unglaublich faszinierend gewesen. Unmöglich, Laurentius Angebot auszuschlagen, selbst wenn die Alternative nicht der Tod gewesen wäre.

Den ganzen Vormittag saß er mittlerweile mit seinen Bewachern zusammen, die ihm erklärten, was es bedeutete, ein Vosantus zu sein. Ihm wurde zwar gesagt, dass es besser sei, in den ersten Tagen nicht unter Menschen zu gehen, ihm erschloss sich aber nicht wirklich, weshalb. Es ging ihm fantastisch und er bereute seine Entscheidung nicht. Sicher konnte er die Tragweite der Konsequenzen nicht im Geringsten überschauen, doch das kümmerte ihn im Moment nicht.

Langsam flanierte er durch das geräumige Gebäude, das einem Bungalow im südländischen Stil glich, nur größer. Spartanisch, aber gut eingerichtet. Alle unteren Fenster waren von außen mit kunstvollen Eisengittern verkleidet. Hier würde er keine Möglichkeit finden, das Haus zu verlassen. In der Küche rüttelte er vergeblich an der Tür, die offensichtlich in einen Garten führte. Einer seiner Bewacher erschien, kramte in einer Schublade und ging wieder hinaus.

David drehte weiter seine Runde. Er überprüfte jede mögliche Öffnung. Von außen hatte man erkennen können, dass sich oben unter dem Dach noch Zimmer befinden mussten, doch er fand den Aufgang nicht. Seine Neugierde wurde ins schier Unermessliche gesteigert. Sogar die Wände klopfte er ab, um herauszufinden, ob sich dahinter eine Öffnung versteckte. Immer wieder horchte er auf, ob die beiden Vosanti, die ihn bewachten, auf ihn aufmerksam geworden waren. Gleichzeitig trieb ihn die Neugierde an und langsam wandelte sie sich in Wut. Die Gefühle schienen in ihm Achterbahn zu fahren. Er verspürte sie stärker den je.

Christian kam ihm in den Sinn und sogleich erfasste ihn Freude. Er musste unbedingt mit ihm reden, ihm davon erzählen.

Behutsam klopfte er im Flur um einen mannshohen Spiegel herum die Wand ab und hielt inne, nachdem es sich an einer Stelle anders angehört hatte. Angestrengt betrachtete er den abgeklopften Bereich. Rechts davon entdeckte er einen Lichtschalter. Tatsächlich empfand er ihn an dieser Stelle als sinnlos, da sich keine Tür in der Nähe befand. David drehte den altmodischen Hebel herum. Es klickte leise, dann noch mal etwas lauter, und auf einmal erhob sich ein Teil der

Wand vor ihm, mitsamt dem Spiegel, und gab einen großzügigen Durchgang frei. Schon wollte sich seine Freude ins Endlose steigern, als ihm bewusst wurde, dass er durch den Lärm die anderen Vosanti auf sich aufmerksam gemacht haben könnte. Verstohlen blickte er sich um, doch niemand erschien. Ohne zu zögern, stieg er die Treppe hinab. Die schwachen Lichtverhältnisse genügten ihm, alles deutlich erkennen zu können. Er befand sich in einem schlichten Raum und betrachtete kopfschüttelnd drei massive Holztüren. Vorsichtig öffnete er die erste, hinter der Unmengen der Kästen mit Blutwein verschiedenster Sorten standen. Dieser Kellerraum hatte kein Fenster. In der zweiten Kammer fand er auf einem kunstvoll gegossenen Steintisch einen Sarg. Ganz dicht trat er heran.

Sie hatten ihm erzählt, dass die echten Vampire traditionsgemäß in Särgen schliefen. Nicht die Vosanti, die meistens ihren menschlichen Gewohnheiten nachgingen.

Der Sarg fühlte sich kalt an. Deutlich spürte er die Maserung des Holzes. Öffnen würde er ihn sicherlich nicht, so weit reichte seine Neugierde dann doch nicht.

Alles, was er suchte, war eine Möglichkeit, dieses Gebäude zu verlassen. Er hoffte, dass er im letzten Raum Erfolg hatte. Seine Hartnäckigkeit wurde belohnt, er traf auf Fenster, die hoch und breit genug wirkten. David entschied sich für die linke Öffnung. Er entriegelte das Fenster, hangelte sich mit etwas Schwung nach oben und kletterte ohne Mühe hinaus.

Erstaunt war er dennoch. Ihm wurde plötzlich bewusst, dass er als Mensch dies nicht so einfach hätte bewerkstelligen können. Zufrieden richtete er sich auf und klopfte ein paar Grashalme von seiner Hose. Er sah in den nebelverhangenen Himmel. Tief atmete er die Mittagsluft ein. Er verspürte tatsächlich so etwas wie ein Hungergefühl.

Chalou, der Damenschneidermeister, erboste sich in den höchsten Tönen, doch ihm wurde schnell klar, dass er sich den Umständen ergeben musste. Selbst wenn das bedeutete, dass er seiner talentierten und zuverlässigen Mitarbeiterin Sarah in den Rücken fallen müsste.

»Es wird ihr kaum gefallen, dass man sie in dieser Angelegenheit nicht befragt!« Er echauffierte sich immer wieder aufs Neue. Trotzdem hatte er keine Chance. So zockelte Chalou mit ungutem Gefühl im Bauch von dannen. Es kam ohnedies nicht oft vor, dass er zum Clanobersten in die Katakomben gerufen wurde. Und dann noch so ein Auftrag. Etwas zu schnell fuhr er zurück in die

Firma und betrat immer noch außer sich, das Atelier. Er eilte in sein Büro und knallte die Tür hinter sich zu.

Die Mitarbeiter in den umliegenden Arbeitsräumen, Menschen wie Vosanti, sahen sich nur verwundert an. Dieses Verhalten war selbst für den reichlich durchgeknallten Chalou ungewöhnlich. Getuschel waberte durch die Gänge. Dûra erbarmte sich. Natürlich diskutierten sie unaufhörlich und waren oft verschiedener Meinung, trotzdem musste sie in Erfahrung bringen, was Chalou so außer sich brachte.

Zart klopfte sie an seine Tür.

»Chalou? Kann ich reinkommen?« Sie wartete einen Moment. Gerade als sie noch einmal klopfen wollte, öffnete sich die Tür. Schnell zog er sie herein und ließ hinter ihnen die Tür unsanft ins Schloss fallen. Die erstaunte Dûra blickte verwundert in ein zorngerötetes Gesicht, das gewöhnlich von eschengleicher Blässe war. Seine Augen waren rot und seine spitzen Vampirzähne deutlich erkennbar.

»Chalou, fehlt dir etwas?« Sie wollte ihn an der Schulter anfassen. Er schlug ihre Hand fort.

»Diese verdammten Ignoranten! Diese blasierten Vollblüter!«, schrie er.

Er bückte sich hinter seinem Schreibtisch und zog eine Flasche Blutwein hervor. Das taten sie normalerweise während der Arbeitszeit nicht. Dûra zog die Jalousien zu. Kaum war sie fertig, setzte er schon die Flasche an und nahm ein paar große Schlucke. Er atmete tief durch und wiederholte den Vorgang einige Male.

»Es tut mir leid, Dûra«, sagte er, anscheinend wieder ruhig. »Aber du wirst nicht glauben, was diese Idioten vorhaben. Was sie mit unserer Sarah machen!«

»Wenn du es mir nicht sagst, werde ich es nie erfahren.«

»Dieser Vampir, der nach Russland verbannt wurde, kommt am Wochenende mit seinem Sohn und will ihn mit unserer Sarah vereinen. Kannst du dir das vorstellen? Und ich soll ein Kleid für Sarah anfertigen. Etwas für diesen ganz besonderen Zweck. Wo ich doch die Hoffnung hegte, dass Sarah und Dominik einmal dieses Ritual begehen würden. Dûra, kannst du dir das vorstellen?«

»Unsere Sarah? Bist du dir sicher, dass du dich nicht verhört hast?«

»Ja, leider. Das ist so sicher wie dass wir Vampire sind. Wie soll ich das anstellen, wo ich doch noch nicht mal weiß, was sie gerne hätte? Sarah sollte zumindest gefragt werden, meinst du nicht?«

»Du magst recht haben, Chalou. Aber sie wird jetzt mit größter Wahrscheinlichkeit anderes im Kopf haben, als sich um so etwas zu kümmern, oder?«

»Aber was soll ich tun? Ihren Entwurf nehmen, den sie einmal für ein Brautkleid gemacht hat? Ihre Maße liegen vor. Die Stofffarben wählen wir in ihrer Haarfarbe. Die Stoffe …« Er winkte ab und schüttelte den Kopf. Noch ein paar Mal setzte er die Flasche an, die jetzt im Nu geleert war.

»Genau das machst du, Chalou. Nimm ihren Entwurf, damit zollst du ihr zumindest den verdienten Respekt. Ich denke, dass wir ihr da ohnehin nicht helfen können. Wenn das einer hätte tun können, dann Herr von Rascudo. Wo immer er sich befinden mag. Wer weiß, vielleicht hat der Russe etwas mit Rascudos Verschwinden zu tun?«

»Papperlapapp! Die vermuten, dass Sarah selbst etwas damit zu tun hat.«

»Was?« Dûras Stimme wurde schrill, und ihre Augen begannen sich zu verfärben. »Wie um alles in der Welt soll sie das angestellt haben, und überhaupt, sie ist so in ihn verliebt, wieso sollte sie ihn verschwinden lassen?«

Chalou legte beruhigend seine Hand auf ihre Schulter. Eine Weile standen sie stumm da, jeder in seine eigenen Gedanken versunken. Dûra verspürte so etwas wie Mitleid für Sarah und erschrak, als ihr bewusst wurde, dass sie sich so gehen ließ.

»Ich weiß nicht«, sagte Chalou, »ich bin einfach nur entsetzt. Ich habe schon versucht sie anzurufen, aber ich erreiche sie nicht. Ich kann es nicht fassen, was da passiert.«

Dûra begann die auf dem großen Tisch liegenden Mappen durchzusehen.

»Wo sind die Entwürfe? Komm, ich helfe dir. Wenn das alles ist, was wir noch für sie tun können.«

Chalou zog eine Mappe hervor und zeigte Dûra die darin enthaltenen Entwürfe. Sie starrten die Zeichnungen an, die vor nicht allzu langer Zeit von Sarah höchstpersönlich angefertigt worden waren.

Jetzt war es Dûra, die ihre Hand auf Chalous Schulter legte.

Der Clanoberste bewegte sich mit zwei Vosanti im Schlepptau durch den düsteren Gang. Am Ende befand sich eine schwere Holztür, hinter der das unendlich erscheinende Areal in einem verwirrend verzweigten Labyrinth weiter in die Tiefe reichte. Nur einer der Flure führte nach oben.

Sie durchquerten nicht dieses Tor, sondern betraten einen Raum, der knapp daneben lag. Nicht sehr groß, die Wände feucht, der Boden schmutzig, klebrig, fast schwarz. Etwa in der Mitte zeigte sich im Boden ein Spalt, etwa zwei Fuß lang und gerade so breit, dass man einen Finger hineinstecken konnte.

»Hier werdet ihr neue Ketten befestigen.« Der Clanoberste hob die rostigen und an manchen Stellen schmierigen alten Glieder in die Höhe, die in die hintere Wand eingelassen waren. Massive schwere Ketten, die der Kraft eines Vampirs standhielten. »Und kümmert euch gleich darum. Ich spüre, dass wir sie bald benötigen.«

Mit diesen Worten ließ er die alte Kette fallen. Klirrend und scheppernd fiel sie auf den steinigen Boden. Alleine trat er hinaus und traf, kurz bevor er seine Räumlichkeit erreichte, mit Laurentiu zusammen.

»Wie schön, dich hier zu sehen. Was führt dich herunter? Ich hoffe doch, nur gute Nachrichten?«

»Dominik ist noch nicht befreit, wenn ihr darauf anspielt.«

»Aber du weißt, wo er ist?«

Der lauernde Tonfall ließ Laurentiu wachsamer werden.

»Seid versichert, dass er rechtzeitig zum Ritual mit Anwesenheit glänzt. Es wird alles zu eurer Zufriedenheit ablaufen. Ich brauchte nur Unterstützung und wollte mir zwei weitere Vosanti mitnehmen.«

»Nimm dir, was dir beliebt.« Nach einer kurzen Pause zischte er: »Ist die Organisation des Rituals vollendet?«

Laurentiu blieb stehen. »Seid unbesorgt, es ist noch Zeit, darum kümmere ich mich, wenn alles andere erledigt ist.« Man merkte Laurentiu deutlich an, dass er seinen Unmut unterdrücken musste. Er drehte sich abrupt um, ging ein Stück des Weges zurück, um daraufhin hinter einer Biegung zu verschwinden. Die Dunkelheit verschluckte ihn.

Dominiks Vater stand da, langsam ballten sich seine Hände zu Fäusten. Es war Montagabend und Laurentiu glaubte, die Zeit bis Freitag würde genügen? Noch zweifelte der Clanoberste daran.

Drei Tage

Christian

Die Uhr zeigte mittlerweile halb acht in der Frühe. In aller Ruhe wollte ich, an und für sich nur kurz, einen Teil der notwendigen Büroarbeit erledigen. Eigentlich hatte ich mir für heute frei genommen. Ich brauchte dringend einen Tag zum Durchschnaufen, das Wochenende steckte mir noch in den Knochen.

Die Tür schnellte auf und Georg platzte herein. Er war nicht überrascht, mich hinter dem Schreibtisch zu sehen.

»Guten Morgen«, rief er, mir eine Spur zu laut. »Hier sind meine Berichte und ich weiß, ich habe dich nicht gesehen.« Ein Stapel Papier kam in meinen Eingangskorb geflogen, und schon knallte die Tür hinter Georg wieder ins Schloss. Ich stöhnte über so viel Wachsamkeit zu dieser frühen Stunde.

Gerade als ich den letzten der Berichte abzeichnete, läutete mein Telefon. Das Display zeigte Davids Nummer. Sogleich wallte Ärger in mir auf. Zweimal ließ ich es noch läuten, bis ich die Lautsprechertaste betätigte.

»Hi David, so früh schon?«

»Brüderchen, nun mal nicht so sarkastisch.«

»Warum hast du dich nicht schon gestern gemeldet? Ich habe versucht dich zu erreichen. Wenigstens eine Rückmeldung wäre nett gewesen.«

»Ich war, ähm, beschäftigt. Musste diverse Recherchen betreiben, die keine Unterbrechung duldeten.«

»Ach so, wie heißt sie denn, die Recherche?« Ich konnte ein Lachen nicht unterdrücken. Seine Frauengeschichten waren oft mehr als amüsant.

»Nein, nein, nicht, was du denkst. Zumindest diesmal nicht. Ich habe wirklich recherchiert. Und bekam dadurch eine einmalige Gelegenheit, die ich definitiv nicht ausschlagen konnte.«

»Na, hoffentlich hat es sich für dich gelohnt.«

»Das wird sich noch rausstellen, aber vermutlich ja. Aber was anderes wollte ich von dir wissen – hast du das Kuvert bekommen?«

»Ja!«

»Hast du dir die CD schon angehört?«

»Nein!«

»Bitte mach das, und melde dich bei mir, hinterlass mir eine Nachricht, irgendwas, dann reden wir darüber. Ich muss jetzt Schluss machen. Pass auf dich auf.«

»David?«

Ich hörte nur noch das durchdringende Tonsignal.

Was war das denn? Er hatte so gehetzt geklungen. Hatte er etwa Ärger? Normalerweise erzählte er mir immer in allen Einzelheiten, was er tat. Er hatte sich sehr seltsam benommen, so kannte ihn gar nicht.

Ich suchte das Kuvert, das er gemeint hatte, in der untersten Schublade, und nahm mir vor, die CD zu Hause anzuhören. Wenigstens konnte ich es mir dabei auf meiner Couch gemütlich machen.

»Nein, ich habe keine Ahnung, wo sie hingegangen ist«, beantwortete Milli Rosalies Frage. »Sie hat noch nicht einmal gefrühstückt.« Wie beschämt schaute sie zu Boden. »Ich war auf dem Weg nach oben und bin ihr auf der Treppe begegnet. Im Anschluss daran hörte ich sie telefonieren. Danach habe ich nur noch die ins Schloss fallende Tür vernommen.«

Rosalie sah Sabrina an. Die antwortete, ohne gefragt worden zu sein: »Ich weiß auch nicht, wo sie ist.«

Rosalie stöhnte, sie wirkte ein wenig betrübt. »Wo kann sie hin sein? Sie hat sogar mir nichts gesagt, kein Wort. Wir haben fast die ganze Nacht geredet, aber davon, dass sie heute Morgen weggehen will, hat sie nichts erwähnt.«

Die um sich greifende Stille schien alle einzuhüllen, keiner wollte etwas sagen. Nur Millis Kaugeräusche waren zu hören, und erneut floss frischer Kaffee in die Tassen.

Auf einmal straffte sich Rosalie, setzte ein fröhliches Gesicht auf und fragte in die Runde: »Habt ihr eure Sachen schon gepackt? Ich denke, es wird sich nicht vermeiden lassen, dass wir hier alle das Weite suchen müssen. Wir haben mitgeholfen, diese Vampire wegzuschaffen, mehr oder weniger. Und wenn es nur durch Mitwisserschaft war. Sarah hat schon recht. Jeder in diesem Haus ist auf die eine oder andere Weise in Gefahr.«

Milli hatte Bedenken. »Ich weiß nicht, ob wir wirklich weg sollen. Was wird denn aus der Villa? Wer kümmert sich um alles? Und ich denke, ich spreche da für uns alle, keiner von uns will hier weg, oder …?« Traurig schaute sie in die Runde. Bastian kam in die Küche. Ungefragt stellte ihm Sabrina eine Tasse hin und goss ihm Kaffee ein. Er nahm sich einen Teller und ein Croissant.

»Jakob kommt auch gleich«, murmelte er mit vollem Mund. Rosalie schaute auf die Uhr. Es war Viertel nach zehn. Sie schüttelte den Kopf.

»Sarah hatte eigentlich vor, uns heute darüber aufzuklären, wie es weitergeht. Sie hat gestern noch ein längeres Gespräch mit Dr. Danori geführt.«

Sie drehte sich um, weil ein Geräusch aus der Vorhalle zu hören war. Es lärmte nicht nur, es schepperte. Man hörte deutlich ein »Shit«, es war Jakobs Stimme. Sabrina kicherte.

»Er wollte hinten vom Apfelbaum einen Eimer Äpfel runterholen«, sagte sie und eilte hinaus, um nachzusehen. Wieder hörte man Jakob, diesmal lauter: »Brauchst gar nicht zu grinsen. Der Henkel vom Eimer ist gerissen. Schau an, fast alle liegen auf dem Boden.«

»Ich hol dir einen neuen«, hörte man Sabrina sagen. Sie kam, immer noch kichernd, in die Küche gelaufen, nahm einen der älteren Kübel und sauste wieder hinaus. Man hörte die beiden undeutlich murmeln. Einen Augenblick später kehrten sie zusammen zurück. Jakob stellte den Kübel mit den Äpfeln auf die Spüle. Den alten, kaputten stellte er unsanft neben den Mülleimer. Sabrina holte eine weitere Tasse und schenkte Kaffee ein. Jakob hatte sich bereits neben Bastian gesetzt. Alle warteten darauf, dass Sarah kam. Sie hofften, dass sie sagen würde, alles sei in Ordnung und niemand müsse das Haus verlassen.

»Ihr sucht den Aufenthaltsort von Sarah? Für mein Dafürhalten habe ich ihn wahrscheinlich gerade in den Händen«, hörte man auf einmal Antonios Stimme. Er kam in die Küche geschlendert und hielt eine Visitenkarte in der Hand.

»Die lag neben dem Telefon«, sagte er und blickte Milli an. »Hast du nicht gesagt, du hättest sie telefonieren hören?«

Milli nickte nur. Rosalie tat überrascht.

»Antonio, was machst du denn so früh hier?«

Er zuckte mit den Schultern. »Ich kann nicht schlafen. Das passiert eben auch mal einem Vampir.« Er grinste Rosalie an. Sie verzog das Gesicht und deutete ihm an, sich neben sie zu setzen, doch er lehnte sich an den Küchenschrank.

Wieder verbreitete sich eine betretene Stille.

Rosalie war eine Sache. Als Vosanta wirkte sie immer noch sehr menschlich, Antonio jedoch sorgte bei den Hausangestellten für Unbehagen, das spürte man sehr deutlich. Und er war sich dessen durchaus bewusst.

So lag es nur nahe, dass er als Erster das Schweigen brach.

»Was macht ihr alle so betrübte Gesichter? Das ist nun mal der Lauf der Zeit. Dinge ändern sich. Da muss man sich anpassen, mitschwimmen, sich damit abfinden, was auch immer.« Er schaute an die Decke, als ginge ihn das alles nichts an.

»Red nicht so einen Unsinn«, widersprach Rosalie zornig. »Wenn die diesem Bojarow nicht Sarah versprochen hätten, wäre immer noch alles beim Alten. Oder nicht?«

Die Blicke der anderen wanderten zwischen den beiden hin und her.

»Wahrscheinlich schon«, meinte Antonio gelangweilt. Er machte Anstalten, die Küche zu verlassen.

»Wo willst du hin?«, fragte Rosalie.

»Liebes«, sagte er, bereits im Hinausgehen, »keine Sorge, ich bleibe in der Nähe. Sag Bescheid, wenn unser Dornröschen wieder zu Hause ist.«

Antonio flanierte hinüber durch den Saal ins Kaminzimmer. Dort begab er sich zur Bar, schenkte sich von dem Blutwein ein und setzte sich in einen der Sessel. Er lachte, als er das Glas betrachtete. Sollte er trinken? Er nahm einen beherzten Schluck. Der Wein war in Ordnung.

Und er … wieso glaubte ihm Sarah nicht?

In der Küche unterhielten sich unterdessen die anderen weiter. Milli meinte in die Runde: »Soll ich mal auf dem Präsidium anrufen und fragen, ob Sarah dort ist?« Sie schaute auf die Visitenkarte, die Antonio in die Mitte des Tisches hatte fallen lassen.

»Lieber nicht«, mahnte Rosalie. »Ich denke, wir machen uns unnötig Sorgen, sie wird schon kommen, ihr werdet sehen.« Sie erhob sich, um zu Antonio hinüberzugehen. »Sie ist erwachsen. Wir sollten sie nicht wie ein verloren gegangenes Kind behandeln«, erklärte sie beim Hinausgehen.

Jetzt, da die vier alleine in der Küche saßen, meinte Bastian: »Ich werde von hier verschwinden. Ich bin nicht blöde und warte, bis die mich holen. Ich habe Sarah geholfen, die in den Keller zu schaffen, das bestrafen die mit ziemlicher Sicherheit. Und ihr wisst selber, dass die nicht lange rumfackeln.« Er nahm einen Schluck Kaffee.

»Nun warten wir doch erst mal ab«, meinte Jakob. »Klar, wir haben ihr geholfen. Allerdings solltet ihr nicht vergessen, dass wir im Grunde alle von dieser Situation profitieren. Wie oft haben wir uns Gedanken um unser Leben gemacht. Erst durch Rondas Tod haben wir doch realisiert, dass wir nur Spielbälle sind. Nützliche, austauschbare Objekte. Ich bin davon überzeugt, dass Sarah weiß, was sie tut. Sie wird uns nicht in Gefahr bringen.«

Christian

Gerade war ich auf dem Weg nach Hause, meinen freien Tag genießen, als der Anruf von dieser Sarah kam. Wir verabredeten uns fürs Frühstück und ich versprach ihr, sie abzuholen. Ich musste in die andere Richtung fahren.

Von Weitem konnte ich eine junge Frau erkennen, als ich in die Straße einbog. Im Vorbeifahren erkannte ich sie, aufgrund des Bildes, das ich von ihr hatte. Ich winkte ihr zu, fuhr an ihr vorbei, um zu wenden.

Sie zog die Beifahrertür auf und schaute ins Auto.

»Herr Berg?«, fragte sie.

Ich nickte, sah dabei in den Rückspiegel und wollte etwas sagen, da glitt sie geschmeidig wie eine Katze auf den Beifahrersitz.

»Schnallen Sie sich an«, wies ich die junge Dame in gewohnter Manier an, wobei mir eigentlich hätte klar sein sollen, dass dies einer Bevormundung gleichkam. Aber sie folgte meiner Anweisung.

Hinter uns kam ein Lastwagen fast zum Stehen. Ich beschleunigte sachte und wir fuhren Richtung Stadtmitte.

»Sie waren ja ganz schön schnell. Danke fürs Abholen«, die zarte Stimme der hübschen Frau neben mir gefiel mir.

»Schon gut, war nicht weit weg. Ich weiß ein nettes Frühstückshotel am anderen Ende der Stadt, wo wir ungestört frühstücken und reden können.«

Der Weg durch die Innenstadt war zurzeit ein Graus. Eine Baustelle nach der anderen, sodass ich erst mal kein Gespräch mit ihr anfing, um mich auf den Verkehr konzentrieren zu können. Ich spürte, wie sie mich von der Seite musterte. Ausgerechnet heute Morgen hatte ich nur einen Schnelldurchlauf im Bad hinter mir und sah dementsprechend aus. Meine Haare waren mehr als zerzaust. Wie bei David, kam es mir in den Sinn. Mit meiner Hand fuhr ich mir übers Gesicht und spürte meinen Dreitagebart. Noch immer beobachtete sie mich. In diesem Moment kamen wir ein Stück schneller voran.

»Sie lachen viel, oder?«, wollte sie wissen. Ich schaute zu ihr und sah, wie sie sich auf die Unterlippe biss.

»Eigentlich schon. Aber wie kommen Sie darauf?«

Die Ampel, auf die wir zufuhren, schaltete auf Rot um. Meine Jeans hatte Flecken, sah ich, und hoffte, dass es ihr nicht auffiel.

Immer noch Rot, so konnte ich sie endlich richtig anschauen. Verlegen blickte sie daraufhin nach vorne und strich sich eine Strähne aus dem Gesicht. Ihre Wangen hatten sich leicht verfärbt.

»Alles in Ordnung?«, wollte ich wissen.

»Ja … schon …«

Die Ampel sprang auf Grün. Trotzdem machte es heute keinen Sinn, durch die Stadt zu fahren, ich bog auf den Zubringer zum Stadtring ab.

Das alte Hotel war im oberen Teil mit imposantem Fachwerk ausgestattet, was dem Bauwerk einen gemütlichen Charme verlieh. Gekonnt platzierte ich mein Auto zwischen einem Opel und einem VW.

»So, wir sind da. Dann mal ran an den Kaffee.« Schwungvoll stieg ich aus. Auch sie stieg aus, und mir fiel erneut auf, wie anmutig sie sich bewegte. Vorsichtig drückte sie die Autotür zu, ganz im Gegensatz zu mir. Langsam näherte sie sich mir. Dabei entging mir nicht, wie verkrampft sie ihre Stofftasche in den Armen hielt.

Freundlich schaute sie mich an und streckte mir ihre Hand entgegen, die ich automatisch nahm und festhielt. Sie verschwand fast vollständig in der meinen.

»So, nun können wir uns erst mal richtig vorstellen. Ich bin Christian Berg. Meines Zeichens Hauptkommissar der Sondereinheit.«

»Sarah Delcarde«, antwortete sie.

Immer noch fest ihre Hand haltend, musterte ich sie eindringlich.

»Es ist schon ein seltsames Gefühl, jemandem die Hand zu halten, den man für verschollen glaubte. Ja, wir vermuteten sogar, dass Sie eventuell einem Verbrechen zum Opfer gefallen seien. Ich hoffe nur, dass es eine plausible Erklärung für alles gibt.«

Mit ihren großen blauen Augen blickte sie mich an, als könnte sie in mich hineinsehen. Ich hätte schwören können, dass ich zwischen unseren Händen ein Kribbeln gespürt hatte. Meine Fantasie schien mir Streiche spielen zu wollen, doch mein Menschenverstand zog mich unvermittelt zurück auf den Boden des physikalisch Möglichen.

Sie blieb stumm.

»Na, dann wollen wir mal hineingehen«, sagte ich nach einer Weile unangenehmen Schweigens. »Ich hoffe, meine Wahl geht in Ordnung?«

»Aber klar doch«, gab sie leise zurück und schritt voraus, da ich ihr selbstverständlich die Tür aufhielt.

»Ich komme gerne hierher. Ich finde es schön, weil es so freundlich eingerichtet ist, in diesem Bauernstil«, versuchte ich ein Gespräch zu beginnen, als wir einen Platz gefunden hatten. Da kam auch schon die Hausherrin. In ihrem Dirndl sah sie aus wie vom Oktoberfest.

»Guten Morgen, Christian. Das zweite Mal die Woche. Was verschafft mir diese Ehre?«

»Guten Morgen, Else! Du weißt doch, weil's hübsch bei dir ist.«

»Nichts anderes wollte ich hören«, lachte sie. »Was wollt ihr denn haben?«

»Wir hätten gerne ein Frühstück. Einfach einmal alles, würde ich sagen.« Ich schaute Sarah an. »Oder?«

»Ist schon okay«, gab sie schüchtern zur Antwort. Else grinste und sah mich neugierig an.

»Deine Freundin?«

Ich schaute wieder zu Sarah und meinte dann etwas zu schelmisch: »Noch nicht, aber wer weiß?«

Das führte dazu, dass sich ihre Wangen ein weiteres Mal rosa färbten. Else drehte sich schmunzelnd um und verschwand nach hinten.

Ein heftiges Gähnen erfasste Sarah. Langeweile angesichts meiner Gesellschaft konnte das nicht sein, so lange saßen wir noch nicht.

»Oh, tut mir leid«, entschuldigte sie sich gleich. »Ich habe letzte Nacht nicht gerade viel geschlafen.«

»Ich auch nicht«, gab ich zu und schloss mich ihrem Gähnen an, mit dem sie mich angesteckt hatte. Beide lachten wir.

»Sollten wir uns nicht besser duzen, um ihr gegenüber den Schein zu wahren?« Jetzt war sie es, die schelmisch grinste, und sie zeigte dabei unauffällig in Elses Richtung.

»Gerne.« Ich freute mich, dass sie offensichtlich so langsam warm wurde. »Ich bin Christian.«

»Sarah!« Erneut gähnte sie und hielt dabei die Hände vors Gesicht.

»Na, hoffentlich kommt bald der Kaffee, sonst schläfst du noch ein hier am Tisch.«

»Da könnten Sie, ähm, könntest du recht haben.«

Die Mappe, die ich aus dem Auto mitgenommen hatte, legte ich jetzt zwischen uns. Ich schlug sie auf und breitete die Bilder vor uns aus. Die CD nahm ich zur Seite. Unwillkürlich griff sie danach.

»Wie kommst du an diese CD?« Die Empörung stand ihr ins Gesicht geschrieben.

»Das ist eine längere Geschichte, die ich dir gerne bei Gelegenheit erzählen würde. Mich interessiert erst mal was anderes. Ich vermute, du weißt, warum ich dich sprechen will?«

Sie wirkte nicht überrascht, als sie antwortete.

»Ich schätze, es geht um die Morde. Mit denen habe ich ganz sicher nichts zu tun.«

Ich beugte mich weiter vor.

»Ich denke auch, dass du nichts damit zu tun hast. Andererseits bin ich mir ziemlich sicher, dass du weißt, wer dahintersteckt.«

Bum, das war sehr direkt. Ich beobachtete sie genau, damit mir kein Fünkchen ihrer Reaktion entging. Sie stöhnte auf und versteckte ihr hübsches Gesicht wieder in den Händen. Fing sie etwa an zu weinen?

»Christian, auf dieser CD ist die ganze Geschichte drauf. Es hat mich sehr viel Kraft gekostet, das alles loszuwerden. Wenn ich ehrlich bin, will ich das alles nicht erneut erzählen … nicht die ganzen Gefühle noch einmal durchleben.«

Else kam und stellte uns eine Thermoskanne mit Kaffee hin. Dazu Milch und Zucker. Jedem ein Gedeck.

»Der Rest kommt gleich«, flötete sie und verschwand.

»Ich würde sagen, die Informationen, die du benötigst, kannst du da hören. Und dann sehen wir weiter.«

Mich überraschte ihre selbstsichere Ansage. In der Tat war ich geneigt, ihr nachzugeben, und nahm ihr die CD ab. Es folgte ein sehr intensiver Blickkontakt, den sie ausgesprochen lange hielt. Ich bemerkte, dass sie erneut errötete, und musste lächeln, worauf sie den Blick abwandte. Sie war schon eine sehr reizvolle Person.

Schließlich begann Sarah mir zu erzählen, dass sie an einem großen Wendepunkt in ihrem Leben stehe. Ich hörte aufmerksam zu. Nur verstand ich natürlich nicht ganz, wovon sie sprach. Des Weiteren erklärte sie mir, dass sie vor zwei Tagen erfahren habe, dass sie eine Familie habe und dass sie vorgesehen sei für ein Ritual. Dass sie quasi einen Russen ehelichen solle, um für Nachkommen zu sorgen.

Für mich hörte sich das alles an wie aus einem Roman. Ich spürte, wie sich meine Stirn immer mehr in Falten zog.

»Wie kam es, dass du damals verschwunden bist und jetzt so einfach wieder auftauchst?«, erkundigte ich mich.

Else hatte in der Zwischenzeit frisches Brot und Brötchen gebracht, einen Teller mit Wurst und Käse, Butter und Marmelade. Dazu stellte sie jedem von uns noch einen Orangensaft hin. »Möchte einer von euch ein gekochtes Ei?«

»Für mich nicht«, sagte Sarah. »Ähm, kann ich einen Kugelschreiber haben?«, fragte sie Else, bevor diese Gelegenheit hatte, wieder zu verschwinden.

»Aber klar doch, hier, bitte!«

Sarah antwortete auf meine zuvor gestellte Frage.

»Ist das jetzt ein Verhör? Ich meine, das ist okay; angesichts der Situation bin ich davon ausgegangen, dass das auf mich zukommen könnte. Dennoch will ich dir jetzt darauf keine Antwort geben. Ich bin der Meinung, es wäre von Vorteil, wenn du dir zuerst die CD anhörst. Da ist alles an Informationen enthalten, was wichtig ist, und es beantwortet deine Fragen. Ich komme wohl nicht drumherum, darauf zu vertrauen, dass du damit nicht gleich an die Öffentlichkeit gehst.« Etwas leiser murmelte sie: »Es ist ohnehin fraglich, ob du das glaubst.«

Die Mappe hatte ich vom Tisch genommen und auf den Stuhl neben mir deponiert. Sie stand auf, beugte sich herüber, holte sich die Mappe und schlug sie auf ihrem Schoß auf. Gleich auf dem ersten Blatt mit Notizen schrieb sie eine Nummer. Das Wort *Handy* darunter beantwortete meine ungestellte Frage. Sie klappte die Mappe zu und reichte sie wieder über den Tisch.

»Was hat es mit dieser CD überhaupt auf sich?«, musste ich nun nachhaken.

»Ganz einfach, diese Informationen sollten dazu dienen, so etwas wie eine Absicherung zu haben. Wenn mir oder meinen Freunden irgendetwas zustößt, geht diese Information an die Öffentlichkeit. Dies werden die Betroffenen vermeiden wollen.«

Sie verstummte und schaute betreten nach unten.

»Und jetzt ist alles anders gekommen, als ich dachte. Daher muss ich schon früher verschwinden. Muss umorganisieren, wenn ich alle, die in der Villa wohnen und arbeiten, nicht gefährden will.«

In dieser Sekunde konnte ich nicht anders, ich setzte meinen ernsthaften Kommissarenblick auf.

»Du weißt, dass ich das nicht zulassen kann?«

Klang meine Stimme einen Tick zu mahnend? Müde schaute sie auf ihren Teller. Während ich mittlerweile mein Brötchen belegt und in die erste Hälfte gebissen hatte, lag auf ihrem Teller noch nichts. Und hätte ich ihr nicht Kaffee eingeschenkt, hätte sie nicht mal den.

»Ich mag nicht mehr«, sie flüsterte fast, »ich möchte nicht immer nur Spielball von irgendjemanden sein. Ich möchte endlich das tun, was ich will. Für *mich* entscheiden.« Wieder ließ sie den Kopf hängen.

Ich musste mich ganz schön wundern über die Dinge, die Sarah da sagte. Vielleicht war sie ja auch ein bisschen verrückt?

»Okay«, sagte ich schließlich, »unter der Voraussetzung höre ich sie mir die Tage an. Bis Ende der Woche –«

»Das ist zu spät«, unterbrach sie mich, »du musst sie noch heute anhören. Ich habe nicht mehr viel Zeit.«

»Schon gut«, versuchte ich sie zu beruhigen. »Soll ich die etwa gleich anhören? Ich meine, wenn wir hier fertig sind.« Ich deutete mit meinem Kinn über den Tisch. »Wir fahren woanders hin, wo es ruhiger ist, ich wüsste da etwas.«

Dankbar sah sie mich an. Unwillkürlich schaute sie sich um. Bis auf einen waren jetzt alle Tische besetzt.

»Hast du Angst, verfolgt zu werden?«, fragte ich sie direkt.

»Die bewachen mich ständig. Ich habe allerdings bisher keinen entdecken können. Vielleicht habe ich Glück und dir wird nichts passieren.«

Mit ihren schönen Augen sah sie mich wieder lange an. Sie weckte mit ihrer scheinbar hilflosen Art sämtliche Beschützerinstinkte in mir. Doch dass sie nicht unbedingt hilflos war, bewies diese CD.

»Willst du damit sagen, dass ich in Gefahr sein könnte, weil ich hier mit dir rede?«

»Ich glaube nicht, dass da jemand ist. Selbst das Auto habe ich nicht gesehen.« Bei diesen Worten spähte sie suchend aus dem Fenster.

In diesem Moment glaubte ich zu erkennen, dass sie wirklich große Angst hatte. Ein faszinierendes Wechselspiel der Gefühle prallte unentwegt auf mich ein. Wer war sie nur?

»Keine Sorge, bei mir wird dir nichts geschehen. Ich pass auf dich auf. Trink deinen Kaffee, bevor er ganz kalt wird.« Ich sollte mich beherrschen, ich bevormundete sie schon wieder. Lag wohl an meinem Job.

Endlich nahm sie ihre Tasse in die Hand.

»Möchtest du keine Milch in deinen Kaffee?«, fragte ich, nur um etwas zu sagen.

»Nein, ich trinke immer schwarz.«

»Ich brauch Zucker drinnen. Mindestens zwei gehäufte Löffel. Und wenn möglich noch Milch.« Ich leerte meine Tasse, um gleich wieder nachzuschenken.

»Hast du keinen Hunger? Iss doch was«, drängte ich sie. Sie schaute mir nur zu und ich kam mir schon komisch vor, so alleine zu essen.

»Ja, gut.« Sie nahm sich ein Brötchen und fing lustlos an, es aufzuschneiden. Sie wirkte, als würde die kleinste Bewegung sie große Kraft kosten und das Essen ihr unendliche Mühe bereiten. Wieder gähnte sie herzhaft.

»Weißt du, ich verstehe nichts von all dem, was du da sagst. Es ist alles sehr verwirrend und ich kann nicht erkennen, wo diese Informationen bei der Aufklärung der Serienmorde helfen könnten. Ich weiß nur eines: Nach dir wurde polizeilich gesucht. Jetzt bist du wieder aufgetaucht und darüber sollten wir uns mal dringend unterhalten.«

»Machst du das immer so?«, fragte sie, »ich meine, Verhöre beim Frühstück?«

Mittlerweile richtete ich mir das zweite Brötchen, während Sarah noch mit ihrer ersten Hälfte kämpfte. Immerhin hatte sie den Kaffee geschafft und ich wollte gleich nachschenken, was sie ablehnte, indem sie ihre Hand über die Tasse hielt.

Genüsslich löffelte ich mein Ei. Sarah sah wirklich müde aus. So, als hätte sie sehr viel mitgemacht. Auf einmal stützte sie ihren Kopf in die Hand.

»Geht's dir nicht gut?«, fragte ich besorgt.

»In meinem Kopf beginnt es zu hämmern. Zwar noch weit weg, dennoch weiß ich, was das zu bedeuten hat. Das kann ich eigentlich jetzt nicht gebrauchen.« Für mich sprach sie in Rätseln.

»Hey«, versuchte ich nachzuhaken. »es sieht mir gerade nicht so aus, als ob alles in Ordnung wäre.«

»Ja, und eigentlich nein«, sprach sie mit gesenkter Stimme. »Können wir nicht jetzt woanders hingehen? Mir ist hier zu viel los.«

Mich beschlich das Gefühl, dass das nicht der wahre Grund war.

»Und außerdem«, dabei deutete sie auf die Mappe, »das wird alles klären. Ehrlich.« Sie wirkte traurig, als sie jetzt wieder zum Fenster hinausschaute. Ich empfand Mitleid mit ihr. Was hatte die junge Frau bloß durchgemacht?

»Okay«, meine Entscheidung war gefallen, »ich ruf Else her und bezahle. Danach fahren wir zu mir. Dort höre ich mir die Aufnahme an und anschließend entscheide ich, wie ich weiter verfahre.« Eine Antwort abwartend schaute ich Sarah an. Langsam drehte sie ihren Kopf in meine Richtung. Nickte nur wieder und atmete tief durch.

»Ich sollte versuchen meinen Arzt zu erreichen.«

»Das können wir machen, wenn wir bei mir sind«, pflichtete ich ihr bei.

Ich winkte Else und bat um die Rechnung.

»Ist doch okay, wenn ich bezahle, oder?« Meine Aussage blieb ohne Reaktion. Ich hatte erhofft, ihr ein Lächeln abzugewinnen. Ihr schien es wirklich nicht sonderlich gut zu gehen. Else war zurück und legte einen kleinen Bon hin.

»Frühstück für zwei, macht vierzehn-fünfzig«, sagte sie. »Fräulein«, sie schaute Sarah an, »Sie haben ja fast nichts gegessen. War etwas nicht in Ordnung?«

»Doch, doch«, antwortete Sarah. »Mir ist nur nicht so wohl. Ich habe keinen großen Appetit.«

»Ich hätte ja einen Tee machen können, wenn Ihnen das lieber gewesen wäre«, sagte Else mitfühlend.

»Nein, nein, es war echt alles in Ordnung. Christian hat, glaube ich, für mich mitgegessen.« Ein schwaches Lächeln huschte nun über ihr Gesicht. Ich grinste breit zurück und legte Elsa einen Zwanziger hin. »Mach 17 daraus.«

»Danke«, murmelte Else«, wühlte in ihrem Geldbeutel herum und legte mir das Wechselgeld hin. Sie wurde gerufen und verließ uns.

Ich schaute Sarah an. »Sollen wir?«

»Ja bitte«, sagte sie und rieb sich die Schläfen.

»Ich wohne nicht weit von hier«, erklärte ich ihr ruhig, nachdem wir losgefahren waren. »Es ist doch okay, wenn wir zu mir fahren?«

»Ich denke, schon.«

»Na ja«, redete ich weiter, »ich will dich nicht unnötig verschrecken. Mir scheint, du bist verängstigt genug. Wenn es für dich angenehmer ist, können wir gerne auf die Dienststelle fahren.«

»Das geht schon in Ordnung«, stöhnte sie.

Kurz blickte ich zu ihr hin. Fortuna fuhr mit uns. Fast alle Ampeln, die wir kreuzten, zeigten Grün. Darüber erfreut konnte ich mir nicht verkneifen zu sagen: »Du bringst mir Glück. Ich sollte dich öfter mitnehmen, sonst habe ich hier immer Rot.«

Sie saß zurückgelehnt da, den Blick aus ihrem Fenster gerichtet. Ohne irgendeine Reaktion.

Nach wenigen Minuten bog ich in eine kleine Seitengasse ein, die vor einem Tiefgaragentor endete.

»So, da sind wir.« Ich drückte den Knopf auf einem Kästchen, das sich vorne in der Ablage befand. Das Tor hob sich langsam und ratternd.

»Jetzt sag, ist es okay? Und ein ›Ich denke, schon‹ reicht mir nicht.«

»Natürlich, entschuldige. Ich fühle mich in deiner Nähe, im Moment zumindest, wohler als dort, wo ich hergekommen bin.«

Das Tor stoppte, ich fuhr hindurch und bog dann scharf nach links ab. Wir rollten noch ein paar Meter, bis ich vor einer Wand stehen blieb. An jener Stelle hing ein Schild, auf dem Berg stand.

»Ich glaube, wenn wir länger gefahren wären, wäre ich glatt eingeschlafen«, bemerkte Sarah leise.

»Na, dann komm«, ich gab ihr einen leichten Stups in die Seite. »Ich mach uns einen stärkeren Kaffee. Etwas gegen Kopfschmerzen habe ich bestimmt auch.«

Sie rieb sich erneut die Schläfen. Blass war sie eigentlich nicht, oder täuschte hier das Licht?

Langsam zog der Fahrstuhl nach oben.

»Eine der beiden Penthousewohnungen gehört mir. Ich habe mich von meinem Vater auszahlen lassen. Da weder mein Bruder noch ich seine Firma übernehmen wollten, verkaufte er sie und teilte mit uns das Geld.«

Ich folgte ihrem Blick, als wir den Fahrstuhl verließen.

»Runter nehme ich oft die Treppen«, rechtfertigte ich mich grinsend. »Jedoch hoch bin ich ehrlich gesagt oft einfach zu bequem.« Ich nahm eine Karte aus meinem Portemonnaie und hielt sie an den dafür vorgesehenen Kartenleser der Tür zu meiner Linken.

Es klickte leise und die Tür öffnete sich. Ich drückte sie ganz auf und wies mit der Hand hinein.

»Darf ich bitten, mein bescheidenes Zuhause.«

»Danke«, sagte Sarah und ging vor.

Jeder, der hier zum ersten Mal hereinkam, war beeindruckt. Nicht nur wegen der Aussicht. Die komplette Außenfront der Wohnung war verglast.

Die Sonne schien herein. Es war heute ein echt schöner Tag.

»Hey Antonio!«, flötete Rosalie, als sie ins Kaminzimmer trat. Er stand an der Terrassentür und schaute in den Garten.

»Ich verstehe einfach nicht, warum sie mir nicht glaubt. Hätte ich ihr sonst geholfen?«, fing er ungefragt an.

»Hab ein wenig Verständnis für ihre Situation. Schau, erst mauert sie Dominik ein, den sie immer noch liebt. Schließlich erfährt sie, dass Laurentiu ihr Bruder ist, und zu guter Letzt soll sie verheiratet werden mit jemandem, den sie nicht kennt. Ich kann mir lebhaft vorstellen, dass es ihr schwerfällt zu glauben, dass du nichts davon wusstest. Wo du doch Dominiks Assistent bist.«

»Habe ich ihr denn meine Loyalität nicht schon genug bewiesen? Was soll ich noch tun?«

Sie hörten das Telefon läuten.

Rosalie sprach weiter und legte dabei freundschaftlich ihre Hand auf seine Schulter.

»Rede noch mal mit ihr. Nachher, wenn sie wieder da ist, bitte sie um ein Gespräch unter vier Augen. Sag ihr, wie du dich fühlst. Sag ihr, dass du für sie da bist, immer noch. Schließlich bewegen wir beide uns auf sehr dünnem Eis. Das kann sie nicht ignorieren.«

»Meinst du, sie redet überhaupt mit mir?«

»Wenn du willst, kann ich ja ein gutes Wort für dich einlegen.«

»Das würdest du tun?«

»Aber sicher. Ich glaube, Sarah kann jetzt jeden Freund gebrauchen, egal ob Vampir oder Mensch. Von daher sollte sie nicht wählerisch sein und auch ein wenig Vertrauen haben.«

Es klopfte an der Tür.

Milli kam herein; sie stand etwas hilflos da und hielt das schnurlose Telefon in der Hand, das sich normalerweise in Dominiks Büro befand.

Beide schauten sie an.

»Was ist, Milli? Ist das etwa Sarah? Ist etwas passiert?«, fragte Rosalie gleich besorgt.

»Nein«, flüsterte Milli, »das ist Laurentiu, er will wissen, wo Sarah steckt. Ich habe ihm gesagt, dass sie nicht da ist. War das falsch?«

Rosalie nahm ihr den Hörer ab.

»Schon in Ordnung, ich regle das. Danke, Milli.«

Antonio und Rosalie sahen sich an. Zu Rosalies Überraschung nahm Antonio den Hörer an sich.

»Antonio hier!«

Er verdrehte die Augen.

»Immer langsam, wie Milli schon sagte, sie ist nicht hier.«

Mit seiner freien Hand fuchtelte er in der Luft.

»Nein, ich weiß nicht, wo sie ist. Das solltest du doch wissen, ihr beschattet sie ja bekanntermaßen.«

Augenblicklich verharrte er.

»Ha, dass dir so etwas passiert.« Antonio musste grinsen.

»Keine Ahnung, wir haben auch schon gerätselt. Und Mutmaßungen helfen nicht weiter, Laurentiu. Du weißt über ihre Gewohnheiten sicherlich besser Bescheid.«

Sein Gesicht verzog sich zu einer Grimasse, während er ein Lachen zu ersticken versuchte.

»Reg dich nicht auf. Jacques kann letzten Endes auch nichts dafür.«

Er schüttelte den Kopf.

»Das kann ich machen. Sobald sie zurück ist.«

Nach ein paar Sekunden:

»Gerne!«

Antonios Mienenspiel wiederholte sich.

»Bis dann!«

Er drückte eine Taste, das Gespräch war beendet. Anschließend musste er erst mal herzhaft lachen.

»Da hat Sarah die ganz schön drangekriegt.«

»Ja, aber was ist denn?«, wollte Rosalie wissen.

»Laurentiu hat Jacques zu den Katakomben geschickt, etwas besorgen. Und das relativ früh heute Morgen. Jetzt hat der wegen der vielen Baustellen in der Stadt so lange gebraucht. Er hatte wohl nicht erwartet, dass Sarah heute so früh weggeht, wie denn auch. Im Augenblick wissen sie nicht, wo sie ist. Laurentiu befürchtet das Schlimmste. Er macht sich wirklich ernsthaft Sorgen. Tut mir leid, wenn ich darüber lachen muss, ich finde die Situation schon witzig. Das passiert ausgerechnet ihm, verstehst du? Wo er doch immer so perfekt ist in allem, was er tut.«

Jetzt musste auch Rosalie lachen.

»Ich mach mir aber ebenfalls Sorgen um Sarah«, setzte sie nach.

»Ich ja auch«, gab Antonio zu. »Wenn sie zu diesem Polizisten gegangen ist, sollte Laurentiu das besser nicht erfahren. Aber Sarah weiß schon, was sie tut, ich habe da vollstes Vertrauen zu ihr.«

Er brach ab und schüttelte über das eben Gesagte den Kopf. Er mochte sie zu sehr. Als Vosantus sollte er seine Gefühle besser beherrschen. Das fiel ihm allerdings, seit er von ihr getrunken hatte, wahnsinnig schwer.

»Somit bleibt uns nichts anderes, als zu warten«, stöhnte Rosalie und ließ sich in einen Sessel am Kamin fallen.

Christian

Sarah kam langsam in den offenen Wohn-Ess-Bereich. Mir war, als könnte ich ihr Staunen nicht nur sehen, sondern auch spüren. Zwischen meiner langen Küchentheke und der Couch blieb sie stehen und blickte durch die Außenverglasung.

Sie zuckte zusammen, als ich hinter sie trat und leicht meine Hände an ihre Schultern hielt.

»Darf ich dir das abnehmen?« Ich half ihr formvollendet und legte die Jacke über einen der Barhocker vor der Küchentheke.

»Setz dich irgendwohin.« Hastig schaltete ich meinen Kaffeeautomaten an. Während ich in meiner Küche herumwerkelte, trat sie an die Fensterfront.

»Wahnsinn, was für ein Ausblick. Abends ist das sicherlich superschön.«

Zwei Tassen standen schon auf der Theke. Der Automat brauchte noch einen Moment.

»Setz dich doch«, bot ich ihr erneut an. Ihr Blick wanderte zur Couch. Ein großer, gemütlicher Sessel stand daneben. Sarah entschied sich für den.

»Kannst du denn problemlos freimachen, so wie du willst? Ich meine, geht das, dass du einfach frühstücken gehst und nichts tust?« Grazil setzte sie sich in den weichen Ledersessel. Es war mir schon peinlich, weil ich das Gefühl hatte, ich würde sie ständig anstarren. Ich musste zugeben, sie gefiel mir sehr und die Anmut, mit der sie sich bewegte, trug nur dazu bei, das Geheimnisvolle, das sie umgab zu verstärken. Mittlerweile war der Kaffee fertig. Ich stellte die Tassen auf ein silbernes Tablett und trug sie hinüber. Die Mappe mit den Unterlagen ließ ich ebenfalls auf den Tisch gleiten. Dabei rutschte die CD hervor. Ich reichte ihr eine Tasse.

»Hier, bitte.«

Sie sah mich sanftmütig an. So lange, dass ich eine Gänsehaut bekam und meinen Blick auf meine Tasse lenkte.

»Danke«, hauchte sie. Ich beobachtete, wie sie tief den Kaffeeduft einsog.

»Der hier ist eindeutig besser als der von vorhin, ich weiß«, sagte ich mit ein klein wenig Stolz. »Wenn du magst, zieh ruhig deine Schuhe aus und mach es dir bequem. Und um auf deine Frage zurückzukommen: Ich habe mir den Rest des Tages frei genommen, nachdem ich heute Morgen kurz im Präsidium war. Ein Wochenende hatte ich ja keins, da habe ich Berge von Akten gewälzt.«

Das Display der Anlage leuchtete auf und ich legte die CD ein. »Schlaf war die letzten Tage eher eine Seltenheit. Der Fall schlaucht sehr«, setzte ich noch nach.

»Ich denke, dass du die Lösung für deinen Fall in den Händen hältst«, sagte sie.

Ein Lächeln über die kindliche Naivität, die ich in dieser Aussage zu hören glaubte, konnte ich mir nicht verkneifen. Sie ahnte ja nicht, was in mir vorging. Als wenn dieses nette Fräulein die Lösung des Falles parat hätte. Ich drückte den Startknopf meiner Anlage. Wir hörten die Worte einer Frau. Aufmerksam lauschte ich den Ausführungen. Die Art, wie diese Frau redete, die Stimme, ohne Zweifel, es war Sarah. Sie stellte die Tasse ab, lehnte sich zurück und legte den Kopf nach hinten.

Schließlich beugte sie sich nach vorn, zog ihre Schuhe aus, nahm die Beine hoch und kuschelte sich in den Sessel. Ich beobachtete sie eindringlich, während ich konzentriert ihrer Stimme lauschte.

Nach einer Weile stellte ich fest, dass sie sich schon einige Zeit nicht mehr rührte. War sie eingeschlafen? Ich nahm die Wolldecke, die neben mir auf der Couch lag, und deckte Sarah damit zu. Selbst jetzt wirkte sie angespannt.

Immer wieder musste ich ungläubig den Kopf schütteln. Fasziniert, erschrocken, teilweise gerührt. Ich konnte und wollte diese Dinge nicht glauben. Was ich da hörte, war einfach zu fantastisch.

Vampire? Legenden. Märchen.

Beim Drübernachdenken allerdings – die Serienmorde, die Leichen, es würde schon passen. War das nicht zu simpel? Was war schon einfach? Wie sollte ich das den Kollegen erzählen? Ey, Leute, ich habe des Rätsels Lösung. Es sind Vampire. Kommt, lasst uns ein paar Vampire jagen.

Ich betrachtete Sarah, wie sie zusammengerollt auf meinem Sessel lag. Das konnte sie sich doch nicht ausgedacht haben?

Ich betrachtete sie weiterhin und lauschte den Worten. Eine Träne lief ihr über die Wange. Ich bemerkte das und stutzte.

»Du schläfst gar nicht?«

Sie zuckte zusammen.

»Doch, eine Weile schon.« Langsam richtete sie sich auf. Sie hielt sich den Kopf. Das hatte ich ganz vergessen, ich wollte ihr etwas wegen der Kopfschmerzen geben. Ich stand auf, schaltete das Gerät auf Pause und machte mich auf, eine Tablette zu holen. Vampire … tz …

In der Küche nahm ich ein zweites Glas. Meine eigene Müdigkeit war verflogen.

Es war jetzt absolut still um uns herum.

»Was ist?«, fragte sie müde. »Keine Lust mehr?« Sie streckte sich und stand auf, um sich die Beine zu vertreten.

»Ich dachte, du würdest schlafen«, meinte ich ruhig zu ihr. »Der Meinung war ich übrigens schon seit ein paar Stunden.« Ich zeigte auf die Uhr.

»Oh«, sie wirkte bestürzt. »Die anderen machen sich sicherlich schon Sorgen. Ich sollte die wenigstens mal anrufen, oder besser, ich gehe.«

»Nein«, entgegnete ich bestimmt. »Du wirst mir erst ein paar Fragen beantworten. Du kannst mich nicht solche Sachen anhören lassen und dann einfach wieder verschwinden.«

Ich trat näher zu ihr, bereit, ihr zu folgen, sollte sie gehen wollen. Sarah stand in Strümpfen vor mir. Ihr Blick wanderte zu ihren Füßen. Sie musste lachen, setzte sich und zog die Schuhe an. Danach schaute sie wieder auf die Uhr.

Es war tatsächlich schon zwanzig vor fünf. Sie stand wieder auf und ließ ihren Blick suchend durch den Raum gleiten. Vermutlich suchte sie ihre Jacke.

»Setz dich bitte wieder.« Mein Ton ließ keinen Zweifel daran, dass es mir ernst war, und so tat sie, was ich von ihr verlangte.

»Du kannst dir vorstellen, dass ich das kaum glauben kann. Du willst damit sagen, dass die rätselhaften Serienmorde das Werk von *Vampiren* sind?«

Sarah nickte.

»Und du bist quasi ausgeliefert und kannst nichts dagegen tun?«

Sie nickte zum zweiten Mal. Daraufhin erzählte sie, was ihr Laurentiu offenbart hatte. Und welche Folgen das für sie hatte. Ich schüttelte immer wieder den Kopf.

»Nein, das ist unmöglich«, brach es aus mir heraus. Mein Weltbild war vollkommen auf den Kopf gestellt. »Du musst dich doch retten können. Aber halt, das würde ja bedeuten, dass ich dir glaube, wenn ich das annehme … argh«, ich stöhnte. Ich hatte das Gefühl, dass sich meine Eingeweide zusammenzogen.

»Okay«, ich gab mir einen Ruck. »Dann nehmen wir mal an, dass das alles stimmt. Und ich habe es noch nicht zu Ende gehört. Was hast du vor?«

Mit scharfem Blick schaute ich Sarah an. Mein analytischer Verstand lief jetzt auf Hochtouren. Nichts konnte ich feststellen, was mich denken lassen könnte, dass sie nicht die Wahrheit sagte. Alles, was ich sah, war, dass sie Angst hatte und einen Ausweg suchte. Mir fiel der Moment von vorhin ein, als ich Sarahs Worten von der Aufnahme lauschte und sie beobachtet hatte, als sie vermeintlich schlafend in meinem Sessel lag. Wie ihr an der Stelle, an der dieser John im Keller von ihr getrunken hatte, eine Träne über die Wange gelaufen war.

»Nun«, begann sie zögernd, »ich habe schon einen Plan. Bloß, den werde ich keinem verraten. Ich will nicht noch mehr Menschen gefährden. Dass ich hier bei dir bin, ist ohnehin ein Risiko …« Sarah fasste sich an den Kopf. Sie schwankte, obwohl sie im Sessel saß.

»Willst du etwas trinken?«, fragte ich sie, schenkte ihr ein, ohne eine Antwort abzuwarten, und hielt ihr das Glas hin. Sie nahm es und trank ein paar große Schlucke. Ich sah ihr an, wie gut es ihr tat. Sie hielt sich wieder den Kopf.

»Wie gesagt«, wiederholte sie mit leidender Stimme, »ich werde niemanden einweihen. Das ist zu gefährlich.« Ihre Brust bebte, als sie mich anschaute. Irritiert erwiderte ich ihren eindringlichen Blick.

»Aber Sarah, wo willst du denn hin? Soll ich dich in Schutzhaft nehmen lassen?«

»Nur das nicht«, antwortete sie schnell, »jeder, der in meiner Nähe ist und mich bewacht, wäre des Todes. Sie würden mich befreien und holen. Ich muss mich alleine verstecken und ich weiß schon wo; und wer mir helfen wird.« Sie stützte ihren Kopf in die Hände, die Ellenbogen auf den Knien, und schloss die Augen. In dem Moment bemerkte ich, wie ein kleiner roter Faden an ihrer Oberlippe entlanglief. Sie hatte Nasenbluten.

»Ich habe keine Zeit mehr. Ich muss zurück. Ich habe ja keine andere Wahl.«

Schnell hielt sie ihre Hände unter ihr Gesicht, weil sie es spürte. Ich lief los, um ein Handtuch aus dem Bad zu holen. Das presste sie sich unter die Nase. Obendrein holte ich ihr noch ein Kühlpad und legte es ihr in den Nacken.

»Ähm …«, ich war unsicher, »geht das jetzt los? Ist das das Problem mit dem Fluch?« Fragend schaute ich sie an. Sie nickte.

»Okay«, ich kniete mich neben sie und legte einen Arm um sie. »Was kann ich tun?«

Unsere Gesichter waren sich in dieser Sekunde ganz nah. Mein Herz schlug schneller.

»Ich muss Dr. Danori anrufen, wenn ich ihn bitte, kommt er sicherlich hierher. Er kann mir helfen!«

Das Blut schien immer noch zu laufen, zumindest wurde der Fleck im Handtuch größer. Von diesem Dr. Danori hatte sie in der CD-Kopie auch gesprochen. Sie stand auf, schwankte rüber zur Küche, zu ihrer Jacke, in deren Tasche sie etwas suchte. Gleich darauf zog sie eine Visitenkarte hervor. Ich reichte ihr mein Telefon. Es sah komisch aus, wie sie versuchte die Nummer einzutippen und gleichzeitig das Handtuch festzuhalten.

»Ich mach das schon.« Ich nahm das Telefon an mich und vervollständigte die Nummer, dann hielt ich es ihr wieder hin. Wenige Momente später blickte ich in ihr hübsches, aber von Entsetzen angespanntes Gesicht.

»Er ist nicht da. Der Anrufbeantworter sagt, er sei seit heute Morgen auf einem zweitägigen Symposium. Was mach ich denn jetzt?« Wie in Trance legte sie den Hörer auf den Küchentresen.

Selten hatte ich mich so hilflos gefühlt. Ich hatte in der Vergangenheit schon die gefährlichsten Situationen erlebt. Bei vielen war es um Leben oder Tod gegangen, doch jetzt wusste ich mir keinen Rat.

»Soll ich einen anderen Arzt anrufen? Oder den Krankenwagen?«, unternahm ich einen hilflosen Versuch.

»Nein«, sagte sie. Ich glaubte ihr anzusehen, dass sie Schmerzen hatte.

»Aber was kann ich –«

Ich hielt inne, weil sie abermals zu ihrer Jacke lief. Einen Moment später hielt sie mir eine andere Visitenkarte hin. Mir stockte der Atem. Es war die Visitenkarte von David, meinem Bruder.

»Christian, ich glaube, er kann mir helfen und gleichzeitig kann ich dir beweisen, dass alles wahr ist. Ruf ihn an, er soll hierherkommen. Bitte!«

Sie setzte sich zurück in den Sessel. Ich brachte ihr zuerst ein frisches Handtuch.

»Was hat David damit zu tun?«, erkundigte ich mich. Ich kniete neben ihr und ließ ihr keine Möglichkeit, mir auszuweichen.

»Er hat mich vor ein paar Tagen in einem Café angesprochen. Danach trafen wir uns noch mal. Er kennt meine Geschichte und hat versprochen, mir zu helfen.«

»Ja, das weiß ich alles. Nur wie um alles in der Welt kann ausgerechnet er dir helfen?«

»Ruf ihn an, bitte!«

Mein Herz klopfte bis zum Hals, ich stand auf, baute mich vor ihr auf.

»Er ist mein Bruder. Wie um alles in der Welt ist er in die Sache involviert?«

»Ich weiß.« Sie wirkte nicht überrascht. Das Blut drang nun auch schon durch das neue Handtuch.

»Ich konnte ja nicht ahnen, dass hier ein Interessenskonflikt entstehen könnte.« Ihr Blick wanderte zur Mappe, die auf dem Couchtisch lag. »Er hatte diese Unterlagen dabei. Die hatte er von dir?«

»Ja, weil er vor drei Jahren schon an der Geschichte dran war. Ich wollte von ihm mehr Bilder. Wir hatten ja gerade durch einen Zufall entdeckt, dass du, die Vermisste von damals, dich in diesem Haus aufhältst.«

»Es nützt alles nichts, aah, mein Kopf …«

Mir erschloss sich immer noch nicht, wie ausgerechnet mein Bruder ihr helfen sollte.

»Wenn David nicht kommt, überlebe ich das vielleicht nicht. Bitte ruf ihn endlich an, mein Kopf platzt gleich!«

Stöhnend eilte ich rüber zur Küchentheke und wählte aus dem Nummernspeicher Davids Nummer aus. Es dauerte einen Moment,

»Hi, hier ist Christian!« Angestrengt versuchte ich David zu verstehen. Die Verbindung war nicht gerade gut. »Ich habe hier einen Notfall. Es geht um Sarah. Sarah Delcarde. Sie ist hier bei mir und blutet fürchterlich aus der Nase … Und sie sagt, du kannst ihr helfen!«

Ich hatte damit gerechnet, dass er überhaupt nicht verstand, wovon ich redete, aber er stellte keine einzige Frage, sondern antwortete nur: »Okay, sag ihr, ich bin schon unterwegs.«

Schnell kniete ich wieder neben Sarah. Ich befühlte das Kühlpad, es war lauwarm. Sarah lag zurückgelehnt im Sessel, hatte die Augen geschlossen und hielt das Handtuch vor die Nase gepresst.

»Geht's besser?«, fragte ich, nur um irgendetwas zu sagen.

»Das Pochen in meinem Kopf hat im Moment etwas nachgelassen und die Schmerzen auch. Ich glaube sogar, das Nasenbluten ist weniger geworden.« Sie nahm das Handtuch weg, doch noch immer lief es ihr aus der Nase.

»Ich sollte gar nicht hier sein. Es war ein Fehler, ich befürchte, dass ich damit dein Leben gefährdet habe«, nuschelte sie erneut unter dem Frottee hervor.

»Ich dachte, du hättest niemanden gesehen?«

»Habe ich auch nicht. Vielleicht hast du Glück und mein kleiner Ausflug bleibt tatsächlich unentdeckt. Ich wäre froh darüber.«

Sie verzog wieder schmerzerfüllt das Gesicht. So viel besser war es offensichtlich doch nicht.

Es ertönte ein tiefer Gong.

»Er schien irgendwie Bescheid zu wissen. Wie kommt das?«, fragte ich Sarah, während ich aufstand, um David zu öffnen.

»Er ist ein Vosantus, ein gemachter Vampir«, wisperte sie.

Ich wollte etwas sagen, aber meine Stimme versagte, mir blieb nur, Sarah fassungslos anzustarren.

Der Gong ertönte ein zweites Mal. Widerwillig setzte ich mich in Bewegung. Natürlich öffnete ich die Tür nicht, ohne zuvor meine Waffe zu holen und sie mir hinten in den Hosenbund zu stecken. Ich drückte den Türöffner und zog die Wohnungstür auf. Leise hörte ich den Fahrstuhl surren.

»Christian«, rief Sarah mir nach, »muss das sein? Das ist unnötig.«

Ich hatte das Gefühl, dass mir die ganze Situation entglitt.

»Tut mir leid, ich weiß«, hörte ich sie weiterreden, »das geht über den Verstand hinaus. Ich brauchte damals auch eine Weile, bis ich mich mit den Tatsachen abgefunden hatte. Der Gedanke, dass es Vampire gibt, nicht nur in Geschichten, dass es nicht nur Mythen sind, ist seltsam.« Jetzt lachte sie sogar. »Man gewöhnt sich daran. An den Gedanken meine ich, nicht daran, dass es mordende Monster sind.«

Ich schaute zu ihr hinüber. Sie lächelte gequält unter dem Handtuch hervor. Der Fahrstuhl öffnete sich. David kam heraus.

Laurentiu

Angespannt erreichte ich den Bungalow. Ich hatte beschlossen, David loszuschicken. Sollte *er* Sarah suchen. Sie hatten sich schon einmal getroffen, vielleicht hatte er Glück und konnte sie aufstöbern.

Viel zu schnell war ich in die Einfahrt gefahren. Vor dem Haus hinterließ ich eine Bremsspur. Sekunden später befand ich mich im Bibliothekszimmer. Dort fand ich auch Jacques und Lennart.

»Ihr sitzt hier herum? Warum sucht ihr nicht nach Sarah? War ich nicht eindeutig genug?« Wütend zerrte ich Jacques aus dem Sessel und schubste ihn zur Tür. Er knallte gegen den Rahmen, so hart, dass ich ein Knacken hörte. Lennart schnellte auf und wich zurück.

»Wenn Sarah auch nur das Geringste geschieht, mach ich euch dafür verantwortlich. Geht und holt David, er wird uns helfen, sie zu finden.«

Ich schickte den beiden ein Knurren hinterher. Sie kannten mich gut genug, um zu wissen, dass es gefährlich war, mir Widerstand zu leisten. Momente später stand Jacques vor mir.

»Er ist weg. Wir können David nicht finden!«

»Ihr habt ihn bewacht, wo sollte er also hin sein?«

»Er lief im Haus herum, wie sollten wir annehmen, dass er …«

Lennart erschien und ging dazwischen.

»David muss durch den Keller sein. Der Abgang war geöffnet und eines der –«

»Schweig!«, schrie ich ihn an. »Schaut bei ihm zu Hause nach. Dort, wo er arbeitet. Findet ihn, sonst werdet ihr mich von einer Seite kennenlernen, die euch bisher verborgen war!« Nur Zentimeter trennten mich von Jacques. Mit der einen Hand hielt ich ihn vorn am Hemd, mit der anderen presste ich ihm einen Dolch an die Kehle. Aus einem dünnen Strich in seiner Haut sickerten ein paar Tropfen Blut. Die Wunde schloss sich gleich darauf.

»Bringt mir beide, und tretet mir nicht ohne sie unter die Augen. Sollte auch nur das Geringste schieflaufen und das Ritual gefährdet sein, werdet ihr beide dafür geradestehen. Ich werde euch eigenhändig mit diesem Dolch das Herz herausschneiden.« Mit diesen Worten ließ ich von ihm ab.

Eine Sekunde später hatten die beiden den Raum und wahrscheinlich das Haus verlassen. Ich sollte zur Villa fahren. Vielleicht wusste Antonio doch etwas. Oder die anderen Hausbewohner. Sarah konnte nicht einfach verschwunden sein. Wo sollte sie denn hin? Außerdem war ich mir nicht sicher, ob wir jedem Vosantus trauen konnten. Die Anziehung, die Sarah auf Vampire nun mal ausübte, konnte für sie schnell gefährlich werden.

Genau das wollte ich vermeiden. Die ganze Sache durfte kein Aufsehen erregen. Und David, der aufgeblasene Schönling, dem war offensichtlich nicht zu trauen. Wir sollten uns seiner entledigen.

So stand ich eine ganze Weile da und starrte auf den mit Intarsien kunstvoll verzierten alten Holztisch. Mir war bewusst, dass Sarah auch etwas zugestoßen sein konnte. Was dann? Ich wagte es nicht zu denken. Endlich hatte ich meine Schwester gefunden, da wollte ich sie schließlich nicht gleich wieder verlieren. Es ärgerte mich, dass ich sie nicht mit hierher genommen hatte. Hier hätte ich sie besser beschützen können.

Zornig auf mich selbst rammte ich meine Faust auf den Tisch.

Christian

Da war er – David. Lächelnd kam er auf mich zu.

Ich ließ ihn ohne Worte an mir vorbei in meine Wohnung, warf einen kurzen

Blick hinter ihm in den Flur, um mich zu vergewissern, dass er alleine kam. Hinter ihm ließ ich die Wohnungstür ins Schloss fallen. Der Ausdruck in meinem Gesicht muss Bände gesprochen haben. Unsere übliche Begrüßungszeremonie fiel aus.

Dafür stand David einen Wimpernschlag später bei Sarah.

»Bleib weg von ihr«, ich zeigte zur Küchentheke, »geh bitte rüber und setz dich dort hin.«

Er ignorierte mich. Er ging langsam in die Hocke und machte Anstalten, eine Hand auf ihr Knie legen. Ich hechtete hinüber und zerrte an ihm.

»Ich sagte, bleib weg von ihr. Erst klärt ihr mich auf, was hier gespielt wird.«

Meine Hände hielt ich an den Seiten leicht nach hinten, bereit, nach meiner Waffe zu greifen.

Das war absurd. Er war mein Bruder und wir waren sonst ein Herz und eine Seele.

»David, bitte hör auf ihn, er hat eine Waffe«, intervenierte Sarah schwach. Das Bluten hatte wieder zugenommen, wahrscheinlich, weil ihr Puls in die Höhe gegangen war. Ich war verwirrt und fühlte mich trotz der Waffe hilflos. Ich begab mich zu ihr, senkte mich in die Hocke wie eben David und betrachtete sie streng.

»Geht es noch? Soll ich dich nicht lieber ins Krankenhaus fahren?«

»Nein«, riefen David und Sarah wie aus einem Munde. Ich drehte mich wütend um.

»Dich habe ich nicht gefragt, du bist erst mal still. Du …« Ich wandte mich schnell wieder Sarah zu, weil sie, offensichtlich von Schmerzen geplagt, stöhnte.

»Sag es ihm, sag ihm, wie ich dir helfen kann«, kam es von David.

»Christian!« Sarah wirkte sehr ernst. Ich konnte sehen, dass sie das Sprechen in diesem Zustand viel Kraft kostete. Ihr Gesicht sah mittlerweile aus, als käme sie von einer Schlägerei. »Hab doch Vertrauen. Es wird nichts passieren, nichts Schlimmes zumindest.« Ihre Stimme, ihr Blick, sie flehte förmlich um meine Aufmerksamkeit.

»Glaub mir«, setzte sie noch hinterher.

Ich schüttelte den Kopf. Wollte nicht zulassen, dass David in ihre Nähe kam. Und doch spürte ich, dass ich keine andere Wahl hatte.

Ich drehte mich zu ihm um. »Warum hast du mir nichts davon gesagt?«

»Ach«, tat David erstaunt, »und du hättest mir dann so einfach geglaubt? Hey, Bruder, ich bin zwar jetzt ein Vampir, aber lass uns doch mal ein Bierchen trinken gehen? Meinst du so? Was denkst du denn? Damit gehen wir nicht hausieren. Es ist schon fahrlässig von ihr …«, er deutete mit dem Kopf in Sarahs Richtung, »dass sie es dir gesagt hat. Das wird einigen nicht gefallen.« Er hatte sich in der Zwischenzeit lässig an die Theke gelehnt. Mit einer Mischung aus Skepsis und Sorge beobachtete er Sarah. Das Handtuch hatte sich abermals ziemlich voll gesogen.

»David, bitte, tu was!«, klagte Sarah jetzt lauter, »ich kann nicht mehr, es tut so weh!« Mit den Händen hielt sie jetzt ihren Kopf und ließ das Blut auf das Handtuch auf ihrem Schoß tropfen. Ich eilte ins Bad, um ein frisches zu holen, diesmal kam ich gleich mit einem ganzen Stapel zurück.

»Wie soll das vonstatten gehen?«, fragte ich und versuchte meine Stimme ruhig zu halten. Da ich sie an den Schultern stützte, spürte ich, wie sie zitterte.

»Ich weiß nicht, wie David es machen will«, murmelte sie kaum verständlich, »ich denke, ich werde ihn ganz einfach machen lassen. Die wissen alle Bescheid. Bitte …« Mit ihren großen schönen blauen Augen schaute sie mich an. Tränen standen darin. Ob vor Verzweiflung oder wegen der Schmerzen, konnte ich nicht beurteilen.

»Vertrau ihm. Ich vertraue ihm auch«, flüsterte sie.

Ich hatte Angst, die falsche Entscheidung zu treffen. Gefährdete ich unter Umständen ihr Leben? Drohend erreichte ich David und drückte ihn rücklings gegen die Küchentheke. Er leistete keine Gegenwehr.

»Tu, was du kannst. Sie vertraut dir offensichtlich. Aber eins sage ich dir: Wenn du ihr Schaden zufügst, kommst du hier nicht mehr lebend raus.«

Rasch ließ ich von ihm ab, erschrocken über mich selbst und über die Worte, die ich zu ihm gesagt hatte.

David setzte sich in Bewegung, lächelte, flog dann förmlich an mir vorbei. »Christian, ich bin auf deiner Seite. Ich helfe ihr, keine Sorge.«

Er hob sie hoch und drapierte sie auf die Couch. Ich sorgte mit den Handtüchern dafür, dass nicht zu viel Blut in der Wohnung verteilt wurde. Meine Hände vergewisserten sich, dass die Waffe noch an ihrem Platz steckte. Argwöhnisch verfolgte ich, was David tat.

Er kniete sich neben sie und nahm ihren Arm.

»Ich werde ganz vorsichtig sein, versprochen«, flüsterte er kaum hörbar.

Er betrachtete ihren Arm, und dann, kurz unterhalb des Handgelenkes, biss er hinein. Er presste seine Lippen an die Stelle und saugte. Er trank und ich konnte voller Widerwillen sehen, dass es ihm zu schmecken schien. Seine Augen hielt er genussvoll geschlossen. Ich konnte kaum glauben, was ich da sah. Ein

Teil von mir wollte dazwischengehen und ihn von ihr wegreißen. Der andere Teil war wie versteinert, ohnmächtig dem gegenüber, was da geschah.

Alles, was ich bisher geglaubt hatte, schien in ein tiefes Loch zu fallen, zu verschwinden, sich in Nichts aufzulösen. Meine Überzeugungen wirkten auf einmal lächerlich im Vergleich dazu. Ich konnte nichts tun, als fasziniert und angewidert zugleich zuzuschauen, was David da tat. Es kostete ihn wohl Mühe aufzuhören, das merkte ich ihm an.

Endlich, nach etwa einer Minute, setzte er ab, küsste Sarah auf die Stelle und legte den Arm zurück an ihre Seite. Die kleine Wunde, aus der er ihr Blut getrunken hatte, verschwand. Es sah aus, als würde man einen Klecks Farbe verwässern, und es kam mir vor, als bildete sich in Sekundenschnelle eine neue Haut darüber. Sie lag da, die Augen geschlossen, das Gesicht noch immer schmerzverzerrt. Wie durch ein Wunder war der Blutstrom aus ihrer Nase versiegt. Ihr Atem ging wieder ruhig und gleichmäßig.

»Es ist das erste Mal für mich, daher kann ich nicht sagen, was jetzt passiert«, meinte David verlegen, ohne mich anzuschauen. Er streichelte sacht ihre Wange.

»Ich konnte es dir nicht sagen, wie hättest du denn reagiert? Das passierte, nachdem wir uns neulich zum Mittag getroffen hatten. Ich war danach noch zu der Villa gefahren. Hatte mir die CD reingezogen. Ich muss zugeben, das hatte mich schon beeindruckt. Dort hat mich dieser Laurentiu geschnappt. Er hat mich vor die Wahl gestellt: Entweder ich mach da mit, oder er tötet mich.«

David stand jetzt um lediglich eine Armeslänge von mir entfernt. Näher wollte ich ihn auch gar nicht an mich heranlassen. Er redete weiter.

»Ich musste mir selber erst einmal klar darüber werden, was das bedeutet. Hättest du mir denn geglaubt? Die haben mir gestern den ganzen Tag über erklärt, welchen Regeln ich unterliege und was ich darf und was nicht. Wie das mit dem Blut ist und so. Alles nimmt man anders wahr, ich höre mehr, sehe besser im Dunkeln und bin schneller und stärker. Christian, es ist einfach absolut faszinierend. Ich würde lügen, wenn ich sagen würde, ich hätte mich ohne diese Drohung anders entschieden. In dem Moment, in dem ich diese CD gehört hatte, war mir klar, dass ich so einen Vampir suchen werde. Dass ich versuchen würde, auch so zu werden. Verstehst du?«

Ich hatte mich in den Sessel gesetzt, meinen Blick ins Leere gerichtet.

»Ja«, gab ich schwach zurück, »da hast du wohl recht. Ich hätte dir nicht geglaubt. Und wenn sie nicht wäre, würde ich noch bis zum Sanktnimmerleinstag im Dunkeln tappen. Eigentlich kann ich froh sein, dass sie es mir gesagt hat, oder?« Ich schaute ihn jetzt an. David erwiderte standhaft meinen Blick.

»Du magst recht haben, nichtsdestoweniger sollten die anderen nicht erfahren, dass du Bescheid weißt. Denn daran hättest du keine Freude, glaub mir.«

»Welche anderen?«, fragte ich automatisch.

»Na, die anderen Vampire, wer sonst!«, bekam ich zur Antwort.

Irgendwie kam mir das in diesem Augenblick nicht einmal so wichtig vor. Was ich eben erlebt hatte, ging über alles Dagewesene hinaus. Mir war klar, dass ich keiner Halluzination unterlag. Aber viel mehr bedrückte mich, dass unsere Ermittlungen die ganze Zeit in die falsche Richtung gelaufen waren. Es kam mir vor, als hätten wir für ein Theaterstück am laufenden Band die falschen Texte einstudiert.

Wie konnte ich die Situation in die richtigen Bahnen lenken? Und was mich noch mehr beunruhigte: Inwieweit gefährdete ich David damit? Ich wollte gar nicht daran denken, dass er womöglich einen Menschen getötet hatte. So aufgewühlt war ich zuletzt gewesen, als mir unsere Mutter offenbarte, dass unser Vater schwer krank sei.

»Warum hast du nicht vorher mit mir geredet?

»Du hättest das doch nie und nimmer zugelassen. Außerdem brauche ich dich wohl kaum um Erlaubnis zu fragen.«

»David, du bist mein Bruder. Nicht nur irgendein Bruder, mein Zwillingsbruder. Wie konntest du nur so eine Entscheidung fällen ohne mich …«

Meine Stimme versagte. Ich vergrub mein Gesicht in den Händen. Das alles war zu viel. Mein Bruder erzählte mir gerade, dass er freiwillig zu einem Monster geworden war.

Minutenlang herrschte Stille.

Sarah tauchte in meine Gedanken ein.

»Was machen wir jetzt mit ihr?«, wollte ich von ihm wissen. »Ich kann sie, wie auch immer, nicht wieder zurückgehen lassen.«

»Oh doch, genau das tun wir«, entgegnete David. »Ich bringe sie zurück. Das fällt am wenigsten auf. Wenn sie nicht zurückkommt, werden die sie suchen, und es wäre einiger Ärger für dich vorprogrammiert. Da würde dir auch deine kleine Waffe nicht mehr helfen.«

Er grinste mich jetzt an, hob seine Hand und wedelte mit der Waffe. Er legte sie schnell, noch bevor ich reagieren konnte, auf die Küchentheke.

Ich fühlte mich, als müsste ich mich zwischen einer Arm- oder Beinamputation entscheiden.

»Bitte, Christian, wir müssen in Ruhe darüber reden. Und deine weitere Vorgehensweise klären. Ich kann mir lebhaft vorstellen, was in dir vorgehen muss.«

»Nichts kannst du!«, schrie ich.

Vom Sofa kam ein Stöhnen.

Sicherlich hatte Sarah zugehört. Sie öffnete die Augen und sah in unsere Gesichter. Das meine schaute mit Sicherheit entsetzt, in dem meines Bruders stand ein Grinsen.

Langsam setzte sie sich auf.

»Was für ein schönes Gefühl, wenn der Druck nachgelassen hat. Danke, David.« Sie versuchte zu lächeln. »Zur Gewohnheit wird das aber nicht«, scherzte sie.

»Na, dann solltest du ihm«, und dabei zeigte David auf mich, »zeigen, wie es geht.«

Daraufhin, wahrscheinlich auch wegen meines Gesichtsausdruckes, fingen beide an zu lachen. Mir war nicht nach Spaß zumute. Der erste Schock saß noch tief. Ich setzte mich neben Sarah und legte meine Hand auf die ihre.

»Was um alles in der Welt hast du nur durchgemacht die letzten Jahre? Das ist ja furchtbar. Wie konnten sie dir das nur antun?«

»Du glaubst mir also?« Sie wirkte erleichtert. »Darum wollte ich, dass du die Aufnahme hörst. Tu, was du für richtig hältst. Aber bedenke eines: Einen direkten Kampf gegen einen Vampir kannst du nicht gewinnen. Sie sind sehr stark, schnell und äußerst klug. Man kann sie nicht überrumpeln.«

Ich wusste nicht, was ich antworten sollte.

»Du weißt noch nicht alles.« In kurzen Sätzen fasste sie die Geschehnisse zusammen, nicht ohne mich darauf hinzuweisen, dass ich den Rest der CD trotzdem anhören müsse.

»Dann hast du Dominik und John doch besiegen können?«, bemerkte ich.

»Ja, weil ich ihn liebte. Weil ich …« Ihre Stimme versagte und sie räusperte sich. »Er wird mich dafür hassen, dass ich ihm das angetan habe. Daher muss ich fort«, schloss sie. »Ich sollte nach Hause, die vermissen mich sicherlich«, setzte sie nach einem Blick auf die Uhr hinterher. Es war bereits kurz vor sechs. »Mir schwant nichts Gutes. Sie werden mich mit Fragen löchern. Egal, ich werde das irgendwie hinbekommen.« So plapperte sie weiter, als wäre nichts geschehen.

»Ich bring dich nach Hause«, meinte David daraufhin. Langsam erhob sie sich, etwas wackelig noch, und ich stützte sie.

Sie schaute David an.

»Ich muss zusehen, dass die anderen das Haus verlassen. Und ich will auch nicht da sein, wenn du die beiden befreist.«

»Wen befreien?«, blaffte ich dazwischen. David beantwortete meine Frage.

»Na, Dominik und John, wen sonst?« Er zuckte mit den Schultern.

Ich hielt mir entsetzt die Hände an den Kopf. »Diese Mörder wollt ihr wieder rauslassen? Auf die Menschen loslassen?«

Sarah stand an der Tür. »David, komm bitte, sonst fahr ich mit der U-Bahn.«

»Das müssen wir eh«, grinste er, »ich habe kein Auto dabei. Ich bin fast ausschließlich mit der Bahn unterwegs. Sonst bekommst du als Reporter doch nichts mit.« Er spazierte ihr hinterher.

»Also gut.« Ich sah in der Tat keine andere Möglichkeit, als mich der Situation zu stellen und darauf zu vertrauen, dass sie das Richtige taten. »Ich sollte vielleicht eine Nacht darüber schlafen. Könnt ihr mir versprechen, dass nichts geschieht, bevor wir noch einmal miteinander geredet haben?«

Sarah nickte mir zu. Daraufhin sah ich David an.

»Nichts anderes wird sein, Bruderherz«, bestätigte er.

Ich hatte kein gutes Gefühl dabei, Sarah weggehen zu lassen. Alles in mir schrie förmlich: Bleib hier! Allerdings erschien mir Davids Erklärung plausibel, und ein Stück weit, dachte ich, wird auch Sarah wissen, was sie tut.

»Pass mir gut auf sie auf. Dass ihr ja nichts geschieht, okay?«

David streckte mir die Hand hin und meinte: »Ich werde auf sie achten wie auf mein eigenes Herz.«

Zuerst zögerte ich, dann nahm ich seine Hand und drückte sie.

Schon waren sie schon auf dem Weg zum Aufzug.

Zehn Minuten später saßen Sarah und David in der U-Bahn. Da sie ans andere Ende der Stadt mussten, passierten sie viele Haltestellen. Sarah saß am Fenster, während David ihr gegenüber auf der Gangseite saß. Die Bahn war sehr voll um diese Zeit, etliche Fahrgäste mussten stehen.

David ließ aufmerksam seinen Blick durch die Menschenmenge gleiten, inständig hoffend, dass er auf niemanden traf, den er kannte. Die vielen Gerüche, die sich in einer U-Bahn ansammelten, drangen zu ihm durch, von abgesessenen Sitzbezügen, die muffig nach Schweiß stanken, einem Gemisch von Parfums und einem durchdringenden Zwiebelgeruch. Es faszinierte ihn, wie sicher er diese verschiedenen Gerüche zuordnen konnte. Das wäre ihm vorher als Mensch nie gelungen.

Sein Blick fiel auf eine alte Dame. Sie erinnerte ihn an den Vorfall von neulich. Und obwohl sie immer wieder hinter stehenden und drängelnden Menschen verschwand, bemerkte er, dass sie ihn fortwährend anstarrte.

Plötzlich stand sie auf und kam ein Stück näher. Sarah konnte sie nicht sehen, da sie sich hinter ihr im Gang befand. An der Tür blieb die Dame stehen.

David erkannte sie. Es war dieselbe alte Frau, die ihn schon einmal angesprochen hatte.

Plötzlich schaute sie David an. Sie sprach zu ihm, als ob nur er es hören könnte: »Das hast du gut gemacht. Du hast ihr Leben gerettet. Bleib auf diesem Pfad und es wird nichts schiefgehen.« Ein schräges Lächeln begleitete ihre Worte.

Er blickte zu Sarah. Wollte sie fragen, ob sie die Dame ebenfalls sah.

Doch als er seinen Blick wieder in die Richtung der Frau wandte, war sie verschwunden. So wie schon einmal. Erst jetzt hielt die Bahn an. Die Tür öffnete sich, Leute stiegen aus, Leute stiegen zu. Die alte Dame war fort. Unruhig rutschte David auf dem abgesessenen Sitz herum. Sarah blieb das natürlich nicht verborgen.

»Was ist?«, fragte sie sofort, doch er winkte ab und meinte: »Ach nichts, ich dachte, ich hätte da jemanden gesehen, den ich kenne.«

Den Rest der Fahrt sprachen sie kein weiteres Wort. Wenn sich ihre Blicke trafen, schaute Sarah schnell wieder weg. Es war ihr irgendwie peinlich, dass David von ihr getrunken hatte. Sie hoffte, dass der neu gebackene Vosantus nicht der Meinung war, dass dies zur Gewohnheit werden würde. Vielleicht sollte sie bei Gelegenheit mit ihm darüber reden.

Die Haltestelle, an der Sarah raus musste, war erreicht. Sie verabschiedeten sich recht förmlich. Verlegen schaute Sarah auf den Boden. Sie wusste nicht, wie sie sich verhalten sollte; schließlich war sie ihm auch sehr dankbar für seinen Einsatz.

David spürte, dass er Sarah nicht bedrängen durfte. Für einen Moment blieb sie noch auf dem Bahnsteig stehen. Als die Türen sich schlossen und die Bahn wieder anfuhr, winkte sie David noch kurz zu.

Eigentlich hätte Sarah recht fit und ausgeschlafen sein müssen, weil sie den Nachmittag dösend bei diesem Polizisten verbracht hatte. Dennoch fühlte sie sich erschöpft. Dass David zuvor von ihr getrunken hatte, war zwar gut gewesen, doch brauchte sie immer ein paar Stunden, bis sie sich wieder erholt hatte. Es kam ihr gerade so vor, als würde sie aus einer realen Welt zurück in eine Märchenwelt gehen.

Langsam ging sie auf die große Treppe zu.

Vor dem Haus stand ein ihr mittlerweile bekanntes Auto. Sie konnte allerdings nur vermuten, wer zu Besuch gekommen war. Kurz bevor sie die Stufen erreichte, beschloss sie hintenherum zu gehen. Sie spazierte links am Gebäude vorbei, passierte den Kellerabgang bis zur Garage und bahnte sich ihren Weg vorbei an den Fahrzeugen zu der Tür, die direkt ins Büro führte. Vorsichtig schlüpfte sie zwischen den Regalen hindurch. Als sie mitten im Raum stand, glaubte sie eine Stimme zu hören, die eigentlich nicht in dieses Haus gehörte. Gespannt schlich sie zur Tür, die einen schmalen Spalt offen stand.

Deutlich vernahm sie jetzt Rosalies Stimme.

»Wenn ich es dir doch sage. Wir haben keine Ahnung, wo sie hin ist.«

»Dieser David, sicher hat der etwas damit zu tun. Wenn ich den in die Finger bekomme!«

Das hörte sich sehr nach Laurentiu an. Sarah war sich sicher. Aber was machte ihr neu gewonnener Bruder hier?

»Und dir, Rosalie, glaube ich ohnehin nicht.«

»Du tust ihr Unrecht«, meldete sich jetzt Antonio zu Wort. »Sie will Sarah beschützen, so wie du auch.«

»Du kannst nicht wissen, was ich denke, Antonio.«

»Was ist schon dabei, gib doch zu, dass du dir Sorgen um sie machst. Sag es doch einfach, du musst nicht immer den Starken mimen.«

Sarah hörte einen dumpfen Schlag.

»Ich spiel nicht nur den Starken, ich *bin* es! Und natürlich sorge ich mich um sie. Ich muss unter allen Umständen vermeiden, dass ihr etwas geschieht. Das Ritual darf nicht gefährdet werden. Ich brauche sie, mehr als alles andere.«

»Laurentiu, lass Antonio los. Was soll denn das? Ihr benehmt euch wie kleine Kinder!«

Das war Rosalie gewesen. Wieso musste sie intervenieren? Sarah überlegte, ob sie rübergehen sollte.

Es störte sie, dass alle so um sie fürchteten und sich die Gemüter so sehr erhitzten. Dennoch fand sie interessant, wie sehr Laurentiu um sie zu bangen schien.

»Ihr alle seid verantwortlich, sollte ihr etwas zustoßen. Ich werde euch alle zur Rechenschaft ziehen!«

Schließlich hörte Sarah Antonios Stimme: »Laurentiu, ich würde für Sarah sterben, würde ich ihr Leben damit beschützen können. Wie kannst du so etwas sagen? Du bist verzweifelt, mag sein, dennoch kannst du nicht alle töten, nur weil dir ein Fehler unterlaufen ist. Lass die Vergangenheit endlich ruhen. Sarah wird nicht so handeln wie ihre Mutter. Deine Sorge ist ganz gewiss unbegründet. Sie wird zurückkommen, gerade jetzt, wo du ihr eröffnet hast, dass sie eine Familie hat.«

Diese Worte schienen Wirkung zu zeigen; Sarah hörte nichts mehr. Gerade wollte sie sich einen Ruck geben und die Bürotür öffnen, als sie im Saal, kaum zwei Meter entfernt, Laurentiu wieder vernahm.

»Sagt mir wenigstens Bescheid, sollte sie, wider meine Annahme, zurückkommen.« Er stand tatsächlich nicht weit von ihr weg, Sarah wagte kaum zu atmen. Ihr Herz schlug schneller, und es schlug laut.

Laurentius Blick schnellte zur Tür, hinter der Sarah stand. Ein kaum wahrnehmbares Lächeln spielte um seinen Mund. Tief atmete er durch, sah Rosalie und Antonio an, und mit gesenkter Stimme meinte er: »Es tut mir leid, sollte ich meinen Unmut darüber zu sehr an euch ausgelassen haben.«

Durch den Spalt konnte Sarah erkennen, wie Laurentiu hoch erhobenen Hauptes den Saal verließ. Sie vermutete, dass er zurück zu seinem Bungalow fuhr. Nach einigen Minuten, die ihr wie eine Ewigkeit vorkamen, zog sie beherzt die Tür auf und betrat den Saal. Sie konnte direkt ins Kaminzimmer schauen und sah Antonio an der Bar stehen, der gerade dabei war, sich Blutwein einzuschenken. Rosalie schaute hinaus in den Garten. In dem Moment, als Antonio das Glas anhob, um es zu leeren, streifte sein Blick hinaus und traf auf Sarah.

Er erstarrte für einen Atemzug, dann machte er seinem Erstaunen Luft.

»Sarah!«

Eine Sekunde später stand er vor ihr und drückte sie fest an sich. Rosalie wusste gar nicht, was geschah, dann blickte auch sie hinaus in den Saal.

»Sarah!«, erklang es ein zweites Mal.

Die Erleichterung, die beide ausstrahlten, überwältigte Sarah. Das soeben Gehörte und die stürmische Begrüßung von Antonio und Rosalie trieben ihr die Tränen aus den Augen.

»Es tut mir so leid. Ich wollte nicht …«

Antonio legte seinen Finger auf ihre Lippen, nahm ihren Kopf zwischen seine Hände und sah sie an.

»Dir muss nichts leidtun. Du hast nichts getan. Ich bin nur so froh, dass es dir gut geht. Dir *geht* es doch gut?«

Sein Blick durchlöcherte Sarah fast. Sie hatte das Gefühl, er konnte ihre Gedanken lesen.

»Ja, ja, alles in Ordnung, ich wollte nur —«

Wieder unterbrach er sie, indem er sachte seinen Finger auf ihren Mund legte.

»Antonio, lass sie los, du erdrückst sie ja«, drängte sich Rosalie dazwischen und zog Sarah zu sich.

»Ich wollte nicht, dass ihr euch Sorgen wegen mir macht.« Endlich konnte Sarah sprechen. »Es ist einiges heute anders gelaufen, als ich es mir ausgemalt hatte. Laurentiu will wissen, wenn ich wieder da bin, bitte«, sie drehte sich zu Antonio um, »sag ihm Bescheid, bevor er noch etwas Dummes tut. Und sag ihm, dass David mir geholfen hat. Dass ich hier bin, hat er ihm zu verdanken. Sag ihm das so.«

Antonio nickte und wollte sich schon in Bewegung setzen, als Sarah ihn am Arm zurückhielt.

»Antonio, es tut mir leid, ich habe dir unrecht getan. Zufällig konnte ich eben mit anhören, wie du dich Laurentiu gegenüber geäußert hast. Ich möchte dir ja glauben. Immerhin habe ich nur euch, wem sollte ich sonst vertrauen? Umso größer ist meine Angst, hintergangen zu werden. Ich konnte mir einfach nicht vorstellen, dass du nichts von all dem gewusst haben sollst. Ich –«

»Sarah, es ist alles in Ordnung. Du wirst mich immer auf deiner Seite haben. Mach dir darüber keine Gedanken.«

Noch einmal umarmte er sie entschlossen, dann ging er rasch hinaus.

»Mann, Sarah, wo warst du nur?«

Rosalie zog Sarah hinüber ins Kaminzimmer. Sie nahm ein Glas von der Anrichte und schenkte Sarah aus dem danebenstehenden Krug Wasser ein.

Eigentlich wollte Sarah nur ein wenig Ruhe. Doch dass man sie so vermisst hatte und gleich so in Beschlag nahm, überwältigte sie derart, dass sie nachgab.

»Willst du darüber reden?«

Sarah nahm ein paar große Schlucke. Sie fühlte sich innerlich unruhig und gehetzt, obwohl es keinen Grund dafür gab.

»Ich war bei dem Polizisten.«

Rosalie legte ihre Hand auf ihren Arm. »Das haben wir uns schon gedacht.«

»Ach. Woher denn?«

»Ganz einfach, Antonio fand die Visitenkarte am Telefon.«

Lächelnd stellte Sarah das Glas auf den schlichten Glastisch.

»Zum Glück. Nicht auszudenken, wenn Laurentiu sie entdeckt hätte.«

Anscheinend war ihr kleines Stelldichein tatsächlich unbeobachtet geblieben. Sie musste nachfragen.

»Wusste Laurentiu wirklich nicht, wo ich bin?«

»Nein, durch einen dummen Zufall haben sie heute Morgen nicht mitbekommen, dass du das Haus verlassen hast. Jacques war wohl im Stadtverkehr hängen geblieben, sodass er zu spät zurückkam. Laurentiu drehte total ab vor Sorge. Da kann man echt Angst vor ihm bekommen.«

Zurückgelehnt lächelte Sarah immer noch. Nicht aus Schadenfreude, sondern von dem Gefühl betört, dass er sich um sie gesorgt hatte. Also war sie ihm wichtig. Das Gefühl, endlich eine Familie zu haben, tat gut.

»Sarah!«, sagte Rosalie. »Sie haben David verloren. Er ist aus dem Haus von Laurentiu geflüchtet. Sie wissen nicht, wo er ist. Ich schätze, dass Laurentiu nichts Gutes mit ihm im Sinn hat.«

»Er war bei mir. Er hat mir geholfen. Da ich Dr. Danori nicht erreichen konnte, habe ich David gebeten.«

»Hat er etwa von dir getrunken?« Entsetzt sprang ihre Freundin auf.

»Rosalie, nicht so, wie du denkst. Ich war doch bei diesem Polizisten, er heißt Christian Berg. Und du wirst es nicht glauben, dieser Reporter, David, ist dessen Zwillingsbruder. Und der ist jetzt ein Vosantus. Irgendwie muss er Laurentiu in die Fänge geraten sein.« Sarah nahm wieder ein paar Schlucke von dem Wasser. »Na, auf jeden Fall bekam ich Nasenbluten und mal wieder diese Kopfschmerzen. Seit Dominik nicht mehr da ist, ist alles durcheinander. Dr. Danori nimmt mir zwar Blut ab, doch das muss sich alles erst einspielen. Jedenfalls erreichte ich den Doktor nicht. Ich hatte die Idee, David hinzuzuziehen und damit auch Christian, dem Polizisten, die Wahrheit zu zeigen. So musste er mir glauben. Dass ich die beiden Brüder unabhängig voneinander kennengelernt habe, ist schon ein unerhörter Zufall.«

»Christian?«, fragte Rosalie überrascht.

»Ja«, bestätigte Sarah, »so sagen wohl alle zu ihm. Was schaust du mich so an. Du denkst doch nicht etwa …«

»Was soll ich denken? Hast du etwa ein schlechtes Gewissen?«

Sarahs Wangen färbten sich rosa, während jetzt Rosalie diejenige war, die sich einem Schmunzeln hingab. Sie saß ihrer Freundin gegenüber und beobachtete jede Regung von ihr.

»Wieso sollte ich ein schlechtes Gewissen haben? Ja, Christian ist nett. Es liegt leider auf der Hand, dass ich ihn nur gefährden würde, wenn ich mich weiterhin mit ihm treffen wollte. Wir haben heute nur Glück gehabt, dass Laurentiu nichts mitbekommen hat. Was glaubst du, wird Antonio ihm davon erzählen?«

»Sicher nicht. Der würde sich eher die Arme abhacken lassen, als irgendetwas zu tun, was dir zum Nachteil gereichen könnte.«

Sarah sah überrascht zur Tür.

Rosalie drehte sich nicht einmal herum, als sie meinte: »Antonio, man belauscht andere nicht.«

»Um euch zu hören, könnte ich in den Keller gehen und ich würde jedes Wort verstehen. Da muss ich nicht lauschen«, meinte Antonio und huschte hinüber zur Bar. Er nahm sein Glas, schenkte sich Blutwein ein, trank es leer und schenkte noch einmal nach.

Sie sahen ihm zu und warteten darauf, dass er sich äußerte.

»Was ist denn nun, was hat Laurentiu gesagt?« Rosalie hielt es nicht mehr aus.

»Ich musste ihm versprechen, darauf zu achten, dass sie uns nicht wieder abhanden kommt.« Er grinste frech hinter dem Glas hervor. »Diese Bitte konnte ich ihm ja wohl kaum abschlagen.«

Rosalie kicherte und erntete von Sarah dafür einen ungehaltenen Blick. Sofort verstummte sie.

»Er macht sich Sorgen um mich. Ich finde das nicht lustig.«

»Ach, kleine Prinzessin«, Antonio ließ sich den beiden gegenüber in den Sessel fallen. »Laurentiu hat ausschließlich das Ritual im Sinn. Er macht sich nur Sorgen darum, dass da nichts schiefgeht. Sei nicht so naiv, sieh den Tatsachen ins Auge.«

Rosalie ging dazwischen. »Sei nicht so gemein, Antonio. Sie hofft zu Recht, dass Laurentiu ihr hilft.«

Sarah war aufgestanden. »Ich will kurz rüber zu Milli, hoffentlich ist sie noch in der Küche.«

»Das ist sie«, bestätigte ihr Antonio, »die geht erst schlafen, wenn sie weiß, dass du wieder da bist. Ups«, jetzt lachte er, »das weiß sie ja noch gar nicht!«

Kopfschüttelnd verließ Sarah den Raum.

Während Sarah nach Hause gegangen war, um die Hausangestellten zu informieren, beschloss David, zurück zu Laurentius Haus zu fahren. Einmal musste er die Bahn wechseln. Fünfundzwanzig Minuten später befand er sich an der Straße gegenüber.

Es rührte sich nichts.

Außer seinem eigenen stand kein anderes Fahrzeug da.

Langsam schritt er hinüber, schlich hinein, horchte, vernahm allerdings keinen Laut.

»Hey, jemand da?«, rief er beherzt. Er wollte keinen falschen Eindruck erwecken. Jedenfalls blieb die Antwort aus. Ohne weiter zu überlegen, nahm er den Weg in die Küche.

Das Blut, das er vorhin von Sarah getrunken hatte, war verblüffend gut gewesen. Er hatte noch nicht mal lange darüber nachdenken müssen, hatte einfach von ihr getrunken, als ob er es schon immer so gemacht hätte.

Sein Weg führte ihn direkt an den großen Kühlschrank. Darin standen mehrere Flaschen, gefüllt mit der roten Flüssigkeit, die, wie man ihm erklärt hatte, Blutwein war. Würde er auch so gut munden wie das frische Blut von Sarah? Andächtig nahm er eine Flasche heraus, suchte die Schränke ab, bis er ein Glas fand, und schenkte sich ein. Es roch süßlich, herb, würzig und ein bisschen nach Zimt. Vorsichtig nippte er am Glas. Er war verwundert; ja, es schmeckte außerordentlich gut. Er nahm die Flasche hoch und las das Etikett: *Blut von braunen Bergziegen, verfeinert mit dem Blut aus Hereford-Rindern.*

Schmunzelnd stellte er die Flasche auf die Anrichte. Vor ein paar Tagen hätte er sich nicht erträumen lassen, Blut zu trinken und es auch noch vorzüglich zu finden.

David leerte das Glas und wollte hinüber in das Zimmer, das ihm zugewiesen worden war.

Kaum stand er im Türrahmen der Küche, bekam er einen heftigen Schlag vor die Brust. Er flog im hohen Bogen rückwärts über den Tisch und prallte heftig gegen die Küchenzeile. In dem Augenblick, als er registrierte, was vor sich ging, wurde er vorne gepackt und grob nach oben gezogen. Nach Luft ringend begann er hilflos um sich zu schlagen, wurde erneut weggeschleudert, diesmal in die entgegengesetzte Richtung. Unsanft landete er auf dem Rücken. Jetzt reagierte er schneller und stand nach zwei Sekunden auf den Beinen, geduckt und abwehrbereit.

Irritiert schaute er sich um. In der Küchentür stand, hämisch lachend, Laurentiu.

»Was soll das?«, stammelte David, »was habe ich denn getan?«

»Du hast dich ohne Erlaubnis aus dem Haus gewagt. Und wenn Sarah dich nicht in Schutz nehmen würde, glaube mir, du ständest nicht mehr vor mir.«

»So, tut sie das?« David wusste nicht, ob er sich darüber freuen sollte. Er rieb sich die Brust, die eigentlich wehtun müsste. In seinem Kopf überschlugen sich die Gedanken, als er feststellte, dass er sich eigentlich mehrere Knochen hätte brechen müssen, als Laurentiu ihn so in den Flur geschleudert hatte.

»Ja, mein Lieber, laut Sarah gäbe es sie nicht mehr, wenn du nicht gewesen wärst.«

»Und zum Dank dafür bringst du mich beinahe um!«, klagte David.

Laurentiu deutete mit dem Finger auf ihn und kam langsam näher. David wollte zurückweichen, doch da stand Jacques hinter ihm. »Du tust, was ich dir sage, ausnahmslos. Noch mal lass ich dich nicht davonkommen. Du wirst mir nicht meine Pläne durchkreuzen, nicht du. Und jetzt sagst du mir, was mit Dominik ist!«

David blickte erschrocken. »Ich warte auf einen Anruf von Sarah. Sie will mir den Zeitpunkt mitteilen, wann ich agieren kann.«

»Was tust du dann noch hier? Geh rüber in dein Zimmer, bis ihr Anruf dich erreicht. Sag sofort Bescheid. Und ansonsten rührst du dich nicht von der Stelle.«

Milli war so in ihre Zeitung vertieft, dass sie Sarah nicht bemerkte.

»Hi, Milli!«

»Sarah!« Mit diesem Aufschrei eilte sie auf Sarah zu und riss sie in ihre Arme. Wie schon zuvor von Antonio wurde sie jetzt von Milli gedrückt. Zu herzhaft für ihren Geschmack.

»Mein Gott, Kind, wo warst du nur die ganze Zeit?«, rief Milli. Unvermittelt senkte sie die Stimme. »Ist dir was passiert? Konntest du nicht anrufen? Ist alles in Ordnung mit dir?« Sie bombardierte Sarah mit Fragen und bei jeder Frage wurde sie wieder lauter.

»Nein, Milli«, sagte Sarah, eine Atempause von Milli nutzend, »es ist alles in Ordnung. Ich war nur bei diesem Polizisten.« Etwas ermattet setzte sie sich auf den Stuhl und lächelte die Hauswirtschafterin an. »Wirklich, glaub mir!«

Milli schaute sie an, als wäre Sarah ein Geist. Sarah spürte, wie sehr sie sich gesorgt haben musste; sie hatte sogar Tränen in den Augen, die sie sich mit der Küchenschürze wegwischte.

»Wo sind die anderen, Milli?«

»Rosalie sitzt mit Antonio im Kaminzimmer.«

»Das weiß ich, mit den beiden habe ich schon geredet.«

»Sabrina ist oben und Jakob und Bastian wahrscheinlich auch.« Erst jetzt setzte sich die tüchtige Hausdame wieder. Man konnte ihr die Erleichterung ansehen. »Willst du etwas essen?«

»Ach Milli, lass gut sein, ich mag jetzt nichts.« Sie dachte nur an ihr Bett, vielleicht noch ein Bad vor dem Schlafen. »Morgen möchte ich alle hier zum Frühstück haben. Spätestens um zehn Uhr. Ich muss mit euch ernsthaft reden.

Es ist so weit. Wir werden hier alle verschwinden. Es ist mir unmöglich, weiterhin das Versteck von Dominik und John geheim zu halten.«

Milli schlug die Hände vors Gesicht und stöhnte klagend: »Bist du dir sicher, dass du das Richtige tust?«

»Das wird sich zeigen«, gab Sarah zur Antwort. »Ich werde auch nicht hier sitzen bleiben und warten, bis die mich dem Russen zum Fraß vorwerfen.«

»Aber nein, so habe ich das nicht gemeint«, Milli hob beschwichtigend die Hände. »Aber ist es wirklich nötig, dass die beiden wieder freikommen?«

»Ich kann nicht anders«, sagte Sarah mit gedämpfter Stimme. »Milli, ich glaube, ich habe da einen Fehler gemacht …«

»Ich weiß«, flüsterte Milli, »du liebst ihn. Trotz allem. Und deshalb bist du auch nie hier weggegangen, stimmt's?«

Sarah schluckte. »Ich dachte, dass ich nicht weg könnte. Aber ich hätte jederzeit gehen können, das weiß ich heute. Wobei mich die Vampire ja ohnehin gefunden hätten, davon abgesehen. Ich wollte einfach in seiner Nähe bleiben. Und zu diesem Zeitpunkt hatte ich keine Ahnung, dass ich eine Familie habe.«

Milli nickte. Schließlich straffte sie sich.

»Also gut. Ich werde es den anderen sagen, morgen früh, Frühstück hier um zehn.«

»Ach Milli, weißt du was«, meinte Sarah beim Hinausgehen, »Frühstücken wir im Speisesaal. Schlagen wir über die Stränge.« Sie versuchte ein Lächeln.

Milli erwiderte es halbherzig.

Zwei Tage

Am nächsten Morgen erwachte Sarah in aller Frühe. Da lag sie, den Jogginganzug vom Vorabend immer noch an. Die Vorhänge waren nicht zugezogen, trübes Licht drang ins Zimmer. Es waren über die Nacht neue Wolken aufgezogen. Weit entfernt hörte sie eine Kirchenglocke schlagen. Sarah zählte mit. Acht Mal schlug es. Dicke Nebelschwaden zogen vorbei.

Intensiv dachte sie darüber nach, wie sie die Hausangestellten bewegen konnte, das Anwesen zu verlassen, sofern ihnen ihr Leben lieb war. Sie hatte keine Ahnung, ob ihnen wirklich Gefahr drohte, aber auf keinen Fall wollte sie es darauf ankommen lassen. Langsam drehte sie sich auf den Rücken und schaute zur Decke. Am Abend, nahm sie sich vor, würde sie das Nötigste zusammenpacken. Und dann …

Aus unerklärlichen Gründen fiel Sarah eine Szene ein, damals, mit Dominik. Er war in ihr Zimmer gestürmt und über sie hergefallen. Hatte so viel von ihr getrunken wie noch nie zuvor. Sie wäre beinahe daran gestorben.

Allmählich setzten sich die vielen Informationen der letzten Tage zu einem Bild zusammen. Sicher konnte sie es nicht wissen, aber sie zog den Gedanken in Betracht, dass Dominik unter Umständen bereit war, sie zu töten, anstatt sie den Russen auszuliefern. Je mehr sie darüber nachdachte, desto mehr glaubte Sarah an diese Möglichkeit. Und je mehr sie diese Möglichkeit in Betracht zog, umso klarer wurde ihr, in welcher Gefahr sie hier ständig geschwebt hatte.

Es schüttelte sie.

Sie zog sich die Decke bis unter das Kinn.

Jetzt war sie wach.

Zaghaft klopfte es an der Tür.

»Ja«, rief sie.

Die Tür sprang auf und Rosalie kam herein.

»Guten Morgen, Sarah! Ich bin gestern Abend noch zu dir reingekommen, um nach dir zu sehen, aber da hast du schon tief und fest geschlafen wie ein Baby.« Sie setzte sich zu Sarah aufs Bett. »Milli hat gesagt, du willst alle zum Frühstück sehen?«

Sarah richtete sich auf. »Ja, die Sache läuft. David weiß Bescheid. Bis morgen gibt er uns Zeit. Am liebsten wäre mir, wenn die anderen bis heute Abend weg sind. Und auch du, Rosalie, bitte, geh kein Risiko ein. Du musst ebenfalls weg. Ich könnte es mir nicht verzeihen, wenn dir etwas zustieße, nur weil ich so einen Mist gemacht habe.«

»Das war kein Mist, Sarah«, widersprach Rosalie, »du hattest schlicht und ergreifend keine Ahnung, um was es hier tatsächlich ging. Hör auf, dir Vorwürfe deswegen zu machen. Außerdem versuchst du ja gerade, es wieder gut zu machen.«

»Danke, dass du das sagst, Rosalie.« Sarah drückte ihre Hand.

»Ich habe noch einmal über den gestrigen Tag nachgedacht. Weißt du, zuerst war ich mit diesem Polizisten frühstücken, und dann ...«

Sie erzählte ihrer Freundin alles noch einmal, diesmal in allen Einzelheiten. Als sie ihre Ausführungen beendet hatte, konnte sich Rosalie ein Grinsen nicht mehr verkneifen.

»So, so«, kam es mit einem feixenden Unterton, »du hast also David dazu herangezogen, von dir zu trinken. Ein gewagtes Unterfangen, würde ich sagen, aber irgendwie auch clever.«

»Inwiefern?«, fragte Sarah ein wenig ungehalten.

»Also, nehmen wir mal an, David mag dich. Unter der Voraussetzung ist jetzt eines klar: Er hat von dir getrunken und wird jetzt alles dransetzen, dir zu helfen. Da verwette ich meinen Hintern.«

»Wie kommst du denn zu *dieser* Theorie?«

»Bereits Dominik ist es so ergangen. Er war von dir angetan, trank von dir und fortan konnte er gar nicht mehr von dir lassen. Für Antonio gilt dasselbe, er war schon immer von dir angezogen, trank von dir, und von diesem Zeitpunkt an ist er dir ein Adlatus.«

»Du denkst also, dass ich so gut schmecke, dass alle, die von mir trinken, mir verfallen?«

Sie sahen sich an und brachen in Gelächter aus. Nur langsam beruhigten sie sich.

»Weißt du, Rosalie, dass wir bisher gar keine Zeit hatten, uns darüber zu unterhalten, wie das damals mit John war?«

»Das stimmt. Willst du es denn wirklich wissen? Nicht dass es dich in deinen weiteren Entscheidungen beeinflusst.«

»Nun, je mehr ich weiß, umso sicherer kann ich meine Entscheidungen fällen. Du siehst doch selbst, wozu mich diese Unwissenheit getrieben hat. Und schlimmer, als die Situation ist, kann sie dadurch auch nicht werden.«

»Also gut: John hat mich damals in ein altes Haus am Stadtrand gebracht. Ursprünglich war es mal eine gutgehende Gärtnerei. Erinnerst du dich noch an das riesengroße Grundstück, an dem wir immer mit den Fahrrädern vorbeigefahren sind, wenn wir zum See wollten? Schon zum damaligen Zeitpunkt war dieses Gehöft im Besitz des Clans. Das Wohnhaus genügte gerade noch den üblichen Standards. Dass John dieses Grundstück mit den alten Gebäuden für seine Zwecke benutzte, war allen zu dieser Zeit entgangen. Dorthin hat er mich in der besagten Nacht gebracht. In der Nacht des Balls, in der du von den Vampiren erfuhrst und ich dich dummerweise belauschte. John jagte mich durch den Garten und letzten Endes machte er mich zu einer Vosanta. Heute weiß ich, dass er das nur aus Berechnung getan hat. Dass die Gefühle, die er mir vorgespielt hat, nicht echt waren.

Nach meiner Umwandlung saß ich die meiste Zeit in meinem Zimmer am Fenster, weil es mir schwerfiel zu glauben, was mir da zugestoßen war. Er ließ mich rund um die Uhr von zwei Vosanti bewachen. John gestattete mir nicht, das spärlich eingerichtete Häuschen zu verlassen.

Wir führten viele Gespräche und John beteuerte mir unzählige Male, dass es keine andere Möglichkeit gegeben hatte. Sonst wäre mein Tod unabwendbar gewesen. Wie hätte ich ihm also nicht glauben sollen? Ich bekam mit, dass er viel zu organisieren hatte und dass wohl ein Umzug bevorstand. Ich konnte nicht übersehen, wie überaus wichtig es für John war, dass ich ihn begleitete. Aus diesem Grund gab es für ihn nur eine Option – er tischte mir eine unglaubliche Lüge auf, damit ich ihm nach England folgte.

Er erklärte mir, dass du getötet worden seist. Und ich glaubte ihm auch das.

Dominik war von all dem weit entfernt und völlig unwissend. Er unterlag wie du der irrigen Annahme, dass John mich getötet hatte, das weiß ich heute.

In England angekommen gestaltete sich das Leben für mich sehr angenehm. Ich durfte mich auf dem Gestüt verwirklichen und zudem hatte ich John ja für mich. Ich merkte nicht, wie geschickt er mich immer wieder nach dir ausfragte. Unauffällig begann er seine Fäden zu spinnen, und seine Gedanken kreisten mehr und mehr um die Begebenheiten, die Dominik ihm erzählt hatte und die er mir in endlosen Gesprächen wiedergab. Er erschuf weitere Vosanti, obgleich dies unter den Vampiren nur zur Anwendung kam, wenn es einen sehr guten Grund dafür gab oder es eine Notlage zu lösen galt. Es ohne jegliche Rechtfertigung zu tun, würde Fragen aufwerfen, sodass er damit hinter dem Berg hielt. Ich unterstützte ihn, indem ich mich aufopferungsvoll um die jüngst verwandelten Vampire kümmerte. Ich glaubte schließlich an seine Liebe und seine Gefühle zu mir.

Viel Zeit verging, in der ich mich in meine neue Rolle als Vosanta einfand und meinen vermeintlichen Platz an Johns Seite ausfüllte. Ich lernte, ihn nicht zu fragen, wenn er wie üblich für ein paar Tage zu Dominik reiste. Dass er mir mit der Begründung, dass auf den Festlichkeiten keine Vosanti gewünscht seien, einen Bären aufband, konnte ich nicht ahnen. Ich vertraute ihm. So verbrachte ich völlig unbekümmert viele Festtage ohne John in England auf dem Gut.

Das eine Silvester allerdings veränderte alles. Ich spürte schon bei seiner verfrühten Rückkehr, dass irgendetwas anders war.

Du musst dir das so vorstellen. Ich freute mich, dass er da war, und umgarnte ihn, doch er schien jegliche Annäherung von mir zu ignorieren. Mir blieb nur, ihm zuzuschauen, wie er sich ein Glas Blutwein eingoss.«

Ein kurzer Schauder ließ Rosalie erzittern. Sarah ergriff ihre Hand.

»Ich bohrte nach und wollte wissen, was ihn beschäftigte«, erzählte Rosalie weiter. »Ob es einen unerwünschten Vorfall gegeben habe, fragte ich arglos nach. Er wirkte in sich gekehrt, drehte das Glas in den Händen, dann leerte er es blitzschnell und sah es mit einem merkwürdigen Blick an … Und dann, stell dir vor, schleuderte er plötzlich den schweren Trinkpokal gegen die Wand und brüllte: ›Verdammt!‹ Die Scherben flogen nach allen Seiten. Ich sprang entsetzt auf … Zu meiner Überraschung stand er einen Moment darauf bei mir, hielt mich an den Schultern und klagte mir sein Leid: dass er eine Dummheit begangen und sich habe hinreißen lassen. Dass er seinem Cousin eins habe auswischen wollen …

Freilich erschrak ich, fürchtete mich jedoch nicht. Von Neuem redete ich auf ihn ein, bestand darauf zu erfahren, was er getan hatte. Ich erinnere mich noch sehr genau an den Klang seiner Stimme, als er mir antwortete, dass es um dich ginge.

Wie fassungslos ich war, kannst du dir ja denken. Enttäuschung und Wut wallten in mir hoch, und entsprechend scharf reagierte ich.

Und dann trieb er meine Fassungslosigkeit auf die Spitze, als er mir schilderte, dass er von dir getrunken habe.

Ich war sprachlos. Stand mitten im Raum, wandte mich ab und hatte ein Gefühl, als drehte sich die Welt um mich herum … Diese Begründungen, die er mir bot. Erklärungen, schlechte Entschuldigungen, Ausreden. Ich werde seine Worte nie vergessen.«

Rosalie schaute Sarah bekümmert an.

Selbst Sarahs Pulsschlag hatte sich erhöht, als sie diese Worte vernahm. Erinnerungen wurden wach, Erinnerungen an Ereignisse, die sie eigentlich längst vergessen geglaubt hatte. Immer wieder nickte sie, während Rosalie erzählte, und hielt die Freundin dabei fest an den Händen.

»Er habe von dir getrunken. Du seist in den Keller der Villa gekommen. Er wisse nicht, was ihn dazu angetrieben habe, der Hunger nach dir sei so mächtig gewesen. Es sei ihm vorgekommen wie ein Spiel, wie eine Jagd. Du hättest so gut gerochen … und dass er dich einfach besitzen wollte … nur noch das eine – das Blut!

Ich traute meinen Ohren nicht. Sprach er wahrhaftig von dir? Zorn, Wut, Traurigkeit, alles übermannte mich gleichzeitig. Belogen hatte er mich über all die Jahre hinweg. Er erzählte mir, dass er dich immer wieder getroffen hätte. Dass er glaubte, ein Recht auf dich zu haben, auf diese *Macht*, wie er es ausdrückte. Er muss gespürt haben, dass ich mich von diesem Moment an von ihm entfernt habe. Da war kein Zeichen der Reue, er befürchtete nur, dass ihm dieser Umstand seine Pläne durchkreuzte.

Dann kamen seine Beteuerungen.

Er würde mich an seiner Seite brauchen, mehr denn je. Ich solle dir einen

Brief schreiben, weil er davon überzeugt sei, dass du keinen Groll mehr gegen ihn hegen würdest, wenn er dir etwas Wichtiges zurückgab. Damit meinte er mich. Er nahm an, dass du dich dann sicher von Dominik abwenden und deine Gunst ihm zuwenden würdest.

Alles, was für mich in der Vergangenheit gezählt hatte, zerrann mir wie Sand zwischen den Fingern, als sich mir die unbarmherzige Wahrheit öffnete. Na, was dann folgte, weißt du ja. Aber ich bin froh, dass es so gekommen ist. Ich bin froh, dass du noch lebst.«

Still saßen sie beide da, die Augen auf ihre Hände gerichtet, die sich mittlerweile fest umklammert hielten.

»Es tut mir alles so leid. Für das, was John dir angetan hat, gibt es keinerlei Entschuldigung.«

»Ach Sarah, seien wir doch mal ehrlich. Ich war diejenige, die dich überredet hat, überhaupt auf diesen Ball zu gehen. Und dann meine Neugierde. Ich habe mich doch selber in diese Situation gebracht. Und weißt du was? Ich bedaure nicht, was ich geworden bin. Ich bedaure allein die Tatsache, mich in John so getäuscht zu haben. Ich war wirklich in ihn verliebt, verstehst du? Hätte ich dich nur nicht dazu überredet.«

»Nein, Rosalie, du kannst am allerwenigsten dafür. Ich bin eine Sangvuella, und Dominik suchte schon lange Zeit nach mir und hätte mich früher oder später ohnehin gefunden. Es war nicht deine Schuld.«

»Danke, Sarah ...«

Stille umgab die beiden. Erfüllt von der Erkenntnis, dass sie sich mehr als alles andere in der Welt brauchten, umarmten sie sich innig.

Christian

So eine unruhige Nacht hatte ich schon lange nicht mehr gehabt. Zu sehr beschäftigten mich die Erlebnisse des vergangenen Tages. Erst das Treffen mit dieser attraktiven, wieder aufgetauchten Sarah. Obendrein die CD mit dieser ominösen Geschichte, und das gipfelte darin, dass ich mit eigenen Augen mitansehen musste, wie mein eigener Bruder von dieser Sarah Blut trank. Mein Bruder David, der inzwischen angeblich ein Vampir sein soll.

Die Welt stand Kopf.

Als die beiden mein Appartement verlassen hatten, blieb ich Gott weiß wie lange an ein und derselben Stelle stehen. Obwohl ich hörte, wie die Tür ins Schloss fiel, war es mir nicht möglich, auch nur eine Faser meines Körpers in

Bewegung zu setzen. Ich war noch nicht mal imstande zu erklären, worauf ich meine Augen gerichtet hatte. Ich fühlte mich, als wäre ich von einer gelartigen Masse umgeben. War da nicht ein Geräusch oder bildete ich es mir nur ein? Alles, was ich wusste, war, dass ich Sarah nicht hätte gehen lassen sollen.

Plötzlich flog mit einem lauten Knall ein Vogel an eines der Fenster. Das riss mich aus dieser phlegmatischen Lethargie, und sofort arbeiteten meine Gedanken wie gewohnt, analytisch und von Neugierde getrieben. Meine erste Handlung galt der CD, die ich zunächst zu Ende anhören wollte. Da ich zuvor auf *Pause* gedrückt hatte, musste ich nur einschalten. Sarahs zarte Stimme erklang und erzählte die unglaubliche Geschichte weiter. Während ich zuhörte, machte ich mir noch mal eine Tasse Kaffee, aus der im Laufe der Nacht einige mehr wurden. Nach dem zuvor Erlebten bekamen ihre Worte plötzlich eine tiefere Bedeutung, mir wurde die Tragweite dessen, was ich da hörte, viel bewusster. Was hatte die arme junge Frau durchmachen müssen! In was war sie da hineingeboren worden! Und noch mehr beschäftigte mich die Frage: Gab es eine Möglichkeit, ihr aus diesem Dilemma zu helfen?

Bis in die frühen Morgenstunden hörte ich zu. Gebannt, gespannt und entsetzt über das, was ich zu hören bekam. Dieser Rascudo hatte sogar versucht sie umzubringen!

Und dieser John, dieser Cousin vom Rascudo. Dieser Typ war unberechenbar. Jeder Verbrecher, mit dem ich bisher zu tun gehabt hatte, war durchschaubarer gewesen. Als ich endlich am Schluss hörte, dass Sarah sich ihrer vermeintlichen Peiniger entledigt und sie in die Verbannung geschickt hatte, konnte ich meine Fassungslosigkeit darüber nicht zurückhalten.

Mein Bruder David hatte den Auftrag, diese beiden aus ihrem Verlies zu befreien? Das konnte ich unmöglich zulassen!

Die CD war zu Ende.

Mein Blick zur Uhr zeigte halb fünf in der Frühe.

Ruhelos begab ich mich ins Badezimmer und nahm eine ausgiebige Dusche. Der Blick in den Spiegel zeigte trotz des vielen Kaffees die durchwachte Nacht.

Ich musste unbedingt mit David reden.

Unten waren Milli und Sabrina eifrig damit beschäftigt, den großen Tisch im Speisesaal zu decken.

Sarahs Schritt wurde langsamer, je weiter sie nach unten kam. Die letzten Meter zum Speisesaal kamen ihr unendlich lang vor. Sie fühlte sich auf einmal kalt und klamm, obwohl in den Kaminen schöne Feuer brannten. Jakob und

Bastian hatten die massigen geflochtenen Körbe neben den Kaminen mit Holz-scheiten gefüllt.

Langsam gingen die beiden Frauen durch den Saal. Sarah wusste, dass sie nicht mehr zurück konnte. Ihre Entscheidung war gefallen. Was Antonio und Rosalie betraf, konnte sie ihnen nur nahelegen, es den Hausangestellten gleich-zutun und die Villa zu verlassen. Dennoch, verlangen wollte sie es von ihnen nicht. Auch wenn es ihr am liebsten wäre.

Milli staubte an ihnen vorbei und stellte ein großes Tablett auf den Tisch, mit allem, was das Herz begehrte. Die Gedecke fügten sich schön in den mit üppig gefüllten Vasen geschmückten Raum. Sabrina brachte zwei Körbe mit Brötchen, sie zog den Duft eines frisch gebackenen Kuchens hinter sich her. Beide ver-schwanden nochmals.

»Kann ich euch noch etwas helfen?«, rief Rosalie.

»Nicht nötig, fast fertig!«, kam es als Antwort.

Sarah lehnte sich gegen den Kamin, gerade so weit, wie sie die Wärme ertra-gen konnte. Traurig schaute sie ins Leere.

Rosalie setzte sich. »Es tut dir weh, habe ich recht?«

»Sehr … diese Menschen leben hier schon lange. Und jetzt müssen sie mei-netwegen hier weg!«

»So darfst du das nicht sehen. Die Umstände erfordern es einfach.«

»Es ist lieb, dass du das so sagst«, Sarah schaute sie dankbar an, »es ändert aber nichts an den Tatsachen. Hätte ich Dominik und John nicht in die Ver-bannung geschickt, müsste ich mir um ihre Sicherheit nicht so viele Gedanken machen. Wenn mir Dominik nur mehr erzählt hätte, wenn ich doch nur mehr gewusst hätte. Sicherlich wäre uns eine andere Lösung eingefallen.«

»Du hast nach deinem besten Wissen und Gewissen gehandelt. Gegenwärtig haben sich einige Fakten geändert, und jetzt passt du eben die Umstände an. Versuche es so zu sehen.«

Sarah zuckte mit den Schultern und blickte bekümmert ins Feuer.

Jakob und Bastian kamen diskutierend in den Raum. Sie unterhielten sich heftig über die Fahrzeuge, die in der Garage standen, und verstummten, als sie die Frauen erblickten. Schon folgten Milli und Sabrina, bepackt mit Kuchen und Kaffee. Millis Blick huschte prüfend über den Tisch, sie schien zufrieden und nahm neben Rosalie Platz. Da Sabrina offensichtlich annahm, dass sich Sa-rah zu Rosalie setzen wollte, belegte sie die gegenüberliegende Seite, was Bastian zum Anlass nahm, sich gleich zu ihr zu setzen. Jakob folgte den beiden.

Keiner besetzte die Stirnseite. Sarah bewegte sich langsam zum Tisch und nahm tatsächlich bei Rosalie Platz.

»Wo ist Antonio?«, fragte diese in die Runde. »Er weiß doch auch Bescheid.« Jakob schaute sie verlegen an. »Ich habe ihn vorhin im Garten gesehen.«

Kaum hatte er ausgesprochen, betrat der eben Genannte den Raum.

»Ah, da sind sie ja schon alle. Unser Dornröschen ruft und alle kommen.« Er erntete einen verärgerten Blick von Rosalie.

Ausladend nahm er Platz an der Stirnseite, pflückte sich eine Traube von der Dolde ab, die vor ihm in einem Obstteller drapiert war, und hielt sie mit Daumen und Zeigefinger vor sich.

Sarah war verwundert, schließlich hatte sie Antonio noch nie etwas anderes als Fleisch essen sehen. Sie hielt gespannt die Luft an. Schwups, verschwand die Traube in Antonios Mund.

»Mmh, fein!«, lobte er und nahm sich mit dem gleichen Prozedere eine zweite.

»Wolltest du uns nicht etwas mitteilen?«, durchbrach er die Stille.

Sarah atmete tief durch und gab sich einen Ruck.

»Ich danke euch, dass ihr alle gekommen seid. Es ist mir wichtig, dass ich erklären kann, was geschehen ist.«

So erzählte sie mit erstickter Stimme, was sich in den letzten Tagen zugetragen hatte. Alle hörten gespannt zu, keiner wagte auch nur, sich zu bewegen, außer Antonio, der eine Traube nach der anderen abzupfte. Als Sarah an die Stelle kam, an der es galt, allen zu sagen, dass sie das Haus verlassen mussten, rollten ihr Tränen aus den Augen.

Stockend redete sie weiter.

»Ihr habt die Adressen von Dr. Danoris Freunden. Ich habe ihm eine beträchtliche Summe Geld überlassen, die euch sicherlich reichen wird. Und sollte das nicht der Fall sein, wird er es mir sagen. Es soll euch an nichts fehlen. Wegen dem Geld wird er sich mit euch in Verbindung setzen. Er wird sich darum kümmern.«

Milli fing an zu schniefen und wischte sich mit der Küchenschürze über das Gesicht.

»Dr. Danori hat auch veranlasst, dass ihr bei Bedarf übergangsweise in einem Hotel in der Stadt unterkommt. Bis ihr die Flugtickets habt und in Sicherheit seid.«

Rosalie hielt ihr ein Taschentuch hin. Sarah schnäuzte sich erst mal, sich vornehm zur Seite wendend.

»Du redest immer von den Vieren. Was ist denn mit uns?« Antonio schaute Sarah ein klein wenig vorwurfsvoll an. »Lieferst du uns etwa aus?« Er blinzelte, und Sarah bemerkte, dass er es nicht ernst meinte.

»Natürlich denke ich auch an dich und Rosalie. Doch ihr seid Vampire. Euch kann nur bedingt etwas geschehen. Und ich werde euch nicht befehlen, das Haus zu verlassen. Ich kann dir und Rosalie nur raten, es den anderen und mir gleich zu tun. Denn auch ich werde spätestens Morgen fortgehen.«

Milli klinkte sich überrascht ein: »Kind, wohin willst du gehen? Etwa zu –?«

»Pschscht, sorry, Milli! Seid mir nicht böse«, Sarah schaute in die Runde, »ich möchte es keinem von euch sagen. Zu eurer eigenen Sicherheit.«

»Es liegt doch auf der Hand, was sie tun will.« Antonio meldete sich zu Wort und prompt erntete er von Rosalie zum wiederholten Mal einen bösen Blick.

Millis Gesicht färbte sich rot.

»Antonio, sei still!«, raunte Rosalie ihm zu.

»Was denn, soll ich etwa mit ansehen, wie Sarah in ihr Verderben rennt? Sie macht einen Fehler, wenn sie zu Laurentiu geht. Aber mir glaubt sie ja nicht.«

»Still, Antonio, mach es doch nicht schlimmer, als es eh schon ist!«, zischte Rosalie erneut.

Er sprang auf.

»Warum soll ich darüber Stillschweigen bewahren? Ich brauch nicht zu verheimlichen, dass sie mir etwas bedeutet.«

Antonio war um den Tisch herumgelaufen und stand jetzt hinter Sabrina, Jakob und Bastian, mit direktem Blick auf Sarah.

»Ich zermartere mir das Gehirn auf der Suche nach einer Lösung!«, rief er und griff sich mit beiden Händen verzweifelt an den Kopf. »Alles«, er durchbohrte Sarah fast mit seinem Blick, »alles kann sie tun, doch nicht zu Laurentiu gehen, der sie nur ausliefern wird.«

»Lass es gut sein jetzt!« Rosalie war aufgesprungen und wurde energisch. »Wir machen uns alle deswegen Sorgen. Sarah weiß, was sie tut. Sollten wir ihr nicht vertrauen und ihr lieber als Freunde beistehen, als sie anzuschreien und anzuklagen?«

Sarah legte beruhigend eine Hand an Rosalies Arm, und die Freundin setzte sich wieder.

Seufzend fuhr Sarah fort: »Ich wollte zunächst nicht, dass ihr davon erfahrt, dass ich vorhabe, zu Laurentiu zu gehen. Nichtsdestoweniger ja, Antonio hat recht: Ich habe vor, bei meinem Bruder um Hilfe anzuhalten. Ich werde an den

Teil in ihm appellieren, der dasselbe Blut ist. Meine Hoffnung ist diesbezüglich grenzenlos.«

»Das glaubst du doch selber nicht!«, fiel ihr Antonio ins Wort.

»Es ehrt mich, dass du dich so sehr um mich sorgst. Trotz allem würdest du mir die größere Freude bereiten, wenn ich dich und Rosalie ebenfalls in Sicherheit wüsste.«

»Du machst dir Sorgen um uns? Wir, die wir dir kräftemäßig weitaus überlegen sind? Wir kommen klar!«

»Und wenn sie herausfinden, dass ihr mir geholfen habt? Wenn Dominik freikommt, seid ihr nicht mehr sicher, und du weißt das. Ich bin zuversichtlich, dass mir nichts passieren wird, und mit Laurentius Hilfe wird mir etwas einfallen, was mich vielleicht sogar vor dem Ritual bewahrt. Vielleicht kann ich zur Bedingung machen, dass euch nichts geschieht.«

Mit einer abfälligen Handbewegung wischte Antonio Sarahs Worte weg, drehte sich um und verließ den Raum.

Betretene Stille senkte sich über die Runde.

Das eigentliche Frühstück verlief alles andere als in entspannter Atmosphäre; allen, bis auf die beiden Männer, schien es den Appetit verschlagen zu haben. Sarah machte deutlich, dass Milli, Sabrina, Jakob und Bastian noch heute das Haus verlassen mussten, und ließ keinen Zweifel daran, dass diejenigen, die diesem Rat nicht folgten, nichts Gutes zu erwarten hätten.

Nach nur zwei Tassen Kaffee stand Sarah auf. Rosalie schaute ihr hinterher.

»Sarah, was hast du vor?«

Ohne eine Antwort ging Sarah hinüber ins Kaminzimmer. Erschöpft setzte sie sich in ihren Lieblingssessel. Sie hörte Milli kurze, knappe Befehle geben, sodass der Tisch sicherlich schnell von den Frühstücksutensilien befreit war. Milli hatte gemeint, sie würden noch schnell klar Schiff in der Küche machen und dann packen gehen.

Sarahs Blick wanderte zu der Uhr auf dem Kaminsims. Den Kopf ins weiche Polster des Sessels zurückgelehnt, schloss sie langsam die Augen und dachte darüber nach, was wohl noch alles auf sie zukommen würde. Laurentiu musste ihr helfen, er würde sie bestimmt auch vor Dominik beschützen, wenn es nötig werden sollte.

Aber der Gedanke schmerzte. Wehmut erfasste sie. Fast schon verspürte sie Sehnsucht nach Dominik, nach seiner Umarmung, nach seinen Küssen.

Und dann, seltsamerweise, kam ihr Christian in den Sinn. Er war sehr verwirrt gewesen. Im Geiste sah Sarah die Szene vom Vortag vor sich, seinen fassungslosen Gesichtsausdruck. Er tat ihr irgendwie leid. Was musste in ihm vorgehen, vor allem, was würde er tun? Sie beschloss, später noch mal mit ihm zu reden. Gleich nachdem die anderen das Haus verlassen hatten, wollte sie zu ihm fahren. Er durfte auf keinen Fall hierherkommen. Er musste ganz großen Abstand halten zu diesen Vampiren. Schon gerade deshalb, weil David hoffentlich seinem Auftrag gerecht werden und Dominik und John aus ihrer Verbannung zurückholen würde.

Lange saß Sarah da und hing ihren Gedanken nach. Sie war Rosalie dankbar, dass sie nicht hinterherkam. Sie wollte jetzt einfach nur allein sein.

Etwa eine Stunde später kamen Sabrina und Milli. Milli räusperte sich, Sarah öffnete langsam die Augen und schaute beide traurig an.

»Wir wären dann so weit. Wir würden uns auf den Weg machen.« Beim letzten Wort versagte ihr die Stimme. Wieder traten Tränen aus ihren Augen. Sarah stand auf und kam ihnen entgegen. Zuerst nahm sie Milli in den Arm.

Mit dem Druck der Umarmung steigerte sich auch Millis Schluchzen. Wer wusste schon, ob sie sich jemals wiedersehen würden. Sarah, die spürte, wie auch ihr die Augen feucht wurden, drängte die Tränen zurück. Sie wollte stark sein.

Sabrina konnte nicht mehr an sich halten, hemmungslos schluchzte sogar sie jetzt. Keiner der drei wollte ein Wort sagen, allen steckte ein Kloß im Hals. Milli ließ Sarah endlich los und so konnte sie Sabrina in den Arm nehmen und auch sie erwiderte die Umarmung herzhaft. Nur langsam lösten sie sich und gingen gemeinsam durch den Saal, hinaus in die Vorhalle, wo längst ihr Gepäck bereitstand. Bastian und Jakob kamen von draußen herein, nachdem sie die Autos vorgefahren hatten. Stück für Stück nahmen sie Millis und Sabrinas Gepäck und brachten es hinaus. Ihr eigenes war bereits verstaut. Sabrina weinte die ganze Zeit.

»Sarah, ich weiß, wie sehr du leidest. Bitte, mach keine unüberlegten Sachen und bitte, geh kein unnötiges Risiko ein. Hörst du?« Mit diesen Worten legte Milli ihre Hand auf Sarahs Schulter.

»Ich versuche es«, bekam sie zur Antwort. »Weißt du, ich habe nichts zu verlieren, ihr schon.«

Schließlich drückten sie sich noch mal. Sabrina hielt es nicht mehr aus, sie eilte nach draußen und setzte sich ins Auto. Sarah wurde den Verdacht nicht los, dass sich Bastian und Sabrina zusammentun würden. Er trottete etwas hilflos zu Sarah hinauf, gab ihr stumm die Hand und nickte nur. Dann eilte er zum Auto zurück, ließ den Motor an und fuhr langsam über den Kiesweg auf das Tor zu. Er gab noch ein wenig Gas und bog nach rechts auf die Straße ab.

Weg waren sie.

Milli, die mit Jakob unten an der Treppe neben dem zweiten Wagen stand, schaute zum Treppenabsatz hoch, wo Sarah mit hängenden Schultern in der Tür stand und um Fassung rang.

»Pass auf dich auf«, flüsterte sie ihr zu. Schweren Herzens stieg sie ein. Jakob stand auf der Fahrerseite und sein Blick verriet, dass er nur ungern fortging. Sarah erwiderte seinen Abschiedsgruß und versuchte sogar zu lächeln.

Endlich stieg auch er ein und kurz darauf verließen sie die Auffahrt.

Sarah bemerkte den SUV auf der anderen Straßenseite jenseits des Tores.

Jetzt würden sie es wissen, dass sie alle fortgeschickt hatte.

Nun war es still.

Zu still um sie herum.

Das war nicht gut. Ihr Magen krampfte sich zusammen, und ehe Sarah sich versah, saß sie auf der kalten Treppe, lehnte sich an die offene Tür und weinte so bitterlich, dass es sie nahezu schüttelte.

»Sarah«, hörte sie auf einmal Rosalies Stimme wie aus weiter Ferne, »aber Sarah …«

Geschwind war Rosalie bei ihr und half ihr hoch. Auf sie gestützt ließ sich Sarah in die Vorhalle zurückführen. Rosalie lenkte sie zu einer schmucken Sitztruhe, die an der Seite stand. Sie hielt sie fest im Arm und ließ sie erst wieder los, als Sarahs Schultern aufgehört hatten zu beben.

»Geht's wieder? Soll ich dir ein Glas Wasser holen?«

»Lass uns am besten in die Küche gehen. Mein Magen tut weh und ich glaube, dass es besser wird, wenn ich etwas esse.«

»Na, das ist doch mal ein Wort!«, meinte Rosalie beherzt.

Schnell hatte sich Sarah eine Kleinigkeit gerichtet und in der Zwischenzeit sorgte ihre Freundin für Getränke. Nachdenklich kauend stand Sarah an der Küchentheke, in der anderen Hand ein Glas Saft. Rosalie hatte sich auf einen der Stühle gesetzt, die verwaist um den großen Tisch herumstanden.

»Worüber denkst du gerade nach?«, fragte sie mit Sorgenfalten auf der Stirn.

»Dass ich mit Christian reden sollte. Mit ziemlicher Sicherheit hat er sich die CD zu Ende angehört und ich möchte nicht, dass er übereilte Entschlüsse fasst.«

»Wie meinst du das?«

»Zum Beispiel dass er hier erscheint und das Haus durchsucht. Sie würden die Särge finden und dann …«

Sarah schüttelte den Kopf. Sie stellte das leere Glas ab und nestelte die Halskette unter ihrer Bluse hervor. Neben dem Ring hing ein kleiner Schlüssel. Sie nahm ihn zwischen die Finger und hielt ihn in die Höhe.

»Den muss ich David geben. Schätze, er hätte es leichter, wenn er Dominik und John rausholt. Ich sollte ihm sagen, dass er einen großen Hammer mitbringen muss.«

»Es ist dir also ernst damit?«

»Ja … es fühlt sich so falsch an, seit mir Laurentiu alles erzählt hat. Ich bin nun mal unbestreitbar ein Teil davon. Eine Sangvuella, und das kann ich nicht leugnen. Und hätte ich all das, was damit zusammenhängt schon früher gewusst …«

»Du meinst, dann hättest du mehr Verständnis gehabt für die Vampire? Sarah, kann es sein, dass es auch damit zu tun hat, dass ich jetzt eine Vosanta bin? Es würde dir also nichts ausmachen, wenn ich Menschen töten würde, um an Blut zu kommen?«

»Rosalie, sag nicht so etwas. Natürlich will ich nicht, dass Menschen sterben. Vielleicht habe ich die Möglichkeit, Bedingungen zu stellen. Mit dem, was mir Laurentiu erzählt hat, bin ich für die sehr wichtig. Es besteht die Möglichkeit, dass es unter gewissen Umständen funktioniert.«

»Darauf werden sich die Vampire nie einlassen«, tönte es von hinten.

Rosalies und Sarahs Köpfe flogen herum. Sarah reagierte zuerst.

»Wieso sollten sie nicht, Antonio? Wenn sie sich nicht darauf einlassen, werde ich einfach verschwinden.«

Er stellte sich so nah vor Sarah, dass sie ihre Hände hob und ihn ein Stück wegschob.

»Du glaubst immer noch, dass Laurentiu dir hilft.« Diese Aussage glich einer Feststellung. »Das ist mehr als naiv. Wenn du erst einmal in ihren Fängen bist, wirst du keine Gelegenheit bekommen, zu fliehen. Da kann dir keiner helfen.« Nach einer theatralischen Pause fügte er hinzu: »Nicht mal ich!«

»Ich fürchte«, meldete sich Rosalie zu Wort, »dass Antonio recht hat.«

»Und ihr wollt meine Freunde sein?«, erboste sich Sarah. »Ich dachte, dass ihr mir helft, und nicht, dass ihr versucht, mir jegliche Möglichkeit auszureden, alles zum Guten zu wenden.« Sie war im Begriff, die Küche zu verlassen.

»Sarah!«, rief Rosalie ihr hinterher. »Was willst du jetzt tun?«

»Erst einmal zu Christian gehen und ihn warnen. Im Anschluss daran muss ich David treffen, und am Ende packe ich ein paar Sachen und mache mich auf zu Laurentiu. Euch bitte ich, verlasst das Haus. Bringt euch in Sicherheit. Spätestens ab morgen seid ihr eures Lebens nicht mehr ganz so sicher, denke ich.«

Mit diesen Worten verließ sie die beiden.

Antonio drehte sich wutentbrannt zum Tisch herum und schlug mit der Faust darauf. »Verdammt!«

Etwa eine Viertelstunde später hüpfte Sarah die Treppe herunter in die Vorhalle. Antonio und Rosalie warteten am Treppenabsatz.

»Egal, was passiert Sarah«, fing Rosalie an, »wir stehen hinter dir. Und wir warten hier, bis du wiederkommst.«

Dankbar lächelte Sarah beide an. Trotzdem konnte sie nichts sagen, der Kloß in ihrem Hals begann schon wieder größer zu werden. Schnell holte sie ihren Mantel und verließ das Haus.

Draußen atmete sie erst mal tief durch, dann kramte sie in ihrer Tasche nach dem Handy. Davids Nummer hatte sie, als sie oben in ihrem Zimmer war, eingespeichert. Sie drückte die Kurzwahltaste. Die Mailbox ging ran.

»Hier ist Sarah. David, wir müssen uns treffen. Im Café, in der Stadt. Bitte komm!«

Christians Karte hatte sie in der Eile nicht gefunden. Das war ihr jetzt egal. Sie rannte los. Die Bahn, die sie erwischte, fuhr nur bis zum Hauptbahnhof, sodass sie einmal umsteigen musste. Ihr Herz schlug unruhig, es ging ihr alles viel zu langsam.

Endlich konnte sie aussteigen. Sie eilte die Straße entlang, bis sie zu einem größeren Wohnkomplex gelangte. War es das? Sogleich erkannte sie die Tiefgarageneinfahrt, aus der gerade ein Auto kam. Sie eilte um das Gebäude herum zum Eingang und suchte fieberhaft den Namen.

Penthouse Berg, las sie auf einer Taste in der oberen Reihe.

Sie klingelte Sturm.

Ungeduldig saß David, den Rücken an die Wand gelehnt, auf dem Bett. Geschlafen hatte er kaum. Ständig blickte er zu seinem Handy, das stumm auf dem kleinen Tisch lag. Warum rief sie nicht an?

Ein flaues Gefühl machte sich in seinem Magen breit. War das so etwas wie Hunger? Zwei Vampire, die er zuvor noch nicht gesehen hatte, waren spät am Abend zu ihm ins Zimmer gekommen. Sie hatten ihm viele Dinge erklärt, die mit der Verwandlung in einen Vosantus einhergingen, und zwar wesentlich ausführlicher, als es zwei Tage zuvor Jacques und Lennart getan hatten. Inzwischen verstand er auch, warum es besser war, sich am Anfang nicht so viel unter Menschen zu begeben. Der Hunger nach Blut würde zwangsläufig kommen; dem Drang, diesem Hunger nachzugeben, konnten nicht viele Neulinge widerstehen.

Die Gefahr, dass durch unüberlegtes Handeln Menschen zu Schaden kamen, war groß und die oberste Direktive hieß nun mal: Vampire werden alles dafür tun, um unentdeckt zu bleiben.

Er war verblüfft, wie viele Vampire unter den Menschen lebten. Und die hatten keine Ahnung. Ein Lächeln breitete sich auf seinem Gesicht aus. Das wäre eine tolle Schlagzeile. Vampire in der Stadt, sie leben mitten unter uns ...

Stöhnend erhob er sich von seinem Lager und schaute aus dem Fenster. Das flaue Gefühl wurde stärker. Er dachte an Sarahs Blut. Wie warm und wohlschmeckend es seinen Rachen hinuntergelaufen war. Sie roch nach Nelken. War es das, was ihn so anzog? Die Tür öffnete sich und Lennart lugte herein.

»Willst du was essen? Komm rüber!«

David hatte keine Ahnung, wie spät es war, er hatte jegliches Zeitgefühl verloren. Sicher, er hätte auf seinem Handy nachschauen können, doch er verspürte keinen Drang danach.

Im Moment hatte er das Gefühl, als würde er schweben. Alles fühlte sich so leicht an, so als ob er gar nicht auf dem Boden liefe. Unwillkürlich blickte er nach unten. Seine Füße jedoch standen fest auf dem kunstvoll verlegten Holzboden.

In der Küche saßen Jacques, Lennart und die zwei, die er zuletzt kennengelernt hatte, an dem großen Tisch. Er war gedeckt wie bei normalen Menschen.

»Wollt ihr mich veräppeln?«, raunzte David und trat an den Tisch.

Alle lachten, wohlwissend, dass er noch viel zu lernen hatte.

Jacques grinste.

»Nun setz dich schon. Keiner will dich hier veräppeln. Wir Vosanti können auch feste Nahrung zu uns nehmen. Wir müssen uns nicht nur vom Blut ernähren. Wir tun es hin und wieder. Du hast ja gestern schon den Blutwein probiert. Das ist der einzige Punkt, den du noch lernen musst, weil du so den Hunger nach Blut unter Kontrolle halten kannst. Und das, mein Lieber, ist sogar recht einfach.«

Herzhaft biss Jacques in ein dick belegtes Brot mit Salami. Davids Magen krampfte sich zusammen. Wie in Trance zog er einen Stuhl zur Seite, um sich zu setzen. Einer der beiden Neuen ihm gegenüber meinte zwinkernd: »Bei mir hat dieser Zustand vier Tage angehalten. Als ob ich unter Drogen gestanden hätte. Es wird aber besser, je eher man etwas isst.«

Lennart schob David einen Teller hin und ein Glas mit Blutwein daneben. David kam sich vor, als würde sich alles um ihn herum in einer dicken, gelierten Masse bewegen, ihn selbst eingeschlossen. Langsam hob er die Hand, um sich das Glas zu holen. Erst als er das kalte Gefäß in seinen Fingern spürte, ließ dieses seltsame Zeitlupengefühl nach. Hastig, fast schon gierig, trank er es in einem Zug leer. Die anderen lachten herzhaft, was ihm gleichgültig war. Er nahm sich ein Brot, Schinken und Gurke und belegte es geschwind. Unmanierlich biss er viel zu große Stücke ab. Erst als er kaute und dabei in die Runde sah, fiel ihm auf, dass sie ihn alle beobachteten. Er hielt inne und wieder fingen alle an zu johlen. Lennart, der neben ihm saß, klopfte ihm auf die Schulter.

»Ist schon gut, Alter, das haben wir alle durchgemacht. Wenn das jemand versteht, dann wir.«

So verging einige Zeit mit Essen und Trinken und den Fragen, die David den Vosanti stellte. Zum größten Teil wurden sie ihm auch recht vernünftig beantwortet. Er fühlte sich immer wohler, zumal sich auch sein Zustand allmählich normalisierte, je mehr er aß. Es war alles ruhig und entspannt, bis ein Handy klingelte. Jacques reagierte sofort und griff in seinen Mantel, der über dem Stuhl hing.

Es klingelte wieder.

»Ja!«

Er lehnte sich zurück.

»Du meinst, die gehen fort?«

Seine Stirn zog sich in Falten.

»Kann schon sein.«

Nun wirkte er nachdenklich.

»Und sie?«

Jetzt wandte er sich ab.

»Was?«

Seine Stimme klang beunruhigt.

»Hm, nein, bleib da und beobachte das Haus. Darauf hat Laurentiu gewartet.«

Jetzt stand er auf.

»Egal, ich sag ihm Bescheid. Wir melden uns.«

Ohne Abschiedsgruß beendete er das Gespräch.

»Lennart, lass uns rüber zu Laurentiu gehen. Ich glaube, wir haben gerade einen guten Zeitpunkt.«

Jacques und Lennart waren innerhalb von Sekunden aus der Küche verschwunden. Da die Türen geöffnet waren, konnten sie jedes Wort aus dem Büro deutlich hören. Selbst David stellte fest, dass sein Gehör um einiges empfindsamer reagierte als vorher. Das faszinierte ihn erneut.

Jacques erklärte Laurentiu den Stand der Dinge.

»Pietro hat sich gerade gemeldet. Die Hausangestellten sind vor einer Weile vom Hof gefahren, mit Gepäck.«

»Das, mein Lieber, habe ich mir schon gedacht, dass sie alle wegschicken wird.«

»Sarah ist ebenfalls gerade weggegangen. Das bedeutet, dass Antonio und Rosalie alleine dort sind.« Jacques' Stimme klang berechnend.

»Endlich, darauf habe ich gewartet. Ohne die Hilfe der beiden hätte Sarah das nämlich nie bewerkstelligen können.«

»Hast du Beweise für deine Annahme?«

»David ist unser Beweis.«

»Wie gehen wir jetzt weiter vor? Ich habe Pietro gesagt, dass er beim Haus bleiben und Sarah nicht weiter beschatten soll …«

»Das war gut so. Sie läuft nicht weg, da bin ich mir sicher. Wir fahren gleich. Ihr beide kommt mit und sagt Rico Bescheid. Er soll auch mitkommen. Emanuel soll bei David bleiben. Ich gehe davon aus, dass sich Sarah bei David meldet. Er soll sie treffen und aufhalten, so lange er nur kann. Sie darf nicht zum Haus kommen, bis wir ihm Nachricht geben.«

Mit diesen Worten stand er auf; es war klar, dass man sich draußen an den Autos treffen würde. Jacques ging rüber zur Küche und bat Rico mitzugehen. Danach teilte er David mit, was er tun sollte. Kaum waren die Anweisungen besprochen, senkte sich Stille über die Zurückgebliebenen.

Es war David, der sie durchbrach, weil ihm eine Frage auf der Seele brannte.

»Was haben die vor? Wollen die etwa diesen Antonio und diese Rosalie töten?«

»Sie werden sie holen und zu den Katakomben bringen. Dort werden sie dem Ältestentribunal vorgestellt und dann wird Recht gesprochen«, erklärte Emanuel.

»Was haben sie zu erwarten?«, fragte David weiter.

»Die Todesstrafe.«

David schluckte, dann fragte er: »Warum?«

»Weil sie das Schlimmste auf sich geladen haben, was ein Vampir einem anderen antun kann – Illoyalität. Sie haben Sarah geholfen, Dominik und John verschwinden zu lassen. Aber das weißt du ja. Alleine hätte das Mädchen das nicht hinbekommen.«

David stutzte; ja klar, er wusste das. Von der CD, die er angehört hatte. Und jetzt, weil er Laurentiu erzählt hatte, dass er von Sarah wusste, wo die beiden waren, kam der selbstverständlich zu dem Schluss, dass Antonio und Rosalie Mitwisser sein mussten. Es war also *seine* Schuld, wenn den beiden etwas zustieß. Das hatte er nicht gewollt.

Er entschuldigte sich bei Emanuel und huschte in sein Zimmer. Sein Handy blinkte, ein vergeblicher Anruf. Warum hatte er es nicht gehört? Schnell schaute er nach. Das Handy war auf lautlos gestellt. Sofort hörte er die Mailbox ab. Es war Sarah, und ihr Anruf war noch nicht so lange her, wie er erleichtert feststellte.

»Emanuel, du musst mich in die Stadt fahren oder mir ein Auto geben«, rief er in die Küche, schon auf dem Weg zur Haustür. Emanuel stand schon im Flur, grinsend warf er ihm die Autoschlüssel zu.

»Ich hab's gehört. Pass auf sie auf.«

Sekunden später saß David im Auto und fuhr ins Stadtzentrum. Der Verkehr floss nur zäh, und die Baustellen taten ein Übriges. Unterwegs gelang es ihm, Sarah zu erreichen. Er fragte sie nur, wo sie denn sei, und teilte ihr mit, dass er schon auf dem Weg war. Auf ihre Frage, wo sich sein Bruder befinde, wusste er keine Antwort. Den Rest des Weges beschäftigte ihn dieser Umstand zusehends. Er war so mit sich selber beschäftigt gewesen, dass er in den letzten Stunden kein einziges Mal an seinen Bruder gedacht hatte. Wurde ihm alles egal? Oder lag es daran, dass er mit der neuen Situation im Grunde grenzenlos überfordert war? Er sollte mit seinem Bruder reden, unbedingt. Ihm alles erklären, das Warum und Wieso!

Aber erst einmal galt es, Sarah vom Haus fernzuhalten.

Endlich kam er an den Marktplatz. Einige Male musste er eine Schleife fahren, bis ein Parkplatz frei wurde. Wenige Momente später trat er durch die Tür in das Café. Hastig schaute er sich um, Sarah saß am selben Platz, sie winkte ihm zu. Ihre Augen waren leicht verquollen, offenbar hatte sie geweint.

»Ich bin froh, dass du da bist«, raunte sie ihm zu.

»Sarah, wie lange bist du schon hier?«

»Vielleicht zwanzig Minuten, warum?« Sie schaute verunsichert und irritiert. »Ich war vorher noch bei deinem Bruder, doch der ist nicht da. Ich muss mit ihm reden, damit er keine unüberlegten Entscheidungen trifft.«

David hatte sich gesetzt. »Der ist, glaube ich das kleinste Problem.«

»Warum? Was ist denn?«

Sarah spürte, dass David ihr etwas verheimlichte. Und ihr war bewusst, dass es ihr nicht gefallen würde. Gleichzeitig holte sie die Kette, die sie um den Hals trug, hervor und löste den Schlüssel, der neben dem Ring hing.

»Hier, bevor ich es vergesse. Den wirst du brauchen. Die Tür ist mit einem Schloss verriegelt, zu der dieser Schlüssel passt. Und obendrein solltest du noch einen großen –«

»… Hammer mitnehmen?«, unterbrach David sie sanft.

Sarah stutzte. »Ja«, konnte sie nur antworten.

»Ich weiß«, redete David weiter, »ich habe die CD gehört, schon vergessen?« Sarah wollte wissen, warum er so beunruhigt wirkte.

»Nun, ich habe Laurentiu gesagt, dass ich Dominik und John befreie und dass ich von dir weiß, wo die sind. Und jetzt nimmt er verständlicherweise an, dass Antonio und Rosalie dir geholfen haben. Zumindest, meint er, sind sie Mitwisser und das sei bedauerlich genug.«

»Oh nein!« Sarah hob entsetzt die Hände ans Gesicht.

»Ruf an, du kannst sie immer noch warnen«, drängte David. In Sekundenschnelle hatte Sarah ihr Handy in der Hand. Es meldete sich niemand. Sie wählte eine andere Nummer, wieder ohne Erfolg.

»Ich muss zurück«, rief sie und sprang auf. Einige Leute im Café schauten zu ihnen herüber. David hielt sie am Arm fest. »Ich tu jetzt zwar wieder etwas Falsches … komm, ich habe ein Auto dabei, ich fahr dich.«

Der schwache Schein an den Wänden hätte einem menschlichen Auge kaum genügt. Unheimlich mutete der flackernde Kerzenschein an, wenn man die halbdunklen Gänge entlanglief.

Seit Tagen wuselten viele Vosanti in den in den Stein geschlagenen Fluren und Räumen umher, um sie zu säubern und für das bevorstehende Ritual herzurichten. Der Raum, in dem es stattfinden sollte, war ein fensterloser Saal, dessen Seitenwände mit meterlangen auberginefarbenen Samtvorhängen bestückt worden waren. Ein altarähnlicher Steintisch zierte die eine Stirnseite, die im Gegensatz zu den Seitenwänden schwarz behangen war. Mitten durch den Raum zog sich ein breiter, dunkelroter Läufer, neben dem sich links und rechts schon einige Stuhlreihen angesiedelt hatten. Immer wieder kam ein Vosantus herein und stellte neue Stühle dazu. An der hinteren Seite, beim hölzernen, zweiflügeligen Eingangsportal waren zwei weitere Vosanti damit beschäftigt, auch hier die Wand schwarz abzuhängen. Unendlich viele Leuchter, die mit unzähligen Kerzen bestückt waren, hingen von der Decke.

Dominiks Vater, der Clanführer, schaute im Vorbeilaufen kurz in den Raum und nahm wohlwollend den Fortgang der Arbeiten zur Kenntnis. Sodann schritt er bedächtig weiter, fast bis ans Ende des Ganges. Aus der letzten Tür drang ein fahler Lichtschein, das Rasseln von schweren Ketten war zu vernehmen. Zwei Vampire waren dabei, diese Ketten an den in der Wand eingelassenen Ringen zu befestigen. Der Clanführer beobachtete sie einen Moment. Einer der beiden ließ sich gerade vom anderen die Handfessel anlegen und zog dann kräftig daran; gut, es schien kein Entkommen möglich. Sie lösten die Fessel wieder und brachten die andere Kette genauso an wie die erste. Der Oberste räusperte sich, sodass die beiden Vampire erschrocken herumfuhren und fast synchron eine Verbeugung andeuteten. Zufrieden nickte er ihnen zu und war schon wieder auf dem Rückweg. Er bog in einen anderen Gang und betrat einen Raum, in dem auch schon Antonio zuvor gewesen war. Dort setzte er sich in seinen großen ledernen Sessel, der im dunkelsten Eck des höhlenartigen Raumes stand. Die Wände waren nicht mehr graubraun, sondern wirkten frisch in einem rötlich-dunkelgrauen Farbton.

Domian von Rascudo war äußerst zufrieden und entspannt. Es lief alles so, wie er geplant hatte. In zwei Tagen würde der alten Fehde zwischen den Clans ein Ende gesetzt. Mit der Auslieferung einer Sangvuella, hatte Bojarow versprochen, würde er keinen Krieg mehr gegen die anderen Clans führen.

Es lag Bojarow viel daran, dass sein Sohn Ghoreg das Ritual mit Sarah einging, und er würde mit nicht weniger als diesem Ereignis wieder nach Hause fahren.

Der Oberste war darüber informiert worden, dass Bojarow, außer seinem Sohn, noch elf weitere Vampire mitbringen würde – Vosanti. Es war also klar, was geschah, sollte dieses Ritual nicht zustande kommen.

David fuhr so schnell, dass Sarah befürchtete, sie könnten jeden Moment ins Schleudern geraten. Obwohl sie sich angeschnallt hatte, hielt sie sich mit beiden Händen am Haltegriff über ihr fest. Zuweilen schloss sie die Augen, wenn David wieder auf eine der vielen Kreuzungen zuraste.

Im Gegensatz zur ihr genoss David diese Fahrt – profitierte er doch von seiner Umwandlung in einen Vosantus derart, dass sein Wahrnehmungsvermögen, was seine Umgebung anging, um ein Vielfaches gesteigert war. Viel schneller nahm er die Bewegungen um sich herum wahr und die Aktionen der anderen Autofahrer, die oftmals gar nicht wussten, wie ihnen geschah, wenn David an ihnen vorbeibrauste. Sarah hielt den Haltegriff so fest umklammert, dass das Weiße an ihren Fingerknöcheln hervortrat.

Nach einem riskanten Überholmanöver schrie sie auf und bat ihn endlich, etwas langsamer zu fahren.

Viel nutzte es jetzt nicht mehr, denn es waren nur noch zwei Straßen zu überqueren. Deutlich zu schnell raste David die Einfahrt zur Villa hinein. Der Wagen stand noch nicht einmal, da hatte Sarah die Beifahrertür schon aufgestoßen. Sie stolperte aus dem Wagen, rutschte auf dem Kies aus und landete auf den Knien. Schnell hatte sie sich wieder aufgerappelt. Sie spurtete die wenigen Stufen hinauf und warf sich mit der Schulter gegen die schwere Haustür. David stand hinter ihr und so öffnete sich die Tür wie von Geisterhand. Sarah blieb nicht stehen, sie rannte mit Herzklopfen in die Eingangshalle.

»Rosalie! Antonio!«, rief sie, so laut sie konnte. »Schau du oben nach, ich geh ins Kaminzimmer«, schrie sie David zu und hetzte los. Keuchend kam sie im Kaminzimmer an. Der Anblick, der sich ihr bot, ließ sie das Schlimmste vermuten. Zwei Sessel waren umgeworfen, Gläser waren zu Bruch gegangen und überall im Raum verteilt waren dicke rote Flecken. Flecken, die schon anfingen zu trocknen. Am schlimmsten war es an der Wand rechts neben der Tür und dort auf dem Boden. Der für Menschen metallische Geruch von Blut lag in der Luft.

»Hm, haben die eine Party gefeiert, ohne dich …« David verstummte abrupt, als er in den Raum kam. »Du liebe Zeit, ich nehme an, die waren schon da …« Rasch bückte er sich, tauchte an mehreren Stellen den Finger in die roten Pfützen und probierte mit der Zungenspitze.

»Es ist alles Blutwein, Sarah, kein Blut von einem Vampir. Es ist *Blutwein*.«

Sie starrte fassungslos auf das Chaos. Ihr Herz raste und sie hyperventilierte fast. David packte sie und zog sie aus dem Raum. Sie wehrte sich und schlug nach ihm, doch erst als er sie in die Eingangshalle zurückgezogen hatte, löste er seinen eisernen Griff.

»Neiiiin«, Sarah fiel auf die Knie, »neiiiin! Warum tut er das?« Sie bebte, eine unermessliche Wut stieg in ihr hoch. David stand über ihr, um ihr hochzuhelfen, doch Sarah schlug seinen dargebotenen Arm zur Seite. Mit eisigem Blick schaute sie ihn an.

»Du wirst mich jetzt zu Laurentiu bringen. Ich muss mit ihm reden. Er darf Rosalie und Antonio nichts antun.«

»Ich fürchte, dass selbst er da nicht viel ausrichten kann. So, wie ich das verstanden habe, ist Verrat das schlimmste Verbrechen, das ein Vampir einem anderen antun kann. Das hatte ich ja schon erwähnt.«

»Ich habe doch Dominik und John eingemauert …« Sarah stand angriffslustig vor ihm, bereit, jederzeit auf ihn loszugehen.

»Hey, immer mit der Ruhe, ich kann nichts dafür. Und wenn ich es recht überlege, bin ich deinetwegen in dieser Situation. Allenfalls ein wenig wegen meiner Neugierde?« David legte beide Hände flach auf die Brust, fast so, als wollte er sich für etwas entschuldigen. »Außerdem, es spielt keine Rolle, wer die eingemauert hat! Deine Freunde waren Mitwisser, das genügt.«

»Baaah!« Sarah fegte Davids Worte mit einer Hand fort. Beinahe hätte David erreicht, was er wollte, fast hätte sie wegen ihm ein schlechtes Gewissen bekommen. Sie drängte das Gefühl weg. Es war nicht ihre Schuld.

»Ich geh jetzt ein paar Sachen packen. Du wirst mich zu meinem Bruder bringen. Er muss mir einfach helfen. Ich kann nicht zulassen, dass ihnen etwas geschieht. Das wäre nicht fair.«

David hatte keine andere Wahl, er musste auf sie warten. Und die Tatsache, dass sie zu ihrem Bruder wollte, kam diesem sicherlich nicht ungelegen. Zwar neigte David ohnehin dazu, Sarah zu helfen, aber es würde sicherlich nicht schaden, gegenüber Laurentiu loyal zu wirken. Und wo würde Sarah sicherer sein in den nächsten zwei Tagen?

David begann die Lage durchaus pragmatisch zu sehen. Schließlich hatte er vor, ihren Auftrag auszuführen. Seine rechte Hand ließ er in seiner Hosentasche verschwinden. Tief unten spürte er den kleinen Schlüssel, den Sarah ihm im Café gegeben hatte.

Christian

Zu aufgewühlt war ich, um zu schlafen. Ich ließ die CD wieder und wieder laufen, während ich zwischen Küchenzeile und Fensterfront auf und ab tigerte. Mein Kaffeeautomat hielt weiterhin tapfer zu mir. Die Dusche hatte gut getan. In willkürlicher Reihenfolge hörte ich die verschiedenen Passagen der CD durch, hörte mir die eine oder andere Stelle genauer an. Dann erreichte ich die Stelle, in der Sarah erzählte, wie sie die beiden eingemauert hatte. Ich setzte mich auf die Couch. Gespannt wie beim ersten Mal lauschte ich. Nach einer Weile streckte ich mich aus. Das war genau das, worauf mein Körper offensichtlich gewartet hatte …

Das eindringliche Klingeln meines Telefons holte mich langsam wieder zurück in die Realität. Nachdem ich die Augen geöffnet hatte, brauchte ich einige Sekunden, um zu begreifen, was mich da so vehement nervte.

Schnell, kurz schwankend, sprang ich auf und holte es mir.

»Ja?«

»Matthias hier! Wie vermissen dich ein wenig. Ist alles okay?«

»Ja, alles in Ordnung, ich glaube ich habe verschlafen.« Das Telefon hatte ich, mit eingeschaltetem Lautsprecher, auf den Wohnzimmertisch gelegt.

»Prima, so müssen wir uns wenigstens keine Sorgen mehr machen. Kommst du heute noch?«

»Liegt denn was Dringendes an? Wenn nicht, mach mich erst einmal salonfähig und komm dann gegen …« Mein Blick wanderte zur Uhr. »Oh Mann, es ist ja schon halb eins!«

»Hattest du Besuch? Ich meine, Damenbesuch?« Ich hörte Matthias lachen.

»Wo denkst du hin … oh, halt, bevor ich was Falsches sage. Ich habe gestern mit dieser Sarah Delcarde geredet.«

»Da ist euer Gespräch wohl etwas ausgeartet.« Er lachte wieder.

»Hey, du Spaßvogel, wir haben nur geredet.«

»Dann kommst du also noch?«

»Und zwar mit Neuigkeiten.«

»Na, da bin ich mal gespannt. Bis nachher!«

Ich drückte das Gespräch weg, lehnte mich zurück und schloss wieder die Augen. Wirre Träume hatten mich begleitet. Von Vampiren und Mädchen, die geopfert wurden. Von meinem Bruder, der einer jungen Frau das Blut aussaugte.

Angewidert schüttelte ich den Kopf, als könnte ich damit die Fantastereien vertreiben. Unbedingt musste ich David erreichen. Er durfte keinesfalls die beiden Männer aus ihrem Verlies befreien. Und Sarah war in Gefahr.

Sicherlich nicht durch meinen Bruder, aber durch die beiden Verbannten. Ihre Vermutung, dass dieser Dominik nicht mehr gut auf sie zu sprechen wäre, schien mir nicht allzu weit hergeholt.

Ja, es war ein Fehler gewesen, sie gehen zu lassen. So langsam wurde ich unruhig. Wenn das zutage kam, wusste ich, dass es nichts Gutes nach sich ziehen würde. Mein Instinkt hatte mich diesbezüglich noch nie getäuscht. Vorsicht war geboten und leider, auch wenn es mir nicht schmeckte, ich musste den Dienstweg einigermaßen einhalten. So ganz ohne Grund würde ich dieses ominöse Haus nicht stürmen können. Ich sollte also Ruhe bewahren, ins Präsidium fahren und erst mal mit meinem Team die Neuigkeiten besprechen, auch auf die Gefahr hin, dass sie mich für verrückt hielten.

Wenige Minuten später saß ich in meinem Auto.

Auf dem Flur traf ich Matthias; während ich weiterging, geradeaus in mein Büro, blieb er am Kaffeeautomaten stehen. Hoffentlich brachte er mir keinen mit. Ich hatte wirklich genug gehabt. Unter meinem Schreibtisch standen ein paar Flaschen Mineralwasser; ich nahm eine davon hoch.

Wo waren nur die anderen Kollegen? Ich sah, wie Matthias an seinen Platz ging und telefonierte. Er verhedderte sich im Telefonkabel und verschüttete etwas aus seinem Becher. Fluchend marschierte er rüber zu den Toiletten, Kopfschüttelnd setzte ich den Sprudel noch mal an und leerte die Flasche fast. Die Mappe mit den Unterlagen des Falls lag vor mir, und ich schlug sie auf. Gleich zuoberst lag die Seite, auf die Sarah mir ihre Handynummer notiert hatte. Ich nahm mein Handy und speicherte die Nummer ein. Plötzlich platzte die Tür auf. Matthias, gefolgt von Georg und Rudi, betrat das Büro.

»Setzt euch, ich muss euch wichtige Details zu der ganzen Angelegenheit mitteilen. Georg, würdest du bitte die Jalousien an den Fenstern zuziehen. Rudi, du schreibst mit.«

Matthias saß schon auf dem Stuhl, der sich direkt vor meinem Schreibtisch befand. Die anderen zogen sich die Stühle heran, die an der hinteren Wand standen.

»Also Jungs, gestern hat sich Folgendes zugetragen …«

Sarah kam die Treppe hinuntergestürmt. Sie hatte einen kleinen Rucksack gepackt, den sie David im Vorbeilaufen vor die Füße fallen ließ. Ein angenehmer Geruch begleitete sie. Sarah hatte frische Sachen und bequemere Schuhe angezogen. Ungebremst raste sie in die Küche.

David hörte klappernde Geräusche, entschied sich aber, ihr nicht hinterherzugehen. Er hatte Sarahs Beutel aufgehoben und wartete ab. Kurz darauf kam sie zurück in die Eingangshalle, eine kleine Karte betrachtend, die sie in ihrer Hand hielt.

»Was hast du da?«, fragte David neugierig.

»Die Visitenkarte deines Bruders.« Forsch schaute sie ihn an. »Wir müssen ihn anrufen, unbedingt, damit er nicht hierherkommt.«

Sarah nahm ihr Handy, speicherte schnell die Nummer ins Adressbuch und verschwand wieder, um ihren Mantel zu holen.

»Wir können los!«

Er öffnete die Tür.

»Ist es weit?«, erkundigte sie sich.

»Um diese Zeit vielleicht eine Viertelstunde.« David warf Sarahs Tasche auf den Rücksitz und schon brausten sie aus der Einfahrt.

»Glaubst du wirklich, dass es keine Möglichkeit gibt, Antonio und Rosalie zu retten?«

»Ist es denn so wichtig, was ich glaube?« Sarah schaute ihn irritiert von der

Seite an. David war auf den Verkehr konzentriert. Diesmal fuhr er zwar schnell, aber in einem für Sarah erträglichen Maße.

»Ich habe keinen Einfluss darauf. So leid es mir tut. Ich stehe eh mit einem Bein im Sarg, weil ich dir helfe. Wenn Laurentiu das merkt, dann–«

»Laurentiu darf dir nichts tun. Dafür werd ich schon sorgen«, warf Sarah dazwischen. »Er ist mein Bruder, er sollte dir dankbar sein, dass du für mich da bist.«

David lächelte über diese Aussage. Selbst Sarah, die das bemerkte, musste über ihre Worte schmunzeln. Sie lehnte sich zurück und versuchte zu entspannen. Betrübt atmete sie durch. Was würde sie jetzt erwarten? Wer half ihr wirklich und wem konnte sie jetzt noch vertrauen? Selbst David gegenüber bewahrte sie insgeheim eine gesunde Skepsis.

Das Surren des Motors wirkte beruhigend. Ihre Gedanken liefen ins Leere, während sie hinausschaute und nur verschwommen die vorbeirasenden Häuserzeilen wahrnahm.

David sah kurz zu ihr hin, wollte etwas sagen, doch als er ihren gelösten Gesichtsausdruck bemerkte, biss er sich auf die Lippen und blieb still.

Sarah regte sich erst, als David das Auto in die Auffahrt zu Laurentius Wohnsitz lenkte.

Der Kies knirschte unter den Rädern.

Hinter ihnen schloss sich langsam das schwere eiserne Tor.

Christian

»Tja, und dann hat mich Matthias angeklingelt.« So beendete ich meine halbwegs kurzgefasste Ausführung. Nur das Atmen meiner Zuhörer konnte ich hören. Rudi und Matthias blickten mich aus geweiteten Augen an. Den Mund halb geöffnet. Mir war egal, ob sie mich jetzt für verrückt hielten. Einzig Georg saß lässig zurückgelehnt da. Er hatte mir die CD gegeben, und ich nahm daher an, dass er sie ebenfalls vollständig angehört hatte. Rudi hatte völlig vergessen, sich Notizen zu machen, so hatten meine Ausführungen ihn in den Bann gezogen. Matthias schien sich als Erster zu fassen.

»Christian, du meinst also allen Ernstes, dass es Vampire wirklich gibt?«

»Ja!«

»Du sagst, du hast gesehen, wie David das Blut der Frau getrunken hat?«

»Ja!«

Stille.

»Hast du was geraucht? Ich meine, dir ist schon klar, was du uns da gerade erzählst?«

Er zog seine Zigaretten aus der Brusttasche und legte sie auf meinen Schreibtisch. Ich musste schmunzeln, weil ich wusste, dass er sich jetzt am liebsten eine angezündet hätte. Er zögerte noch einen Moment, rieb mit den Händen über seine Schenkel.

»Das ist das Absurdeste, was ich je gehört habe«, sagte er, nahm seine Zigaretten und verließ mein Büro.

Mein Blick glitt hinüber zu Rudi, der die ganze Zeit still und mich aufmerksam beobachtend dagesessen hatte.

»Ich muss Matthias Recht geben«, sagte er. »Dir ist hoffentlich klar, dass sich das anhört wie aus einem Roman. Du behauptest allen Ernstes, dass du zugeschaut hast, wie dein Bruder von dieser Sarah getrunken hat?«

»Ja, ich habe das mitangesehen.«

»Warum hast du David nicht mit hierhergebracht?«, wollte er verständlicherweise wissen.

Ich musste einen Weg finden, meinen Ausführungen irgendwie Nachdruck zu verleihen, bevor das hier in die falsche Richtung lief.

»Kannst du dir vorstellen, dass mich diese Situation gestern vielleicht ein klein wenig überrumpelt hat?«, antwortete ich mit einer Gegenfrage. Hilfe suchend schaute ich zu Georg.

»Wo ist David jetzt? Und diese Sarah?«, erkundigte de sich. Er war aufgestanden und lehnte an der Wand.

»Wenn ich ehrlich bin, kann ich das gar nicht mit Bestimmtheit sagen. Ich weiß nur, dass sie gestern zurückwollten. So nehme ich an, dass Sarah sich in der Villa befindet. Wo sich David aufhält, entzieht sich meiner Kenntnis.«

Ich fühlte mich, als säße ich in einem Verhörraum. So als ob ich der Übeltäter wäre und Gefahr laufen würde, angeklagt zu werden. Mein Magen zog sich zusammen. In all den Jahren hatte ich nicht so ein scheußliches Gefühl gespürt. Ich musste etwas trinken.

Matthias kam wieder und während er sich setzte, hakte er nach.

»Du sagst, du hast die CD von Georg. Woher hat Georg sie? Hast du einen Beweis für das, was du uns hier erzählst?«

Mir war fast klar gewesen, dass diese Frage kommen würde. Und sicherlich hatte auch er damit gerechnet. Georg kam mir zuvor.

»Ich habe die CD von meinem Informanten. Ich selbst habe das zumindest teilweise überprüft, wodurch wir darauf gekommen sind, dass Sarah sich in diesem Haus aufhält. Ist das nicht Beweis genug? Ich hatte anfänglich auch so meine Zweifel, nichtsdestoweniger passt alles zusammen. Hier sind Blut trinkende Monster am Werk, denen wir das Handwerk legen müssen. Und ich glaube Christian. Was sich gestern bei ihm zugetragen hat, entspricht der Wahrheit. Er würde uns nie und nimmer einen Bären aufbinden, das wisst ihr auch.«

Matthias ließ nicht locker.

»Könnte es aber nicht sein, dass es nur Perverse sind, die sich so benehmen? Ich meine …«, er stockte wieder und sprach dann etwas dezenter weiter, »womöglich arbeitet einer von denen bei uns?«

Rudi lachte und wischte die Fragen mit der Hand weg. Doch ich sah Matthias an, dass er es durchaus ernst meinte. Und ich musste zugeben, dass es nicht auszuschließen war.

»So oder so sollte diese Unterhaltung unter uns bleiben. Nach außen hin reden wir von einer Sekte, was sie ja irgendwie sind – möglicherweise!« Mein Mund war trocken, trotz des Sprudels, den ich getrunken hatte. Ich nahm noch einen Schluck.

»Ich kann es selbst kaum glauben, was ich da erzähle. Meinen Augen kann ich allerdings trauen. David hat sich beim Trinken irgendwie verändert. Seine Augen verfärbten sich und sein Gesicht sah anders aus. Ich kann es kaum beschreiben. So verändert sich kein Mensch, der nur *glaubt*, ein Vampir zu sein. Wir haben es hier mit Wesen zu tun, die aus einer Zeit stammen, in der solch fantastische Dinge an der Tagesordnung waren. Was wir heute oft als Aberglaube und Mumpitz abtun, hat in vielen Fällen einen Ursprung. Und ich denke, gerade wenn ich von mir ausgehe, ihr kennt mich zu gut, fällt es uns schwer, an Übernatürliches zu glauben. In diesem Fall aber glaube ich, dass wir gut daran täten, die Sache ernst zu nehmen.«

Matthias saß mit verschränkten Armen da und schüttelte langsam den Kopf. Allmählich hatte ich wieder das Gefühl, die Oberhand zu gewinnen. Georg hatte ich auf meiner Seite, Matthias zweifelte noch. Und Rudi? Mein Blick wanderte zu ihm hin.

Er nahm das zum Anlass zu fragen: »Haben wir die Möglichkeit, einen legalen Zugriff zu starten? Eine Durchsuchung der Villa?«

Alle schauten mich jetzt an. Darüber hatte ich mir auch schon den Kopf zerbrochen. Da ich nicht gleich antwortete, meinte Rudi: »Wohl nicht.«

»Mir ist klar, dass sich das alles ziemlich abgefahren anhört. Viele Aussichten haben wir nicht. Aber wenn wir erreichen, dass Sarah hierherkommt und eine offizielle Aussage macht, wird es durchaus möglich, den beiden Eingeschlossenen einen Besuch abzustatten.«

»Ruf sie an!«, meinte Matthias.

»Und zwar jetzt gleich«, unterstützte Georg Matthias' Vorschlag.

Diesmal stieg Sarah vorsichtiger aus. David stand schon an der Tür und hielt sie ihr auf. Sie betrat den langen Flur, der wie eine Miniaturausgabe der Eingangshalle in der Villa wirkte.

»Laurentiu ist noch nicht da. Das Auto fehlt noch. Komm erst mal rein.«

Da Sarah stehen geblieben war, ging er voraus. Sie betrachtete die Wände, an denen viele große Gemälde hingen. Zwei der Bilder hatte sie selbst gemalt. Das war lange her.

Laurentiu hatte sich Bilder von ihr aufgehängt. Sie schluckte trocken.

»Sarah, was ist, kommst du?«, rief David. Als würde sie sich an einem Seil entlanghangeln, schritt sie langsam rückwärts und überlegte, was das für sie zu bedeuten hatte. Hinter ihr öffnete sich eine Tür, und ein Mann trat heraus.

»Oh, Besuch!«, sagte er. »Ich dachte, die anderen seien zurück.«

»Sarah, darf ich vorstellen, das ist Emanuel«, sagte David, der hinzugekommen war. »Emanuel, das ist Sarah. Wir dachten, dass es vielleicht eine gute Idee sein könnte, wenn sie die nächsten Tage hier bleibt.«

Emanuel lachte. »Da wird sich Laurentiu aber freuen. Das war ein guter Einfall, David, da bin ich mir sicher.« Freundschaftlich schlug er ihm auf die Schulter. »Na, dann kommt mal rein in die gute Stube.«

Sarah ließ die Sache mit den Bildern nicht los. Laurentiu würde die Bilder nicht aufhängen, wenn sie ihm als seine Schwester nicht wenigstens ein klein wenig etwas bedeuten würde, dachte sie. In diesem Moment steigerte sich ihre Hoffnung, was Rosalie und Antonio anging, ins Unermessliche. Was sie selbst betraf, daran dachte sie zunächst noch nicht mal. Erstaunt betrat sie die Küche. Sie war nicht annähernd so groß wie in der Villa, dafür viel gemütlicher. David zog einen Stuhl vor und bedeutete mit einer Geste, sich zu setzen. Er stellte ihr ein Glas hin und schaute sie dann etwas hilflos an.

»Wasser, einfach nur Wasser!«, meinte Sarah zu ihm. Umständlich suchte er in den Schränken nach einer Karaffe, füllte sie mit Wasser und schenkte ihr ein, bevor er sich neben sie setzte.

Emanuel war gerade wieder hinausgegangen, als Sarahs Handy klingelte. Sie zog es aus der Hosentasche und schaute auf das Display. *Christian Berg*. David hatte es auch gesehen. Wieder klingelte es. Sie schauten sich an.

»Ich muss dran gehen. Nicht dass er denkt, mir ist etwas passiert. Wir müssen mit ihm reden.« Noch bevor David intervenieren konnte, nahm sie das Gespräch an.

»Sarah hier!«

Sie lauschte angespannt.

»Nicht gut. Sie haben Antonio und Rosalie!«

Kurz schloss sie die Augen.

»Die wollen die beiden töten!«

Ihre Stimme wurde immer leiser.

»Nein, ich bin … niiicht … lass das … Neiiiin!«

Sarah versuchte sich zu wehren. Das Gespräch war unterbrochen, weil David ihr das Handy weggenommen hatte. Sarah versuchte danach zu fassen, doch David vereitelte ihre Versuche, das Handy zurückzubekommen, und flüsterte ihr zu: »Laurentiu kommt gerade, der sollte das nicht mitbekommen.«

Sie schaute entsetzt zur Tür, hinaus in den Flur. Tatsächlich öffnete sich in diesem Moment das Eingangsportal und Laurentiu trat herein. Alleine, ohne die anderen. Kaum war er zwei Schritte eingetreten, hielt er inne. Er sog genüsslich die Luft ein und schaute augenblicklich in ihre Richtung.

»Sarah!«

Christian

Da saßen wir und starrten auf das Telefon, als wollte es noch etwas sagen. Doch aus dem Lautsprecher kam nur der Ton eines unterbrochenen Telefonates. Das hatte nicht gut geklungen. Mir schnürte sich der Magen noch weiter zu. Die wollen ihre Freunde töten? Und offensichtlich hatten sie auch Sarah! Ich sah in die Gesichter meiner Kollegen. Ihre Gesichter sprachen Bände; sie waren ebenso erschrocken über das eben Gehörte wie ich. Matthias sprach mir aus der Seele.

»Sollten wir nicht etwas unternehmen?«

Georg trat an meinen Schreibtisch heran. »Unter diesen Umständen brauchen wir wohl nicht mehr zu warten!«

Und trotzdem verharrten wir in einer seltsamen Starre. Die Kollegen, weil sich die absurde Geschichte auszuweiten schien, und ich, weil ich mich fühlte, als würde mir wieder alles entgleiten. Eine Situation, die ich unbändig hasste. Ich musste mir die Kontrolle darüber wieder zurückholen.

»Matthias, du bleibst hier am Telefon. Zwei Autos, Georg, du fährst mit Rudi, ich fahre alleine. Schutzwesten anziehen. In zwei Minuten draußen.«

»Was für eine Überraschung!«

Mit meiner Freude über ihre Anwesenheit hielt ich nicht hinter dem Berg. Allerdings merkte ich gleich, dass sie nicht gerade glücklich wirkte. Ich begrüßte sie mit einem Handkuss. Vor Emanuel, der gerade aus seinem Zimmer trat, und David wollte ich Sarah nicht an mich drücken. Sie wollte etwas sagen, doch ich kam ihr zuvor.

»David, ich würde sagen, du machst dich auf, deinen Auftrag zu erfüllen, der ja in unser beider Sinne ist, nicht wahr, Sarah?«

Verunsichert schaute sie mich mit ihren großen schönen Augen an. David nahm den Autoschlüssel, der auf dem Tisch lag, und verschwand.

»Emanuel, ich möchte mich mit unserem Gast alleine unterhalten.« Mein Tonfall ließ keine Widerrede zu.

»Gerne!« Einen Moment später waren Sarah und ich die Einzigen in meinem Haus.

»So, meine Liebe, das war eine gute Idee, dass du hierhergekommen bist.« Ich drückte sie sachte auf einen Stuhl. Ich selbst lehnte mich am Küchenschrank an.

»Wo sind Rosalie und Antonio?«, fragte sie mich kühl. Ihre Augen hatte sie jetzt äußerst verärgert zusammengekniffen.

»Was hast du mit ihnen gemacht?«, schrie sie mich als Nächstes an. Sie war wieder aufgestanden.

»Die sind in den Katakomben, dort werden sie dem obersten Rat vorgeführt.«

»Was passiert mit ihnen?!«

»Sie werden verurteilt werden, zum Tode. Ich schätze, man wird ihnen die Köpfe abschlagen.«

Sarah sah mich an, den Mund weit geöffnet, unfähig, einen Ton herauszubekommen.

»Es tut mir leid«, versuchte ich ihre Bestürzung zu mildern, »ich kann da nichts machen. Rosalie und Antonio haben sich eines Verbrechens schuldig gemacht, was in unseren Kreisen als eines der schlimmsten geahndet wird – Verrat. Das kann nicht geduldet werden. In keinster Weise.«

Sie hatte sich wieder auf ihren Stuhl fallen lassen. Entsetzen, Fassungslosigkeit, Erschütterung und Betroffenheit sprühten nahezu aus ihren Poren. Ihre Empfindungen prallten mit ganzer Wucht auf mich und rissen mich in ein ungeahntes Dilemma. Dass ich mich ihr gegenüber jemals so fühlen würde, hätte ich nie vermutet. Sarah sprach mit gequälter Stimme.

»Ich war es doch, die Dominik und John eingemauert hat, nicht Rosalie ...
nicht Antonio ...«

»Sie wussten Bescheid«, sagte ich. Es war eher eine Feststellung als eine Frage.
Langsam hob sie ihren Kopf, sah mich an, ihre Augen füllten sich mit Tränen.

»Kannst du wirklich nichts für sie tun? Für mich, deine Schwester?«

Warum ließ ich diese Gefühle nur zu? Es tat weh, es stach so tief in mich
hinein und schmerzte, und doch fühlte ich mich gut. Denn es fühlte sich an, als
würde ich nach unendlich vielen Jahren endlich wieder leben.

»Wenn überdies«, wagte ich zu sagen, und es war mir klar, dass ich bei ihr
unter Umständen Hoffnungen schürte, die nicht erfüllt würden, »dann könnte
nur noch Dominik etwas ausrichten.«

Ich reichte Sarah ein seidenes Taschentuch, das in der Brusttasche meines
Anzuges steckte. In dem Moment konnte ich mich nicht mehr zurückhalten, ich
musste sie in meine Arme schließen. Sie ließ es zu, ohne die Spur einer Gegenwehr. Durfte ich daraus schließen, dass sie mir nicht böse war?

Ich weiß nicht, wie lange wir so dastanden. Irgendwann wechselten wir die
Räumlichkeiten. Und spät, es war schon lange dunkel, begleitete ich sie nach
oben in eines der Gästezimmer.

Nicht einmal fünfzehn Minuten hatte er benötigt, um zur Villa zu fahren. Sarah saß nicht neben ihm, so konnte er das Möglichste von dem Auto fordern.
Das Tor zur Auffahrt stand offen. Diesmal fuhr er vorsichtiger die Hauseinfahrt
entlang, hielt nicht vor dem Haus, sondern rollte links vorbei, vor die Garage.
Bedächtig stieg er aus und sah sich um. Seitlich war der Eingang zum Keller gewesen, den wollte er benutzen. Für ihn ließ sich die Türe leicht öffnen, obwohl
sie hakte und klemmte. Flink huschte er die Treppen hinunter. Keine Kerze,
keine Fackel brannte, es war stockfinster in dem Gang. Unbeirrt eilte er weiter,
bis er zu einer Treppe kam, die nach oben führte. Wie er schon vermutete, stand
er im hinteren Bereich der Eingangshalle der Villa. Er brauchte nur wenig Licht
im Vergleich zu einem Menschen, doch in der vollkommenen Dunkelheit dort
unten würde selbst er nichts ausrichten können. Ein Vollblutvampir vielleicht,
dachte er, aber eben nicht er.

Suchend ließ David seine Augen umherwandern. Schnell hatte er gefunden,
was er suchte. Streichhölzer, extra lange, die sich in einem dafür angebrachten
Kästchen an der Wand neben dem Treppenansatz befanden. Hurtig entzündete
er eines und bahnte sich seinen Weg zurück in die Tiefe. Er nahm den Weg, so
wie er ihn von der CD in Erinnerung hatte. Nebenbei zündete er die Kerzen an,

die in gusseisernen Haltern an den Wänden steckten. Wenige Momente später stand er vor einer schweren hölzernen Tür, die mit einem großen Vorhängeschloss verriegelt war, zu der dieser Schlüssel gehören musste, den ihm Sarah gegeben hatte. Schon steckte der perfekt passende Schüssel im Schloss. Es klickte leise und der Sperrbügel sprang auf. Vorsichtig, um nicht allzu viel Lärm zu machen, wand er den Henkel aus der Verriegelung, klappte den Bügel auf und zog beherzt an der Tür. Erstaunt blickte er auf eine offensichtlich erst vor kurzem gemauerte Wand.

Was hatte er erwartet? Dass es einfach werden würde? Er musste zugeben, dass er nicht ernsthaft mit diesem Hindernis gerechnet hatte.

Es war still hier unten, nur seine Atemgeräusche waren zu hören und das Scharren seiner Schuhe auf dem Boden, wenn er sich bewegte.

David trat einen Schritt zurück. Dann, ganz plötzlich, trat er mit dem rechten Fuß gegen die Mauer. Die gab schon beim ersten Auftreffen dieser Wucht nach und fiel in sich zusammen. Mehrere Steine flogen in die Kammer hinein und er hörte etwas Metallisches klirren. Noch zwei, drei mal stieß er mit seinem Fuß gegen die unteren Steine, die sich mühelos zur Seite schubsen ließen. Die oberen Reihen waren vollständig heruntergefallen. Gefahrlos konnte er den Raum betreten. Geschwind entzündete er ein weiteres Streichholz. Kerzen fand er in diesem Raum leider keine, denn sie waren völlig heruntergebrannt. Er machte sich auf, nach neuen Lichtquellen zu suchen. Er wurde fündig und nahm zwei schon angebrannte Wachsstumpen aus einem Raum von nebenan. In dem flackernden Licht der Kerzen wirkte der Raum dämonisch. Sogar ihm schlich eine Gänsehaut den Nacken hinab. Rechts um den Vorsprung herum stand ein schwarz glänzender Sarg auf einem altarähnlichen Steintisch. Dies musste Dominiks sein. Vorne, links an der Wand, stand einer auf Holz aufgestellt, der Sarg von John.

Dieser John war ihm unsympathisch, obwohl er ihn noch nicht einmal kannte. Wenn das, was er aus Sarahs Erzählungen wusste, stimmte, konnte man diesem Vampir nicht trauen.

David suchte den Boden ab. Hier irgendwo mussten die Schlüssel liegen, mit denen Sarah die Vorhängeschlösser verriegelt hatte. Er fand sie unter einem der Mauersteine, was das metallische Klirren zuvor erklärte. Bedächtig trat er an den Sarg auf dem Steintisch heran.

Erschrocken wich er zurück.

An der Unterseite des Tisches hatte sich etwas bewegt. Geduckt blieb er stehen, wagte nicht zu atmen und starrte unter den Tisch. Im Schein der Kerze waberte dort etwas hin und her. Vorsichtig näher kommend betrachtete er die Ursache für seinen Adrenalinanstieg. Schließlich lachte er, als er erkannte, was es war.

Ein Stück Stoff, offenbar ein Schal. Er zog ihn unter dem Tisch hervor. Ein zarter Hauch von pastellfarbener Weberei, mit zierlichen Goldstickereien versehen.

Unwillkürlich roch er daran.

Der Duft, der von dem Schal ausging, kam ihm bekannt vor. Mit geschlossenen Augen sog er ihn ein. Dieser Schal gehörte Sarah. Sie hatte ihn hier drinnen verloren. Er erinnerte sich an ihre Vermutung, als er die CD angehört hatte. Er lachte in sich hinein. Sicherlich würde sich Sarah freuen, wenn er ihr dieses für sie kostbare Stück zurückbringen würde.

David steckte den Schal in seine Jackentasche. Dass ein wenig davon herausschaute, bemerkte er nicht.

Jetzt wandte er sich wieder dem Sarg zu.

Schnell hatte er die Schlösser geöffnet. Erregt hob er ein wenig den Deckel an. Da lag er, Dominik, wirkte selbst in dieser Lage majestätisch und eindrucksvoll. David überlegte, er hatte mit niemandem darüber geredet, wie er die beiden zu sich bringen konnte. Aber darüber wollte er sich gleich den Kopf zerbrechen. Er ging hinüber zu Johns Sarg, löste auch hier die Schlösser und klappte den Deckel auf. Ehrfürchtig betrachtete er die leblose Gestalt. Er widerstand dem plötzlichen Bedürfnis, den Körper zu berühren, ihn ein wenig mit dem Finger anzustupsen. Ein leichter Luftzug durchzog den Raum und wieder stellten sich seine Nackenhaare auf. Beklommen sah er sich um, doch da war nichts. Er wandte sich wieder zum Sarg um.

Der Sarg war leer.

Der Moment, den er benötigte, um dies zu realisieren, genügte, dass Dominik ihn am Hals packen und gegen die Wand drücken konnte. Ganz nah kam er mit seinem Gesicht heran. David war dermaßen überrumpelt, dass er noch nicht mal im Ansatz versuchte sich zu wehren. Tief sog Dominik Davids Geruch ein.

»Der ist ein Vosantus«, sagte John mit heiserer Stimme, »das habe ich gleich bemerkt.«

»Bei dem Hunger, den ich habe, wäre mir das fast egal«, stöhnte Dominik. »Sag, wer bist du? Dich kenn ich nicht. Kommst du von Laurentiu?«

David konnte nicht antworten, da ihn der Befreite immer noch so fest am Hals hielt, dass er genug damit zu tun hatte, überhaupt Luft zu bekommen.

Dominik lockerte ein klein wenig seinen Griff. Ein selbstgefälliges Lächeln umspielte seinen Mund. Die Haut in seinem Gesicht wirkte dünn wie Papier.

»Und? Wie kommen wir zu der ehrenvollen Befreiung?«

David dachte rasch nach. Jetzt nur nichts Falsches sagen! Er hoffte das Beste und pokerte hoch.

»Sarah hat mich damit beauftragt. Ja, und auch ein bisschen Laurentiu.« Keuchend kamen die Worte aus seinem Mund.

»Sarah hat dich geschickt?« Überraschend ließ Dominik ihn los. Hustend und prustend nahm David Abstand zu ihm ein.

»Wieso sollte sie dich schicken, mich zu befreien, wenn doch sie diejenige war, die mich hier unten eingesperrt hat?« Dominiks Stimme wurde mit jedem Wort lauter. Im Hintergrund fing John an zu lachen. Er trat hervor und beide standen lauernd da, wie Raubtiere kurz vor dem Sprung.

»Laurentiu hat ihr wohl alles erzählt. Das mit dem Ritual und so.«

»Und dann schickt sie dich, mich zu befreien?« Nachdenklich sah Dominik John an.

»Dominik, bevor wir hier noch weiter Gründe suchen, könnten wir nicht nach etwas essbarem Ausschau halten? Ich komme nicht umhin, zugeben zu müssen, so etwas wie Hunger zu verspüren …«

Kaum hatte John zu Ende gesprochen, wurde diesmal er von Dominik am Hals gepackt. Er schleuderte ihn gegen die Wand, wobei er beinahe gegen David prallte.

»Von dir will ich nichts hören, es ist auch deine Schuld, dass wir hier unten gelandet sind. Ich sollte dich wieder in die Kiste sperren!«

Schnell hatte sich John aufgerappelt. Dominik schritt langsam auf David zu, der gebückt dastand, die Hände auf den Knien abgestützt.

»Erzähl du mir mal, was so in den letzten Tagen geschehen ist. Geht es Sarah gut? Wo ist sie? Haben sie Sarah etwa geholt? Was hat Laurentiu ihr alles erzählt? Wie überhaupt bist du —«

»Immer langsam«, wehrte David ab, »eins nach dem anderen.« Langsam richtete er sich auf.

Dominiks Gesicht schien auf einmal zu versteinern. Seine Augen nahmen eine rötliche Farbe an. Er machte einen Satz auf David zu, der in Erwartung eines Angriffs abwehrend die Arme hochriss.

Doch im nächsten Augenblick erkannte David, was Dominik so in Rage gebracht hatte.

»Wie kommst du an den?«, schrie der Vampir und hielt ihm Sarahs Schal vors

Gesicht. »Sie würde sich nie freiwillig von ihm trennen, nie! Wie hast du ihn an dich gebracht?«

David wollte etwas sagen, doch seine Stimme versagte und er hüstelte mehrfach.

»Den habe ich hier gefunden. Den hat sie verloren, als sie euch …«

David hatte das Gefühl, dass es besser wäre, den Satz nicht zu vollenden.

Erleichtert registrierte er, dass das rote Glühen in Dominiks Augen schwächer wurde.

»Ich hoffe für dich, dass du die Wahrheit sprichst. Denn wenn nicht, wirst du lernen, was es heißt, um Gnade zu betteln.«

Mit diesen Worten ließ er den Schal in seiner Anzugjacke verschwinden.

Christian war zuerst an der Villa angelangt. Er parkte direkt vor der Treppe. Kaum war er ausgestiegen, fuhren seine Kollegen Georg und Rudi aufs Gelände. Sie drehten das Fahrzeug herum, sodass es fahrbereit in Richtung Straße zeigte. Christian erwartete sie ungeduldig. Alle drei hatten ihre Waffen in der Hand. Jeder überprüfte den Sitz der Ersatzmagazine, den Gummiknüppel, der seitlich hing, und die Taschenlampen. Matthias hatte noch einen Elektroschocker dabei.

Sie entsicherten ihre Waffen und näherten sich dem Eingangsportal. Christian drückte gegen die Tür, die zwar schwer ging, sich aber öffnen ließ. Hinter ihm sicherten seine Kollegen. Lautlos wie Schatten huschten sie durch den Türspalt und fanden sich in der imposanten Eingangshalle wieder. Per Handzeichen verständigten sie sich und begannen die Räume auf der linken Seite systematisch abzusuchen. Endlich standen sie an der Schwelle zum Saal. Christian blieb am Durchgang stehen, um zu sichern, während seine Kollegen das Prozedere im Saal wiederholten. Kurz darauf standen sie wieder beieinander.

»Was für eine Sauerei!«, keuchte Matthias leise. Bisher hatten sie kein Wort geredet.

»Das musst du dir nachher mal ansehen!«, meinte daraufhin Georg etwas blass um die Nase zu seinem Vorgesetzten. »Abgesehen von dem Blutbad im hinteren Raum, ist alles sauber.«

»Wir sollten uns aufteilen!«, flüsterte Christian. Er bereute, dass er nicht auch noch Matthias mitgenommen hatte.

»Ich geh mit Rudi in den Keller«, raunte Georg ihm zu.

»Dann geh ich nach oben.«

Christian hatte festgestellt, dass man sowohl von der Eingangshalle als auch vom Saal aus in die oberen Räume gelangte. Er entschied sich für die Treppe in der Eingangshalle, während seine Kollegen hinter dem Brokat im Keller verschwanden.

Eine unheimliche Stille umfing ihn, während er Stufe um Stufe hinaufstieg, sich ständig umsehend. Mittlerweile hatte auch er seine Taschenlampe in der Hand. Im oberen Flur war es nicht so hell. Zimmer für Zimmer durchkämmte er. Sperrte jeden durchsuchten Raum ab und nahm die im Schloss steckenden Schlüssel heraus, bevor er weiterging. Die Schlüssel warf er in den hinteren Bereich des Flurs, an dessen Ende er auf eine weitere Treppe stieß, die nach oben führte. Er gelangte dort zu den Räumlichkeiten der Hausangestellten. Jedes dieser Zimmer wirkte, als wäre es überstürzt verlassen worden. Notwendige Dinge waren wahrscheinlich eingepackt worden, gerade so viele, wie in einen Koffer passten, mutmaßte er. In zwei Zimmern standen die Schränke offen, in denen noch Sachen hingen, ein Zeichen dafür, wie sehr man sich beeilt hatte, das Haus zu verlassen.

An diesen Türen fand er keine Schlüssel; er zog sie trotzdem hinter sich zu, als er die Räumlichkeiten verließ. Wachsam huschte er die schmale Treppe wieder nach unten.

Georg und Rudi bewegten sich leichtfüßig die steile Treppe in den Keller hinab. An den Wänden brannten die Kerzen. Das Wachs war noch nicht sehr geschmolzen, diese Kerzen konnten also noch nicht lange brennen. Flach atmend gaben sie sich gegenseitig Deckung beim Durchsuchen der einzelnen Räume. Nicht der kleinste Hinweis auf Sarah oder sonst eine Person war zu erkennen. Als sie dann endlich auf die Treppe stießen, die noch weiter in die Tiefe führte, überlegten sie, ob sie nicht lieber Christian hinzuholen sollten.

Die Entscheidung fiel in Sekunden, sie wollten es im Alleingang versuchen. Christian wusste ja, wo sie waren, und würde ohnehin hinterherkommen.

In dem Moment, als Rudi den ersten Schritt hinab machte, hörten sie jemanden reden. Das kam eindeutig aus der Tiefe des Kellers. Augenblicklich blieben sie stehen und hielten den Atem an.

Mindestens zwei Stimmen konnten sie unterscheiden. Mit Handzeichen verständigten sie sich und huschten geräuschlos die Stufen weiter in den Abgrund. Unten angekommen konnten sie nahezu jedes Wort der Unterhaltung verstehen. An der Wand entlangschleichend bewegten sie sich Schritt für Schritt vorwärts.

Die Waffen im Anschlag, den Finger am Abzug, waren ihre Nerven bis zum Zerreißen angespannt. Jeder Muskel ihres Körpers funktionierte nach Vorschrift, ganz so, wie sie es gelernt hatten.

Sie tasteten sich vor, bis fast zu dem Raum, aus dem die Stimmen drangen. Plötzlich erstarrten sie.

»Hörst du das auch, Dominik?« Johns Stimme durchschnitt die Stille.

»Zweimal das Gleiche, John. Willst du nachsehen?«

John musste lachen.

»Was ist?«, wollte David wissen und erntete für seine Frage unverständliches Kopfschütteln. John gab ihm einen Klaps an den Hinterkopf.

»Mann, du bist noch nicht lang dabei, stimmt's?«

David nickte und wollte Abstand nehmen, doch John zog ihn mit, bis kurz vor die Tür. »Hör mal genau hin. Du kannst es auch spüren und riechen.«

John tat, als ob nichts Besonderes wäre und er einem Lehrling Schützenhilfe gäbe. Gleichzeitig deutete er Dominik per Handzeichen an, dass er zwei Personen wahrnahm. David horchte angestrengt. Plötzlich hob er erfreut den Kopf. Viel zu laut rief er: »Jetzt hör ich es auch, ganz deutlich – Herzschlag! Da draußen auf dem Flur muss jemand sein!«

Er machte Anstalten hinauszugehen, wurde aber von den beiden Wiedererweckten zurückgehalten. Dominik legte David seinen Zeigefinger auf die Lippen und bedeutete ihm, sich ruhig zu verhalten, bevor er ihn weiter in den Raum hineinschob. Während die Befreiten sich nun anschickten, lauernd an der Tür zu stehen, ahnte David, was als Nächstes geschehen würde. Zwei gefährliche Jäger auf der Jagd.

Sie blickten sich an,

Dominik nickte John zu.

Georg war sich im Klaren darüber, was das bedeutete. Er hatte die CD angehört und wusste, wozu die Vampire fähig waren. An die Wand gedrückt spähte er zu Rudi. Der deutete an, dass er drei Personen gehört hatte. Georg nickte nur. Ihm wurde fast schwindelig, weil er so wenig wie möglich atmete. Fieberhaft überlegte er, was sie tun sollten. Nach dem, was er von Vampiren wusste, hätten sie zu zweit keine Chance gegen drei von denen. Sofern überhaupt von einer Chance geredet werden konnte. Auch Rudi war die Anspannung anzusehen, sein Gesicht glänzte vom Schweiß. Eins war klar, den Vampiren war ihre Anwesenheit nicht verborgen geblieben und das bedeutete, dass sie in allergrößter Gefahr waren. Georg deutete Rudi an, dass sie sich zurückziehen sollten. Sachte lösten sich beide von der Wand. Die Waffen auf die Tür gerichtet wichen sie langsam zurück.

Warum hörten sie nichts mehr? Georg hielt inne und horchte angestrengt. Das erdrückende Schweigen dröhnte in seinen Ohren, weil sein Blut ihm bis in die Schläfen sichtbar pulsierte.

Kein Laut. Das war sicherlich kein gutes Zeichen.

Und dann ging alles ganz schnell.

Noch bevor die beiden Polizisten in irgendeiner Weise reagieren konnten, fielen Dominik und John über sie her. Der Hunger, der sie antrieb, hatte ihre Wahrnehmung auf das Empfindlichste gesteigert. Nicht nur, dass sie deutlich den erhöhten Herzschlag gehört hatten, sie nahmen ganz eindeutig wahr, dass es sich bei den Eindringlingen um Menschen handelte.

Menschen rochen anders als Vampire.

Georg hatte keine Chance. Er konnte noch nicht mal einen Schuss abfeuern. Die Waffe flog den Gang entlang und landete scheppernd auf dem Boden. Dominik riss ihn herum, presste mit einer Hand Georgs Kopf nach oben, während er mit der anderen dessen Körper festhielt. Erbarmungslos schlug er seine Zähne in die Adern seines Opfers, bis es die Besinnung verlor und er spürte, dass das Herz zu schlagen aufhörte.

David, der nur dumpfe Geräusche vernommen hatte, blickte vorsichtig aus dem Raum. Er sah, was John mit dem am Boden liegenden Rudi tat. Dieser hob die Waffe und feuerte einen Schuss ab, doch der ging ins Leere. Die Kugel prallte von der gegenüberliegenden Wand ab und flog haarscharf an David vorbei.

Im Gegensatz zu Georg, der sich in Dominiks eisernem Griff nicht regen konnte, wehrte sich Rudi, indem er wild auf John einschlug. Doch dieser, angestachelt wie ein Raubtier auf der Jagd, hatte Blut geleckt. Abermals biss er dem vergeblich um sein Leben Kämpfenden in den Hals, riss ihm die Blutgefäße entzwei und saugte ihn aus, bis er keinen Atemzug mehr tat.

Dominik, der von seinem leblosen Opfer abgelassen hatte und es hart auf den Boden fallen ließ, wandte sich um und blickte in Davids Gesicht, in dem sich blanker Horror spiegelte.

»Entschuldige, wolltest du auch etwas?«, fragte er ihn.

John saß auf dem Boden, bequem an der Mauer angelehnt.

»Das waren Polizisten, Dominik, was haben die hier gemacht? Wer hat die uns auf den Hals gehetzt? Schätze, dass das keine gute Idee war, die auszusaugen. Wir hätten sie vorher fragen sollen, was sie wollten.« Er wischte sich mit dem Handrücken über den Mund und verschmierte sich Rudis Blut nur noch mehr über den Wangen.

Dominik rückte sein Jackett gerade, nestelte ein Tuch aus der Jackeninnentasche und tupfte sich den Mund sauber.

»Ich wusste schon gar nicht mehr, wie gut das schmeckt!«, grinste er David an.

David erkannte die beiden am Boden Liegenden, und einen Sekundenbruchteil später ahnte er Fürchterliches: dass sich auch sein Bruder Christian im Haus befinden musste.

Christian

Keinen Laut vernahm ich. Ich sollte nach unten zu den anderen beiden gehen. Meinem Gefühl nach hatte ich zu lange kein Lebenszeichen erhalten. Wo blieben die nur? Meine Muskeln waren angespannt, mein Gehör darauf ausgerichtet, jedes auch nur erdenkliche Geräusch zu orten. Nach wie vor schlich ich leicht geduckt an der Wand entlang.

Wir hatten zu lange gewartet.

Sarah war nicht mehr im Haus. Sofern Georg und Rudi im Keller auf niemanden getroffen waren. Schnell eilte ich die Treppe hinunter in den Saal. Nach und nach arbeitete ich mich durch die Räume. Der erste wurde anscheinend als Büro genutzt. Bücherregale bis unter die Decke bildeten eine stattliche Bibliothek. Danach stand ich vor einem Raum, aus dem dunkelbraune Spuren herausführten. Je näher ich kam, umso deutlicher erkannte ich den metallischen, nach Tod riechenden Geruch.

Das hatten Gregor und Rudi vorhin also gemeint. Mit dem Rücken an die Wand gepresst lugte ich vorsichtig um den Türpfosten herum. Der grausige Anblick, der sich mir da bot, ließ selbst einem hart gesottenen Polizisten wie mir die Haare zu Berge stehen. Überall im Raum verteilt befanden sich rotbraune Pfützen, Spritzer, die sich an den Wänden hinaufzogen. Rechts von der Tür lagen Scherben am Boden und die Wand daneben sah aus, als hätte man versucht sie mit Blut zu streichen. Kurz fiel mein Blick auf den imposanten Kamin, doch schnell bewegte ich mich weiter. Der faulige blutige Geruch löste beinahe einen Brechreiz bei mir aus. Was war hier drinnen nur geschehen? Das konnte unmöglich das Blut eines Einzigen sein. Vor meinem geistigen Auge traten die übelsten Horrorvisionen hervor. Konnte es von Sarah sein, oder gar David?

Flach atmend wandte ich mich ab, ich musste weiter, es half alles nichts, um das hier würden sich andere kümmern.

Der angrenzende Raum war sauber; er diente wohl als Speisezimmer.

Der ekelerregende Geruch verringerte sich, je weiter ich mich von dem Zimmer mit dem Kamin entfernte. Jetzt arbeitete ich mich in Richtung Eingangshalle vor. Kurz vor dem Treppenabsatz hörte ich fremde Stimmen. Ich duckte mich, die Waffe im Anschlag, und lauerte durch das Treppengeländer.

Zwei Männer in verstaubten Anzügen traten hervor, gefolgt von David, meinem Bruder. Darüber zweifelsohne erleichtert, überlegte ich angestrengt, was ich tun sollte. Hätte ich im Zweifelsfall David auf meiner Seite? Und wo waren Georg und Rudi? Mein Puls raste.

Wenn ich das richtig einschätzte, hatte ich keine Chance, denn töten konnte ich meine Gegner ja offensichtlich nicht. Zumindest war das eine der Informationen, die aus Sarahs Erzählungen bei mir hängen geblieben waren. Meine Entscheidung fiel in Sekundenschnelle. Leise steckte ich meine Waffe weg. Wenn ich für sie keine Bedrohung darstellte, lebte ich vielleicht länger. Ich richtete mich behutsam auf und schritt mit halb erhobenen Händen langsam vor den Treppenabsatz. Deutlich konnte ich spüren, wie mich das Adrenalin puschte. Kaum hatten sie mich erblickt, drückte mich auch schon einer der beiden Anzugträger zu Boden. Der rechnete allerdings nicht damit, dass David mir zur Hilfe eilen würde. So überrascht, riss David den Mann von mir herunter, half mir auf und stellte sich schützend vor mich.

»Lasst ihn in Ruhe. Ihr seht doch, dass er seine Waffe nicht in der Hand hält.«

Der andere kam nah an uns heran, während der erste Angreifer in Lauerstellung verharrte. Die Geschwindigkeit, mit der sie sich bewegten, für mein Auge kaum wahrnehmbar, war außergewöhnlich.

»Wer ist das denn? Noch einer wie die da unten? David, was hat das zu bedeuten?«

»Dominik, Herr Rascudo, das ist doch richtig, oder?«

Unser Gegenüber nickte vornehm.

»Das ist mein Bruder. Wenn ihr mich kurz mit ihm reden lasst, dann werdet ihr verstehen, was los ist. Ich denke, er ist nicht wegen euch hier, oder?«

David drehte sich zu mir herum. Mit großen Augen schaute er mich an. Er, dem eigentlich ich sonst immer aus der Patsche half.

Die Situation hätte explosiver nicht sein können. Mir war klar, dass ich hier nicht mehr lebend rauskäme, wenn ich jetzt etwas Falsches sagte.

»David«, fing ich an, »ich hatte versucht Sarah anzurufen, sie stammelte am Telefon etwas von ihren Freunden und dass sie gefangen seien und getötet würden. Dann wurde das Gespräch unterbrochen. Wir befürchteten das Schlimmste. So haben wir beschlossen, ihr zu helfen. Wo sie doch annahm, dass sie«, ich deutete auf den Mann, den David *Dominik* genannt hatte, »nicht gut auf sie zu sprechen sein würden.«

Eben dieser Mann drückte jetzt meinen Bruder zur Seite, ich machte mich auf alles gefasst. Und obwohl mir klar war, dass ich schon allein ihrer Geschwindigkeit wegen keine Chance hatte zu entkommen, würde ich es im Ernstfall trotzdem versuchen. Es schien jedoch, dass er sich bewusst sehr bedächtig bewegte, um mir keinen Grund zu geben, mich angegriffen zu fühlen. Er hielt mir nur die Hand hin und meinte.

»Darf ich mich vorstellen, Dominik von Rascudo, und das ist mein Cousin John, Earl of High Temper. Wegen Ihrer Leute tut es mir leid. Es war einfach unvermeidbar.«

»Was war unvermeidbar?«, fragte ich irritiert, noch immer seine Hand haltend. David drückte mich von ihm weg. Er kannte mich zu lange.

»Hör zu, wir konnten ja nicht wissen, dass ihr nur Sarah sucht. Das Gespräch, das du mit ihr hattest, wurde von mir unterbrochen. Laurentiu war gerade im Begriff, das Haus zu betreten. Er durfte nicht mitbekommen, mit wem sie telefoniert. So habe ich ihr den Hörer einfach weggenommen. Ich wollte dich doch nur beschützen!«, rechtfertigte er sich.

»Soll das heißen, Sarah ist gar nicht in Gefahr?« Meine Stimme überschlug sich beinahe vor Zorn.

»Und was ist mit Georg, und Rudi, habt ihr die unten eingesperrt?«

David schaute mich an, mit einem Blick, der Bände sprach. Mir war augenblicklich klar, was das zu bedeuten hatte.

Sie waren tot.

Ein eiserner Ring schnürte mir die Brust zu; mein Kopf war blutleer, sodass ich keinen klaren Gedanken mehr fassen konnte. Schließlich übernahm das Adrenalin in meinem Körper wieder die Regie und kurz entschlossen holte ich aus und versetzte David einen Kinnhaken, der ihn zu Boden gehen ließ. Rascudo lachte und trat zwei Schritte zurück.

»Oha, in Familienstreitigkeiten soll man sich nicht einmischen.« Dafür erntete er einen scharfen Blick von mir.

»Ihr hättet sie nicht umbringen müssen. Das waren zwei meiner besten Leute.«

In dieser Sekunde griff ich nach meiner Waffe, ich hörte David rufen: »Nein Christian, lass das!« Doch noch bevor ich begriff, was geschah, hatte John sie mir abgenommen.

»Ich kann verstehen, mein Lieber, dass du darüber nicht gerade erfreut bist.

Trotzdem kann ich nicht zulassen, dass du jemanden damit verletzt«, meinte der Earl gelangweilt.

Dieser Dominik nickte bloß und ging dann voraus in den großen Saal.

»Kommt, wir müssen reden. Ich will wissen, was du mit Sarah zu schaffen hast und wie viel du weißt.«

Wie auch immer, bevor ich mich bewegen konnte, musste ich in Erfahrung bringen, wie es um sie stand. Ich drehte mich zu David um, der sich das schmerzende Kinn rieb.

»Wo ist sie?«

»Ich habe sie in das Haus von diesem Laurentiu gebracht. Ihrem Bruder.«

Größeres Entsetzen konnte ich nicht empfinden. Ausgerechnet zu demjenigen, von dem alle dachten, dass er ihr nicht half. Sie wiederum hatte mir erzählt, dass sie ganz fest daran glaubte, dass er zu ihr stehen würde.

Plötzlich stand dieser Rascudo über David, zog ihn hoch und presste ihn gegen das Treppengeländer.

Wahnsinn, diese Schnelligkeit.

»Du Idiot, wieso hast du nur zugelassen, dass sie zu Laurentiu geht! Er wird ihr nicht helfen. Er war es, der die ganze Zeit schon auf mich eingeredet hat, Sarah alles zu erzählen. Er, der nichts anderes im Sinn hatte, als zu erreichen, dass dieses verdammte Ritual endlich zustande kommt.«

Er ließ ihn wieder runter und mit normaler Stimme meinte er wie nebenbei: »Übrigens sollten wir in die Küche gehen. Im Kaminzimmer sieht es aus, als hätten ein paar von uns eine Party gefeiert. Oder vielleicht den Junggesellenabschied vor dem Ritual?«

»Ach ja, das Ritual«, stammelte David sichtlich eingeschüchtert, »das soll in zwei Tagen stattfinden. Freitagabend, in den Katakomben. Das steht fest. Dieser Russe kommt wohl mit einer ganzen Armee von solchen wie mir.«

Wieder war es Dominik, der sich echauffierte. Er schleuderte David herum, sodass dieser quer durch die Eingangshalle schlitterte. Sogleich stand er wieder auf den Beinen, hielt aber den Abstand, hatte er doch im Moment nicht nur den Vampir, sondern auch mich als Gegner. Die Reaktion des Vampirs hatte mich ein Stück weit irritiert. Wenn ihm Sarah egal wäre, würde er sich nicht so verhalten und auch nicht so reden. Das konnte nur bedeuten, dass sie ihm immer noch wichtig war.

Rascudo drehte sich zu mir herum und baute sich in höflichem Abstand vor mir auf.

»Könnten Sie in Erwägung ziehen, Ihre verständliche Wut für einen geringen

Zeitraum im Zaum zu halten, und uns die Möglichkeit zu einer Unterhaltung geben? Schon seit drei Jahren suche ich nach einer Lösung, wie ich Sarah vor diesem Ritual bewahren kann, und gegenwärtig haben wir nur noch zwei Tage Zeit dafür. Ich komme nicht umhin festzustellen, dass ich durchaus geneigt bin, einen Plan auszuarbeiten, in dem selbst Sie eine Rolle erhalten werden.«

Nun meldete sich dieser John zu Wort, der die ganze Zeit nur schmunzelnd danebengestanden und mit meiner Waffe gespielt hatte.

»Dominik, wie um alles in der Welt soll er eine Chance haben? Die werden ihn zerreißen wie ein Blatt. Er kann nicht gegen Vampire kämpfen, außer du willst ihn zu einem –«

»Nein!«, schrie David und eine Sekunde später stand er wieder beschützend vor mir. So ganz konnte ich meine Rage nicht unterdrücken und schubste ihn zur Seite.

»Das meine ich nicht, John. Es ist nur, wer soll Sarah wegbringen, wenn wir es schaffen sollten, sie herauszuholen? Wir müssen kämpfen. Je mehr wir sind, desto besser.«

»Du willst kämpfen, meinst du. Was soll ich dabei!« Der Earl zuckte mit den Schultern.

Einen Wimpernschlag später wurde er von Rascudo auf die Treppe gedrückt, die nach oben führte.

»Du wirst mithelfen und dich auch für Sarah einsetzen. Es ist zu einem nicht geringen Teil auch deine Schuld, dass wir überhaupt in dieser verfahrenen Situation sind.«

»Du hättest ihr alles sagen sollen«, giftete der Earl zurück.

»Das ändert aber nichts an der Tatsache, dass du sie für deine Lust zu trinken missbraucht hast. Damit hast du ihr Vertrauen in mich erschüttert. Und ich konnte nicht anders handeln, ihr nicht die Wahrheit erklären.« Sein Ton wurde mit jedem Wort schärfer.

»Ich würde sagen, damit sind wir quitt. Wir sind beide schuld daran.« John schälte sich aus dem Griff seines Cousins.

Der zeigte pfeilschnell mit dem Finger auf ihn.

»Und genau deswegen, weil du nach der Macht trachtest, wirst du helfen. Das bist du Sarah schuldig. Und wenn nicht –«

»Was, wenn nicht?« Drohend grollte John ihm entgegen. Die beiden standen sich augenblicklich bis auf wenige Zentimeter gegenüber.

Mir schwante Schreckliches. Wenn sich die beiden bekämpfen würden, wäre Sarah verloren. Und darum ging es doch eigentlich. Ohne über die möglichen

Folgen nachzudenken, stellte ich mich zwischen die feixenden Vampire und drückte sie auseinander. Perplex über mein Handeln ließen sie voneinander ab.

Der Earl drehte sich herum und schritt hinüber in den anderen Saal.

David stand bereits neben mir und legte seine Hand auf meine Schulter.

»Du bist wahnsinnig, weißt du das? Also, ich bin dabei, egal was ihr vorhabt.«

Rascudo streckte mir erneut die Hand hin. Mehr aus einem Reflex heraus nahm ich sie.

»Mutig bist du ja. Somit steigt deine Lebenserwartung um ein paar Prozent. Sich mit Vampiren anzulegen mindert sie sonst immens. Überdies sollten wir uns persönlicher ansprechen. Ich bin Dominik, und zu dem Hitzkopf da vorne kannst du *John* sagen.«

Es blieb mir nichts anderes, als zu antworten: »Ich bin Christian.«

Wir schauten uns lange in die Augen. Es war mir nicht möglich, ihn konkret einzuschätzen. Im Gegensatz dazu hatte ich bei John schnell bemerkt, dass er unbeherrscht und hinterlistig war. Bei Dominik kam in mir eher das Gefühl auf, dass er eigentlich eine ganz angenehme Person sein konnte, wenn er wollte.

»Wenn das alles hier vorbei ist, werde ich dich und deine Sippschaft zur Verantwortung ziehen. Das verspreche ich hiermit. Der Tod meiner Männer wird nicht ungestraft bleiben.«

Fast hatte ich den Eindruck, als würde sich Dominik ein Lächeln verkneifen.

»Wie du meinst«, bekam ich von ihm zurück.

Laurentiu

Nach einem erlösenden Telefonat mit Dominik persönlich machte ich mich noch einmal auf zu den Katakomben. Nur zu gerne wollte ich derjenige sein, der es dem Clanobersten mitteilte. Dominik und John waren befreit und es ging ihnen gut.

Dem Ritual stand gegenwärtig nichts mehr im Weg. Sarah weilte bei mir und ich würde sie auch nicht wieder weglassen. Ich hatte es peinlichst vermieden, Dominik gegenüber Sarah zu erwähnen oder ihm auch nur einen Anlass zur Nachfrage zu geben. Dass sich sie sich in meinem Haus befand, sollte er nicht wissen. Ich vermutete, dass er trotz allem bemüht sein würde, sie vor diesem Ritual zu bewahren. Er durfte meinen Plänen nicht in die Quere kommen. Zu viel hing davon ab.

David würde ihn unter anderem darüber aufklären, was mit Antonio und

Sarahs Freundin geschehen würde. Dass Sarah seine Hausangestellten fortgeschickt hatte, konnte er später selbst klären.

Erst in den frühen Morgenstunden kehrte ich wieder zurück. Es brannte Licht in der Küche, was mich ein wenig irritierte, da meine Helfer um diese Zeit ruhten.

Ich bemühte mich nicht, beim Betreten des Hauses leise zu sein. Kaum hatte ich die Tür hinter mir geschlossen, stand vor mir der Verursacher der nächtlichen Verwunderung.

Sarah!

So zart, so zerbrechlich stand sie im Türrahmen und sah mich mit ihren wunderschönen blauen Augen traurig an. Offensichtlich hatte sie geweint, selbst ein vollkommener Ignorant hätte dies bemerkt. Sie hielt eine Tasse in der Hand, aus der der Duft von Jasmin stieg.

»Kannst du nicht schlafen?« Bei ihr angelangt nahm ich sachte ihren Kopf zwischen meine Hände, um ihr direkt in die Augen zu blicken. Kaum berührte ich sie, sprangen Tränen hervor.

»Du musst es verhindern, du musst einfach dafür sorgen, dass Rosalie nichts geschieht, und Antonio natürlich. Bitte finde einen Weg. Ich …«

Sie drehte den Kopf zur Seite und wandte sich ab. Ich fühlte, wie ihr Herz schlug, wie der Schmerz in ihr bohrte. Es tat weh, das zu spüren, und ich bekam nur ein kleines Vorgefühl davon, wie es in ihr tobte. Sie hatte mit einem Verlust zu rechnen, aus dem es aus ihrer Sicht kein Entrinnen gab.

Sie stellte ihre Tasse auf den Tisch und sah mich vorwurfsvoll an. Ihr Ton verschärfte sich, als sie weitersprach.

»Du musst einfach eine Möglichkeit finden. Für mich, weil ich deine Schwester bin. Für mich, verstehst du? Ich tu dafür, was du willst.«

Eine Woge aus Verzweiflung prallte auf mich und ließ mich, wenn auch nur für wenige Momente, an meinem Plan zweifeln. Ich musste hart bleiben, ohne die Gefühle in den Hintergrund zu drängen. Denn ich wollte den Zugang, den ich zu Sarah mittlerweile verspürte, nicht verlieren.

Tröstend nahm ich sie in den Arm.

»Glaube mir, es gibt keine Möglichkeit. Die Regeln in unserer Welt sind unumgänglich und es gilt einzig und allein, dich zu schützen und dafür zu sorgen, dass das Ritual stattfinden kann.«

»Das Ritual!« Sie drückte sich mit beiden Händen von mir weg und sah mich aus hasserfüllten Augen an. »Bin ich dir nicht wichtig? Geht es dir nur um den Clan?«

»Sarah, bitte versteh doch. Es hängt so viel davon ab.«

»Genau, Laurentiu, es hängt viel davon ab, du sagst es. Nämlich das Leben von Rosalie und Antonio und letzten Endes auch meines.«

Sarahs Stimme wurde in ihrer Hoffnungslosigkeit immer schriller.

»Was kann ich tun, Laurentiu, dass den beiden nichts geschieht? Ich habe euch doch schon Dominik zurückgegeben, genügt das nicht? Soll ich mich opfern? Ein Leben für zwei?«

»Nein, Sarah!«

»Was«, schrie sie, »bin ich es nicht wert?«

»So war das nicht gemeint«, beschwichtigte ich sie. »Du darfst auf keinen Fall geopfert werden, weil es keiner wert wäre, für dich am Leben zu bleiben. Noch nicht mal ich. Selbst ich würde mich für dich hergeben, und genau das hat Dominik gelebt. Das war mir die ganze Zeit schon bewusst. Nur konnte ich selbst ihn nicht in meine Pläne einweihen, weil er ein Teil davon ist. Du musst am Leben bleiben, komme, was wolle.«

Sarah hielt inne, offenbar aufs Äußerste überrascht von meinen Worten.

»Unter diesen Umständen«, nun sprach sie ruhiger, zu ruhig für meinen Geschmack, »dann verlange ich von dir, dass du eine Möglichkeit findest, die beiden zu retten. Sonst setze ich selbst meinem Leben ein Ende. Wenn mein Leben so viel wert ist, wie du sagst, dann wirst du einen Weg finden.«

»Nein«, nun war ich es, der laut wurde, »Sarah, um Gottes willen, nein. Wie kann ich dir nur begreiflich machen, was deine Existenz für uns alle bedeutet? Dass unsere Welt nur durch dich gerettet werden kann?«

»Dann sag mir endlich, um was es hier geht. Warum verschweigst selbst du jetzt immer noch, was hier los ist?«

Sarah hatte recht. Aber konnte ich mich auf sie verlassen? Durfte ich ihr zumuten, die ganze Wahrheit zu erfahren? Ich nahm sie in die Arme und drückte sie fest an mich. So an sie gepresst, spürte ich ihren ganzen Hass, ihre Resignation, weil sie keinen Ausweg zu finden schien, und ihre Mutlosigkeit, so sehr, dass ich einen Entschluss fasste.

Ich gab ihr einen Kuss auf die Stirn, nahm sie bei der Hand und führte sie in mein Büro. Im hinteren Bereich stand ein halbhohes Sideboard, das mit einer schwarzen Samtdecke verhängt war. Darauf befand sich ein sehr altes, kunstvoll gearbeitetes Schwert, dessen Schaft über und über mit alten, vergoldeten Runen bedeckt war. Die Schneide, scharf wie eh und je, glänzte im Kerzenlicht der darüber angebrachten Wandhalter.

Es war die Waffe, die unseren Vater getötet hatte.

Christian

Wachsam beobachtete ich, wie dieser Rascudo mir ein Glas und eine Flasche Wasser hinstellte. Er schien sich bewusst langsam zu bewegen und ich hatte immer wieder den Eindruck, als würde er schweben, so anmutig wirkte seine Erscheinung. John saß mir gegenüber am anderen Ende des langen Küchentisches. Normalerweise, so wurde mir erklärt, halte man sich zu solchen Anlässen im Kaminzimmer auf. Doch angesichts dessen, wie es in dem blutgetränkten Raum aussah, hatte der Hausherr beschlossen, in der Küche zu verweilen. Der Geruch dort drüben war für mein Empfinden eh kaum auszuhalten, wie musste es erst für die Vampire sein?

Sie hatten mir erklärt, dass diese halb getrockneten Pfützen kein Menschenblut waren. Dass es vom Blutwein kam, der vollkommen aus Tierblut bestand. Daher auch die Glasscherben.

Zugegebenermaßen war ich erleichtert.

David betrat die Küche und bestätigte seinen Auftrag, den er zuvor von Dominik erhalten hatte. Einige Vosanti sollten zur Villa kommen, um diese Sauerei zu entfernen. Während sich die drei diesen Blutwein einschenkten, hielt ich mich ans Wasser. Es tat gut, und allmählich beruhigte ich mich. Dass meine zwei Kollegen tot im Keller lagen, hatte ich für den Moment verdrängt, bis Dominik meinem Bruder den nächsten Auftrag gab.

»Hol die beiden hoch, schaff sie in deren Wagen und bring sie zu den Lagerhallen ins Industriegebiet. Ruf von dort aus die Polizei an, dass man sie findet.«

Jetzt sah er mich an.

»Ich denke, das ist ein großes Entgegenkommen meinerseits. Normalerweise würden wir die Leichen ganz verschwinden lassen.«

Damit ging er hinaus. Als er zurückkam, hatte er ein Handy in der Hand. Er hielt es David hin.

»Ruf die Polizei an, lass die Verbindung bestehen und leg es zu den Männern. Dann finden sie die beiden schneller.«

Ich stand auf und wollte mitgehen, doch David bremste mich.

»Lass es gut sein, ich mach das schon.«

Bestürzung, gemischt mit Trauer, stieg in mir auf. »Ihr legt sie einfach irgendwo ab wie Kadaver?«

Mit festem Griff hielt Dominik meinen Arm und schickte David hinaus.

Was war aus ihm geworden! Es entsprach so gar nicht seiner Art, Befehle einfach so zu befolgen. Gerade er, der jeden Schritt, den er tat, sonst bis ins kleinste Detail hinterfragte.

»Herr Berg, Christian … das ist alles, was ich für die Kollegen jetzt tun kann. Für den Moment zumindest. Erst gilt es einen Plan zu schmieden, um Sarah vor dem Ritual zu bewahren. Du hast die Wahl, hilf uns, oder du bekommst ebenfalls einen Platz im Wagen.«

Sein süffisantes Grinsen ließ keinen Zweifel daran, was er damit meinte, und seine Stimme klang, als würde er seine Drohung ohne zu zögern umsetzen. Gleichzeitig hörte ich die Bitte, die im Nachhall mitschwang. Es war ihm tatsächlich wichtig, Sarah aus der Misere zu befreien.

Mir war seltsam zumute. Ich fühlte mich, als würde sich nach und nach ein Schleier auf meine Gedanken legen. Der Tod meiner beiden Freunde trat in den Hintergrund und der Schmerz darüber waberte nur noch leicht hindurch. Ich sollte mir wenigstens anhören, was er vorhatte.

Der Vampir drückte mich auf den Stuhl zurück, auf dem ich zuvor gesessen hatte. Mir wurde schlagartig bewusst, dass ich jetzt mit den beiden alleine war. Kein David, der mich beschützen könnte. Ich hätte gegen diese Monster keinerlei Chance.

Einen kurzen Moment später nahm Dominik ein weiteres Handy aus seiner Jackentasche, trat vor die Tür und nach kurzem Warten hörte ich ihn reden. Er sprach jedoch so schnell, dass ich kein Wort verstand. Offensichtlich führte er mehrere Gespräche. Nach ein paar Minuten betrat er wieder die Küche, einen zufriedenen Ausdruck im Gesicht, und nahm zwischen John und mir Platz.

Er lächelte mich an.

»Hättest du zufällig ein verlässliches Versteck, in das du mit Sarah flüchten kannst? Es sollte meiner Meinung nach etwas sein, was nicht im Geringsten zu mir zurückzuführen ist. Keiner weiß, dass du mit im Boot sitzt, und niemand kann so Rückschlüsse ziehen.«

Aus den Augenwinkeln registrierte ich, dass John den Kopf schüttelte.

»Dominik, bist du verrückt geworden? Du willst doch nicht etwa *ihm* Sarah anvertrauen?«

Dominik lächelte wieder.

»Ganz im Gegenteil, ich glaube, dass sie nirgends sicherer wäre. Ist es nicht so?« Er sah mich herausfordernd an.

Seine Worte suggerierten mir, dass er nicht vorhatte, mich zu töten. Trotzdem war mir mulmig zumute. Vorsichtig wählte ich meine Worte.

»Wenn du das so siehst, freut es mich. Und ja, ich hätte da zufällig eine Hütte im —«

Er unterbrach mich grob.

»Es ist besser, wenn ich es nicht weiß. Du wirst dir ein zuverlässiges Fahrzeug nehmen, alles besorgen, was ihr für einen längeren Aufenthalt in eurer Hütte benötigt, und dann wieder hierherkommen.«

John mischte sich wieder ein.

»Du musst den Verstand verloren haben! Diese paar Tage in der Kiste sind dir wohl nicht bekommen! Du kannst doch nicht zulassen, dass er Sarah an einen Ort bringt, den wir nicht kennen?«

»Keine Sorge, ich weiß, was ich tue. Ich halte es einfach für besser so. Und falls uns etwas passiert, ist Sarah bei ihm in guten Händen.« Wieder sah er mich grinsend an. »Habe ich nicht recht?«

»Darf ich fragen, wie du das meinst?«, meldete ich mich zaghaft zu Wort.

»Du magst sie, daher würdest du nicht zulassen, dass ihr was geschieht. Du würdest sie im Zweifelsfall mit deinem Leben beschützen. Ich spüre das. Du hoffst, dass Sarah genauso über dich denkt. Darauf kann ich dir leider keine Antwort geben. Ich kann dir nur sagen, dass ich den Gedanken ungern zulasse, sie ihn deinen Armen zu wissen. Und doch werde ich nichts tun, was sie unglücklich machen würde. Es ist ganz allein ihre Entscheidung … Ich denke, wir verstehen uns.«

Zufrieden lehnte er sich zurück.

Meine Reaktion auf seine Worte war für ihn offensichtlich Bestätigung genug. Verwundert nippte ich an meinem Glas.

Er hatte mit seiner Annahme mitten ins Schwarze getroffen. Und sollte Sarah es wollen, überließ er sie mir.

Wie gnädig, dachte ich.

Mir war durchaus bewusst, dass ich seinem Wohlwollen ausgeliefert war. Und da ich unzweifelhaft derjenige sein sollte, der sie wegbrachte, hatte ich Zeit genug, mit ihr zu reden.

Mir fiel plötzlich etwas nicht ganz Unwichtiges ein.

»Ich sollte mich krankschreiben lassen, oder Urlaub nehmen. Ich kann nicht einfach verschwinden. Sonst suchen die nach mir. Meine Leute wissen von der Hütte. Wenn meine zwei Kollegen«, ich musste schlucken bei dem Gedanken an Rudi und Georg, »gefunden sind, wäre das durchaus glaubwürdig. Daher halte ich es in jedem Fall für besser, wenn ich ins Präsidium fahre und dort abwarte. Danach werde ich die Sachen besorgen und hierher zurückkommen, so wie du es vorgeschlagen hast.«

Der Hausherr nickte, lachte und meinte, zu John gewandt: »Da sieh mal einer an, es ist sehr angenehm, jemanden vor sich zu haben, der mitdenkt. Wir sollten in Erwägung ziehen, zusammen Geschäfte zu machen. Ich glaube, wir kämen gut miteinander klar.«

»Das bezweifle ich doch sehr!«, setzte ich gleich entgegen.

John schien mit diesem Teil des Planes nicht so ganz einverstanden zu sein, doch wie ich das sah, blieb ihm nichts anderes übrig, als es zu akzeptieren. Sein Mitspracherecht lag anscheinend in dieser Angelegenheit sogar noch hinter dem meinen. Und ich wäre ein Idiot, würde ich mich nicht auf diesen Vorschlag einlassen. Sarah bei mir zu wissen vereinfachte vieles.

Keiner sagte ein Wort, sodass ich das zum Anlass nahm, mich auf den Weg zu machen. Sicherlich war auch David schon dabei, seinen Auftrag in die Tat umzusetzen. Ich sollte im Präsidium sein, bevor der Anruf käme.

Kaum stand ich, erhob sich auch Dominik, um mich hinauszubegleiten.

Als wir mein Auto erreichten, fuhren zwei große SUVs auf den Hof. Die drei Männer und zwei Frauen, die ausstiegen, wurden von Dominik knapp begrüßt und hineingeschickt. In der Vorhalle nahm sie John in Empfang.

Dominik hielt mit der rechten Hand die Fahrerseite zu, sodass ich sie nicht öffnen konnte, seine Linke lag auf meiner Schulter.

»Ich möchte nicht«, begann er leise, »dass John erfährt, wo sich das Versteck befindet. Er hat sich schon einmal an Sarah vergriffen, und sollte mir etwas passieren, möchte ich nicht, dass er sie in seine Gewalt bekommt. Dafür wirst du Sorge tragen. Ich werde dir ausreichend Mittel zur Verfügung stellen.«

Jetzt ließ er mich los und trat einen Schritt zurück. Wieder überrollte mich eine wohlige Welle. Seltsamerweise empfand ich eine gewisse Ruhe und Stärke. Für mich unerklärbar, fühlte ich mich mit ihm fast verbrüdert.

Auf dem Weg zum Präsidium konnte ich nichts denken; mein Kopf war leer. Je weiter ich mich von dem Ort des Grauens entfernte, umso mehr verflüchtigte sich dieser Nebel, der sich auf meine Gedanken gelegt hatte. Nur sehr träge meldete sich mein analytischer Verstand zurück und mehr und mehr wurde mir bewusst, auf was für einem schmalen Grat ich mich befand. Ich kam nicht umhin zuzugeben, dass, wenn ich nicht so handelte, wie der Herr Rascudo es vorsah, mein Leben keinen Cent mehr wert war. So langsam bekam ich eine Vorstellung davon, wie es meinem Bruder ergangen sein musste.

Gemächlich ließ ich meinen Wagen auf den Parkplatz vor der Wache rollen. Sofort fiel mir die Hektik auf, in der Beamte hinaus und hinein stürmten. Nacheinander fuhren vier Fahrzeuge mit Blaulicht vom Hof.

Matthias stand in der Tür. Er sah mich und ich konnte deutlich die Fassungslosigkeit in seinem Gesicht erkennen.

Bedächtig schritt Dominik den langen Flur entlang zu dem Raum, der das Heiligtum seines Vaters darstellte. Die umhereilenden Vosanti machten ihm beim Vorbeigehen ehrfürchtig Platz. Er war überrascht, wie sehr sich hier unten alles verändert hatte in dieser kurzen Zeit. Ohne anzuklopfen, öffnete er die schwere Tür und trat ein.

»Dominik!«, ertönte es sofort erfreut aus dem Sessel im hintersten Eck des Raumes. Schon schnellte der Clanoberste hervor und presste seinen Sohn an sich.

»Ich bin froh, dass dir nichts geschehen ist. Dich zu verlieren wäre das Schlimmste, was ich mir vorstellen kann.«

Er hielt ihn an den Schultern und sah ihn strahlend an. Die Haut spannte sich um seine Wangenknochen, und es sah aus, als würde sie jeden Moment einreißen. Die Emotionen ließen seine Augen kurz in einen leicht rötlichen Schimmer übergehen, der jedoch schnell wieder verflog.

»Wie du siehst, sind die Vorbereitungen fast abgeschlossen. Und ja, ich weiß, wir sind zuletzt nicht gerade als Freunde auseinandergegangen. Dennoch, du bist mein Sohn, ich habe mir die allergrößten Sorgen um dich gemacht.«

Dominik wandte den Kopf zur Seite, drehte sich herum und setzte sich auf den Steintisch. Abfällig winkte er ab.

»Hör auf, deine ganze Sorge galt der Frage, ob ich rechtzeitig am Ritual teilnehmen kann. Wegen dem Blutsiegel. Glaubst du etwa, ich weiß nicht, wie hier alles vonstatten gehen soll? Hättest du mich wirklich so vermisst, wie du mir weismachen möchtest, dann wärest du höchstpersönlich in die Villa gekommen.«

»Nein, Dominik, so ist das nicht. Meine Sorge galt allein dir, meinem Fleisch und Blut.«

»Du kannst mir nichts vormachen, Vater. Und wenn du ehrlich bist, dann weißt du auch genau, warum ich hier bin.«

Er rutschte vom Tisch herunter und stand jetzt eine Armeslänge von seinem Vater entfernt. Dessen Gebaren änderte sich sofort.

»Ich werde dir Sarah nicht überlassen. Auf keinen Fall. Ich werde nicht das Risiko eingehen, dass Bojarow seine Drohung wahr macht. Nicht wegen diesem Mädchen.«

»Verfluche ihm eine andere Frau. Es muss eine Möglichkeit geben, das ohne den Kometen zu machen. Wenn du sie nicht findest, gib mir die Unterlagen, ich werde die Sache eingehend studieren und eine Lösung suchen. Ich möchte auch nicht, dass einer von uns hier zu Schaden kommt. Du kennst die Weissagung, Sarah gehört zu mir, das kannst und darfst du nicht ignorieren, nicht aus dieser falschen Angst.«

Dominiks Vater hatte den Kopf gesenkt.

»Ich kann dir die Unterlagen nicht geben. Ich habe sie nicht mehr. Schon seit langem. Und keiner weiß davon.«

Dominiks Gesichtsausdruck verwandelte sich von einer Sekunde zur anderen in blankes Entsetzen.

»Du hast sie nicht mehr? Soll das heißen, wenn du im Besitz der Formeln wärst, wäre das mit Sarah überhaupt kein Thema? Ich fasse es nicht, dass du uns alle belügst und betrügst. Du bist Clanoberster, weil wir alle glauben, dass du diese Macht verantwortungsvoll ausübst.«

Sein Vater schnellte vor ihn und fasste ihn an den Schultern.

»Du darfst das niemandem erzählen. Ich verbiete es dir. Es ist ja nicht so, dass sie ganz fort sind. Ich kann nur dieses Buch nicht mehr finden, in dem ich diese Pergamente versteckt hatte. Vielleicht ist es mir auch gestohlen worden.«

Dominik befreite sich aus dem zudringlichen Griff.

»Du wirst mich nicht dazu benutzen, deine Fehlbarkeit zu vertuschen. Hör mir gut zu: Ich verlange von dir, dass du das Ritual absagst.«

Der Clanoberste hatte sich abgewandt und zu seinem Sessel begeben, die Hände auf die Rückenlehne gelegt.

»Meine Entscheidung steht. Wir alle haben so entschieden. Eigentlich müssten wir Sarah verurteilen für das, was sie mit dir und John getan hat. Laurentiu wird Sarah morgen hierher bringen. Bojarow reist schnellstmöglich mit seinen Helfern an. Dem Ritual wird nichts mehr im Wege stehen. Und nun geh.«

»Wie du meinst, Vater.«

Als Dominik sich umwandte, glaubte er im Gesicht seines Vaters einen Anflug von Überraschung zu erkennen, dass sein Sohn sich so einfach geschlagen gab, statt es erneut auf eine körperliche Auseinandersetzung mit ihm ankommen zu lassen. Ohne ein weiteres Wort glitt er hinaus.

Draußen auf dem Gang hielt Dominik kurz inne und beobachtete die geschäftig hin und her eilenden Vampire. Eine bekannte Stimme drang an sein Ohr. Er bog nach links ab, folgte dem Gang bis ans Ende und sah durch die halb geöffnete Tür. Augenblicklich stieß er sie auf. Seine Empörung war ihm nicht nur anzusehen, man konnte sie auch hören.

»Antonio, was zum Teufel …«

Sofort schossen zwei Vosanti herbei, die die beiden Gefangenen bewachten, und hielten ihn davon ab, weiter in den Raum vorzudringen.

»Warum halten sie euch hier gefangen? Rosalie, was soll das?«

Antonio schaute ihn wütend an. Rosalie hatte überrascht die Augen aufgerissen und brachte kein Wort heraus. Dominik sah seinen Vasallen an, immer noch auf Antwort wartend. Doch der Ausdruck, der jetzt in Antonios Gesicht trat, sagte ihm genug.

»Das glaube ich nicht«, flüsterte er. »Du hast ihr geholfen. Ihr beide habt ihr geholfen.« Und nach einer kurzen Pause: »Habe ich recht?«

Rosalie überwand als Erste ihre Erstarrung.

»Du musst uns hier herausholen. Hilf uns, Sarah braucht unsere Hilfe. Alleine schafft sie das nicht. Hilf uns, bitte!«

Antonio hatte sich aufgerichtet, stolz erhobenen Hauptes, die Augen fest auf seinen Erschaffer gerichtet.

»Du hättest Sarah das nicht antun dürfen. Du hast sie beinahe umgebracht. Sie hat dich geliebt, bis zuletzt. Du selbst hast das zu verantworten. Und ja, unsere Hilfe war ihr sicher.«

Dafür erntete er von Rosalie bitterböse Blicke. Dominik konnte kaum glauben, was er da vernahm. Antonio, dem er sein Leben anvertraut hätte, hatte ihn verraten. Wortlos drehte er sich um und schickte sich an, den Raum zu verlassen.

»Bleib hier, Dominik! Hilf uns. Du musst uns hier herausholen, die töten uns sonst ... Dominik!«, schrie ihm Rosalie hinterher.

Ohne jede Regung floh er den Gang entlang, den Weg zurück, den er zuvor gekommen war. Selbst wenn er gewollt hätte – wie hätte er ihnen helfen sollen? Sie hatten gegen das oberste Gebot verstoßen. Und er wollte kein gutes Wort für die beiden einlegen. Wozu? Er würde Antonio nie mehr vertrauen können. Von Rosalie ganz zu schweigen.

Kurz bevor er den langen Flur durch die massive Holztür verließ, drehte er sich noch einmal um. Er sah in den Festraum hinein, in dem nach wie vor Vosanti beschäftigt waren. Der dunkelrote Läufer, der hinauf zum steinernen Altar führte, tauchte den Raum in ein schummriges Licht, begünstigt durch die unzähligen Kerzen, die ringsherum brannten. Er stellte sich in den Durchgang und speicherte die Aufteilung des Raumes genauestens ab. Bis auf das große Portal gab es keine Möglichkeit, den Raum zu betreten oder zu verlassen. Ihm war klar, dass sie schnell sein mussten, wenn sein Plan gelingen sollte.

Die Zeit drängte.

Eine Gänsehaut kroch mir den Nacken hinunter bis in die Lenden. Sofort war mir bewusst, was das zu bedeuten hatte. Sie hatten hundertprozentig die Nachricht von Rudi und Georg bekommen. Augenblicklich war mir klar, dass ich mich ab jetzt gut verstellen musste. Hastig überlegte ich. Schließlich waren Rudi, Georg und ich gemeinsam zur Villa losgefahren. Und jetzt kam ich alleine zurück, und die beiden anderen waren tot.

Was sollte ich sagen?

Matthias kam schnell zu mir hinunter und öffnete die Wagentür. Ich stieg aus, sah ihn wortlos an und dann den davonrasenden Streifenwagen hinterher.

»Was ist los?«, flüsterte ich. Matthias legte eine Hand auf meine Schulter. Er rang um Worte.

»Rudi und Georg. Man hat sie im Industriegebiet gefunden. In der Nähe der großen Lagerhallenanlage. Christian … sie sind tot! Was um alles in der Welt ist passiert? Ihr seid doch zusammen los? Was ist schiefgelaufen?«

Es fuhr mir unangenehm in die Magengegend. So als würde man mit Höhenangst im Riesenrad sitzen und hinuntersehen.

»Was?«, stammelte ich leise. Matthias hielt mich auf einmal fester und lehnte mich zurück ans Auto.

»Alles okay? Du bist ganz blass«, meinte er besorgt.

Ich wusste, ich musste ihn anlügen. Ich konnte ihm in diesem Moment noch nicht mal in die Augen sehen. Ich beugte mich leicht vornüber. Das Atmen fiel mir schwer.

Allerdings nicht aus den Gründen, die Matthias vermutete.

»Ich war bei der Villa. Habe auf die zwei gewartet. Doch sie kamen nicht!« Schweißperlen drückten sich mir aus allen Poren. Für einen Moment nahm ich meine Umgebung nur in Zeitlupe wahr. Er konnte ja nicht ahnen, wie sehr es mich fertigmachte, ihn anlügen zu müssen.

»Ich wollte erst alleine reingehen. Doch ich beschloss es zu lassen. Und habe weiter gewartet. Ich dachte, der Verkehr hat sie aufgehalten. Was um Himmels willen ist denn passiert?« fragte ich geistesgegenwärtig, um den Ball wieder zurückzuspielen.

Matthias verstärkte seinen Griff, da ich leicht schwankte. Schwerfällig richtete ich mich auf. Sofort nahm er seine Hand weg.

»Wir bekamen einen Anruf. Leider dauerte er nicht lange genug«, erzählte er. »Es hieß nur, dass dort bei den Lagerhallen zwei Beamte lägen. Anschließend hörten wir nichts mehr. Die Verbindung blieb allerdings bestehen. So konnten wir schnell eine Ortung vornehmen. Ein Streifenwagen, der sich in unmittelbarer Nähe befand, wurde direkt dorthin gelotst. Die Kollegen riefen sofort durch und bestätigten den Anruf. Sie teilten mit, dass es ...« Seine Stimme versagte. Ich sah, wie er mit sich kämpfte. Wie ich, nur aus anderen Gründen. Seine Worte hatten mir erbarmungslos vor Augen gehalten, was ich bis dahin ein Stück weit verdrängt hatte.

Rudi und Georg waren tot.

Meine zitternden Beine gaben nach und ich rutschte, mit dem Rücken an den Wagen gelehnt, langsam hinunter, bis ich auf dem Boden saß. Matthias reagierte diesmal nicht, er war zu sehr mit sich selber beschäftigt. Es verging vielleicht eine Minute, dann saß er neben mir. Keiner von uns beiden wusste, was er sagen sollte. So saßen wir Minute um Minute da.

»Berg!«, zerriss es auf einmal die Stille. »Berg, verdammt noch mal, wo sind Sie denn?«

Ich erkannte die ausgeprägt tiefe Stimme. Mein Chef, Kommissar Röders. Ich hatte die Augen geschlossen, den Kopf hinten angelehnt. Ich wollte jetzt nicht reden.

Die Schritte näherten sich und stoppten vor uns. Ermattet von den vielen Ereignissen öffnete ich die Lider und sah in ein Gesicht, aus dem mich nicht minder bekümmerte Augen anblickten.

»Berg«, sagte Röders milder, »ich weiß, dass Sie alle geschockt sind. Würden Sie bitte trotzdem hineinkommen? Sie wissen, warum.« Ich nickte nur.

Er streckte mir seine Hand entgegen. Ich nahm sie und ließ mich von ihm nach oben ziehen. Tröstend legte er seine andere Hand auf meine Schulter. Matthias hatte sich schon aufgerichtet und trottete uns ins Polizeigebäude nach. Wir fanden uns im Verhörraum wieder. Mir war klar, dass ich eine Aussage machen musste und wieder zog sich eine Gänsehaut meinen Nacken hinab. Ich würde meinem Chef dasselbe erzählen wie Matthias. Würde ihn anlügen. Und Röders würde in keinem Moment auch nur den geringsten Zweifel haben an meinen Worten.

Das flaue Gefühl in meinem Magen wurde stärker. Seit dem Frühstück mit Sarah hatte ich nichts Vernünftiges mehr gegessen, nur Kaffee getrunken, und das zu viel. Anschließend die Aufregung in der Villa. Normalerweise war ich hart im Nehmen. Dennoch zeigte mir mein Körper gerade, dass auch ich Grenzen hatte.

Matthias und ich saßen längst, als Röders mit einem weiteren Kollegen wiederkam. Röders begann sofort mit seinen Fragen und bereitwillig gaben wir Auskunft. Wir erklärten, worum es ging und wie es kam, dass Rudi, Georg und ich zur Villa fuhren. Dass es sich um Vampire handelte, ließen wir in stiller Übereinkunft aus und bezeichneten bei der Schilderung unseres Verdachts die Leute als *Sektenmitglieder*.

Dass Rudi und Georg nie bei der Villa angekommen sein sollten, glaubte Röders sofort. Einen Zusammenhang zwischen dem Fall »Villa« und dem Tod der beiden schlossen wir nach mehreren Überlegungen aus. Schließlich war klar, dass keiner wissen konnte, was wir vorhatten. Wir äußerten also die Möglichkeit, dass sie in einen anderen Hinterhalt geraten waren.

Während ich mit Matthias und Röders die verschiedensten Mutmaßungen anstellte, glaubte ich beinahe selbst, was ich da von mir gab. Es hörte sich alles so echt an. Unter diesen Voraussetzungen drängte sich mir die Notwendigkeit in den Vordergrund, dass ich es fertigbringen musste, mir freie Zeit zu verschaffen. Je mehr ich darüber nachdachte, wie ich das bewerkstelligen konnte, desto ruhiger wurde ich.

Röders nahm das zum Anlass, mich aufzufordern, zu unserem zuständigen Psychologen zu gehen. Der solle mich gleich freistellen, damit ich mich von dem Schock erholte und ausspannte. Die Kollegen würden das Kind schon schaukeln, meinte er tröstend.

Für Matthias zog er das ebenfalls in Erwägung. Doch dieser winkte ab. Da war sie, die Lösung meines Problems. Ganz von alleine war sie gekommen. Röders telefonierte kurz und einen Moment später bat er mich, einen Stock höher zu Dr. Palm zu gehen.

Eine Stunde später saß ich in meinem Wagen, auf dem Weg nach Hause. Drei Wochen gestand er mir zunächst zu. Und wenn das nicht genüge, sollte ich anrufen.

So einfach war es.

Sicherlich machte sich niemand darüber Gedanken. Jeder hatte Verständnis für diese Situation; schließlich waren wir ein Team gewesen. Trotzdem, die beiden Ermordeten hätten jedem bestätigt, dass es so gar nicht meiner Art entsprach, mich freistellen zu lassen. Normalerweise hätte ich alles dafür getan, mich in die Ermittlungen einzubringen. Ich kam mir vor wie ein Verräter. Als wäre es meine Schuld, dass Rudi und Georg ihr Leben hatten lassen müssen.

Das schlechte Gefühl im Magen drängte sich wieder vor und wurde immer stärker. Schnell setzte ich den rechten Blinker, fuhr auf den Standstreifen und stieg aus, um mich anschließend neben dem Auto zu übergeben. Nur langsam ließ das krampfartige Würgen nach. Obgleich ich mich jetzt wohler fühlte, lähmte mich der Gedanke weiterhin, dass ich Matthias und Röders angelogen hatte. Es dauerte eine ganze Weile, bis ich mich wieder in den Wagen setzte und den Weg nach Hause nahm.

Ich wusste, was ich zu tun hatte. Es war die einzige Möglichkeit, Sarah zu helfen.

John begleitete gerade die letzten beiden Vosanti hinaus, als Dominik in die Einfahrt donnerte. Der Kies spritzte bis zu den ersten Treppenstufen hinauf. Stürmisch stieg er aus und hatte im nächsten Augenblick die Treppe erklommen, an John vorbei, der in weiser Vorahnung hinterhereilte. Sie fanden sich im Kaminzimmer ein. Bis auf die Wände wies nichts mehr auf die Blutweinschlacht hin. Die Läufer waren entfernt worden.

»Wo ist David?«, fragte Dominik sogleich.

»In der Küche.«

Dominik schloss die Augen, sein Gesicht wurde für einen kleinen Moment weich. Seine Lider zuckten und für einen Sekundenbruchteil umschmeichelte ein Lächeln seine Lippen. Kurz darauf hörten sie David. Er beschwerte sich und polterte förmlich herein, sich eine Hand an den Kopf haltend.

»Das geht auch anders. Man kann mit mir reden, ganz normal, ich will nicht, dass ihr in meinem Kopf herumpfuscht.«

Dominik öffnete die Augen und sofort hatte er seinen ernsten Gesichtsausdruck wieder. Die Lippen aufeinandergepresst, wies er mit der Hand auf die Sessel am Kamin. John und David setzten sich.

»Habt ihr etwas von diesem Polizisten vernommen? Diesem … wie heißt der noch mal?«

»Der Polizist ist mein Bruder und heißt Christian. Und nein, zumindest ich habe nichts von ihm gehört.«

Dominiks und Davids Blicke wanderten zu John. Der schüttelte langsam den Kopf.

»Demzufolge warten wir!«, bestimmte Dominik in drohendem Ton. »Antonio und Rosalie sind in den Katakomben. Spätestens morgen wird über sie Gericht gehalten.«

»Weshalb?«, fragte John unbedarft. Der Blick, den er von Dominik dafür erntete, sprach Bände.

»Da schau mal einer an«, flapste John, »hat die kleine Sarah es tatsächlich geschafft, dir deinen Schoßhund auszuspannen?«

Augenblicklich schnellte Dominik hoch und stürzte sich auf seinen Cousin, der zwar ebenfalls hochschnellte, jedoch zu langsam war. Dominik warf sich gegen ihn, sodass beide mitsamt dem Sessel nach hinten kippten. Seine Hand umfasste schon Johns Hals, noch bevor sie den Boden erreichten, die Lehne des Sessels halb unter sich begraben. Er hatte ihn so im Griff, dass John es nicht schaffte, sich zu wehren. Er ächzte unter der Umklammerung und stöhnte. Knurrende Laute kamen aus beiden Kehlen. Ruhig und drohend, mit scharrender Stimme, fing Dominik an:

»Habe ich dir nicht genügend deutlich gemacht, dass gerade du dir jeglichen Kommentar sparen solltest? Deine Machenschaften haben doch erst dafür gesorgt, dass ich ihren Unmut und ihre Zweifel auf mich nehmen musste. Ich hätte dir schon längst den Kopf herunterreißen sollen. Schon damals, als du Sarah im Keller überwältigt hattest.« In seinem Hass fingen seine Augen an rötlich zu blitzen. Die Haut in seinem Gesicht zog sich gefährlich scharf über die Knochen. Seine Zähne schoben sich nach vorn, nur wenige Zentimeter von Johns Hals entfernt, während er ihm ins Ohr flüsterte. Er verstärkte seinen Griff und drückte Johns Kopf noch weiter nach oben. Gurgelnde und röchelnde Laute drangen aus Johns Kehle.

»Wenn ich nicht jeden Vampir brauchen würde, der mir zur Verfügung steht, glaube mir, dann bestündest du nur noch aus Einzelteilen. Du wirst mir helfen, Sarah dort herauszuholen, denn wenn nicht, wirst du der Erste sein, der nie wieder das Licht der Sonne sehen wird. Dann wirst du im Reich der Schatten verweilen, für immer und ewig. Das war das letzte Mal, dass du dir anmaßt, deine Worte nicht im Zaum zu halten.«

Johns gurgelnde Laute wurden bedenklich schwach. Jedenfalls ließ Dominik nach diesen letzten Worten von ihm ab. So schnell, wie er über ihm gewesen war, so schnell saß er wieder seelenruhig auf seinem Platz.

David, der während des Kampfes aufgesprungen war, sich aber nicht eingemischt, sondern Abstand gehalten hatte, sah erleichtert zwischen den beiden hin und her.

John lag noch immer da und hielt sich seinen Hals, als wollte er seinen Kopf davor bewahren herunterzufallen. Sehr langsam richtete er sich auf und schritt zur Bar hinüber, um sich eine Flasche Blutwein zu nehmen, die er direkt ansetzte.

In dieser Stille, in der man nur Johns schlürfende Geräusche vernahm, verharrten sie eine Weile. Selbst David wagte nicht, sich zu bewegen und seinen

Platz wieder einzunehmen. Erst als John sich anschickte, etwas zu sagen, setzte er sich.

»Mit Verlaub, mein lieber Cousin, ich kann doch nichts dafür, wenn Antonio sich gegen dich wendet. Für Sarah Partei ergreift. Das ist eine Entscheidung, die er alleine fällt. Er hätte dir auch von ihrem Plan erzählen können.« Mit gesenkter Stimme fügte er hinzu: »Sofern es denn einer war.«

Dominik reagierte diesmal nicht auf Johns Worte; David hatte befürchtet, er würde wieder auf ihn losgehen.

John setzte nach: »Ich kann verstehen, dass dich dieser Umstand ärgert, dennoch solltest du dir eingestehen, dass du trotz allem die Mittel in der Hand hattest, all das zu verhindern. Deine Gefühlsduselei hat dir die Sinne vernebelt.«

David verstand nicht, warum John nicht einfach still blieb. Wollte er mit seinen Provokationen erreichen, dass Dominik ihm den Kopf herunterriss? Hier ging es darum, Sarah zu helfen und seinen Bruder Christian aus der Schusslinie zu bringen.

»Jetzt sei doch endlich still!«, rief er ihm erbost zu. Er hatte seinen Sitzplatz erneut verlassen und wollte auf John zugehen, wurde jedoch von Dominik am Arm zurückgehalten.

»Lass es gut sein«, meinte er seelenruhig zu David, »ich denke, wir sind alle etwas gereizt. Es wäre schade, wenn man das noch an dir ausließe.«

David biss sich auf die Unterlippe.

Schnelle Schritte näherten sich.

Christian

In meiner Wohnung angelangt packte ich schnell einige Sachen in einen großen Rucksack. Auch ein paar Decken legte ich bereit. Wie paralysiert eilte ich in meiner Residenz hin und her, um die verschiedensten Dinge zusammenzusuchen. Bevor ich endlich alles zum Fahrstuhl schaffte, stand ich da und schaute aus dem Fenster, ohne irgendeinen sinnvollen Gedanken.

Mein Handy klingelte. Ich sah nicht nach, wer es war, ich legte es einfach auf die Küchentheke. Dann schwang ich den gut gefüllten Rucksack auf den Rücken und nahm den danebenstehenden Wäschekorb mit den obenauf befindlichen Decken. Umständlich öffnete ich die Tür. Der Fahrstuhl stand immer noch bereit, sodass ich gleich alles hineinstellen konnte. Ein letzter Blick durch die Wohnung. Würde ich je wieder hierher zurückkommen?

Leise surrte der Fahrstuhl nach unten. In Windeseile hatte ich alles im Wagen verstaut.

Etwa fünfzehn Minuten später erreichte ich den Einkaufsmarkt. Gezielt hetzte ich durch die Gänge und besorgte alles Notwendige, Essbares, Getränke und Toilettenartikel. Ich dachte sogar daran, dass sich eine Frau an meiner Seite befinden würde, sofern wir es schafften, sie zu retten.

Beim Verladen der Einkäufe musste ich mir eingestehen, dass es von Vorteil wäre, etwas zu essen – ging ich doch irrigerweise davon aus, dass die Vampire nichts Essbares im Haus hatten. Mein Magen war so leer, dass ich das Gefühl hatte, ein ganzes Rind hineinstecken zu können. Vor dem Center stand glücklicherweise heute ein Hähnchenwagen. Ich holte mir ein halbes und stellte mich an einen der freien Stehtische, um es gierig zu verzehren.

Beinahe friedvoll kam mir das hektische Treiben der umhereilenden Menschen vor, fast schon unwirklich nach all dem, was ich hinter mir hatte. Früher hatte es mich immer genervt, nach Feierabend einkaufen zu gehen. Jetzt war ich froh um den Trubel um mich herum, zeigte er mir doch, dass ich noch lebte.

Bevor ich zum Auto lief, kaufte ich mir noch eine Cola, die ich auf dem Weg zum Wagen öffnete. Jetzt, nach der Mahlzeit, fühlte ich mich schon wesentlich besser. Vorsichtig lenkte ich mein Fahrzeug auf die Straße und reihte mich in den Verkehr ein. Es dauerte wegen der Baustellen ewig, bis ich im Feierabendverkehr die Villa erreichte. Der Himmel hatte sich zugezogen und vereinzelt landete ein Regentropfen auf der Windschutzscheibe. Ich rechnete damit, dass es gleich schütten würde, so dunkel, wie die Wolkentürme sich über mir zusammenbrauten. Bedrohlich, aber passend zur Situation, fand ich. Vor diesem Hintergrund wirkte selbst das hübsche Anwesen unheimlich und beängstigend.

Ein seltsam lauwarmer Wind blies mir ins Gesicht, als ich ausstieg. Da zuckte ein Blitz über den Himmel, der sogleich von einem tiefen Donnergrollen verfolgt wurde.

Ich beeilte mich hineinzugehen, dabei wunderte ich mich, dass die Tür nicht verschlossen war. Sicher, Einbrecher würden es bereuen, hier ungebeten einzudringen.

Kaum befand ich mich in der Vorhalle, hörte ich erregte Stimmen, die nicht eben freundlich klangen. Eiligst bewegte ich mich in die Richtung. Saßen die etwa in dem Raum, in dem es aussah, als hätte ein Blutbad stattgefunden?

Die letzten Meter rannte ich fast, denn ich hörte David.

Drei Augenpaare schauten mich nicht gerade erfreut an.

»Was ist hier los?« Ich sah, dass Dominik meinen Bruder am Arm hielt, während dieser, zu John gewandt, wirkte, als wollte er sich auf ihn stürzen.

In diesem Moment drehte sich David herum, winkte abfällig in Johns Richtung und kam zu mir, was der Hausherr anstandslos zuließ.

»Alles in Ordnung, Bruderherz. Bei dir auch?«, wollte er wissen.

»Ja klar, konnte alles regeln. Und mein Auto ist gerüstet, für eine Flucht zu zweit. Aber was ist hier? Gibt es Probleme?«

Ich hörte John lachen, sah, wie er eine Flasche ansetzte, die zu drei viertel geleert war. Es war David, der antwortete, da keiner der beiden anderen sich anschickte, etwas zu sagen.

»Nicht wirklich! John provoziert Dominik in einem fort und ich versuche nicht zwischen die Fronten zu geraten, was sich allerdings als schwierig erweist.«

»Setz dich, Partner«, kam es vom Kamin, »wir sollten uns genau überlegen, wie wir vorgehen. Stellen wir doch unsere persönlichen Belange für ein Weilchen hintenan.«

Mit diesen Worten schaute er kurz, aber sehr ernst zu John. Ich konnte mir lebhaft vorstellen, dass sich die zwei Vampire nach all dem nicht unbedingt wohlgesinnt waren.

David zog mich mit sich und drückte mich in einen Sessel. Der Herr des Hauses redete weiter, obwohl John noch nicht bei uns saß.

»Der Raum, in dem das Ritual stattfinden wird, ist ähnlich groß wie unser Saal hier. Nicht so hoch versteht sich. Verfügt über ein ausladendes Eingangsportal. Eine zweiflügelige schwere Holztür mit Eisenbeschlägen. Am Ende dieses Raumes befindet sich ein gewaltiger Steintisch. Der Weg dorthin führt vom Eingang her über einen langen Läufer. Links und rechts davon sind Stuhlreihen aufgestellt. Es werden also viele da sein, doch ich rechne nicht damit, dass uns von den Gästen Gefahr droht. John und ich werden mit einem weiteren Cousin zusammen oben am Steinaltar bereitstehen, wegen diesem Blutsiegel. Jedenfalls wird es dazu nicht kommen.«

»Wo soll ich bleiben?«, fragte David interessiert. Lächelnd gab ihm Dominik bereitwillig Antwort. Zwischenzeitlich hatte sich John neben ihn platziert.

»Du, David, wirst am Eingangsportal bleiben. Du wirst dort warten, bis wir in einer günstigen Gelegenheit Sarah zu dir bringen. Du wirst sie hernach zu deinem Bruder schaffen und darauf achten, dass die beiden ungestört fliehen können, falls euch einer folgen sollte. John wird derjenige sein, der Sarah zu dir schafft. Im Anschluss daran wird er die Tür hinter euch verschließen und so dafür Sorge tragen, dass erst mal keiner den Raum verlässt. Das sollte uns einen kleinen Vorsprung verschaffen. Und du«, er schaute mich jetzt ernst an, »du wirst sie fortbringen, an einen Ort, den nur du kennst.«

»Lieber Cousin, was willst du so lange tun? Zuschauen?«

Dominik blieb ruhig und reagierte nicht auf Johns Stichelei.

»Ich werde versuchen, Bojarow ein für alle Mal den Garaus zu machen. Sonst werden wir nie Ruhe vor ihm haben. Deswegen ist es so wichtig, dass alles zeitgleich abläuft. Während du Sarah zu David bringst, kümmere ich mich um Bojarow. Sein Gefolge wird dadurch abgelenkt sein und versuchen ihm zu helfen. Obgleich er keine Hilfe mehr benötigen wird, wenn ich erst mit ihm fertig bin. Er wird keinen unserer Clans mehr belästigen.«

Ich konnte nicht umhin, ihn einfach zu fragen.

»Die werden nicht tatenlos dabei zusehen?« Ganz langsam formulierte ich diese Worte, wurde mir doch bewusst, dass ich hier über sein Todesurteil sprach. »Die werden dich in Stücke reißen. Und sicherlich auch noch andere. Ich glaube kaum, dass die sich ohne Kampf ergeben.«

Dominiks Antwort fiel für mich recht unbefriedigend aus.

»Davon ist auszugehen. Es ist möglich, dass du keine Mühen mehr in deine Rache stecken musst.«

Lange blickte er mich an.

Wieder einmal lief mir eine Gänsehaut über den ganzen Körper. So langsam fing ich an, Sarah zu verstehen.

Dominik wirkte so menschlich, wie es so mancher Mensch nicht zuwege brachte. Es war grotesk.

Er würde sich mir natürlich nicht einfach so ergeben. Dennoch war er bereit, alles dafür zu tun, um Sarah aus dem Dilemma zu befreien. Und mir tat er gleichzeitig damit einen Gefallen. Ich wusste nicht genau, ob ich das gut finden sollte oder nicht.

John dagegen wirkte plötzlich etwas deprimiert. Beim genaueren Hinsehen erkannte ich, dass dies reichlich theatralisch war.

»Eigentlich hatte ich noch nicht vor, meinem Dasein ein Ende zu setzen. Ich bin zwar schon geneigt, dem Kampf ins Auge zu schauen, sollte es einen geben, würde es allerdings vorziehen, eher als stiller Beobachter beteiligt zu sein.

Sicher, ich werde mein Möglichstes tun, um Sarah in Davids Hände zu übergeben. Du wirst aber verstehen, Dominik, dass ich infolgedessen nur dafür Sorge trage, mein Leben zu verteidigen. Dir werde ich kaum zur Hilfe eilen können!«

Dominik hatte sich entspannt zurückgelehnt.

»Das habe ich auch nicht erwartet. Ich weiß, dass du Sarah für dich willst und nur darauf wartest, dass mir bei dieser Geschichte irgendetwas zustößt. Du solltest mich besser kennen, John. Ich überlasse nichts dem Zufall.«

Die Spannung, die sich zwischen ihnen aufgebaut hatte, war fast greifbar. Selbst ein Blinder hätte durchschaut, dass die zwei Vampire keine Gelegenheit ausließen, sich gegenseitig zu diskreditieren. Da fragte ich mich verständlicherweise schon, ob in so einer Situation alles so lief, wie sich der Herr von Rascudo das vorstellte.

Wir diskutierten noch bis in die frühen Morgenstunden. Besprachen immer und immer wieder verschiedene Möglichkeiten. Letztendlich blieb es bei diesem einen Plan, der die wohl einzige Möglichkeit war, Sarah zu befreien.

Zwischenzeitlich waren David und ich in die Küche übergewechselt. Ich war erstaunt, was dort an Getränken und Essbarem zu finden war. In einem Haus voller Vampire.

Im Gespräch mit meinem Bruder fiel mir dann ein, dass die Hausangestellten ja auch Menschen waren. Die mussten essen und trinken. Wie Sarah auch.

Weit in der Frühe suchte ich mir ein Zimmer, in dem ich mich ein wenig aufs Ohr hauen konnte. Die Müdigkeit zog mich schnell in einen tiefen Schlaf.

Ein Tag

Laurentiu

»Und du glaubst tatsächlich, dass dann alles vorbei ist? Was aber, wenn …«

Ich unterbrach sie sanft.

»Sarah, das Ritual ist unsere letzte Lösung. Der letzte Ausweg, um die Clans zu schützen.«

Draußen regnete es und der Himmel zeigte sich grau in grau. Passend zum Anlass, dachte ich.

Ihren Blick hatte sie auf ihre Tasse gerichtet. Sie saß mir gegenüber, wirkte angespannt und dennoch spürte ich einen gewissen Tatendrang.

Sarah war bereit gewesen. Ich hatte ihr alles erzählen können. Und unter diesen Umständen begriff sie … meine kleine Schwester. Dass sie nach Lücken suchte, Fehler, die passieren könnten, lag nur nahe. Bislang konnte ich jedoch alle ihre Zweifel beseitigen.

Ihre wilde Lockenpracht wallte um sie herum. Eine Strähne kringelte sich immer wieder zu ihrer Nase hin. Sarahs Augen hatten ihren Glanz zurückgewonnen. Laut ihren Angaben hatte sie letzte Nacht ausgesprochen gut geschlafen, im Vergleich zu davor. Jacques war so freundlich gewesen, zum Frühstück frische Brötchen zu besorgen. Ich sah Sarah zu, wie sie sich eines mit Marmelade richtete. Beim Abbeißen bekleckerte sie ihre Bluse.

»Shit!«, rief sie und fing sogar an zu kichern. Sie wirkte auf mich innerlich befreit. Sie hatte endlich begriffen, ihr Schicksal angenommen. Es war ihr klar geworden, dass sie in diese Welt der Vampire gehörte. Dass es auch ihre Welt war. Sie wies diesen Umstand nicht mehr von sich, sondern war froh, keine Waise zu sein. Was sich zusätzlich als Vorteil zeigte, sie glaubte mir und vertraute darauf, dass die Entscheidung die richtige war. Ich war mehr als erfreut darüber.

Gestern Abend hatte ich ihr erzählt, dass Dominik und John befreit wären. Sie machte auf mich einen erleichterten Eindruck. Hatte Tränen in den Augen, aber geäußert hat sie sich dazu nicht. Ich habe sie einfach in den Arm genommen, dabei strömte mir ein Gefühlsepos entgegen, das einer puren Liebeserklärung genügen würde. Sarah liebte Dominik noch immer aus tiefsten Herzen.

Sie liebte ihn, weil sie es so wollte.

Zu lange war sie von ihm getrennt, sodass sein Einfluss keinesfalls mehr wirksam wäre, würde er welchen ausüben. Es stimmte mich froh und gleichzeitig traurig, wenn ich ihre Gefühle spürte, weil ich mit ihr litt.

Wenn ihre Emotionen über mich rollten, vermittelte es mir den Eindruck, nicht tot zu sein; wenngleich ich als Vampir Leben als etwas anderes sah als ein Mensch, der vergänglich ist. So war es mit Sarah wieder zurückgekehrt, das Leben, wie ich es früher gelebt hatte.

»Du wirkst so nachdenklich«, stellte sie fest, das angebissene Brötchen in der Hand. »Wann, sagtest du noch mal, müssen wir los?« Sie aß weiter.

»Ich denke über uns nach«, gab ich ihr ehrlich zur Antwort. »Und ich würde sagen, wenn wir hier fertig sind, packst du deine Sachen zusammen und wir machen uns auf den Weg. Eine bestimmte Uhrzeit für dein Erscheinen ist nicht verlangt. Ich soll dich nur heute bringen, und das wollen wir tun. Du brauchst keine Angst zu haben im Kreise der Vampire, entweder ich bleibe die ganze Zeit bei dir oder ich stelle dir welche zur Seite, die mein Vertrauen genießen. Keiner wird dich anrühren.«

»Wirst du versuchen, etwas für Rosalie und Antonio zu tun?« Auf diese Frage wartete ich schon die ganze Zeit. Sie hatte sie mir unentwegt gestellt, nur heute Morgen noch nicht.

»Sarah, ich fürchte, du wirst dich damit abfinden müssen, dass wir sie nicht herausbekommen. Es tut mir leid. Ich …«

»Kann ich sie denn noch mal sehen?« Sarah hatte den Rest ihres Brötchens auf den Teller gelegt und sah mich bittend an.

»Ich verspreche dir nichts, ich werde schauen, was sich machen lässt.«

Mein Handy klingelte, es war Jacques. Ich wechselte hinüber in mein Büro, damit Sarah das Gespräch nicht mitbekam.

»Ja!«, meldete ich mich knapp.

»Der Zeitpunkt der Rechtsprechung steht. Du solltest gleich kommen«, eröffnete mir Jacques, sich auf das Wesentliche beschränkend.

»Das habe ich mir gedacht.« Seine Information ließ augenblicklich Anspannung in mir aufsteigen.

»Dann beeil dich besser!«

»Das ist zwar zum jetzigen Moment nicht gerade ideal, dennoch bleibt mir nichts anderes übrig, wie mir scheint.«

Sarah durfte unter keinen Umständen etwas über die Hintergründe dieses Gesprächs erfahren.

»Sie darf auf keinen Fall erfahren, wer das Urteil vollstreckt. Ist das klar?«

»Das sollten wir hinbekommen«, pflichtete Jacques bei.

»Kannst du mir sagen, wann genau die anfangen wollen?« Ich hatte das Gefühl, uns blieb nicht viel Zeit.

»Setz dich ins Auto und komm einfach«, mahnte er an. Mir war klar, wie er das meinte.

»So sei es, wir sind im Grunde genommen fertig.«

Der Morgen war schon lange angebrochen. John hatte die Augen geschlossen, den Kopf nach hinten gelegt, und schien eingeschlafen zu sein. Christian und sein Bruder David hatten sich jeweils ein Zimmer gesucht, sie wollten versuchen zu schlafen. Dominik stand an der Tür zum Garten und schaute dem Regen zu, der unaufhörlich auf die letzten Herbstblumen prasselte. Das Telefon durchdrang die Stille unbarmherzig, und er hastete ungehalten hinüber in sein Büro.

Jacques! Er rief an, um ihnen mitzuteilen, dass man im Laufe des Vormittages wegen Antonio und Rosalie zu Gericht sitzen wolle. Man verlange, dass sie dabei seien.

Auf halbem Weg zum Kaminzimmer kam ihm John bereits entgegen. Zwanzig Minuten später saßen sie im Wagen. Kein Wort hatten sie gesprochen.

Noch nicht mal in Gedanken.

Alles war mit Fackeln oder Kerzen hell beleuchtet, als die beiden den langen Gang entlangliefen, der bei den Räumlichkeiten endete, in denen sich alles abspielen sollte. Dort, wo auch die *alten* Vampire wohnten. Johan, Johns Vater, gefolgt von Lui, kam ihnen entgegen.

»John, mein Sohn. Ich bin so froh, dich zu sehen. Wir haben uns so um dich gesorgt.«

John verdrehte die Augen, während er von seinem Vater zur Begrüßung herzlich gedrückt wurde.

»Sei auch du gegrüßt, Dominik, für dich gilt natürlich das Gleiche.« Und so musste auch er den Empfang über sich ergehen lassen. Lui tat es Johan nach. Man konnte allerdings deutlich erkennen, dass seine Sympathie mehr Dominik galt.

Lui ergriff das Wort.

»Kommt mit, es sind fast alle da. Wir halten das Gericht im Festsaal ab.« Freundschaftlich legte der alte Mann seine Hand auf Dominiks Schulter und schob ihn in die richtige Richtung.

Johan allerdings hielt John zurück und ließ die anderen beiden vorgehen. Er wollte mit seinem Sohn noch ein paar Worte reden.

Langsam schritten der alte und der junge Vampir auf das große Portal zu. Zwei Vosanti standen davor und öffneten die Flügeltüren, als sie näher kamen. Vor ihnen tat sich ein Meer von Lichtern auf.

Lui zeigte Dominik den Weg. Sie schritten den Mittelgang entlang, bis ganz nach vorne. Dort am Steintisch waren an jeweils einer Seite Antonio und Rosalie angekettet. Antonio stand regungslos da, mit geschlossenen Augen, während Rosalie unentwegt an ihren Fesseln zog. Sie unternahm mehrere Anläufe, ihm etwas zuzurufen, ließ es schließlich jedoch bleiben. War ihr die Aussichtslosigkeit bewusst geworden?

Sie starrte ihn nur an und folgte so seinem Weg, bis er saß.

Dominik nickte ihr zu, woraufhin sie ihren Blick abwandte. Kurz darauf kamen John und dessen Vater und noch weitere Vampire und Vosanti. Die Stuhlreihen füllten sich vielleicht bis zur Hälfte des Raumes. Wäre am nächsten Tag nicht das Ritual geplant, würden sich nicht einmal halb so viele Vampire hier einfinden.

Wildes Durcheinandergetuschel, Geraune und Geflüster waberte durch den Saal. Plötzlich krachten die Flügeltüren des Portals unbarmherzig ins Schloss, sodass alles wie auf Kommando verstummte und sich umwandte, um zu sehen, wer da käme. Der Clanoberste, Domian von Rascudo, Dominiks Vater, hatte den Raum betreten, gefolgt von zwei Vosanti, die ihm mit großen Kerzen in den Händen folgten. Alle drei hatten sie schwere Umhänge an, schwarz wie eine mondlose Nacht. Die Kapuzen hatten sie übergestülpt, sodass man ihre Gesichter nur erahnen konnte.

Wie schwebend glitten sie über den dunkelroten Läufer vor zum Altar. Vorne angelangt drehten sie sich um und blieben nebeneinander stehen. Antonio stand noch immer regungslos, nach wie vor die Augen geschlossen, und Rosalie blickte verwirrt umher, nicht ahnend, was in diesen Minuten geschehen sollte.

Der Clanoberste erhob seine Hände, um die Kapuze herunterzuschieben. In diesem Moment öffnete sich die linke Türhälfte und Laurentiu betrat den Saal. Schnell stellte er sich hinten an die Mauer.

»Meine lieben Schwestern und Brüder«, begann Domian in erhabenem Tonfall zu sprechen, »wir sind heute hier versammelt, um über die beiden Verräter zu richten. Sie waren Mitwisser bei der Verbannung unserer Söhne. Unser oberstes Gebot besagt, dass die Todesstrafe jedem Vampir drohe, der es wagt, sich gegen einen anderen Vampir zu erheben. Und sei es durch Stillschweigen. Beinahe hätten sie dadurch das Ritual gefährdet. Das Ritual, welches endlich dafür sorgt, dass uns Bojarow in Frieden lässt und aufhört unsere Familien zu bedrohen. Sie halfen dabei. Sie haben Verrat begangen, nicht nur an Dominik und John … an uns allen. Ich fordere euch auf, für die einzige Strafe zu stimmen, die dafür vorgesehen ist … die Todesstrafe!«

Seine tiefe Stimme dröhnte über die Köpfe der Anwesenden. Domians zornig emporgerissene Arme verharrten in dieser Haltung, während er in die Menge blickte. In den Gesichtern der Versammelten war keine Regung zu erkennen, bis auf Laurentius kummervolle Miene und den Blick, den Dominik und Antonio jetzt wechselten – voller Hass und Argwohn starrten sie sich an. Das einmal vorhandene Vertrauen, es hatte sich in nichts aufgelöst.

Mit einem Mal erhob sich aus der Menge die schrille Stimme einer Frau. Sie gehörte Marie, Johns Mutter.

»Weshalb steht Sarah von Delcarde nicht auch hier vorn? Sie war doch diejenige, die den Plan geschmiedet hat? Ist das nicht ungerecht? Nur weil man sie für das Ritual benötigt, soll sie verschont bleiben? Sollten wir nicht gerecht entscheiden und diese beiden hier einfach mit ihr nach Russland schicken? Sollen sie dort ihrem Schicksal in die Augen blicken.«

Marie zog sämtliche Blicke auf sich. Sie blieb stehen und wartete auf eine Antwort. Johan, ihr Mann, mischte sich ein.

»Marie, lass es gut sein. Es gibt Gründe, die ein solches Vorgehen rechtfertigen.«

Unterdessen stand Shinobe auf, Dominiks Mutter. Sie war eine uralte, dennoch zauberhaft schöne Frau. Ihr langes, fast weißes Haar gab einen harten Kontrast zu dem schwarzen Umhang, den sie trug. Ihre Stimme klang wie ein melodischer Singsang, bei dem man sich in grünes Gras unter der Sonne betten wollte.

»Marie, Sarah ist eine Sangvuella, wie auch wir. Für uns gelten diese Regeln nicht. Denn wenn es einen Weg gäbe, uns von einem solchen Bund zu befreien, wäre es nur der eine: der Tod. Sarah aber hat unsere Söhne nicht getötet. Schlimmer noch, sie hat sie in die Verbannung geschickt. Und trotzdem fällt dieser Umstand nicht unter die oberste Regel. Sarah ist kein Vampir.«

Sie setzte sich wieder und die Blicke der Zuhörer wanderten wieder hinüber zu Marie. Ohne jegliche Regung schaute sie zu ihrem Sohn. Es dauerte noch eine Weile, bis auch sie wieder ihren Platz einnahm.

Absolute Stille umhüllte alle. Selbst Rosalie hielt inne, sodass nicht einmal das Rasseln ihrer Fesseln zu hören war. Domian hatte in der Zwischenzeit seine Hände heruntergenommen. Dankend nickte er seiner Frau Shinobe zu, die stolz erhobenen Hauptes dasaß. Wieder dröhnte seine Stimme durch den Saal.

»Ich bitte euch jetzt, hebt die Hand, wenn ihr einen Grund seht, weshalb die beiden oder einer von ihnen nicht den Tod erleiden sollten.«

Es war mucksmäuschenstill im Saal. Kein Hüsteln und kein Flüstern. Einzelne Blicke wanderten verstohlen umher. Niemand erhob seinen Arm, keiner mochte Partei ergreifen für die Abtrünnigen, die Untreuen.

»So sei es gewollt. Antonio und Rosalie werden durch Enthauptung sterben. Hernach werden ihre Kadaver verbrannt. Das Urteil ist umgehend zu vollstrecken.«

Während Antonio die Worte gefasst aufnahm, sackte Rosalie schluchzend zusammen. Jeweils zwei Vosanti kamen nach vorne, lösten die Fesseln und führten die Verurteilten hinaus, direkt gefolgt vom Clanobersten und seinen Kerzenträgern.

Kaum hatte der Todeszug den Raum verlassen, standen nach und nach die Vampire und Vosanti auf, gingen hinaus oder sammelten sich in kleinen Gruppen und diskutierten. Laurentiu war dem Zug als Letzter gefolgt; er war derjenige, der die Aufgabe des Henkers übernehmen sollte.

Dominik hatte den Saal so schnell verlassen, dass es kaum einer bemerkt hatte.

Laurentiu

Auf dem Weg zum Kettenraum, in dem die Verurteilten die letzten Tage ausgeharrt hatten, bog ich ab in mein büroähnliches Zimmer. Dort lag auf dem Tisch das Schwert, das ich Sarah gezeigt hatte. Ich hatte es mitgenommen, war ich mir doch meiner Aufgabe bewusst. Sarah ahnte nicht, dass es noch mehr Gründe gab, uns so frühzeitig hier einzufinden. Schnell legte ich den schweren Umhang an, der über dem Bürostuhl bereithing, und zog die Kapuze über mich. Ehrfürchtig erhob ich das Schwert, betrachtete die Schneide, die so scharf geschliffen war, dass schon die leiseste Berührung mit dem Finger einen Schnitt in der Haut verursachte. Vorsichtig nahm ich das Schwert herunter, öffnete die eisenbeschlagene Holztür und wollte dem Tross folgen, da hielt mich Dominik auf.

»Mach es schnell. Quäle sie nicht«, flüsterte er.

Ich nickte ihm zu. Im Grunde war mir nicht nach Reden zumute. Würde Sarah wissen, dass ich der Henker war, sie würde mich hassen bis in alle Ewigkeit.

»Sie darf nie erfahren, dass ich das Urteil vollstreckt habe«, raunte ich ihm zu. Jetzt war er derjenige, der leicht den Kopf zur Bestätigung neigte.

»Ist sie denn hier?«, erkundigte er sich und hinderte mich daran weiterzugehen.

Mein Blick wies in den Seitengang. Ich war mir sicher, er würde sie finden, ich war mir unschlüssig, ob ich das wollte. Es würde sich jetzt wohl nicht verhindern lassen.

»Dominik«, er drehte sich nach mir um, »es wird alles gut werden. Mach dir keine Sorgen um sie.«

Wortlos wandte er sich zum Gehen. Ich sah ihm nach, bis ihn die Dunkelheit des langen Ganges verschluckte. Den Seitentrakt durften nur die engsten Familienmitglieder und Vertrauten betreten, zu denen Dominik zweifellos gehörte. Jedoch war ich einer der Wenigen, die um seine emotionale Verfassung wussten. Eiligst trieb es mich zum Saal, vor dem sich einige Vosanti aufhielten.

»Du«, ich schaute umher und deutete auf einen weiteren, »und du! Ihr bewacht den hinteren Gang. Dominik ist bei Sarah und ich möchte auf jeden Fall verhindern, dass er eine Dummheit begeht. Sarah darf ihren Raum unter keinen Umständen verlassen.«

In Windeseile schloss ich auf; Antonio und Rosalie hatte man bereits angekettet. Die beiden Kerzenträger platzierten sich an den Seiten der Tür, die Kapuzen tief in die Gesichter gezogen. Dominiks Vater stellte sich, nachdem er hinter mir die Tür geschlossen hatte, vor sie. Auch er hatte die Haube wieder übergezogen. Die Tür wurde von außen fest verschlossen.

Langsam schob ich mich vor Antonio. Er hatte jegliche Regung abgeschaltet, das sah ich ihm an. Sicherlich würde ich das an seiner Stelle genauso machen. Sein kalter Blick ruhte auf mir, er schien sich bewusst, dass es nur noch eine Frage von Sekunden war.

»Nein«, hauchte Rosalie, »bitte, nicht!«

Das flackernde Kerzenlicht hinter mir war das einzige Licht in diesem Raum, es warf ungeheure Schatten an die Wände vor mir. Wie Geister waberten sie um uns herum.

Ich ging bedächtig einen Schritt zurück, senkte wie zum Gruß kurz meinen Kopf und durchschlug Antonio mit einem Schlag den Hals. Sein Kopf kippte zur Seite, begleitet vom spritzenden Blut. Kurz wurde der Rest seines Körpers von einem Schütteln erfasst, bevor er in sich zusammensackte. Rosalie schluchzte jämmerlich auf. Sie war nicht in der Lage, jetzt nicht mehr, ihre Emotionen abzuschalten, zu sehr peinigte sie die Angst vor dem Tod.

Der Kerzenträger zu meiner Linken löschte die Flamme. Rapide nahm die Helligkeit in diesem Todesraum ab. Uns Vampire störte das nicht. Rosalie atmete heftig. Sie zitterte und ich dachte an Dominiks Worte: »*Mach es schnell!*«

Er hatte recht. Welche Qual musste es für sie sein, ihrem Tod so endgültig ins Auge zu blicken. Noch nie war ich mir dieses Umstandes so bewusst gewesen wie heute. Seit Sarah in mein Leben getreten war und ich Gefühle zuließ, berührte mich jegliche Angelegenheit, ob gut oder schlecht.

Ich stellte mich rasch vor sie, das Schwert zur rechten Seite geneigt, bereit zum Schlag.

»Sag Sarah, dass ich sie liebe!«, wisperte Rosalie mir unter Tränen zu.

»Du wirst immer einen Platz in Sarahs Herzen haben«, flüsterte ich zurück. Und in dem Moment, in dem meine Stimme verstummte, schlug ich abermals zu. Mit aller Kraft, so schnell es nur ging.

Die letzte noch brennende Kerze erlosch. Undurchdringliche Dunkelheit umgab uns, und in der vollkommenen Stille, die daraufhin eintrat, hörten wir, wie Rosalies kopfloser Körper auf den kalten Steinboden aufschlug. Ich sah, dass er noch einige Male zuckte. Der Boden färbte sich rot vom Blut, das aus den Körpern floss. In dieser Dunkelheit wirkte es schwarz und bedrohlich, so als wollte es alles, was es berührte, in sich hineinschlingen.

Das Geräusch der sich öffnenden Holzpforte riss mich aus meiner Starre. Fahles Licht aus dem Flur strömte herein und verlieh dem Geschehen einen wahrlich unansehnlichen Anblick. Das Blut, das aus ihren Körpern drang, fand langsam seinen Weg in den Spalt, der sich im Boden in der Mitte des Raumes befand. Der Geruch war betörend.

Ich drehte mich herum, um den Ort der Vollstreckung zu verlassen. Den Rest würden die anwesenden Vosanti übernehmen: die Leichen in die Tiefen der Katakomben bringen, um sie zu verbrennen.

Unverzüglich brachte ich das Schwert zurück in meinen Raum, reinigte es sorgfältig und legte es wieder an seinen Platz. Als würde ich damit etwas verbergen wollen, deckte ich das schwarze samtene Tuch darüber, in das ich das Schwert eingewickelt hatte, als ich es hierherbrachte.

Nie und nimmer durfte Sarah erfahren, dass ich, ihr eigener Bruder, ihre liebste Freundin, die ihr wie eine Schwester war, hingerichtet hatte.

Minutenlang stand Dominik vor dieser Tür, die ihn zu dem führte, was er am meisten begehrte. Ihm war klar, dass sie sich dort drinnen nicht alleine aufhielt.

Musste er Abstand wahren?

Durfte er seine wahren Gefühle zu erkennen geben?

Dem ungeachtet, wie würde er ihr zeigen können, dass nicht sie ihn, sondern er sie um Verzeihung bitten musste? Schließlich war alles geschehen, weil er ihr nicht die ganze Wahrheit erzählt hatte.

Würde sie ihn noch wollen?

Hasste sie ihn?

Er griff in seine Tasche und holte ihren Schal hervor. Er hielt ihn sich vor das Gesicht und sog tief ihren Duft ein, der bis heute in dem zarten Tuch gefangen war. Ihm war deutlich geworden, dass er Sarah nicht beeinflussen durfte in ihrer Entscheidung; sie sollte vollkommen frei ihren Gefühlen folgen können.

Umständlich steckte er den Schal zurück in die Innentasche seines Jacketts. Zaghaft klopfte er mit dem Eisenring auf das Holz der Tür. Die matt gewordene, ein wenig gedunkelte Stelle darunter erzählte von den zahllosen Besuchern, die in den vielen Jahren an dieser Pforte schon Einlass begehrt hatten. Es dauerte einen Moment, bis er hörte, wie sich der Schlüssel im Schloss bewegte. Die Tür wurde aufgezogen. Nur einen Spalt breit, gerade so viel, dass ihn ein hübsches Gesicht freundlich anblicken und nach seinem Anliegen fragen konnte.

»Ich möchte zu Sarah von Delcarde«, antwortete er knapp. Die Vosanta schloss die Tür, um sie kurz darauf wieder zu öffnen, diesmal so weit, dass Dominik unbehelligt hindurchtreten konnte. Der Raum war fast so groß, wie Sarahs Zimmer in der Villa. Die Wände waren in einem sauberen dunklen Grau gehalten, die Möbel aus dunklem Holz; nur das Bettzeug und der Baldachin gaben dem düsteren Umfeld eine freundlichere Note, ein pastelliges Gelb, Orange und Grün, das Sarah vermutlich selbst ausgesucht hätte. Obwohl es kein Fenster gab, hingen an den Wänden in denselben pastellfarbenen Tönen hübsch gewebte Stoffe zu einem Store zusammengerafft.

Sarah saß auf dem Bett. Ihr Ausdruck sprach Bände, eine Mischung aus Überraschung und Furcht, Freude und Unsicherheit. Eine zweite Vosanta stand bei ihr und hielt ihr die Hand. Laurentiu überließ wirklich nichts dem Zufall.

»Darf ich mit dir reden?«, fragte er demütig. Sarah räusperte sich, ihr Herz sprang wild umher. Er spürte das.

Ein zartes Rot umschmeichelte ihre Wangen.

»Ja, natürlich«, antwortete sie leise. »Doch darf ich zuerst etwas sagen?«

»Wie du magst«, erwiderte er, erleichtert darüber, dass sie gewillt war, ihn anzuhören.

»Es tut mir so leid. Wenn ich das alles gewusst hätte, wäre vieles anders gekommen! Es ist meine Schuld, wenn Rosalie und Antonio jetzt sterben müssen. Ich –«

Der Blick, der ihre Worte begleitete, bohrte sich tief in Dominiks Herz. Er unterbrach sie: »Nein, Sarah! Es ist nicht deine Schuld. Aufgrund dessen, dass ich dich über alles im Unklaren ließ, hast du dich überhaupt erst zu solch einer Handlung gezwungen gefühlt. Ich verstehe deine Intention und ich bereue es, dir nicht schon früher alles erzählt zu haben. Ich hätte auf Laurentiu hören und dir mein volles Vertrauen schenken sollen.«

Sarah hielt die Hand der Vosanta neben sich immer fester. Ihr war nicht klar, was Dominiks Worte für sie bedeuteten. Verhindern würde er das Ritual wohl nicht. Würde er das im Beisein der zwei Damen überhaupt sagen? Sie hoffte inständig, dass er nicht irgendeine Dummheit plante.

»Eines möchte ich von dir wissen«, sagte sie zögerlich, »warum … warum hast du mich fast getötet?«

Er schluckte ein gewisses Unbehagen hinunter. Da ihm klar war, dass Sarah über alles Bescheid wusste, brauchte er mit nichts hinter dem Berg zu halten, dennoch fiel es ihm schwer. Er näherte sich um zwei Schritte, doch sofort wurde er von der Vosanta neben ihm zurückgehalten.

»Ich konnte den Gedanken nicht ertragen, dich in den Händen von diesem Bojarow zu wissen. Die ganze Situation sprach gegen alles, woran ich glaube. Mein Gedanke war, dir dieses Unterfangen zu ersparen, dieses Leid, diese Trübsal. Heute weiß ich«, er stockte und machte dabei wieder einen Schritt nach vorn, »dass das egoistisch war. Dass ich es war, der dieses Leid nicht ertragen konnte, dieses Wissen um dein Verweilen. Ich war so unsagbar selbstsüchtig, und das tut mir leid.«

Tief schauten sie sich in die Augen. Sarah spürte, dass Dominiks Worte der Wahrheit entsprachen. Beide fühlten sich in diesem Moment so stark zueinander hingezogen, dass die Luft um sie herum zu vibrieren schien.

Mit fliegendem Atem überlegte sie, wie sie ihm mitteilen konnte, dass er sich nicht um sie sorgen sollte.

Er kam ihr zuvor.

»Du weißt sicherlich, dass ich bei diesem Ritual anwesend sein werde. Wegen dem Blutsiegel. Lauracé, der Bruder deiner Mutter, John und ich sollen für dieses Blutsiegel Pate sein.«

Sarah erbebte. Was sagte Dominik da?

»Davon hat mir Laurentiu nichts gesagt, dass meine Mutter noch einen Bruder hat!«

»Liebste Sarah, es gibt noch so viele Dinge, die du nicht weißt. Selbst Laurentiu kann nicht alles auf einmal berücksichtigen. Selbst ihm sind da natürliche Grenzen gesetzt. Gib der Zeit eine Chance, habe Geduld. Du hast eben erst deine Familie gefunden.«

Seine Stimme klang mit jedem Wort sehnsuchtsvoller. Seine Augen, gar sein ganzer Körper sprach zu ihr.

Sarah versank in seinem Blick und wünschte sich nichts lieber, als seine Arme um sich herum zu spüren. Und doch drängte die Bedeutung seiner Worte in den Vordergrund. Er würde bei dem Ritual anwesend sein.

Hieß das, er ließe es zu, dass sie fortginge?

Augenblicklich zog Sarah den Schleier, der sich um ihre Gedanken legen wollte, beiseite. Selbst Dominik blieb das nicht verborgen. Es tat ihm leid, sicherlich, das erklärte er, dennoch beschlich Sarah das Gefühl, als würde er ihr wieder nicht alles sagen. Ihr vorenthalten, dass er sie nicht mehr wollte? Ihre Gefühle überschlugen sich erneut. Und in dem Moment, als sie ihre Augen von den seinen abwendete, erkannte sie im aufklaffenden Jackett ihren Schal.

»Was ist?« Dominiks Drang, Sarah in den Arm zu nehmen, wurde immer stärker.

Nun pokerte Sarah hoch und es zerbrach ihr beinahe das Herz, als sie diese Worte sagte. Fast noch mehr befürchtete sie, dass ihr die Antwort nicht gefallen würde.

»Das bedeutet, dass wir uns morgen das letzte Mal sehen. Ich werde infolge der ganzen Geschehnisse weit fort sein, für immer und ausgeliefert einem Schicksal, dem anscheinend nur der Tod noch frönen kann.«

Einen Wimpernschlag später hielt Dominik sie fest im Arm. Die beiden Vosantas, die den Wortwechsel interessiert verfolgt hatten, wussten im ersten Moment nicht, was sie tun sollten. Zunächst ließen sie die beiden gewähren, erkannten sie doch recht schnell, dass sich hier zwei Herzen voller Schmerz begegneten.

Sarah schloss ihre Augen und genoss den Moment.

Er liebte sie noch immer.

Er hatte ihr verziehen.

Sie brauchte es nicht zu hören, um es zu wissen.

Tief vergrub Dominik sein Gesicht in Sarahs Haar und sog ihren Duft, den er so sehr vermisst hatte, in sich hinein.

»Ich habe David und seinen Bruder, diesen Polizisten, kennengelernt«, flüsterte er ihr ins Ohr. Überrascht wollte sie sich von ihm lösen, doch er hielt sie so fest, dass es ihr nicht möglich war.

»Du kannst David vertrauen«, sprach er weiter, »er wird dir behilflich sein. Und bei diesem Polizisten bist du sicher.«

Augenblicklich zog die Vosanta, die neben dem Bett stand, an Sarahs Schultern.

»Es genügt, lasst voneinander«, versuchte sie freundlich zu sein, »denn wenn Laurentiu kommt, gibt es Ärger. Elena, führ ihn doch bitte hinaus.«

Die andere Vosanta tat, wie ihr geheißen wurde. Dominik löste daraufhin rasch die Umarmung und trat einige Schritte zurück, ein Lächeln auf den Lippen. Es lag ihm fern, in dieser Situation für Unruhe zu sorgen.

Sarah schluckte, sie verstand nicht, was das zu bedeuten hatte. Verwirrt wollte sie noch etwas sagen, aber Dominik hatte sich bereits umgedreht und ohne ein weiteres Wort das Zimmer verlassen.

Christian

Im ersten Moment war ich vollkommen desorientiert. Plötzlich jedoch durchzuckte mich die unheimliche Erkenntnis wie ein Blitz. Ich schnellte hoch – wie spät es wohl sein mochte? Obwohl die Vorhänge nicht zugezogen waren, war der Raum nicht hell. Draußen dämmerte es entweder oder der Himmel war immer noch von dunklen Wolken bedeckt. Ich rutschte vom Bett und schaute mich in diesem Zimmer um. Auf einem Sideboard stand eine alte Uhr. Ein nostalgisches

Holzgehäuse zierte das gute Stück, das, wie ich beim Näherkommen feststellte, sogar tickte. Die Uhr zeigte Viertel nach drei.

In der Wand gegenüber befand sich eine Tür. Ich stellte erfreut fest, dass es der Durchgang zu einem sehr luxuriösen Badezimmer war. Weniger erfreut starrte ich mein Spiegelbild an, das mich zerzaust, mit Drei-Tage-Bart, oder sollte ich sagen Fünf-Tage-Bart, ebenfalls anstarrte.

Es fehlte hier an nichts. Sogar frische Wäsche lag bereit. Also tat ich erst mal das, was in dieser Situation wohl das Beste schien, ich schloss die Tür und startete das Christian-Berg-Bad-Programm.

Bereits auf der Treppe nach unten empfing mich ein vertrauter Duft. Kaffee, der offensichtlich frisch aufgebrüht worden war. Und tatsächlich, als ich die Küche betrat, wuselte David zwischen den Küchentheken hin und her und goss hin und wieder dampfendes Wasser in einen Filter. Tassen standen schon auf dem Tisch, und eigentlich alles, was dazugehörte.

»Willst du Eier?«, hörte ich ihn rufen. Er hatte mich bemerkt, obwohl ich äußerst leise gewesen war.

»Was soll das werden, die Henkersmahlzeit?«, konnte ich mir nicht verkneifen zu fragen. »Ich nehme gerne zwei Spiegeleier.«

Prompt schenkte er uns Kaffee ein. Ich wurde das Gefühl nicht los, dass er irgendetwas gutmachen zu müssen glaubte. So kannte ich ihn nicht. Wenn er sonst bei mir war, ließ er sich von mir bedienen. War ich bei ihm, musste ich mir meinen Kaffee selber machen, wobei er eh nur löslichen im Hause hatte.

Unglaublich auch die Geschwindigkeit, mit der er diese Dinge hier tat. Noch bevor ich mich gesetzt hatte, standen die Eier am Platz.

»Wo sind die anderen?« Ich vermutete, dass sie noch in ihren Särgen schliefen.

»Die waren schon weg, als ich runterkam. Bin selbst erst seit einer halben Stunde hier am Wirbeln. War noch schnell Brot holen.« Diese Antwort überraschte mich aufs Neue.

»Warum tust du das?«

Jetzt hielt er inne und schaute mich betroffen an. Fast gleichzeitig setzten wir uns.

»Vielleicht weil ich ein schlechtes Gewissen habe? Es ist schließlich meine Schuld, dass wir in dieser Lage sind. Ich war mal wieder neugierig und konnte mich nicht zurückhalten – und sieh mich an«, er breitete seine Arme aus, »das ist nun aus mir geworden.«

»Wieso deine Schuld? Wenn ich dir nicht die Unterlagen gezeigt hätte, wärst du wohl nicht auf die Idee gekommen, Sarah anzusprechen, oder?«

»Mag sein«, entgegnete er nachdenklich, »oder auch nicht. Aber irgendwie ist es auch gut so. Man sieht die Welt mit anderen Augen. Und …«, er steckte sich eine kleine Tomate in den Mund, »ich muss mich nicht nur vom Blut ernähren. Zumindest scheint das bei allen Vosanti so zu sein.«

Ich musste zugeben, dass der Duft von Kaffee und Eiern mir Appetit gemacht hatte. So machte ich mich daran, den neu entdeckten Kochkünsten meines Bruders zu frönen. Ich dachte darüber nach, wie oft Sarah schon hier gesessen haben mochte. Wie angenehm das Treiben in der Küche wohl war, wenn die Hausangestellten umherschwirrten.

Wie würde es mit diesem Haus weitergehen? Was, wenn Dominik die Rettungsaktion überlebte? Irgendwie kaufte ich ihm das nicht ab, dass er einfach so von Sarah ablassen würde. Ich meine, was hatte sie vor zu tun? Nach all dem, was geschehen war, fiel es mir schwer zu glauben, dass sie in Erwägung ziehen könnte, zu ihm zurückzukehren. Was aber, wenn doch? Das wollte ich nicht zulassen. Mir fiel das Stockholmsyndrom ein. Eine Art Wahrnehmungsverzerrung, die bewirkte, dass die Opfer einer Geiselnahme eine starke Empathie für die Täter entwickelten und sich auf ihre Seite schlugen.

Ich sollte mir also schon Gedanken darüber machen, was ich tat, wenn dies zutraf. Er war schließlich verantwortlich für den Tod von Georg und Rudi. Dafür musste er büßen und wenn ich ihn eigenhändig zur Strecke bringen würde. Ich sah David an. Konnte ich auf seine Hilfe zählen? Mit wem war er verbandelt? Konnte er sich widersetzen?

»Was ist, schmeckt es dir nicht?«, fragte David.

»Ich überlege gerade, wie sehr ich auf dich zählen kann«, antwortete ich geradeheraus.

»Wie meinst du das?«

»Ganz einfach, wenn dieser Rascudo das überlebt, werd ich ihn zur Strecke bringen. Dafür brauche ich deine Hilfe. Ich schätze, ohne dich würde das ein schwieriges Unterfangen werden.«

Er hielt mit dem Essen inne und schaute mich an, als zweifelte er an meinem Verstand. Ich kannte diesen Blick.

»Du bist verrückt«, sagte er dann auch und aß weiter. »Das ist quasi unmöglich. Wie stellst du dir das vor? Er wird sicherlich nicht stehen bleiben und warten, bis du ihm einen Holzpflock ins Herz rammst. Vergiss es. Ich versteh dich ja, wegen deiner Kollegen und so, aber du bist hier in einer vollkommen anderen Welt. Da laufen die Dinge nun mal anders.«

»Dann stell ich eben meine eigenen Regeln auf. Kann ich noch Kaffee haben?« Ich hielt ihm meine Tasse hin.

David stöhnte, sein Gesichtsausdruck wurde ernst.

»In gewisser Weise könnte ich dir schon behilflich sein. Das Dumme ist nur, wie du mittlerweile weißt, gibt es diese spezielle Regel. Und wenn ich mich gegen Rascudo stelle, und du ihn fertig machst, bin ich dran.

»Gibt es denn keine Möglichkeit, diesen Hokuspokus rückgängig zu machen?«, wollte ich gleich wissen.

»Mag sein. Ich weiß davon nichts. Es wäre also gut, wenn wir das zuerst klären.«

Das war natürlich ein Aspekt, den ich so nicht bedacht hatte. Denn gefährden wollte ich David nicht. Egal, was aus ihm geworden war.

Ein Telefon klingelte. Das durchdringende Geräusch kam aus der Vorhalle. Ich schaute David an, aber er machte keine Anstalten, ans Telefon zu gehen.

Das Klingeln wollte kein Ende nehmen. David aß seelenruhig weiter. Erleichtert hörte ich, wie es mitten im Ton verstummte, und widmete mich wieder meinem Kaffee. Wenn es Rascudo gewesen war, weil er uns was mitteilen wollte, wäre David drangegangen.

Die Stille währte nur kurz. Ein netter Klingelton, der eindeutig von einem Handy kam, war nun zu hören. Meins konnte es nicht sein, ich hatte es zu Hause gelassen. David benutzte einen anderen Klingelton, sofern er ihn nicht geändert hatte.

Etwas überrascht schauten wir uns an. Okay, es war nicht seins, so viel konnte ich seiner Reaktion entnehmen.

»Das kann nur Sarahs Handy sein«, entfuhr es ihm.

Schnell kramte er in seinem Jackett, das über der Stuhllehne hing. Der Klingelton wurde lauter, als er es herausgezogen hatte.

Wir konnten auf dem Display den Namen *Danori* lesen. Ich nahm ihm das Handy ab und ging ran.

»Ja?«

Der Doktor, der sich um Sarah kümmerte.

»Nein, Sarah ist gerade nicht zu sprechen.«

Es war klar, dass er sich wunderte, warum nicht sie am Telefon war, und natürlich fragte er freundlich nach, wer ich denn sei.

»Ich bin Christian Berg, Hauptkommissar!«

Das schien ihn zu überraschen. Er fragte, weshalb Sarah nicht zu sprechen sei.

Ich versuchte dem Doktor zu erläutern, was die letzten Tage geschehen war. Dr. Danori hatte schon vom Tod meiner Kollegen gehört und bekundete sein tiefstes Bedauern, als ich ihm die wahren Gründe erzählte, die zu ihrem Tod geführt hatten. Dass es Sarah meines beziehungsweise unseres Erachtens den Umständen entsprechend gut ginge, wollten wir einfach annehmen. Ich eröffnete ihm, dass der Hausherr und sein Cousin wieder befreit wären, und dass morgen das Ritual stattfinden würde und wir einen Plan hätten, sie zu retten. Er wollte wissen, ob ich über Sarahs Vorhaben Bescheid wusste, die CD zu veröffentlichen, sollte etwas Einschneidendes geschehen. Das konnte ich natürlich bejahen und wir beratschlagten, inwieweit wir diesem Wunsch Folge leisten sollten. In Anbetracht der momentanen Lage und der Tatsache, dass die beiden aus ihrem Kellerverlies befreit waren, fassten wir den Entschluss, zu warten. Er fragte mich, ob ich eine Ahnung hätte, wie gut es ihr bezüglich ihres Blutes ginge. Dies sei der Anlass, warum er im Grunde anrief, weil er davon ausgegangen war, dass er ihr welches abnehmen musste. Ich konnte hören, wie er entsetzt die Luft einzog, als ich ihm erzählte, dass sie bei mir gewesen war, als es vor ein paar Tagen losging und wir ihn nicht erreichten. Er meinte sogleich, er hätte eine Anrufbenachrichtigung gesehen, doch die Nummer sei ihm nicht bekannt gewesen. Ich entgegnete, dass dies meine Nummer sei. Des Weiteren berichtete ich, dass Sarah meinen Bruder David hinzugezogen hatte, auch, um mir zu zeigen, dass die ganze Geschichte stimmte. Dass David dann von ihr getrunken hatte und seitdem bei ihr wohl alles in Ordnung sei. Dr. Danori meinte daraufhin, dass es nur eine Frage der Zeit sei, bis es wieder anfangen würde. Und weiter machte er den Vorschlag, dass, wenn ich sie am nächsten Tag vom Ritual fortbringen würde, wir uns erst mal mit ihm treffen sollten. Er würde Sarah untersuchen und ihr noch mal Blut abnehmen, bevor wir zu unserem Versteck fuhren. Das hielt ich in diesem Moment für eine gute Idee, so weit hatte ich noch gar nicht gedacht.

Er versprach mir, in einem Landgasthof, der auf dem Weg lag, den ich mit Sarah nehmen wollte, auf uns zu warten. Wir kamen überein, dass er, sollten wir nicht erscheinen, Sarahs Wunsch ausführen und dafür Sorge tragen würde, die CD zu veröffentlichen.

So verabschiedeten wir uns. Er wünschte uns viel Glück.

Nachdenklich ließ ich das Handy auf den Tisch gleiten. David hatte natürlich gespannt gelauscht. Ob er die Worte des Doktors gehört hatte? Seine Frage bestätigte es mir.

»Da bist du wohl froh, dass er ihr Blut abnimmt, oder? Und ich dachte schon, du willst von ihr trinken.«

Er lachte frech.

Sachte hatte Sarah sich von der Vosanta losgeeist, die sie von Dominik zurückgezogen hatte.

Er hatte ihren Seidenschal an sich genommen. Sarah lächelte bei der Feststellung. Sie benötigte ihn nicht mehr, im Moment war er es, der ihn dringender brauchte, um ihr nah sein zu können. Sie setzte sich an den kleinen Schreibtisch, der in der Nähe der Tür stand. Die Vosantas, die zu ihrer Bewachung abgestellt waren, standen nun beide am Bett und kicherten über den Zwischenfall von eben.

Sarah kramte in ihrer kleinen Tasche, die sie sich auf den Tisch geholt hatte. Eigentlich suchte sie ein dickes Haarband, um ihre wilden Locken zu bändigen.

Dabei fiel ihr Blick auf eine kleine Schachtel. In diese hatte sie den ersten Brief gesteckt, den sie von Rosalie erhalten hatte. Oh mein Gott, dachte sie.

Was war mit Rosalie und Antonio? Waren sie mittlerweile verurteilt?

Von diesem Gedanken getrieben, spurtete Sarah zur Tür, ohne auf die protestierenden Rufe der Vosantas zu achten. Schon war sie im Durchgang und spähte in den vorderen Flur, wo die beiden abgestellten Vosanti, von Sarahs Erscheinen ebenso überrumpelt, nur tatenlos zusehen konnte, wie sie den Gang hinunterrannte. Ohne sich umzusehen, rannte Sarah weiter – dort hinten, auf der rechten Seite des Flures, war etwas geschehen, sie spürte es deutlich. Eine der Vosantas, Eva, war aus ihrer Starre erwacht und holte Sarah ein, noch bevor sie den blutgetränkten Raum erreicht hatte. Die Kammer, in der die geköpften Leichen von Rosalie und Antonio lagen.

Mit aller Kraft wehrte sie sich gegen Evas harten Griff, der sie keinen Zentimeter mehr weiter vorankommen ließ.

»Rosalie!«, kreischte Sarah, »Rosalie!« Immer wieder rief sie den Namen ihrer Freundin. Selbst die Fackelträger hielten inne und schauten entgeistert drein und tuschelten.

Jacques kam heraus, alarmiert durch Sarahs Rufe. Sogleich erfasste er das Dilemma und stand wie der Blitz bei ihr. In dem Moment ließ die Vosanta los. Die neu gewonnene Bewegungsfreiheit nutzte Sarah, um unvermittelt auf Jacques einzuschlagen.

»Lass mich zu Rosalie, ich will zu ihr … Rosalie! … Antonio!«, schrie sie wieder.

Inzwischen war es Jacques, der sie festhielt. Mit einem Mal verstummte Sarah und bewegte sich nicht mehr. Irritiert ließ Jacques von ihr ab. Im selben Augenblick erkannte er, dass Sarah das Blut an seinen Händen bemerkt hatte, denn auf ihrem Gesicht erschien ein Ausdruck ungläubigen Entsetzens. Jacques fasste erneut nach ihr, doch sie riss warnend eine Hand nach oben.

Mit wildem Blick machte sie einige Schritte rückwärts und kam der Kammer des Unheils immer näher, sich mit der anderen Hand an der kalten steinernen Wand abstützend. Der Abstand zu Jacques war jetzt groß genug, dass sie ihn gänzlich betrachten konnte. Nicht nur seine Hände, nein, auch seine Schuhe, seine Hose, selbst die Ärmel seines Hemdes waren voller Blut.

»Hast du etwa –« Ihre Stimme brach ab, und sie drehte sich herum, mit der Absicht, in dieses Schreckenszimmer zu gelangen. Jacques schüttelte den Kopf, doch das sah sie nicht.

Sarah kam nicht weit. In dem Moment, als sie sich umdrehte, stand sie vor Laurentiu.

Laurentiu

Ein Kreischen durchschnitt die Stille, die hier unten sonst herrschte, ein Rufen, ein Schreien. Ich erkannte die Namen und auch die Stimme, die diese Namen rief. Sarah draußen auf dem Flur? Was hatte sie da zu suchen? Ich war der Meinung, dass meine Anweisungen deutlich genug gewesen waren.

Mit einigen Clanmitgliedern besprach ich mich in einem Raum, der sich fast auf derselben Höhe befand. Wir legten einige zeitliche Abläufe wegen des Rituals fest.

Wieder hörte ich Sarahs Stimme und diesmal konnte ich mich nicht zurückhalten. Sie durfte auf keinen Fall in den Henkersraum gelangen.

Einerseits war mir klar, dass sie kräftemäßig gegen die Vampire keine Chance hatte, trotzdem ahnte ich, dass sie über ein enormes Maß an Durchsetzungsvermögen verfügte. Im Nu war ich zur Tür hinaus und auf dem Gang. Hinter mir der Raum, in dem die Toten lagen, und vor mir Sarah, den Rücken mir zugewandt, eine Hand Jacques entgegenhaltend.

Plötzlich drehte sie sich herum. Da sie beabsichtigt hatte, loszulaufen, prallte sie heftig gegen mich. Gewandt fing ich den Schwung ab, sodass sich Sarah nicht wehtun konnte. Sie erschrak und fing an auf mich einzuschlagen, sodass ich sie mit einem entschlossenen Griff herumdrehte und sie von hinten mit den Armen umschlang. Sie gebärdete sich wie eine Irre, aber sie hatte keine Chance.

»Lass mich«, schrie sie, »ich will zu Rosalie!« Immer wieder versuchte sie sich loszureißen.

»Beruhige dich doch erst mal«, versuchte ich auf sie einzuwirken. Ich nahm sie hoch und schneller als sie erfassen konnte, verschwand ich mit ihr in meinem Raum. Hinter mir verschloss ich die Tür, nachdem ich sie sanft auf den Boden gestellt hatte.

»Sarah, beruhige dich!«, wurde ich jetzt lauter. Mit tränennassen Augen schaute sie mich an. Erst jetzt schien sie zu erkennen, wer sie gehalten hatte.

»Laurentiu …? Ich will Rosalie sehen!«

Als ich sie jetzt in die Arme nahm, langsam und bedächtig, und sie an mich drückte, leistete sie keine Gegenwehr mehr.

»Sarah … Rosalie ist tot. Antonio ist tot. Bitte … du darfst sie nicht mehr sehen. Ich kann nicht zulassen, dass du dir das antust.«

»Hat Jacques sie getötet?«

»Nein«, widersprach ich sofort, »dafür haben wir unsere Leute.« Ich schluckte. »Er muss nur helfen, sie zu ihrer letzten Ruhestätte zu bringen. Das fällt ihm schon schwer genug. Wenn du so auf ihn losgehst …«

Hätte ich sie jetzt losgelassen, wäre sie vor mir zusammengebrochen. Sie fing an zu weinen, erst leise, dann lauter und immer lauter, während das Beben ihrer Schultern ihren ganzen Körper erfasste und aus ihrem verzweifelten Schluchzen Schreie wurden. Ich versuchte gar nicht erst, sie zu beruhigen, ich wäre gar nicht mehr zu ihr durchgedrungen. Also hielt ich sie fest, während sie klagte und schrie, bis ihre Stimme heiser wurde.

Ich hoffte nur, dass sie an unserer Abmachung festhielt.

Dass sie den Glauben daran jetzt nicht verloren hatte.

Christian

Es war bereits dunkel, als wir deutliche Geräusche aus der Vorhalle vernahmen. David und ich hatten uns zurückgezogen und waren schon seit einer Ewigkeit in ein Schachspiel vertieft, während im Kaminfeuer die Scheite knisterten. Ich erkannte die Stimmen, es waren der Hausherr und sein Cousin. Sicherlich würde er uns jetzt die letzten Instruktionen erteilen.

Ob er Sarah getroffen hatte?

Kaum war der letzte Gedanke durch mich hindurchgeflossen, kamen sie wild diskutierend um die Ecke gebogen.

»Wie stellst du dir das vor?«, redete John auf Dominik ein. »Ich bleib dann stehen und halte die Türen zu? Ist das dein Ernst?«

Während John im Türrahmen verharrte, schritt Dominik an uns vorbei zur Bar. Er holte zwei Flaschen aus dem unteren Fach hervor und studierte das Etikett. Kopfschüttelnd stellte er sie ab und machte Anstalten, wieder hinauszugehen.

»Es ist die einzige Möglichkeit, David und unserem Polizisten einen adäquaten Vorsprung zu verschaffen.« Sein Ton klang scharf, und genau so blickte er John an, während er an ihm vorbeiging. Nach wenigen Sekunden betrat er von Neuem das Kaminzimmer, in der Hand drei Flaschen von diesem Blutwein, soweit ich das beurteilen konnte. John blieb nach wie vor missmutig auf der Schwelle stehen, während Rascudo zu uns herübersah.

»Möchte einer von euch etwas zum Prosten?« Er grinste. Dachte er etwa, ich würde auch von diesem Blutzeugs trinken?

»Keine Sorge«, setzte er hinterher, »ich habe hier noch einen sehr guten Rotwein, einen alten Bordeaux.«

Ohne eine Antwort abzuwarten, öffnete er die Flasche, befüllte eine Glaskaraffe und stellte sie mit einem großen Rotweinglas vor mich auf den niedrigen Couchtisch. Danach entkorkte er zwei weitere Flaschen, vermutlich Blutwein. Er schenkte zwei Gläser ein, überreichte eins David und hielt das zweite John hin. Widerwillig nahm dieser es ihm ab und setzte sich zu David und mir in die Runde. Dominik schenkte sich den Rest der Flasche ein und gesellte sich ebenfalls zu uns. Er brachte die zweite Flasche noch mit, die er bereits geöffnet hatte.

»Komm, ich schenke dir ein«, meinte er schließlich zu mir gewandt. Daraufhin hob er sein Glas.

»Stoßen wir an, in dieser illustren Runde. Ich glaube nicht, dass wir noch einmal so zusammensitzen werden. Die Runde, die aus der Bedrängnis heraus geboren worden ist, einem liebreizenden Geschöpf das Leben zu retten. Erheben wir unsere Gläser und vergessen für kurze Zeit, wer wir sind. Prosten wir auf unser morgiges Gelingen.«

John stöhnte. »Übertreib es nicht. Nur weil du Sarah getroffen hast und denkst, dass sie dich noch will, brauchst du nicht so pathetisch zu werden.«

»Du hast Sarah getroffen?« Ich ging sofort darauf ein. »Geht es ihr gut? Hast du ihr gesagt, dass wir sie da rausholen?« Gespannt schaute ich ihn an.

Dominik nahm einen Schluck, bevor er antwortete.

»Ich habe sie getroffen, und ja, es geht ihr so weit gut. Laurentiu verhinderte im letzten Moment, dass sie sich die Reste der Hinrichtung von Rosalie und

Antonio ansehen konnte. Das wäre auch ein zu großer Schock für sie gewesen. Und nein, ich habe ihr nichts von unserem Plan erzählt.«

Ich wollte schon fragen, was mit den beiden geschehen war, als John mit einer knappen Geste unmissverständlich andeutete, dass ihnen offensichtlich der Kopf abgeschlagen worden war. Jetzt brauchte ich einen großen Schluck aus dem Glas, welches mir Rascudo eingeschenkt hatte. Diese Vampire waren Bestien, auch die Tatsache, dass mein eigener Zwillingsbruder inzwischen einer war, täuschte nicht darüber hinweg. Wie sollte ich in Zukunft nur damit umgehen?

Noch einmal besprachen wir Dominiks Plan. Er gab mir genaue Anweisungen, wo ich mit meinem Auto zu warten hätte. Ich würde am nächsten Tag mit David an diese Stelle fahren. Von dort aus ginge er in die Katakomben, um hoffentlich mit Sarah wieder zurückzukehren.

David solle hernach in die Höhle des Löwen zurückkehren, während ich mit Sarah die Flucht ergriff.

Mein Bruder und ich sahen uns während dieser Unterhaltung mehrmals an. Dominik oder John ahnten nichts von unserem Geheimnis; ohne uns abgesprochen zu haben, erwähnten wir die Tatsache nicht, dass wir mit Dr. Danori telefoniert hatten. John unterbrach das Gespräch mit einer Frage, die ihm offensichtlich schon die ganze Zeit auf der Zunge brannte.

»Willst du uns nicht endlich sagen, wohin du Sarah bringst? Je nachdem, was passiert, halte ich es für unumgänglich, dass zumindest wir hier wissen, wo sie sich befindet.«

»Schweig!«, fuhr Dominik dazwischen, für mich nicht auszumachen, ob er damit John meinte oder mich. »Keiner wird dies erfahren. Christian wird Sarah in Sicherheit bringen und sich um sie kümmern.«

Diese Worte klangen so endgültig, dass wir verstummten.

Der Bordeaux zeigte seine Wirkung, immerhin hatte ich mittlerweile die halbe Flasche getrunken. John stand irgendwann ziemlich entrüstet auf und verließ das Kaminzimmer.

Für mich war nicht ersichtlich, weshalb er so plötzlich davoneilte. Den Gesprächen zwischen ihm und Dominik hatte ich nicht immer folgen können.

David tat es ihm nach, zwar nicht wütend, doch nicht weniger müde. Er schlug mir freundschaftlich auf die Schulter.

»Komm, Bruder, lass uns schlafen gehen. Ich glaube, morgen wird ein anstrengender Tag.«

Er zog mich aus dem Sessel und auch mehr oder weniger die Treppe hinauf.

Keine Ahnung, wie lange ich auf dem Bett gelegen hatte, als sich die Tür zum

Zimmer öffnete. Dominik trat ohne anzuklopfen ein, schloss lautlos die Tür hinter sich und überreichte mir ein Handy.

»Das nimmst du mit dir. Es ist eine Nummer eingespeichert, unter der du mich erreichen kannst. Möglich, dass ich dich anrufe, sollte ich das Morgen überleben. Wie ich schon mehrfach erwähnte, sollte John keinesfalls erfahren, wo sich Sarah aufhält. Damit würden wir ihr ganz gewiss keinen Gefallen tun.« Als Nächstes zog er ein dünnes, feines Tuch hervor.

»Diesen Schal gibst du ihr bitte. Er gehört ihr. Sag ihr von mir, dass ich ihr verziehen habe.« Endlich schwieg er. Ich wartete noch einige Momente.

»Mehr soll ich ihr nicht sagen?«

Er sah mich eindringlich an und ich hätte schwören können, dass seine Augen rötlich leuchteten.

»Ich kann dir nicht sagen, mein Freund, was geschehen wird, wenn ich das Morgen überlebe. Gewiss ist nur eines: Kampflos werde ich sie dir nicht überlassen. Lass dir aber gesagt sein, dass ich dir sehr dankbar bin, dass du dich um sie kümmerst. Ich bin mir im Klaren darüber, dass du von allen Möglichkeiten, sie in Sicherheit zu bringen, die beste bist.«

Einen Wimpernschlag später stand er an der Zimmertür. Sekundenlang blickten wir uns an. So geräuschlos, wie er bekommen war, verschwand er wieder.

Es war für mich nicht zu übersehen gewesen, dass er sie noch immer liebte. So sehr, dass er sogar bereit war, für sie zu sterben.

Gegenwärtig würde ich nicht so weit gehen wollen; oder doch? Und ja, er hatte recht. Einerseits fühlte ich mich ein wenig zu ihr hingezogen. Andererseits, je mehr ich darüber nachdachte, desto mehr keimte in mir der Verdacht auf, dass dies vielleicht so eine Art Schutzhaltung ihr gegenüber war. Ich, der große Starke, der sie, das zarte schwache Geschöpf behüten konnte. Möglicherweise bekam ich die Gelegenheit, es herauszufinden.

Langsam ließ ich mich zurück in die Kissen gleiten. Ich schloss meine Augen und roch an dem Schal. Unwillkürlich erschien ihr Bild vor mir. Wie sie sich bewegte, so anmutig und katzengleich. Ihr Lächeln, die schönen blauen Augen, die mit der Sonne um die Wette strahlen konnten. Durch den schweren Bordeaux beflügelt, spielten meine Gedanken mir angenehme Streiche und ich versank in wirre, verrückte Träume.

Das Ritual

Zaghaft klopfte es an der eichenen Holztür. Noch einmal, etwas lauter und eindringlicher.

Sarah hörte nichts, sie schlief tief und fest.

Die Nachricht am Tag zuvor über den unwiderruflichen Tod von Rosalie und ihrem guten Freund Antonio zeigte ihr die Unausweichlichkeit, der sie sich zu stellen hatte. Ein Zusammenbruch schien unvermeidlich. Sarah gab sich die Schuld an allem und das wog für sie sogar schwerer als die verloren geglaubte Liebe zu Dominik. In den Tiefen der Katakomben wurde ihr das erste Mal richtig bewusst, welch einer Welt sie angehörte. Und das Unerträglichste daran war für sie die endgültige Erkenntnis, dass sie sich nie davon würde lösen können. Es würde ihren Tod bedeuten. Jetzt lähmte sie nicht nur die geistige, sondern auch die körperliche Erschöpfung. Sie sorgte dafür, dass sie noch nicht mal imstande war, hinüber in den ihr zugewiesenen Raum zu gehen. Die kalte Furcht hatte sie fest im Griff. Sarah klammerte sich an ihren Bruder und bat ihn immer wieder, sie nicht alleine zu lassen, wo er jetzt der Einzige war, den sie ihrer Meinung nach noch hatte.

Ob Laurentiu wollte oder nicht, er musste etwas tun. Die letzten Vorbereitungen begehrten geregelt zu werden, dabei galt es, Aufgaben und strikte Befehle an seine Vosanti zu verteilen. Er musste für den Tag des Rituals wichtige Anordnungen in den Abläufen festlegen.

Aus diesem Grund ließ er wieder die beiden Vosantas, Eva und Elena, kommen. Mit Engelszungen redeten sie auf Sarah ein, und da die Zeit drängte, sprach Laurentiu schweren Herzens ein Machtwort.

Nachdem ihr Bruder einen härteren Ton ihr gegenüber anschlug, brach vollends jeglicher Widerstand in der jungen Frau und sie ließ sich zu ihrer Unterkunft führen. Sogar den Umstand, dass die beiden Vosantas ihr aus den Kleidern halfen und sie ins Bett legten, nahm sie lethargisch hin.

Die Tür öffnete sich sachte. Der gelbe Schein der Kerzenbeleuchtung des Flurs schien durch den immer größer werdenden Spalt. Die Frauen von gestern traten ein. Eva hatte ein Tablett dabei, mit Obst, Toast, Tee und Saft. Elena hielt über dem Arm ein Meer von goldfarbenem Satin.

Nachdem Eva das Tablett auf den Schreibtisch abgestellt hatte, zündete sie in Windeseile sämtliche Kerzen an, die sich in dem gewölbeartigen Zimmer befanden. Im Nu erhellte sich der Raum. Sarah öffnete die Augen.

Draußen auf dem Flur waren Stimmen zu hören, eine davon stach hervor, unangenehm laut und hektisch.

»Gebt mit ja Acht darauf. Ich sollte vielleicht doch mit hineinkommen? Eigentlich bin ich immer dabei, wenn sie ein Kleid zum ersten Mal anlegt. Was, wenn es ihr nicht …« Die Stimme entfernte sich.

Sarah schnellte auf. Zunächst war sie verwirrt, doch dann erfasste sie umgehend, wo sie sich befand und wem diese Stimme zuzuordnen war.

»Chalou!«, rief sie, als hätte sie die Hoffnung, er könnte sie retten. Eine der Vosantas, Elena, trat sofort zu ihr heran und wollte sie beruhigen, doch sie sprang aus dem Bett und drängte an ihr vorbei zur Tür. Diesmal hielt die Vosanta sie fest, was allerdings fast unnötig gewesen wäre.

Sarah verharrte auf der Stelle. Sie hatte kaum etwas an. Eva drückte rasch die noch halb geöffnete Tür ins Schloss.

»Du solltest erst etwas Vernünftiges überziehen.« Ein Lächeln spielte um ihre Lippen, die heute knallrot geschminkt waren.

»Habt ihr denn was zum Anziehen für mich, oder ist hier irgendwo meine Tasche?« Sie hatte sich an das Kerzenlicht gewöhnt und schaute sich suchend um.

Elena holte aus dem Schrank so etwas Ähnliches wie einen Morgenmantel. Den reichte sie Sarah, die ihn dankend um sich herumwand.

»So, jetzt!«, sagte sie, doch sie wurde von der Vosanta zu dem kleinen Schreibtisch geschoben, auf dem das Essen stand. Dabei sah sie ihren Rucksack neben dem Bett stehen.

»Was ist mit Chalou? Er kann doch jetzt hereinkommen!«

»Besser nicht«, meinte Elena mit einem ernsten Blick zu der anderen Vosanta. »Es ist uns untersagt, jemanden zu dir zu lassen, und wir können da keine Ausnahme machen.«

Enttäuscht ließ Sarah die Schultern hängen. Anscheinend wurde hier nichts dem Zufall überlassen.

Wie spät es wohl war? War es Morgen, war es Abend? Ihre Augen brannten, der Kopf hämmerte, sie hielt sich die Hände an die Schläfen, während sie dem Drängen der Vosanta nachgab und sich setzte. Unterdessen wurde das Kleid von der Schutzfolie befreit und auf einem Bügel an den Schrank gehängt. Danach verschloss Eva von innen die Zimmertür und steckte den Schlüssel in ihre Hosentasche. Das Debakel vom Vortag sollte sich nicht wiederholen; Laurentiu, Dominik und der Clanoberste waren sehr wütend darüber gewesen. Zudem würden in den nächsten Stunden weitere Vampire anreisen, inklusive Bojarow mit seinem Gefolge.

Eine Frau wie Sarah unter so vielen Vampiren stellte immer schon eine heikle Angelegenheit dar. In der Vergangenheit war es schon einige Male vorgekommen, dass es ungewollte Übergriffe auf vollendete Sangvuellas, die noch keinem Partner angehörten, gegeben hatte. Dies war einer der Gründe, weshalb bei Erreichen des einundzwanzigsten Lebensjahres schnellstens eine Partnerwahl zu erfolgen hatte. War eine Sangvuella durch das Ritual mit einem Partner vereint, war sie tabu für jeden anderen Vampir und konnte sich unbehelligt unter ihnen bewegen.

Das war aber nicht der einzige Grund, warum Elena und Eva Sarah im Auge behalten sollten. Da Laurentiu über Dominiks Liebe zu Sarah im Bilde war, wollte er in Wahrheit kein Risiko eingehen – im Grunde traute er ihm nämlich nicht. Dass Dominik sogar sein Leben aufs Spiel setzen würde, um Sarah aus dieser Situation zu befreien, lag auf der Hand. Selbst ihren Tod nahm er ja anscheinend in Kauf.

Aus diesem Grund ließ Laurentiu Sarah gut bewachen. Es würde heute erst gar keiner zur Tür gelangen, der da nicht hinsollte. Das Ritual durfte keinesfalls gefährdet werden.

Große Aufregung ging um. Vampire huschten hin und her, Türen schlugen und laute Rufe und Befehle waren zu hören. Vor dem mächtigen zweiflügeligen Portal zum Eingang des Saales, stellten sich zu beiden Seiten jeweils zwei Vosanti auf. Sie hatten schwarzglänzende Umhänge um, die Kapuzen tief in die Gesichter gezogen, und jeder von ihnen hielt eine massige schwarze Kerze vor sich. Aus dem hinteren Gang, vorbei an dem Zimmer, in dem sich Sarah befand, schritt Dominiks Vater. Ein ebenfalls tiefschwarzer glänzender Umhang umgab ihn. Stolz erhobenen Hauptes, gefolgt von vier Vampiren, die gekleidet waren wie er, sah er aus, als schwebte er in die Richtung, in der sich der Saal befand.

Während Sarah genötigt wurde, wenigstens von dem Obst zu essen, versuchte Eva, die die Tür verschlossen hatte, ihre Haare zu bändigen. Sie flocht ihr in gewohnter Schnelligkeit rundherum kunstvoll einige Strähnen, um sie zu einer Hochsteckfrisur zu verarbeiten. Nachdem Sarah kurz im Bad verschwunden war, machte sich Elena daran, ihr ein Make-up aufzulegen, das Sarah noch mehr wie eine zarte Porzellanpuppe erscheinen ließ. Sie sah aus wie eine Prinzessin oder eher wie eine Königin?

Es klopfte an der Tür und eine Männerstimme rief etwas, was Sarah nicht verstand. Eva, mittlerweile mit dem Kleid beschäftigt, antwortete, ebenso schnell.

»Bojarow kommt«, meinte Elena beiläufig und sprühte dabei nochmals Haarspray über die kunstvoll hochgesteckte Frisur. »Das Ritual beginnt, sobald du fertig bist.«

»Was?«, rief Sarah erschüttert, »so schnell?« Sie hielt sich ihren Kopf. Der gestrige Tag hatte ihr schwer zugesetzt, ihre Augen brannten immer noch leicht. Und was auch immer die Vosanta getan und ihr ins Gesicht gecremt hatte, ihre Augen sahen kein bisschen so aus, wie sie sich anfühlten.

Sarah empfand sie als dick und geschwollen und war äußerst angenehm überrascht, als sie sich im Spiegel betrachtete.

Sie schlich zu ihrer Tasche und holte eine Packung Kopfschmerztabletten hervor, vermied dabei jegliche hastige Bewegung, und das nicht nur wegen der Frisur.

Sofort stand Eva bei ihr und riss ihr den Blister aus der Hand.

»Das sind nur Tabletten gegen Kopfschmerzen. Ich halte das sonst nicht aus!« Eva drückte eine heraus und biss eine Ecke ab.

»Okay, die darfst du nehmen. Ich bring dir Saft zum Runterspülen.«

Kaum hatte sie die Tablette genommen, standen beide Frauen bereit, ihr in das Kleid zu helfen. Sarah registrierte sofort, dass Chalou wieder ganze Arbeit geleistet hatte. Sie erkannte, dass es ein Entwurf von ihr selbst war, nur am Schulterbereich hatte er kleine Änderungen vorgenommen. Es gefiel ihr. Sarah hoffte, dass sie die Gelegenheit bekam, mit ihm zu reden.

Von vorn lokalisierte man unruhiges Licht. Bojarow, sein Sohn und deren Begleiter wurden von einigen Vosanti im Fackelzug zum Saal geleitet, Bojarow groß, breitschultrig und seiner Art entsprechend mit einem Vollbart, der sein verhärmtes Gesicht fast vollständig bedeckte. Seine Augen funkelten gefährlich schwarz. Eine wüste graue Haarpracht, die über seine Schultern wallte, umgab seinen breiten Kopf. Er verkörperte das typische Bild des bösen Vampirs. Stolz schritt er daher, sich seiner Sache sicher. Ganz im Gegenteil zu seinem Sohn, der eher mit John oder Dominik vergleichbar war, groß, schwarzhaarig und gut aussehend; und dennoch sah selbst ein Blinder, dass er unter der Herrschaft seines Vaters stand. Er befand sich immer einen Schritt hinter ihm, und weil er etwas geduckt ging, wirkte er kleiner, als er tatsächlich war.

An der Tür des Festsaales nahm ihn Domian feierlich in Empfang.

In der Zwischenzeit hatten viele Vampire im Saal Platz genommen. Einige Sangvuellas befanden sich auch darunter. Langsam zog der Tross vorbei an den Vosanti, die unbeweglich mit den Kerzen in den Händen seitlich des Eingangs standen. Kaum ein Laut war zu vernehmen, noch nicht einmal ein Flüstern, nur die Umhänge der Vampire verursachten ein feines, schabendes Geräusch beim Gang über den bordeauxfarbenen Läufer zum Altar. Bojarows Helfer, allesamt Vosanti, bekamen ihre Plätze zugewiesen. Sobald der Letzte die Tür passiert hatte, verschloss einer von Laurentius Anhängern das Portal. Mit einem dicken, langen Holzbalken, durch die Verriegelung geschoben, blockierte man ein Eindringen von außen.

Die Kerzenträger wanderten bis zum Steintisch vor und stellten die Kerzen gleichmäßig an die Ecken des Altars. Anschließend traten sie rückwärts an die Wand hinter dem Tisch, um dort zu verharren.

Laurentiu stand mit Jacques schon die ganze Zeit rechterhand des Tisches. Sein Blick schweifte ständig nervös über die Menge. Jacques hielt ein Gebinde aus schwarzem Samttuch vor sich. Nunmehr begann Laurentiu mit weit ausholenden Bewegungen, die alle Blicke auf sich zogen, den Inhalt hervorzuschälen.

Das Schwert lugte hervor und er nahm es andächtig und drehte sich langsam um, sodass er über die Häupter der Vampire blicken konnte. Er hielt es in der Waagerechten nach oben und trat vor den Altar, um es andächtig dort niederzulegen. Einige Minuten hielt er inne, und wenn man genau hinhorchte, vernahm man fremdartige Sprüche, die wie in Trance aus seinem Mund drangen. Jacques kniete sich nieder, Laurentiu drehte sich von Neuem zur Menge um, die ihn, immer unruhiger werdend, beobachtete. Ohne Unterlass wiederholte er stets den gleichen Wortlaut, in den immer mehr Vampire andächtig einstimmten. Der Clanoberste sah Laurentiu jetzt eindringlich an und senkte kaum wahrnehmbar sein Haupt, als Zeichen dafür, dass er seine nächste Order ausführen durfte.

Umständlich, um die Frisur nicht in Mitleidenschaft zu ziehen, halfen die Vosantas Sarah in das Kleid. Die Robe saß wie angegossen. In mehreren Lagen war sie abwechselnd mit Satin und Seide gearbeitet, und der goldene Farbton passte perfekt zu ihrem Haar. Chalou hatte wirklich an alles gedacht. Eva hielt ihr die Schuhe hin, die im selben Farbton schimmerten.

Es klopfte wieder und diesmal zog die Vosanta den Schlüssel hervor und schloss die Tür auf.

»Bereit?« Ehrfürchtig schaute sie Sarah an.

Sarah nickte nur.

Die Tür wurde aufgezogen.

Da stand sie vor mir. Sarah, einer Königin gleich, ihr Blick zunächst hilflos in meinem versunken. Langsam hielt ich ihr meinen Arm hin. Etwas unsicher kam sie auf mich zu, hielt sich dann aber mit einer anmutigen Bewegung an mir fest. Vor uns schritten vier Vosanti, mit Kerzen so gülden wie ihr Kleid. Hinter uns, das hatte Sarah Gott sei Dank nicht bemerkt, Dominik, John und Lauracé. Diese drei waren zu Paten des Rituals auserkoren.

Das Paar sollte sich vor dem Altar die Hände reichen. Um diese würde ein weißes Band geschlungen werden. Die Besiegelung des Paktes kam dadurch zustande, dass von Dominik, John und Lauracé Blut in einer Schale gesammelt und hernach über das weiße Band gegeben würde. Zu diesem Zweck lag normalerweise entweder ein Dolch oder ein Schwert bereit. Doch diesmal hatte ich es ja dergestalt organisiert, dass ich es als meine Aufgabe bezeichnet und mein eigenes Schwert mitgebracht hatte.

Dahinter folgten weitere vier Vosanti. Alle acht unterlagen meiner absoluten Befehlsgewalt. Wenn Dominik hätte versuchen wollen Sarah zu entführen, wäre dies der einzige Moment, in dem dies möglich gewesen wäre. Doch ich brauchte das Ritual, es war so wichtig für mich, für uns …

Ich konnte nicht anders, ich musste einfach in Sarahs hübsches Gesicht schauen. Die zarten Farben ihres Make-ups unterstrichen ihre Schönheit. Sie bemerkte meinen Blick und erwiderte ihn. Ich spürte ihre Angst und konnte sie auch in ihren Augen erkennen, und dennoch lächelte sie mich an. Was hatte sie alles durchmachen müssen.

Immer weiter näherten wir uns dem Saal. Ich nahm Sarah etwas beiseite, sodass die drei Blutpaten an uns vorbeigehen konnten. Erleichterung kam über mich, als ich sah, dass sie ihre Kapuzen tief in das Gesicht gezogen hatten, sodass Sarah sie nach wie vor nicht erkennen konnte. Zumindest so lange nicht, bis wir uns im Raum befanden. John klopfte laut an die Saaltür.

»Gewährt uns Einlass, wir bringen die Sangvuella honora.«

Ich wusste, dass Jacques und ein weiterer Vosantus aus meinem Gefolge drinnen auf uns warteten.

Die Flügeltüren öffneten sich langsam.

»Tretet ein in den Saal der Unumgänglichkeit«, gab er uns laut und deutlich zur Antwort. Alle Augen waren auf uns gerichtet. Ein Wispern und Raunen ging durch die Menge, unzweifelhaft wegen des Anblicks von Sarah, die in diesem Kleid einer Fürstin glich.

John ging voraus, Lauracé und Dominik folgten. Sie blieben am Ende des

Läufers stehen, stellten sich nebeneinander vor den Altar, drehten sich herum und streiften ihre Kapuzen herunter.

Als Sarah Dominik erkannte, wurde ihr Griff an meinem Arm fester. Verwirrt schaute sie mich wieder an. Diesmal tat es mir fast leid, dennoch konnte ich ihr das nicht ersparen. Sie hatte mich ja gefragt, wie die Zeremonie ablaufen würde, doch hatte ich ihr nicht alles erzählt.

Langsam setzte ich mich mit ihr in Bewegung und der Rest der Mannen, die uns begleitet hatten, verteilte sich derweil ebenfalls an den Seitenwänden und Ecken. Sarahs Atem ging schwer, ihr Herz schlug so sehr, dass ich befürchtete, sie könnte in Ohnmacht fallen. Sie musste durchhalten.

Dominiks Vater war aufgestanden und hatte Bojarow und seinem Sohn angezeigt, es ihm gleichzutun. Während Bojarows Sohn am Altar stehen blieb, kam uns unser Clanoberster mit Bojarow entgegen. Wir trafen auf halbem Weg zusammen.

»Ich übergebe dir ein Geschöpf des Lichts. Möge sie mit ihrem Blut euch nähren und euch alle Kräfte geben, die ihr braucht.«

Mit diesen Worten nahm Dominiks Vater Sarahs Hand von meinem Arm und übergab sie an Bojarow. Nun war er es, der sie weiter zum Altar führte. Ich folgte ihnen, ständig meinen Blick auf Dominik heftend, darauf wartend, dass er irgendetwas unternahm. Er wirkte so siegessicher, so heiter und gelöst, fast schon spitzbübisch. Ich konnte spüren, wie es hinter seinem eisernen Blick brodelte.

Er hatte sich mir gegenüber verschlossen, ich kam nicht in seine Gedanken hinein. Diese Qual der Ungewissheit nahm ein für mich kaum erträgliches Maß an. Durch das Zulassen meiner Emotionen brachen immer wieder Empfindungen über mich herein, die ich bisher in professioneller Manier in Schacht gehalten hatte.

Bojarow hatte seinen Platz erreicht, während ich seinem Sohn andeutete, mit mir hinauf zum Altar zu gehen. Rechterhand durfte er stehen bleiben. Dominiks Vater zeigte an, dass Bojarow Sarah hinaufbringen sollte. Sie musste zur linken Seite des Tisches stehen. Der Clanoberste schritt um den Tisch herum und nahm seinen Platz hinter dem Altar ein. Der alte Bojarow ging wieder nach vorn, dort, wo ich mich mittlerweile auch befand. Dominiks Vater stimmte einen wohlklingenden Singsang in einer uralten fremden Sprache an. Seine Arme hatte er zur Seite hin ausgebreitet, was ihn im flackernden Kerzenlicht imposant erscheinen ließ. Viele Gäste im Saal stimmten ein in seine magischen Beschwörungsformeln, vor allem diejenigen, die zu den Ältesten gehörten. Die drei Blutpaten knieten indessen nebeneinander hinter Bojarow auf der ersten Stufe, ihre

Hände hielten sie vor sich, die Handflächen nach oben gerichtet, die Häupter tief gesenkt in absoluter Ehrerbietung.

»Möge dies ein Zeichen des Friedens sein!«, rief Domian von Rascudo auf einmal und augenblicklich herrschte Stille.

Das war das Zeichen, auf das hin ich Bojarow das Schwert übergeben musste. Wir hatten abgesprochen, dass er den drei Blutpaten die Hände zerschneiden würde, damit das Blut, das den Bund besiegeln sollte, in eine dafür vorgesehene Zinnschale floss.

Wie in Zeitlupe nahm ich das Schwert an mich, meinen Blick fest auf Dominik gerichtet, der, wie ich annahm, nur auf eine Gelegenheit wartete.

Bojarow hielt mir erwartungsvoll seine Hände entgegen. Seine Mimik sprach Bände, immerhin glaubte er sich am Ziel seines Vorhabens.

Dominik und seine Mitstreiter knieten unbeweglich nebeneinander, bereit, ihrer Aufgabe gerecht zu werden, den Blick nach wie vor tief gesenkt.

Ich spähte zu Sarah hinüber. Aufmerksam wechselte ihr Blick von mir zu Dominik und wieder zu mir. Ihr Augenspiel war weich, hoffnungsvoll und voller Verständnis, es sprühte gleichsam vor wissender Verzweiflung.

Sie nickte mir zu, sich vollkommen im Klaren darüber, dass die folgenden Momente ihre letzten sein konnten. Noch einmal schaute ich zu Dominik, der in dieser Sekunde spürte, dass etwas anders lief als geplant.

Als ob er mein Vorhaben erahnte, hob er seinen Kopf und sah mich an. Und während mir in diesem Augenblick klar wurde, dass er nur darauf gewartet hatte, dass ich die Waffe führte, verstärkte ich meinen Griff um den breiten Schaft und lenkte das Schwert vor mir nach oben.

Im Geiste zelebrierte ich die folgenden Momente. Bojarow erwartete zu Recht, dass ich ihm das Schwert übergab. Hoffnungsvoll hielt er mir immer noch seine Hände entgegen; doch mit einem Mal schien auch er zu erkennen, dass hier nichts so laufen würde, wie er es vorgesehen hatte.

Er erkannte mich endlich, und in dem Moment, in dem er dies begriff, holte ich aus und schlug ihm den Kopf ab.

Für Sekunden herrschte Stillstand.

Totenstille.

Niemand bewegte sich, keiner konnte glauben, was er da sah. Der Schädel des verhassten Vampirs wippte einige Male hin und her, um alsdann vom Hals herunterzukippen. Der Körper sackte unmittelbar danach in sich zusammen, Blut spritzte heraus und verteilte sich auf dem Boden unter dem Altar. Dominik, Lauracé und John sprangen auf, um nichts abzubekommen.

Schweigen, Entsetzen, Fassungslosigkeit breitete sich aus. Laurentiu stand da, das Schwert im Anschlag, bereit, sich gegen jeden zu verteidigen, der an ihn herantreten würde.

John reagierte als Erster. Er sprang zu Sarah hinauf, schnappte sich die Erstarrte und stand einen Sekundenbruchteil danach mit ihr vor dem großen Portal. Dort übergab er Sarah an David, der schon in dem Moment verschwunden war, in dem Laurentiu wieder Luft holte. Zwei Vosanti von Bojarow eilten hinterher. Dominik versuchte sie aufzuhalten, John hatte die Flügeltüren längst zugeworfen, Jacques half ihm und beide standen davor, bereit zu kämpfen. Dominik erwischte einen und ein wildes Gerangel entstand, aus dem Dominik klar als Sieger hervorging. Die hinteren Gäste sprangen auf und stoben zur Seite. Geschrei und Geknurre erklangen gleichzeitig. Domian von Rascudo sah, wie einer der Vosanti aus Bojarows Gefolge von hinten an seine Frau Shinobe trat, seelenruhig, mit einem Lächeln auf den Lippen.

Er rief: »Shinobe …«

Dominiks Kopf flog herum. Er bekam gerade noch mit, wie seine Mutter sich herumdrehte. Das Letzte, was sie sah, war ein groß gewachsener Vosantus, dessen Aufgabe es war, die Frau des Clanführers zu töten, sollte es unvorhergesehene Zwischenfälle geben.

Domian eilte hinab, allerdings zu spät. Dieser Vosantus schnappte sich mit der vampireigenen Schnelligkeit die Sangvuella und brach ihr mit einem Ruck das Genick.

»Neiiiin«, brüllte Domian, und konnte gerade noch verhindern, dass ihr Körper wie ein nasses Tuch auf die noch stehenden Sessel krachte. Stühle flogen umher, weitere Vosanti von Bojarows Gefolge stürmten auf, einer kam auf Laurentiu zu, doch der erledigte ihn mit einem lässigen Hieb.

Kaum lag der Torso auf dem Boden, hatten Laurentius Mannen die Gehilfen von Bojarow auch schon unter Kontrolle. Alle konnten sie gerade noch zusehen, wie Dominik dem Vosantus, der seine Mutter auf dem Gewissen hatte, einen Dolch in die Brust trieb. Laurentius Plan war aufgegangen.

Dominiks Plan war aufgegangen.

Bojarows Sohn stand nicht wenig erschüttert oben am Altar. Er hielt seine Hände so, dass jedem klar sein musste, dass er sich seinem Schicksal ergeben hatte. Dieser Übermacht, die Laurentiu aufgefahren hatte, konnte er ohnehin nichts entgegenstellen. Laurentiu zeigte auf ihn und zischte etwas in den Raum und schon standen zwei seiner Leute neben dem jungen Bojarow, entschlossen, ihn keinesfalls gehen zu lassen.

Die Pforte wurde geöffnet, denn schnell war schnell klar, dass keiner versuchen würde, Sarah zu folgen, nahmen doch die meisten an, dass man die Sangvuella vorsichtshalber in Sicherheit gebracht hatte. Auch Laurentiu unterlag diesem Gedanken.

Keiner ahnte, dass sie sich in diesem Moment aus ihrem Kleid schälte und in Jeans und Pulli schlüpfte.

Christian

Diese Warterei machte mich wahnsinnig, seit Stunden saß ich hier im Auto. Würde ich überhaupt mitbekommen, wenn etwas schieflief? Was, wenn Dominik es nicht schaffte, seinen Plan in die Tat umzusetzen? Plan B? Darüber hatten wir uns nie unterhalten. Es gab keinen.

Zu gerne hätte ich jetzt einen Kaffee getrunken. Dominik hatte mich gebeten, so viel wie möglich von Sarahs Klamotten zusammenzupacken. Dies hatte ich noch erledigt, bevor David und ich losfuhren. Systematisch war ich ihre Schränke durchgegangen. Geeignetes Schuhwerk für einen Aufenthalt in einer Waldhütte hatte sie nicht. Eine Jeans und einen Pulli wollte ich in einen Extrabeutel tun und auf den Beifahrersitz legen. Sicherlich war sie nicht gerade passend angezogen für eine längere Reise. Ich nahm sogar noch zwei Decken mit, obwohl ich schon welche im Auto hatte.

Da stand ich und harrte der Dinge, die da kommen würden. Ob ich kurz aussteigen könnte, um mir die Beine zu vertreten? Ich tat es einfach, ließ trotz des trüben, klammen Wetters Fahrer und Beifahrertür offen stehen, sank mit den Händen auf den Boden und machte ein paar Liegestütze. Ich hüpfte ein paar Mal auf der Stelle und versuchte meine Gliedmaßen zu lockern.

Laurentiu

Viele der geladenen Gäste verließen den Raum. Jeweils zu dritt führten meine Leute einen Bojarow-Vosantus nach dem anderen hinaus, noch acht an der Zahl, wie ich feststellte. Nur die Ältesten versammelten sich um Domian, der nach wie vor seine Frau im Arm hielt.

Die aufgeregten Wortgefechte hatten sich zunächst beruhigt. Einzig und al-

231

lein meine Stimme erteilte Befehle, denen meine Mannen gehorsam Folge leisteten.

Mit Adleraugen verfolgte ich das Geschehen. Natürlich war mir nicht verborgen geblieben, was Shinobe zugestoßen war. Bojarow hatte seinen Plan offensichtlich ebenfalls gut durchdacht. Dominik sah zu mir, er stand in der Mitte des Raumes, über der erdolchten Leiche, das Messer noch immer in der Hand, mit rot glühenden Augen, bereit, sich dem Nächsten zu widmen. Für einen Moment war ich unsicher, was sein Blick mir sagen sollte. Sicherlich war er nicht gerade erfreut darüber, dass meine Aktion zum Tod seiner Mutter geführt hatte.

Mit einem Mal wurde ich nach hinten gedrückt, und eine Hand hielt meine Kehle fest im Griff. Ich ließ das Schwert fallen. Schon hatte ich den Steintisch im Rücken. Mir war alles egal, ich hatte erreicht, was ich wollte, warum also sollte ich mich wehren?

»Wie konntest du nur? Was hast du dir dabei gedacht? Du Ausgeburt der Hölle! Ich hätte es mir denken können. Schon auf deinen Vater war kein Verlass.«

Domian von Rascudo stand über mir, der Griff um meinen Hals wurde stärker. Dominik erschien dahinter und zog an seinen Schultern. Es tat mir leid, dass es Shinobe das Leben gekostet hatte. Sollte er mich doch töten. Sicher hatte ich es in seinen Augen verdient.

»Dominik«, keuchte ich, »lass ihn. Er will nur Gerechtigkeit.«

»Nein«, erwiderte dieser, »als Bojarow deinen Vater damals ermordet hat, ließ er auch keine Gnade walten. Warum also jetzt? Er hat damals Bojarow ziehen lassen, sodass wir ständig seinen Drohungen ausgesetzt waren. Es ist alles seine Schuld. Er hätte Bojarows Treiben schon längst ein Ende setzen müssen. Bis heute blieb der Mord an deinem Vater ungesühnt.«

Nach diesen Worten seines Sohnes ließ der Clanoberste von mir ab. Hasserfüllt lag sein Blick auf mir. Dominik drängte sich zwischen uns.

Lui meldete sich zu Wort.

»Das stimmt. Wir haben damals alle dafür plädiert, Bojarow den Garaus zu machen. Jedoch du, du mit deinem schlechten Gewissen. Das hast du nun davon.«

Johns Vater drängte sich nach vorn.

»Wir haben dir immer gesagt, dass es kein gutes Ende nehmen wird, wenn du Bojarow nachgibst. Nie und nimmer hättest du ihm eine Frau versprechen dürfen.« Auch er stellte sich schützend vor mich.

Dominik stand neben mir, eine Hand auf meiner Schulter. Ich drehte mich zu ihm herum.

»Es tut mir so leid«, sagte ich, »ich habe in Kauf genommen, dass es auf unserer Seite Opfer zu beklagen gäbe. Sogar Sarah war sich darüber im Klaren, dass es kein gutes Ende für sie nehmen könnte. John hat da verdammt gut reagiert, dass er sie sogleich fortgeschafft hat.«

»Das gehörte zu unserem Plan«, unterbrach er mich, »ich wartete auf eine passende Gelegenheit. Und mir ist jetzt in diesem Moment klar, dass jegliche Aktion meinerseits meine Mutter ebenso das Leben gekostet hätte.« Offen sah er mir in die Augen. »Außerdem«, fuhr er fort, »ich glaube an diese Vorsehung. Dass Sarah zu mir gehört und sich für mich und unsere Art große Veränderungen auftun werden.«

»Hör endlich damit auf!«, donnerte sein Vater dazwischen. »Was willst du mit dieser Sangvuella, die das Ergebnis von ungewollten Verbindungen ist!«

»Eine Verbindung, die nur von dir nicht gewünscht war. Ich muss Lui Recht geben. Dein schlechtes Gewissen hat dich in der Vergangenheit fehlgeleitet. Hat dich abhängig gemacht von Entscheidungen, mit denen wir alle nie einverstanden waren. Du hast dich immer darüber hinweggesetzt. Und das nur, weil du im Besitz der Schriften bist. Du glaubst, dass du damit allein die Macht besitzt. Ich habe dir gesagt, dass sich alles rächen wird. Und jetzt sieh her …«

René Dumitrescu, mein Großvater, schritt langsam den Mittelgang entlang zu der erschreckten Runde und zeigte dabei auf die mittlerweile aufgebahrte Tote. Er war der Älteste von allen. Er lebte normalerweise äußerst zurückgezogen und war einzig und allein wegen des Rituals erschienen. Ich selbst hatte ihn vor ein paar Tagen vom Flughafen abgeholt und in eines unserer Häuser am Rande der Stadt gebracht.

Dominiks Vater war überrascht. »René …. Du hier? Das ist ja klar, dass du zu deinem Neffen hältst!«

»Ich dementiere aufs Äußerste«, schallte es zurück, »du weißt genau, dass ich keine Unterschiede mache, jeder hier noch Anwesende weiß das. Und wenn ich im Geringsten denken würde, dass Laurentiu ungehörig gehandelt hätte«, er fuhr mit seinem Arm energisch durch die Luft, »dann, das wisst ihr alle, würde ich ihm eigenhändig den Kopf abschlagen.«

Betretene Stille umgab uns. Damit hatte ich nicht gerechnet. Dass sie alle für mich Partei ergreifen würden. Meine Intention diente ausschließlich dem Zweck, Bojarow endlich seine wohlverdiente Strafe zukommen zu lassen. Weil er meinen Vater, nein, nicht nur meinen, sondern auch Sarahs Vater getötet hatte.

Das Ritual musste unbedingt stattfinden, ich war bereit gewesen, alles dafür zu tun. Bojarow wäre sonst nie zu uns gekommen. Alle hatte ich sie benutzt und mein Spiel mit ihnen gespielt. Meine Entscheidung, Sarah in meine Pläne einzuweihen, war richtig gewesen. Sie war die Einzige, die von meinem Vorhaben, das im weiteren Verlauf zu unserem wurde, erfahren hatte. Wie eine Königin nahm sie ihre Aufgabe an und Seite an Seite konnten wir endlich, sogar als Geschwister wiedervereint, für Gerechtigkeit sorgen.

Ich war froh, dass sie das alles hier nicht mitbekam. Wo war John? Ich schaute mich um, doch er war nirgends zu sehen.

»Sarah geht es gut, mach dir keine Sorgen um sie«, sagte Dominik, der zu wissen glaubte, was in mir vorging.

»Das ist es nicht, Dominik, ich wundere mich nur, wo John geblieben ist.«

Sein Gesichtsausdruck wurde augenblicklich ernst, und seine Blicke flogen durch den Saal. Einige Vosanti hatten bereits begonnen die Stühle wegzuräumen.

René Dumitrescu, mein Großvater, legte plötzlich von hinten seine Hände auf unsere Schultern und flüsterte uns zu: »Ihr solltet tun, was immer ihr für eure Herzkönigin gedenkt tun zu wollen. Und scheut euch nicht, konsequent für das zu kämpfen, was euch wichtig ist. Das haben einige hier schon lange verlernt. Sie sind zu vermenschlicht. Sie sollten sich wieder mehr darauf besinnen, was sie sind.«

Er hatte kaum ausgesprochen, da hatten wir den Saal schon verlassen. Ich folgte Dominik eiligst, der durch die Irrwege der Katakomben zu einem Ausgang flog, von dem ich wusste, dass er am Rande des Abbruchgebietes lag, in der Nähe des Zubringers zur Autobahn.

Wir kamen nach oben, der Himmel war wolkenverhangen. Es regnete nicht, trotzdem war alles feucht und klamm. Ein leichter Nebel zog durch die Straßenzüge. Dort stand John, ich erkannte ihn sogleich. Dominik war schon bei ihm. Was hielt er da in der Hand? War das etwa …

Als ich bei ihm angelangt war, erkannte ich das Kleid, das John in den Händen hielt. Sie musste sich umgezogen haben. John schaute missmutig ins Leere.

Ein Schmunzeln konnte ich nicht unterdrücken. Da hatte Dominik ja ganze Arbeit geleistet. Hinter uns hörten wir ein Geräusch. Wir drehten uns um. Es war David. In diesem Moment verstand ich gar nichts mehr.

»Tja, mein Lieber«, Dominik grinste mich auf seine wohlbekannte erhabene Weise an, »nicht nur du kannst Pläne gut durchdenken und durchführen. Einzig und allein bei John war ich mir nicht sicher. Doch David hätte ihn eine Weile aufgehalten, oder?«

»Weiß nicht, vielleicht«, gab dieser zu.

»Da habe ich dich wohl unterschätzt, mein lieber Cousin!« John drückte Dominik das Kleid vor die Brust. »Das letzte Wort in dieser Angelegenheit ist noch nicht gesprochen«, raunte er ihm mürrisch zu und mit einem Mal war er verschwunden.

Ich war irritiert. »John war doch derjenige, der Sarah hinausgeschafft hat?«

»Das war seine Aufgabe«, redete Dominik weiter. »Als du Bojarow den Kopf abgesäbelt hattest, erschien mir der Moment günstig. Ich hielt ihn an, seinem Part aus unserem Plan wahrzunehmen, was er ja gemacht hat. Da John aber nicht wissen konnte, wo David sie hinbringen wird, hatte Sarah einen guten Vorsprung.« Lachend legte er David den Arm um die Schultern.

»Mit wem um Gottes willen ist sie weg?«, entfuhr es mir.

David erlöste mich: »Mit meinem Bruder. Keine Sorge, er ist ein Mensch und er ist Polizist. Er kann das. Bei ihm ist sie in besten Händen.«

»Bist du wahnsinnig? Wenn Vampire auch nur in ihre Nähe kommen, wird er nicht die geringste Chance haben, sie zu beschützen!« Ich war außer mir und echauffierte mich aufs Neue.

Dominik hob beschwichtigend die Hände.

»Es werden keine in ihre Nähe kommen. Noch nicht mal ich weiß, wo sie hinfahren. Und das ist auch gut so. Sie braucht den Abstand jetzt, damit sie für sich den richtigen Weg finden kann.«

Sein Blick verriet mir, dass er sich zwar im Klaren darüber war, das Richtige für Sarah zu tun, aber auch darunter litt. Oder hatte er etwa Zweifel? Erstaunlicherweise wurde mir bewusst, dass er sich lieber in das Leiden ergab, als sie in Bedrängnis zu wissen. Auch auf die Gefahr hin, sie vielleicht zu verlieren. Um so zu handeln, musste er Emotionen zulassen, musste er die Liebe spüren, die er für Sarah empfand.

»Dominik«, ein leichtes Lächeln umgab seinen Mund, als er mich ansah, »wenn einer die Liebe meiner Schwester verdient hat, dann bist du es.«

»Danke!«, raunte Dominik mir noch zu, bevor er sich durch den Nebel wieder auf den Rückweg machte.

Dr. Danori winkte dankend ab. Er wollte keinen Kaffee mehr. Schon seit dreieinhalb Stunden saß er in dem Gasthof und wartete. Er konnte an nichts anderes denken. Hoffentlich ging alles gut.

Ihm war bewusst, dass es ziemlich viel Wirbel verursachen würde, wenn er die Geschichte an die Öffentlichkeit brächte. Er war sich nicht mehr so ganz sicher, ob er das tatsächlich wollte.

Immer wieder zog es seinen Blick zum Fenster hinaus, in Erwartung eines Autos, in dem sich Sarah befinden würde. Ihm fiel auf, dass er diesen Polizisten gar nicht gefragt hatte, was er für ein Auto fuhr. Obwohl Sarah diesem Beamten offensichtlich vertraute, hatte er es sich nicht nehmen lassen, unter einem Vorwand auf der Wache anzurufen. Er gab an, Herrn Christian Berg sprechen zu wollen, worauf man ihm mitteilte, dass er nicht im Hause sei. Er hatte es dabei belassen, ohnehin hatte er so seine Zweifel. Mehr Auskunft würde man ihm wahrscheinlich nicht angedeihen lassen. Dennoch schien die Tatsache zu stimmen, dass dieser Mann der Polizei angehörte.

In diesem Moment hielt ein Kombi, auf dem Parkplatz vor dem Haus; es stiegen jedoch eine Frau und zwei Kinder aus. Angespannt atmete er durch, schaute zum hundertsten Mal auf die Uhr.

Was, wenn das Ritual erst am Abend stattfinden würde? Es war jetzt später Nachmittag …

Christian

Gerade als ich wie ein Hampelmann vor dem Auto herumhüpfte, sah ich zwei Gestalten die Treppe heraufkommen. Die Treppe, die hinab zu den U-Bahnen führte.

Ich erkannte David, und die Frau mit dem ausladenden Kleid konnte demnach nur Sarah sein.

Oh mein Gott, wie schön sie war.

Sie rannten in meine Richtung und ich hastete ihnen entgegen. David fummelte ihr im Rücken herum. Auf einmal fiel das Oberteil des Kleides nach vorne, sie hielt es gerade noch fest. Ich lief zum Wagen zurück und griff mir Pulli und Jeans. Mich aus dem Auto herausschälend, hörte ich David, wie er sie drängte.

Ihr Blick hätte nicht überraschter sein können, als ich ihr ihre Sachen hinhielt. Ohne zu zögern, nahm sie ihren Pulli und zog ihn über, während ihr David das Kleid nach unten streifte. Eine hübsche Figur mit unendlich langen Beinen kam zum Vorschein. Mein Herz schlug schneller, nicht nur wegen der Aufregung.

»Nun mach schon!«, drängte David erneut. Er schaute sich unentwegt um.

»Ich geh runter, falls uns jemand gefolgt ist. Ich kann nur hoffen, dass ich denjenigen aufhalten kann. Na los, ab mit euch!«

Sarah zog eben ihre Hose hoch und hatte ihre Schuhe wieder angezogen. Shit, dachte ich, das hatte ich vergessen. Jetzt andere aus dem Kofferraum herauszusuchen würde zu lange dauern. Ihr schien es egal zu sein.

David war verschwunden.

Der Nebel wurde dichter, vielleicht bildete ich mir das aber auch nur ein.

Jetzt stand sie da, mit zerzauster Frisur, was sie zu ihrer Schönheit auf eine anziehende Weise frech wirken ließ. Sekundenlang schauten wir uns an. Sekunden, die mir wie eine Ewigkeit vorkamen. Ich besann mich auf meine Aufgabe, schob sie schleunigst auf die andere Seite des Wagens und hielt sie an, einzusteigen. Mit durchdrehenden Rädern verließen wir dieses unheimliche Viertel und befanden uns wenige Momente später auf dem Zubringer.

Ich musste nicht lange fahren, um auf eine der breiten Bundesstraßen abzubiegen, die aus der Stadt führten. Ständig überzeugte ich mich im Rückspiegel, dass uns niemand folgte. Mein Puls klopfte in bedenklichem Maße, weil die Aufregung das Adrenalin in Wallung brachte. Hoffentlich war bei David alles in Ordnung.

Noch immer hatten wir kein Wort geredet. Trotzdem war die Stille nicht peinlich. Wir waren alle Verschworene eines Plans, der offensichtlich geglückt war.

In etwa einer halben Stunde mussten wir an der Gaststätte sein, in der wir uns mit Dr. Danori treffen wollten. *Wir*, das war gut gesagt, Sarah wusste ja noch nichts davon.

Sie hielt ihre Hände im Schoß verschränkt, und ich sah, wie verspannt sie dasaß. Ich hätte sie gerne gefragt, was da unten vor sich gegangen war, ließ es aber bleiben. Wir würden die nächsten Tage miteinander verbringen, da blieb genug Zeit zum Reden. Ihrem Gesichtsausdruck nach zu urteilen, war es sicher nicht schön gewesen.

So rollten wir voran, in dieser Richtung hielt sich der Verkehr in Grenzen. Nach einer Weile langte ich hinter meinen Sitz und reichte Sarah eine Flasche, die sie dankend annahm. Immer wieder setzte sie an und stoppte erst, nachdem sie halb geleert war.

»Das tat gut«, meinte sie, und es klang zufrieden und gelöst. Anscheinend war der Bann gebrochen.

»Wie geht es dir?«, fragte ich.

»Ich weiß nicht«, antwortete sie zögerlich, »leider weiß ich nicht, was da unten passiert ist, als ich draußen war.«

»Deinen Freunden geht es sicherlich gut«, wollte ich sie trösten.

»Ich sollte froh sein, dass ich da weg bin, und dass dieser Bojarow tot ist. Doch ich bin es nicht. Vielleicht ist es nur die Aufregung. Es war einfach nur …« Sie stockte und ich sah, wie sich ihr Gesicht verzog, als ich kurz zu ihr hinblickte. »Wohin fahren wir eigentlich?«

»Zuerst werden wir einen Freund von dir treffen. Ich glaube, dass du dich darüber freuen wirst.« Kaum hatte ich ausgesprochen, fuhren wir an dem Schild vorbei, das den Landgasthof ankündigte. Noch drei Kilometer.

Als Sarah bemerkte, dass ich abbog, um auf den Parkplatz zu fahren, atmete sie auf.

»Das ist gut, ich muss nämlich auf die Toilette.«

»Warum sagst du nichts?«, wollte ich wissen. »Melde dich doch, wenn ich anhalten soll.«

»Okay, das nächste Mal«, sagte sie.

Kaum standen wir, sprang sie aus dem Auto und eilte hinein. Ich blieb einen Moment sitzen und versuchte mich zu beruhigen. Noch immer fühlte ich mich wie ein aufgezogener Kinderkreisel. Das Schlimmste war wohl überstanden. Glaubte ich zumindest.

Unauffällig um mich blickend, folgte ich ihr. Ich sah sie gerade noch in der Damentoilette verschwinden. Vorsichtshalber wartete ich auf dem Flur, bis sie wieder erschien. Gemeinsam betraten wir die Gaststube.

»Dr. Danori!«, rief Sarah auf einmal und sprang auf einen uralt anmutenden weißhaarigen Mann zu. Sie fiel im aus lauter Freude förmlich um den Hals. Kaum war ich bei den beiden angelangt, ließ Sarah von ihm ab.

»Wusstest du das?« Sie strahlte mich an. »Habt ihr das etwa ausgemacht?«

Grinsend nickte ich, ich war gerührt von ihrer Freude und konnte den Kloß im Hals gerade nicht überwinden. Meine Emotionen spielten Achterbahn. Die Nachwirkungen des Adrenalinschubs.

Dr. Danori streckte mir die Hand entgegen. Wir stellten uns einander vor.

»Ich muss schon sagen, das Unterfangen war ganz schön mutig. Und Ihnen«, er schaute mich ernst an, »muss ich großen Dank aussprechen. Dass Sie es anständig mit Sarah meinen und ihr helfen. Das ist sehr großmütig, vor allem, wenn man weiß, mit wem wir es hier zu tun haben. Kommt, setzen wir uns erst mal. Wollt ihr etwas essen? Ich habe bereits gegessen, es ist wirklich gut hier.«

»Ich könnte jetzt schon etwas vertragen«, meinte Sarah sogleich. »Du auch?«
Sie schaute mich auffordernd an.

»So langsam, glaube ich«, gab ich zu. »Jetzt, wo die ganze Anspannung nachlässt.« Ich setzte mich an die Stirnseite des Tisches, sodass ich direkt aus dem Fenster schauen konnte. Da wollte ich lieber auf Nummer sicher gehen.

Kaum saßen wir, kam die Bedienung und brachte zwei Speisekarten. Wir bestellten, und sie verschwand hinter ihrem Tresen.

Dr. Danori griff über den Tisch und nahm Sarahs Hände in die seinen. »Nun, meine Gute. Erzählen Sie, wie geht es Ihnen?«

Sarah zuckte mit den Schultern.

»Es sind gemischte Gefühle. So langsam stellt sich die Erleichterung ein. Er ist tot und ich muss nicht fort. Ich meine, nicht nach Russland eben.«

Dr. Danori schaute etwas verwirrt.

»Der russische Vampir, dieser Bojarow, ist tot.«

Das warf für mich eine Frage auf, die ich sofort an Sarah richtete. »Hat Dominik ihn etwa geköpft?«

»Aber nein«, frohlockte sie, »Laurentiu hat das getan. Ich wusste das ja. Er hatte mir von seinem Plan erzählt. Das war der Grund, weshalb es ihm so wichtig war, dass das Ritual stattfindet. Sonst wäre Bojarow doch nie gekommen. Der hat nämlich damals Laurentius Vater«, sie hielt kurz inne und sprach mit gesenkter Stimme weiter, »der, der auch mein Vater war, den hat dieser abtrünnige Vampir nämlich getötet. Und Laurentiu wollte sich dafür rächen. Das blieb damals ungesühnt. Und wenn ich bedenke, dass Rosalie und Antonio getötet wurden, obwohl Dominik und John noch leben. Sie sind gestorben, weil sie mir geholfen haben. Unter dem Umstand war das nicht mehr als gerecht, was Laurentiu getan hat.«

Es war ihr deutlich anzumerken, dass es ihr nicht leicht fiel, darüber zu reden. Dennoch erkundigte sich der Arzt weiter.

»Und du hast dich da hineinbegeben, auch auf die Gefahr hin, dass du zu Schaden kommst?«

»Ich gehöre in diese Welt«, ihr Gesicht wirkte betrübt, »ich kann es nun mal nicht ändern. Aber ich kann Einfluss darauf nehmen. Und dazu habe ich mich entschlossen. Besonders mit einem Bruder wie Laurentiu an meiner Seite, auch wenn er ein Vampir ist.« Sie wendete sich mir zu. »Du hast ja jetzt auch einen Bruder, der ein Vampir ist. Wenngleich er ein Vosantus ist, obwohl das der Sache keinen Abbruch tut.«

Dieses heikle Thema bestimmte, bis das Essen kam, die Stimmung an unserem Tisch.

Nach dem Gaumenschmaus, Dr. Danori hatte nicht übertrieben, es war wirklich sehr lecker, bat er Sarah, mit ihm hinauszugehen, damit er ihr Blut entnehmen könnte. Sie willigte ein, zwar missmutig, doch wohlwissend, wie wichtig es für sie war.

In der Zwischenzeit räumte die Bedienung den Tisch ab. Ich bestellte einen Kaffee und zahlte gleich. Natürlich beglich ich die Rechnung von Dr. Danori auch.

Es dauerte mir zu lange, und ich wollte schon hinausgehen und nachsehen, als sie die Gaststube betraten. Sarah wirkte blass und hielt sich eng an Dr. Danoris Arm fest. Vorsichtig führte er sie an ihren Platz.

»Es ist alles in Ordnung«, bemerkte er sogleich. »Ich habe ihr mehr Blut abgenommen, so hat sie länger Ruhe.« Sarah beobachtend schritt er langsam auf die andere Seite des Tisches.

»Ich bin immer auf dem Handy erreichbar. Das nächste Mal zeige ich ihr, wie sie es selber machen kann. Die notwendigen Gerätschaften werde ich bis dahin besorgen.«

»Ich will gar nicht daran denken, mir selbst Blut abzunehmen.« Sarah verzog ihr Gesicht zu einer Grimasse. Dr. Danori tätschelte ihr die Hand.

»Keine Sorge, meine Liebe, das ist einfacher, als es aussieht.« Und zu mir gewandt: »Ich sag schon länger zu ihr, dass ich es ihr zeigen möchte. Bisher hat sie sich immer gewehrt. Hat euer Anruf bei mir vor ein paar Tagen nicht gezeigt, dass ich nicht immer abkömmlich sein kann? Sarah, es ist unbedingt wichtig, dass Sie sich von allem unabhängig machen. Nichts kann und muss Sie dazu drängen, so weiterzumachen wie die letzten drei Jahre.«

»Da muss ich ihm recht geben, Sarah«, stimmte ich zu, »und mir wäre auch wohler dabei. Ich möchte nur ungern noch mal miterleben, wie irgendein Vampir von dir trinkt. Tz, ich kann nicht glauben was ich da sage, welch ein Wahnsinn.« Kopfschüttelnd lehnte ich mich zurück. Mein Blick blieb an einer großen Standuhr hängen, die zwischen zwei Fenstern stand. Es war spät geworden.

»Ich denke, wir sollten uns auf den Weg machen. Ich will kein Risiko eingehen.«

»Dass meine ich auch, Herr Berg. Rufen Sie an, wenn Sie Unterstützung benötigen. Vorerst sind Sie sonst auf sich alleine gestellt. Es wird eine Weile dauern, bis Ruhe einkehrt in die Gesellschaft.«

Der Nebel war dichter geworden, als wir hinaustraten. Mittlerweile dämmerte es. Sarahs Sitz hatte ich etwas schräg gestellt. Vom Rücksitz nahm ich eine Decke und wickelte sie ein wenig darin ein.

»Normalerweise geht es ihr immer sehr gut, wenn sie Blut verliert. Sie ist jetzt müde, weil ich ihr mehr genommen habe. Das wird sich schnell regulieren. Machen Sie sich deswegen keine Sorgen. Wie lange müssen Sie noch fahren?«

Er fragte mich nicht, wohin. Ich war mir auch nicht sicher, ob ich es ihm gesagt hätte.

»Zwischen vier und fünf Stunden werden es schon sein.«

Vor der Tür verabschiedeten wir uns endgültig. Der Mann war mir ein Rätsel. Die Ruhe, die er ausstrahlte, die Kraft, alles an ihm wirkte so erhaben. Sicherlich hatte er schon viel erlebt.

»Sarah wird schlafen. Fahren Sie vorsichtig und geben Sie auf sie Acht. Auf sich selbst natürlich auch.«

Er wirkte auf einmal nicht mehr so gelöst. Sollte mich das beunruhigen? Er streckte mir seine Visitenkarte hin und abermals seine Hand. Sein Händedruck war sehr fest.

Ich steckte die Karte in die Innentasche meiner Jacke. Zu dem Handy, das mir Dominik gegeben hatte. Die ganze Zeit überlegte ich schon, ob ich mich bei ihm melden sollte. Auch auf der Weiterfahrt grübelte ich darüber nach. Kilometer um Kilometer fuhr ich mit meiner kostbaren Ladung in die Nacht. Sarah schlief tief und fest und ich konnte kaum einen anderen Gedanken fassen als den an das Handy und wie ich mit der gegenwärtigen Situation weiter verfahren sollte. Möglicherweise würde ich das Leben meines Bruders aufs Spiel setzen. Obwohl, ich könnte ihn ja warnen. Aber sollte ich das? War er jetzt nicht auch einer von ihnen? Gerade war ich an einem Schild vorbeigefahren, das einen Parkplatz anzeigte. Nach ein paar Minuten verließ ich die Straße. Eine kleine Pause würde mir sicher gut tun. Ich stieg aus und lockerte mich ein wenig. Tief atmete ich die feuchtkühle Luft ein. Es tat gut. Auf dem Rücksitz lag meine Jacke, in deren Innentasche sich das Handy befand. Ich nahm es an mich, wechselte es von einer Hand in die anderen, immer wieder. Endlich schrieb ich eine SMS an David.

Hi Bruder,
bitte verschwinde dort aus den U-Bahn-Tunneln.
Christian

Meine Hände zitterten vor Aufregung. Mein Entschluss stand jetzt fest. Ich hätte das schon vor zwei Stunden machen sollen. Als Nächstes tippte ich die Nummer von Matthias ein. Es klingelte lange, bis er dranging.

Er meldete sich verschlafen. Ruhig erklärte ich ihm, was geschehen war und was ich zu tun gedachte. Im Übrigen verlangte ich von ihm, ins Präsidium zu fahren und dort Alarm auszulösen.

»Ich kann mir vorstellen, dass wir noch einige Kollegen der Bereitschaft hinzuziehen werden. Je mehr wir sind, desto besser«, meinte er, von der Aussicht, die Mörder unserer Kollegen zu fassen, sofort hellwach geworden.

»Geht nur mit voller Montur. Egal ob in die Villa oder da runter in die U-Bahn«, mahnte ich noch mal. »Macht euch auf alles gefasst.«

»Willst du mir sagen, wohin ihr fahrt? Kann ich dich unter dieser Handynummer erreichen? Oder auf *deinem* Mobiltelefon?«

»Mein Telefon liegt zu Hause und das hier werde ich wegwerfen.« Ich zögerte einen Moment. Ich wollte es ihm sagen. »Kannst du dich an das lange Wochenende vom letzten Jahr erinnern?«

»Du meinst die Hütte am See, wo Georg in der Nacht vollkommen betrunken ins Wasser gefallen ist?« Er musste lachen.

»Ja, genau die. Dorthin werde ich fahren. Es weiß derzeit keiner außer dir Bescheid. Und das sollte auch so bleiben, hörst du?«

Mir war klar, dass die ganze Sache enorm gefährlich war. Ich dachte nur ständig, mit diesem Telefon würde Dominik uns auf jeden Fall aufspüren. Und das wollte ich verhindern. Er sollte büßen für den Tod unserer Kollegen.

»Wenn wir jetzt auflegen, werde ich das Handy wegwerfen. Hoffentlich ist es noch nicht zu spät. Ich wünsch dir und den Kollegen viel Glück. Ich wäre gerne dabei. Pass auf dich auf.«

»Ja, bis bald. Und – Christian?«

»Ja?«

»Pass auch du auf dich auf. Oder soll ich sagen, *auf euch*? Wir sehen uns wieder. Geh kein Risiko ein.«

»Mach dir um uns keine Sorgen. Bis bald!«

Ich drückte das Telefon aus. Wehmut stieg in mir hoch. Zur Rettung von Sarah war sie gut gewesen, die Mischung aus Laurentius Vorhaben und Dominiks Absicht. Ab sofort musste es nach meinem Plan gehen, den ich eben erst geschmiedet hatte. Ich nahm den Akku aus dem Handy und warf beides getrennt voneinander in den dunklen Wald vor mir.

»Was machst du da?«

Zutiefst erschrocken drehte mich blitzschnell herum und nahm eine Abwehrhaltung ein. Allerdings sah ich nur in das verdutzte Gesicht von Sarah. Augenblicklich entkrampfte ich mich wieder, das Herzklopfen blieb. Jetzt erst nahm ich bewusst wahr, wie groß sie war.

»Mann, hast du mich erschreckt.«

»Sorry, das war nicht meine Absicht.« Sie klang immer noch schwach und müde.

»Ich habe dich reden hören. Was hast du da gerade weggeworfen?«

»Ich habe mit einem Kollegen gesprochen. Damit die sich um mich keine Sorgen machen. Es wäre wohl nicht gut, wenn die anfangen, nach mir zu suchen. Und eben habe ich das Handy eliminiert.«

»Warum?«

»Ich möchte nicht, dass man uns orten kann. Du bist jetzt in Sicherheit und die sollten wir nicht aufs Spiel setzen.«

Sie ahnte ja nicht im Geringsten, wer mir das Handy gegeben hatte, und ich erachtete es nicht als Notwendigkeit, ihr das zu sagen.

»Da hast du sicherlich recht.«

Im fahlen Licht der Parkplatzlaterne schien sie noch blasser zu sein, als es tatsächlich der Fall war. Sie streckte sich wie eine Katze. Mit ihren Fingern fing sie auf einmal an, etwas aus ihren Haaren zu ziehen. Ich näherte mich und erkannte, dass es Haarklammern waren.

Das Häufchen auf dem Autodach wurde rasch größer. Und je zahlreicher Sarah diese Dinger aus den Haaren zog, je mehr löste sich ihre kunstvolle Frisur auf. Zuletzt löste sie die geflochtenen Zöpfe.

»Jetzt ist es besser.« Sie lächelte mich süß an. »Das drückt und zieht ganz schön auf die Dauer, weißt du.« Nachdem sie alle Teile auf das Autodach gelegt hatte, wuschelte sie mit ihren Händen kopfüber in ihren Haaren. »Ah, das tut gut. Du hast nicht zufällig ein Gummi?«

»Ein Gummi?«, stellte ich mich dumm und grinste dabei vielleicht ein bisschen zu unverschämt.

Sie nahm den Witz cool auf. »Na ja, ein Haargummi eben. So etwas, mit dem man —«

»Ja, ja, ich weiß schon. Kann sein, im Kofferraum befindet sich eine Tasche von dir, die stand in dem Bad von deinem Zimmer. Da hinein habe ich noch die Zahnbürste und so gepackt. Vielleicht findest du da drinnen was.«

Ich holte ihr die Tasche heraus. Sie kramte darin herum, fand tatsächlich, was sie brauchte, und verstaute dabei gleich den Kram, den sie aus ihren Haaren gezogen hatte.

»Wie weit ist es eigentlich noch?«

»Schätze, etwa eine halbe Stunde, bis wir da sind. Komm, lass uns weiterfahren. Ich bin müde und freu mich ehrlich gesagt auf das Bett.«

Sarah kam auf mich zu, sie wirkte fröhlich und gab mir unerwartet einen Kuss auf die Wange.

»Danke, ich weiß das zu schätzen. Du riskierst sehr viel damit, vielleicht auch noch deinen Job.«

Langsam nahm ich meine Hände hoch, um sie sachte an ihren Schultern zu halten. Wir sahen uns lange in die Augen und das Gefühl, das dabei in mir aufstieg, kletterte dabei über ein normales Maß an Zuneigung hinaus. Am liebsten hätte ich sie geküsst. Sie saugte mich förmlich auf mit ihren Augen und es fiel mir unsagbar schwer, mich davon zu lösen.

»Ich würde sagen«, ich musste mich räuspern, »das, was ich hier tue, ist mein Job.« Sie lächelte ihr wunderschönstes Lächeln für mich und setzte noch einen oben drauf: Sachte streichelte sie mit ihrer Hand über meine Wange, als wollte sie den Kuss von eben über mein Gesicht verteilen. Abrupt wendete ich mich ab.

»Lass uns weiterfahren, außerdem ist es frisch hier draußen.«

In dem spärlichen Licht im Auto erkannte ich gerade noch, dass sie schmunzelte, bevor die Türen ins Schloss fielen und das Innenlicht erlosch. Nur zu gerne hätte ich gewusst, was in ihrem entzückenden Kopf vorging.

Sie kam mir vor, als wüsste sie nicht, welchen Reiz sie auf das andere Geschlecht ausübte. So hing ich meinen Gedanken nach, bis wir meine Hütte am See erreicht hatten.

Es war eine relativ große Blockhütte. Wenn man hineinging, betrat man eigentlich schon das Wohnzimmer, das im hinteren Bereich eine kleine Küchenzeile hatte. Ein viereckiger Tisch mit zwei Stühlen stand davor. In der Mitte der rechten Seite gelangte man in einen kurzen Gang. Von dort aus führte eine Tür links in eine winzige Speisekammer und eine zweite in ein recht geräumiges Bad. Die zwei rechten Türen verbargen die Schlafräume. Alles war mit Holz verkleidet, bis auf den großen offenen Kamin im Wohnzimmer. Vorn an der Tür befand sich eine schmale Treppe, die unters Dach führte. Dort hätte auch noch jemand schlafen können, vier Klappbetten standen bereit.

Schleunigst war der Wagen ausgeräumt. Sarah zeigte sich äußerst entzückt von unserer Unterkunft.

Ich freute mich auf mein Bett und genoss es zutiefst, meine Beine auszustrecken und die Augen zu schließen. Meine Gedanken flogen durcheinander und sorgten für wirre Träume.

*

In dem kleinen, spartanisch eingerichteten Raum lag Sarah lange wach. Jedes Mal, wenn sie ihre Augen schloss, sah sie im Geiste die Bilder vom Ritual. Laurentiu, der mit dem Schwert dem alten Bojarow den Kopf abtrennte. Fast schon glaubte sie das schmatzende Geräusch zu hören, mit dem der Kopf zur Seite herunterfiel. Dominik hatte sich sofort vor sie gestellt. Sie beschützt!

Dominik. Ob er noch lebte? Ein Schütteln zog durch ihren Körper und endete in einem Zittern wie Schüttelfrost bei einer Grippe.

Die Geschehnisse hatten definitiv Spuren hinterlassen. Tränen traten ihr in die Augen, doch richtig weinen konnte sie nicht. Bei dem Zusammentreffen mit Dominik in den Katakomben glaubte sie deutlich gespürt zu haben, dass er sie noch liebte und dass er ihr verziehen hatte. Er würde sie mit offenen Armen empfangen, wenn sie zu ihm zurückkehren wollte. Oder war dies nur Wunschdenken? Und wollte sie das wirklich?

Warum hatte er ihren Schal behalten? Den Schal, den sie nicht mehr benötigte. Weil sie jetzt wusste, wohin sie gehörte und wer sie war.

Das Leben an Dominiks Seite war sehr schön gewesen. Sie musste zugeben, dass sie es bis zu den ersten Vorfällen sehr genossen hatte. Die Arbeit in der Firma, die sich zu ihrem Steckenpferd entwickelte und in der sie sich wiederfand. Sie wusste, dass sie es vermissen würde, weil sie die Arbeit einfach gerne tat.

Aber reichte das aus, um einen Weg zurückzufinden?

Würde sie Dominik je wieder vertrauen können?

Aber warum eigentlich nicht? Jetzt, wo sie über alles im Bilde war.

Andererseits, die vielen Menschen – konnte sie das zulassen? War es in Ordnung, dass sie sich ihre kleine Welt bastelte, in der die Vampire keine Menschen töteten? Was war mit den vielen anderen Vampiren? Würde sie jemals Einfluss darauf nehmen können? Gerade John, der unbeherrscht war und jeder Laune nachgab, auch wenn es bedeutete, einen lieben Menschen zu zerstören wie ihre Rosalie.

Rosalie. Es war Johns Schuld. Schließlich hatte er sie zu einer Vosanta gemacht. Überhaupt war alles seine Schuld. Durch ihn hatte sich Dominik überhaupt erst in dieser Zwickmühle befunden.

Schuld.

Wer war woran schuld?

Konnte man überhaupt von Schuld reden?

Wer war schuld daran, dass die Vampire im Grunde existierten?

Wer war schuld daran, dass sie, Sarah, in diese Welt hineingeboren worden war?

Ihre Mutter, die sich in Laurentius Vater verliebt hatte? Ach halt, er war ja auch *ihr* Vater gewesen.

Zu wissen, wer ihr Vater war, fühlte sich für Sarah seltsam an.

Und Laurentiu? Wäre er eigentlich einverstanden, wenn sie sich dafür entschied, zu Dominik zurückzukehren? Was, wenn Dominik es nicht überlebt hatte?

Was sollte sie dann tun? Zu Laurentiu gehen? Bei Christian bleiben?

Auf dem Parkplatz hatte sie gespürt, dass seine Gefühle mehr als nur beschützerischer Natur waren. Fühlte sie auch so?

Der Gedanke, dass Dominik getötet worden sein könnte, beunruhigte sie so sehr, dass sie nicht liegen bleiben konnte. Fast glaubte sie keine Luft mehr zu bekommen, so eng legte sich ein unsichtbares Band um ihre Brust. Sie stand auf und lief in dem kleinen Zimmer auf und ab. Aus den Augen rollten ihr immerzu Tränen, die sie beharrlich wegwischte. Sie setzte sich wieder auf ihr Bett.

So funktionierte das nicht. Sarah blies die Öllampe aus, die neben ihr auf dem kleinen Nachttisch stand, und nahm die kleine Taschenlampe, die sie von Christian bekommen hatte. Fast schwebend wie ein Gespenst schlich sie hinüber zum deutlich größeren Zimmer, in dem Christian wahrscheinlich tief und fest schlummerte. Leise legte sie sich neben ihn auf das große Doppelbett, was unmittelbar eine beruhigende Wirkung auf sie ausübte. Das gleichmäßige Atmen des Polizisten erzeugte in ihr ein Gefühl der Sicherheit, in dem sie wie von einer Decke eingehüllt endlich erschöpft einschlief.

Matthias war aktiv geworden und hatte seine Kollegen und die Bereitschaft alarmiert. Mit mehreren Fahrzeugen, darunter drei Mannschaftsbusse, fuhren sie in diesen Stadtteil, der einer Geisterstadt glich. Schnell waren sie in mehrere Teams eingeteilt und besetzten als Erstes die Ein- und Ausgänge. Vier bis fünf Mann lösten sich aus jedem Team, um in voller Montur in die Tiefen der U-Bahn-Tunnel einzudringen.

Aus unterschiedlichen Richtungen bewegten sich die schwer bewaffneten Gruppen auf den Kern des Geschehens zu. Wie Ninjas eilten die Polizisten leichtfüßig durch die schier endlosen Gänge. Jeder Raum wurde durchforstet, jede Tür wurde aufgebrochen, sofern es nicht möglich war, sie unbeschädigt zu öffnen. Dass sie auf dem richtigen Weg waren, daran gab es keinen Zweifel. Die Fackeln und Kerzen, die immer wieder in dem einen oder anderen Wandhalter brannten, zeigten ihnen den Weg. Den Männern war durchaus bewusst, dass es auch eine Falle sein konnte, und so war äußerste Wachsamkeit geboten. Endlich stießen sie in den Flur vor, der das Zentrum der unheimlichen Behausung darstellte.

So leise wie möglich versuchten zwei Mann aus dem Team, in dem sich Matthias befand, eine schwere Holzpforte zu öffnen. Vorn aufgebracht war ein geschmiedetes Emblem. Im Schein der Taschenlampe glaubte Matthias zu erkennen, dass es einen Vampir darstellte, der jemanden biss. Langsam schoben sie die Tür zur Seite, während die übrigen Kollegen mit ihren großkalibrigen Gewehren im Anschlag sofort voreilten, um zu sichern.

Er wollte seine Kollegen lieber nicht nach ihrer Meinung zu diesem Bildnis fragen.

Der Geruch, der ihnen hier entgegenschlug, war nichts für empfindliche Mägen, und alle, die so etwas schon einmal gerochen hatten, ahnten schon, was er zu bedeuten hatte. Fast zeitgleich stieß eins der anderen Teams von der gegenüberliegenden Seite in den Gang vor. Zwischen ihnen lagen circa vierzig Meter Flur, von dem aus zwei Abzweigungen wegführten und in dem sich mehrere Türen zur Linken und zur Rechten befanden. Sie gaben sich kurze Lichtzeichen.

Matthias beobachtete, wie zwei aus der Einsatzgruppe in den Raum links von ihnen gingen. Sie selbst durchkämmten unterdessen nacheinander die Kammern, die sich ebenfalls zu beiden Seiten befanden. Sie entpuppten sich als Lagerräume, in denen Stühle, Tische und Kästen mit weinähnlichen Flaschen aufbewahrt wurden.

Nunmehr standen sie vor einer stattlichen, zweiflügeligen Holztür, die mit schweren Scharnieren und Einfassungen versehen war. Schnell hatten sie sich verteilt und platziert. Noch bevor Matthias seinem Team das Zeichen gab, um den dahinterliegenden Raum zu sichten, stieß ein weiteres Team zu ihnen. Kaum hatten sie sich verteilt, wurde das Holztor geöffnet.

Die Anspannung war groß. Bisher hatten sie niemanden angetroffen. Dies konnte sich jedoch hinter jeder Tür ändern.

Es war zunächst stockfinster, nur die Strahlen der Taschenlampen durchschnitten die gefährliche Dunkelheit. Nachdem der einem Saal gleichende Raum gesichert war, wurden hurtig einige Strahler aufgestellt, sodass er, einigermaßen ausgeleuchtet, den Eroberern ein kurioses Bild bot.

Stühle waren an die Seite gestellt, ein paar lagen umgekippt auf dem Steinboden. Vieles deutete auf einen Kampf hin. Etwa in der Mitte des Saales konnten sie deutlich einen großen dunklen Fleck auf dem Läufer erkennen. Einer der

Männer kniete hin, drückte etwas in die zähe, angetrocknete Masse hinein und nickte. Blut.

Ein paar folgten Matthias bis zu dem altarähnlichen Steintisch. Die Stufen, die hinaufführten, waren über und über befleckt und es sah nicht so aus, als ob es schon lange her gewesen wäre. Ein Beamter betrat den Raum und suchte nach Matthias. Schnell hatte er ihn erspäht und rief ihm zu: »Hier unten ist niemand. Es sieht aus, als hätten die gewusst, dass wir kommen.«

Der Polizist, der eben den Fleck im Mittelgang überprüft, hatte wiederholte den Vorgang an den Stufen.

Ob das Blut von ein und derselben Person stammte, müsste das Labor ergründen. Den plötzlichen Rufen war zu entnehmen, dass wohl eine der Gruppen etwas gefunden hatte. Matthias kehrte sofort um und rannte hinaus in den Gang, der durch die vielen starken Taschenlampen etwas von seiner Beklemmung verloren hatte. Der ekelerregende Geruch, den sie bemerkt hatten, als sie die Tür zu diesem Gang öffneten, verstärkte sich. Er wies eindeutig auf Verbrennung hin.

Ein Beamter winkte ihn zu sich. Er hielt er sich den Ärmel seiner Jacke vor die Nase; einige der Beamten um ihn herum standen längst in dieser Haltung da. Wenig später ruhte sein Blick entsetzt auf zwei am Boden liegende, zusammengekrümmten Leichen. Das war noch nicht alles; offensichtlich waren ihnen die Köpfe abgetrennt worden. Die lagen in einem unwesentlichen Abstand daneben. Bis zur Unkenntlichkeit waren sie verbrannt.

So fürchterlich dieser Anblick auch war, er konnte seinen Blick kaum loseisen.

»Hey Matthias«, rief ein Kollege, »sollst mal rübergehen dort, um die Ecke!«

Er war nicht wenig dankbar für den Ortswechsel. Er wurde in eine weitere Kammer gewunken. An den Wänden hingen pastellfarbene Tücher, das Bett in denselben Farben, ein großer, schwerer Schreibtisch, ein Schrank, eigentlich mutete hier nichts verdächtig an.

Handschuhe wurden verteilt. Matthias sah, wie ein Kollege, am Schreibtisch stehend, in einer rucksackähnlichen Tasche herumkramte. Anschließend reichte er ihm einen größeren Geldbeutel. So einer von der Art, in dem man auch seine Papiere aufbewahren konnte. Geschwind öffnete er ihn und war nicht wenig erstaunt. Er hielt Sarah Delcardes Ausweis in den Händen.

Er schluckte, gab dem Beamten den Ausweis zurück, der ihn flugs im Rucksack verschwinden ließ. Eiligst machte er eine Kehrtwende, um nichts dazu sagen zu müssen. Er war der Einzige hier unten, der wusste, dass Christian mit genau dieser Person gerade zusammen war.

Zwanzig Minuten später saß er nachdenklich in seinem Wagen. Es wuselte nur so von Einsatzkräften um ihn herum. Die Morgendämmerung hatte eingesetzt und die Blaulichter der Einsatzfahrzeuge verblassten im aufsteigenden Nebel. Tief atmete er durch. Der schwere, feuchte Geruch von Verbranntem wollte sich nicht vertreiben lassen, und obwohl es äußerst frisch war, stand die Fahrertür weit offen.

Matthias schaute stoisch geradeaus, er wusste ja, wo Sarah war. Er rang mit sich, ob er es sagen sollte. Vielleicht würde er sie damit gefährden. Und mit ihr dann natürlich auch seinen Boss. Prüfend schaute er sich um. Was, wenn sich ein Vampir in ihren Reihen befand? Das Risiko wollte er auf keinen Fall eingehen. Sollte er in dieser Sache sein Wissen preisgeben, würde er das erst tun, wenn er Rücksprache mit Christian gehalten hätte.

Zwei Leichenwagen fuhren vor. Sobald die Spurensicherung den Fundort der Leichen freigegeben hatte, würden sie fortgebracht. Was ihn zusätzlich beschäftigte, war die Tatsache, dass sie niemanden angetroffen hatten. Offensichtlich waren diese Wesen gewarnt worden. Da er nicht davon ausging, dass Christian das gewesen war, stellte sich natürlich die Frage: wer dann?

Ihm war auch klar, dass es, wenn sie hier unten nichts fanden, was einen Zusammenhang mit der Villa herstellte, keine Handhabe gäbe, dort eine Durchsuchung durchzuführen. Ferner war ihm bewusst, dass er in keinem Fall den Kollegen gegenüber die Existenz von Vampiren erwähnen sollte.

Hier deutete zunächst alles darauf hin, dass eine Sekte am Werk gewesen war. Und so sollte es auch zunächst bleiben, er schätzte, dass dies auch im Sinne desjenigen war, der sich in diesem Moment mit Sarah auf der Flucht befand.

Laurentiu

Mich beschlich ein ungutes Gefühl bei dem Gedanken, in Dominiks Villa zu gehen. Wir hatten weiß Gott genügend Möglichkeiten und sollten uns der Gefahr, entdeckt zu werden, nicht unnötig aussetzen.

Wenn wir auch nur das kleinste Fitzelchen in den Katakomben vergessen hatten, das den Weg hierher zeigte, war unser Leben in dieser Stadt, so wie wir es kannten, vorbei.

Als David vollkommen entsetzt zu mir kam und mir die SMS seines Bruders zeigte, war mir klar, dass dieser Typ, bei dem sich meine Schwester in diesem

Moment aufhielt, seine Kollegen alarmiert hatte. Es dauerte einige wenige Minuten, bis alle informiert und abfahrbereit waren. Ein von mir angewiesener kleiner Trupp war durch die Gänge und Räume gehuscht und hatte dafür gesorgt, dass keinerlei Spuren auffindbar waren. Trotz allem war die Zeit zu knapp gewesen, die Leichen von Antonio und Rosalie verschwinden zu lassen. Im Nachhinein fanden wir das nicht weiter schlimm. So, wie wir die Katakomben verlassen hatten, würde jeder zu dem Schluss kommen, dass dort irgendwelche Perverse am Werk gewesen waren.

Dominik wirkte nervös. Sicher nicht, weil er befürchtete, hier entdeckt zu werden.

»Jetzt setz dich doch mal. Dein ewiges Hin-und-her-Gelaufe macht mich noch ganz kirre.«

Einigermaßen gelassen nippte ich an meinem Glas.

»Wie kannst du nur so ruhig sein. Ich erreiche sie nicht.« Plötzlich warf er etwas mit voller Wucht an den Kamin. An den davonspritzenden Einzelteilen erkannte ich, dass es mal ein Handy gewesen war.

»Keine Verbindung. Er hintergeht mich, verstehst du? Er hat seinen Bruder gewarnt und hätte uns ausgeliefert.«

»Was willst du? David hat die Warnung weitergereicht. Nichtsdestoweniger musst du anerkennen, dass er es hätte für sich behalten können und einfach verschwinden. Das hat er nicht getan.«

»Der einzige Grund, warum er noch am Leben ist«, sagte Dominik.

Er stand an der Terrassentür, beide Hände am Rahmen abgestützt. Seine Unzufriedenheit war ihm deutlich anzusehen. Die Haut in seinem Gesicht spannte sich hart um die Knochen, und in seinen Augen konnte ich die Erregung erkennen, die ihn nicht losließ.

»Es wird ihr schon gut gehen. Zuerst habe ich auch gedacht, dass deine Idee, Sarah mit ihm loszuschicken, nicht gerade die beste war. Mittlerweile, muss ich sagen, bin ich recht angetan von seiner Vorgehensweise.«

Fast wie in Zeitlupe drehte sich Dominik herum und sein Blick verhieß nichts Gutes.

»Er rächt sich an mir. Er weiß, dass er keine Chance hätte, wenn er mir gegenüberstünde. Also versucht er es mit Cleverness.«

»Das gelingt ihm aber recht gut«, konnte ich mir die Antwort nicht verkneifen. »Du musst zugeben, dass, wenn du nicht herausfinden kannst, wo sie sich aufhalten, es John auch nicht kann.«

Augenblicklich wurde sein Ausdruck milder.

»So habe ich das noch gar nicht gesehen. Wo ist der überhaupt? Hast du etwas von ihm gehört?«

»John, keine Ahnung, wo der geblieben ist. Überdies wundert es aber nicht, dass du nichts realisierst, so, wie du dich hier gebärdest. Ich sage es nur ungern, aber ich denke, du steigerst dich da unnötig in etwas hinein.« Ich leerte mein Glas. »Wenn du dich erst beruhigt hast, siehst du die Dinge klarer, und recht schnell wird deutlich werden, was zu tun ist.«

Kaum hatte ich ausgesprochen, trat David in den Raum. Irritiert schaute er von mir zu Dominik und wieder zurück.

Der Tag danach

Vogelgezwitscher? Sarah öffnete die Augen. Das Fenster war weit geöffnet. Wie spät es wohl sein mochte? Schnell drehte sie den Kopf zur Seite; sie lag alleine auf dem Bett. Die Geräusche, die sie vernahm, klangen nach Frühstücksvorbereitungen. Verschlafen setzte sie sich auf und schob langsam die Beine über den Rand. Im ersten Moment hatte sie das Gefühl, als würden ihr alle Knochen schmerzen. Sicherlich von der langen Autofahrt. Wobei ihr die letzten Tage noch zu schaffen machten.

Vor ihr stand ein Paar Pantoffeln, in das sie dankbar hineinschlüpfte. Schlurfend, da sie viel zu groß waren, schlich sie den Geräuschen entgegen. Es war frisch.

So geräumig hatte sie das Haus gar nicht in Erinnerung. Als sie in der Nacht angekommen waren, hatte sie nicht viel von der Umgebung und dem Haus gesehen. Durch einen kleinen Flur gelangte sie in einen großen Raum, der gemütlich eingerichtet war, mit einem Esstisch und einer Couch vor dem offenen Kamin. Im hinteren Teil sah sie Christian in der ausladenden Küche herumwerkeln.

Christian

»Guten Morgen!«, rief ich Sarah zu, als ich sie um die Ecke kommen sah. Ich blickte nur kurz auf, um mich wieder auf die Rühreier zu konzentrieren, die in der Pfanne brutzelten. »Hast du gut geschlafen?«

Erfreut hatte ich heute Morgen zur Kenntnis genommen, dass sie neben mir lag. Gekonnt ließ ich die Eier in eine Schüssel rutschen. Der Rest stand schon auf dem Tisch. Der Kaffeeautomat war warm gelaufen. Vor ein paar Jahren hatte ich mir den Luxus gegönnt, hier eine Maschine bereitzuhalten wie zu Hause.

»Kaffee?«

»Ein Kaffee wäre prima.«

Ich tat ihr Rührei auf den Teller, ohne zu fragen.

»Du hast es schön hier. Das ist toll, vor allem der See hier vorne. Kommst du oft hierher?«

»Nein, eher selten. Leider. Umso mehr freut mich dieser Anlass. Hier kann ich nämlich wirklich abschalten.«

»Das glaube ich dir gerne.« Sie nahm sich Brot. »Wann musst du wieder zurück sein?«, fragte sie unvermittelt. »Ich meine, du kannst deinen Job ja nicht ewig hängen lassen.«

Ein wenig überraschte mich ihre Frage.

»Erst mal habe ich drei Wochen. Danach sehen wir weiter. Wir müssen sicherlich auch mal einkaufen. Das machen wir in einem nahe gelegenen Dorf, dort kann ich telefonieren. Wir haben ja kein Handy mehr.« Ich nahm mir noch mal von den Eiern und leerte den Rest auf ihren Teller, obwohl sie abwinkte.

»Bis dahin kann mein Kollege mit Sicherheit etwas sagen.« Ich rang mit mir, ob ich ihr beichten sollte, dass ich mein Team, beziehungsweise das, was davon übrig war, auf die Vampire gehetzt hatte.

»Machst du dir nicht Sorgen um deinen Bruder?«, durchbrach sie meine Gedanken.

»Ich würde schon gerne wissen, ob es ihm gut geht.«

»Warum schüttelst du den Kopf?«, wollte sie wissen.

»Weißt du, ich kann einfach immer noch nicht begreifen, was da mitten unter uns existiert. Vampire, die Firmen führen und sogar menschliche Angestellte haben. Die sich Frauen halten, die ihnen als Tankstelle dienen.«

Sie lächelte. »Bei mir hat es nicht weniger lange angedauert, bis ich das akzeptieren konnte. Im Übrigen kam bei mir noch hinzu, dass ich in dem Glauben aufgewachsen bin, alleine zu sein, eine Waise. Jetzt, wo ich weiß, dass ich ein Teil dieser Vampirwelt bin, fühle ich mich angekommen. Ich weiß, wer ich bin und wohin ich gehöre.«

Sie schob die restlichen Eistückchen auf ihrem Teller hin und her. Ich langte nach ihrem Teller und schob die Stückchen auf den meinen. Dankbar schaute sie mich an.

»Wie kommt es«, wollte sie wissen, »dass du hier in der Küche Strom hast und in den Schlafzimmern nicht? Sogar im Bad gibt es elektrisches Licht.«

Ich lachte. »Ein Generator hinter dem Haus. Vor ein paar Jahren habe ich den dort montiert. Am Abend im Kerzenschein zu sitzen mag ja ganz romantisch sein, doch eine warme Dusche möchte ich ehrlich gesagt nicht missen. Habe nämlich einen Wasserboiler angeschafft, nachdem der Generator stand. Kochen tu ich hier mit Gas. Strom benötige ich außer für das Bad tatsächlich nur noch für den Kaffeeautomaten und den Kühlschrank.«

»Es fällt nicht auf, dass man hier eigentlich keinen gewohnten Luxus antrifft.« Sie grinste frech. »In der Villa bekam ich mein Frühstück auch immer gemacht und manchmal sogar ans Bett gebracht.« Übertrieben hob sie ihr Näschen und tat pikiert.

»Nun, wenn das so ist, junge Dame, dann bring ich dir das Frühstück morgen früh eben ans Bett.«

»Nein, nein«, prustete sie los, »bloß das nicht! Ich habe ständig versucht, das Milli auszureden. Leider ließ sie sich nicht davon abbringen.«

Ihr Blick veränderte sich.

»Ich vermisse sie alle so sehr. Milli, Sabrina, Jakob und Bastian …« Sie hielt inne und fügte leiser hinzu: »Dominik vermisse ich auch.«

Es überraschte mich nicht, was sie mir da offenbarte.

»Wenn ich dich so reden höre, könnte ich meinen, du hättest vor, wieder zurückzugehen. Du kannst nicht im Ernst glauben, dass ich das zulassen würde?«

»Aber Christian, es ist nun mal die Welt, in die ich gehöre. Sicher, ich finde es nicht toll, dass die hin und wieder auch Menschen töten, glaub mir, trotzdem sind sie meine Familie.«

Das klang fast wie ein Vorwurf. Das verwunderte mich. Ich lehnte mich zurück.

»Das hieße also, dass ohnehin vollkommen ausgeschlossen wäre, dass du mit einem Menschen zusammenkommen könntest?«

Sie lächelte. »Ich glaube, es käme nicht gut, wenn ich einen Freund hätte und ihn dann meiner Familie vorstellen müsste. Ich denke, für beide Seiten.«

»Also, ich meine«, ich räusperte mich, »ich kenn sie ja schon und weiß Bescheid. Sie kennen *mich*, was spräche also dagegen?«

»Wie soll ich das verstehen? Soll das heißen, du und ich, ähm, wir …« Mit geweiteten Augen sah sie mich an.

»Ich meine damit, dass ich dich sehr mag. Dass ich dich nur ungern wieder an diesen Rascudo ausliefern möchte. Es soll heißen, dass ich gerne Zeit mit dir verbringen will, die nicht geprägt ist von Flucht und Aufregung. Ich rede von gemütlichen Couchabenden vor dem Fernseher, im Kino —«

Sie unterbrach mich.

»Christian, wie soll das funktionieren? Wie stellst du dir das vor? Ja, ich … ich würde lügen, wenn ich sagen würde, ich mag dich nicht. Doch nehmen wir mal an, ich würde das in Erwägung ziehen – Dominik ließe das nie zu. Du wärst nie sicher und ich hätte immer Angst um dich.«

Ich fasste über den Tisch und legte ihre Hand in die meinen. Schnell hatte ich ihren Blick eingefangen.

»Sarah, bitte, du kannst nicht mehr zurück zu diesen Monstern. Mag sein, dass sie deine Familie sind, aber wer will denn schon so eine haben?«

»Und dennoch sind sie es!«, flüsterte sie. Und noch leiser, sodass sie kaum noch zu verstehen war: »Christian, ich liebe ihn immer noch.«

»Versprich mir«, sagte ich, »dass du darüber nachdenkst. Ich werde diese Blutsauger auf jeden Fall bekämpfen. Und wenn du zu ihnen zurückkehrst, müsste ich auch gegen dich kämpfen. Das möchte ich nicht.«

»Dann tu es nicht!«

»Ich kann nicht anders, das bin ich meinem Bruder schuldig. Das bin ich meinen Kollegen schuldig!«

Sie stand auf, nahm mein Gesicht zwischen ihre Hände und gab mir einen sehr zärtlichen Kuss. Dann drehte sie sich um und ging ins Badezimmer.

Ich verstand, dass sie nicht mehr darüber reden wollte.

Nachdem ich meine Tasse geleert hatte, räumte ich den Tisch ab und schritt hinaus in die Sonne, die heute bemerkenswert stark schien. Nachdenklich schlenderte ich bis ans Ende des Stegs und setzte mich. Nach einer Weile kam Sarah dazu und setzte sich dicht neben mich. Wie selbstverständlich legte ich meinen Arm um sie. Stunde um Stunde saßen wir so da. Irgendwann ging ich hinein und holte eine Decke, Obst und etwas zu trinken. Wir genossen einfach nur die Ruhe und diesen Moment, so, als wäre die Welt in Ordnung. Ich wollte von ihr wissen, wie ihr Leben vorher ausgesehen hatte, bevor sie diesen Vampir kennengelernt hatte. Im Gegenzug musste ich von mir erzählen. Manchmal lachten wir gemeinsam. Dann saß sie da und weinte wieder. Doch je länger wir saßen und redeten, umso seltener tropften Tränen aus ihren Augen, und ihre Hände ballten sich nicht mehr ständig zu Fäusten.

Erst als es dunkel wurde, begaben wir uns ins Haus zurück und machten uns etwas zu essen. Ich war guter Dinge und meine Hoffnung fing an zu keimen.

Wenig später wünschte sie mir eine Gute Nacht, und zum zweiten Mal gab sie mir einen flüchtigen Kuss.

In dieser Nacht blieb sie in ihrer Kammer.

Es war für lange Zeit das Letzte, was ich von ihr hatte. Denn als ich am Morgen ein Tablett mit dem Frühstück in ihr Zimmer balancierte, fand ich nur einen Brief auf dem Nachttisch vor.

Liebster Christian,

verzeih mir, dass ich das Haus verließ, ohne mich von dir zu verabschieden. Er kam in der Nacht! Ich habe keine Ahnung, wie er uns gefunden hat. In dem Moment, in dem er vor mir stand, ist mir bewusst geworden, dass ich mit ihm gehen will. Meine übergroße Freude darüber, dass ihm nichts zugestoßen war, hielt mir erneut vor Augen, wie sehr ich ihn liebe und wie sehr ich ihn vermisst hatte.

Ich hätte deinen Blick nicht ertragen, wenn ich es dir von Angesicht zu Angesicht offenbart hätte. Außerdem war ich davon überzeugt, dass du versuchen würdest, mich umzustimmen, was im Beisein von Dominik sicherlich kein gutes Unterfangen gewesen wäre. Ich hoffe, dass du mich verstehen wirst.

Du hast meine Aufzeichnungen angehört. Du weißt, was ich durchgemacht habe und welchen Irrtümern ich erlegen war. Dominik hat von Anfang an sein Leben für mich riskiert. Das würde ein Vampir nicht tun, wenn er nicht echte und eine für ihn unbarmherzige Liebe verspürte. Es hat ihn schier um den Verstand gebracht, mich in dieser Gefahr zu wissen. So sehr, dass er mich beinahe lieber tot gesehen hätte als lebend.

Alles in mir sehnte sich nach ihm, das ist mir klar geworden. Du kannst beruhigt sein: Ich zog aus freien Stücken mit ihm. Bei ihm bin ich sicher. Und du bist sicherer ohne mich.

Du kannst mich nicht ständig vor ihnen beschützen.

Dominik hat mir verziehen. So wie ich ihm. Er ist mein Leben und ich bin seines. Das ist meine Welt. Da gehöre ich hin. Ich habe endlich meine Familie gefunden. Endlich meinen Platz in dieser Welt erschlossen.

Bitte such mich nicht. Lass mich ziehen. Tu es für mich, gerade weil du Gefühle für mich hegst.

Meine Gedanken sind bei dir.

Sarah.

Epilog

John witschte durch den Nebel der verlassenen Straßen dieses ausgestorbenen Viertels, bis er an den belebteren Teil des Stadtrandes kam. Hier befanden sich hauptsächlich Firmen, einige Kneipen und eine große Diskothek. John schritt gemächlich seines Weges, ohne ein bestimmtes Ziel, und focht seinen eigenen inneren Krieg aus.

Was habe ich nur übersehen? Ich dachte, ich würde Sarah rechtzeitig erreichen. Sicherlich wäre sie mit mir gegangen, wenn ich ihr erzählt hätte, dass es Dominiks Wunsch war. Genau das ist das Problem, sie wäre seinetwegen mitgegangen, nicht meinetwegen. Oh, wie ich diesen blasierten Typen hasse. Immer muss er alles bekommen. Immer dreht sich alles um ihn. Damit muss endlich Schluss sein. Es kann sich nicht immer alles nach seinem Gutdünken fügen, sodass er allein diese Macht bekommt. Welche Macht überhaupt? Sicher geht es nur darum, diese Pergamente zu besitzen, mit denen man die Frauen verfluchen kann. Wer diese Schriften in seinem Besitz hat, wird auch der Clanführer sein. Ich werde dafür Sorge tragen müssen, dass nicht er diese Schriften erhält. Wo sie wohl sein mögen? Dominiks Vater muss es wissen. Er ist derjenige, der von Bojarow bedroht worden ist. Nur er kann also über die Kunst des Verfluchens Bescheid wissen, nur er kann bestimmen. Vom Vater an den Sohn. Dominik wird vermutlich diese Unterlagen beizeiten von seinem Vater erhalten. Das muss ich verhindern. So, wie ich verhindern muss, dass Sarah zu Dominik zurückkehrt. Doch wie finde ich sie? Wenn nicht mal Dominik angeblich weiß, wo dieser Polizist sie hingebracht hat. Das ist … David! Ja, genau, David ist doch sein Bruder. Der wird wissen, wohin er gegangen ist. Und wenn er mir es nicht offenbart, werde ich die entsprechenden Mittel anwenden, es aus ihm herauszubekommen.

Mit voller Wucht, wie zur Bekräftigung seiner Gedanken, trat John gegen eine Gruppe von Mülltonnen, die für den nächsten Tag zur Abholung bereitstanden. Mit lautem Getöse flogen sie gleich mehrere Meter weit, als würden sie von Geisterhand gehoben und umhergeworfen. Der Lärm des Aufpralls machte ihn rasend und stachelte ihn zusätzlich an. Wild flog sein Blick die Straße entlang.

Dass ihm David eingefallen war, erzeugte ein euphorisches Vergnügen in ihm.

Wie ein Raubtier huschte er von einer dunklen Ecke in die nächste, für das menschliche Auge nicht zu erkennen, bis er sich am Rand eines Firmengeländes bewegte. Am Ende dieser Straße befand sich eine Diskothek. Junge Leute standen davor, einige gingen hinein, andere kamen heraus. Unmengen von Autos parkten zu beiden Seiten der Straße.

Er überquerte die Fahrbahn gemächlich und bog dann in eine Seitengasse ein. Ihm war durchaus bewusst, dass er Aufmerksamkeit erregen könnte. In der Gasse standen ebenfalls Mülltonnen, und auch sie blieben von seinem nur schwerlich abflauenden Zorn nicht verschont.

Ich muss kontrollieren, ob mir Rosalie meine Vosanti nicht verweichlicht hat. Deren Hilfe werde ich benötigen.

Er lächelte hämisch. In seinem Kopf bahnte sich ein Plan seinen Weg. Er fischte sein Handy aus der Jackentasche.

Ich werde zunächst einmal Laurentiu anrufen. Laurentiu hat im Moment nur seine Schwester im Kopf, dadurch ist seine Aufmerksamkeit getrübt und ich sollte leichtes Spiel haben. Keiner da, der darauf achtet, dass die Maximen unserer Welt erhalten bleiben. Daher sollte ich mich dieser Aufgabe widmen. Wir sind Vampire und keine von Liebesgefühlen zerrissenen Menschen. Gerade Dominik verhält sich wie einer und Laurentiu ist blind wegen seiner geschwisterlichen Gefühle. Oh, wie ich die beiden verabscheue. Sie gilt es aus dem Weg zu schaffen, sonst wird Sarah nie zu mir finden. Ich will sie haben, will von ihr trinken, ihr warmes Blut spüren ...

Keiner wird sich mir je wieder in den Weg stellen.

»Hey Alter, schaut euch mal den an. Was bist du denn für einer?«

Überrascht blickte John auf. In dem wahnhaften Zorn, der ihn umtrieb, hatte er nicht bemerkt, dass der Krach der umfallenden Mülltonnen ein paar Jugendliche angelockt hatte. Schnell erfasste er, dass es vier an der Zahl waren. Und sie kamen immer näher.

Ah, dieses Spiel liebt er. Gemächlich setzte er einen Fuß nach dem anderen, während er zurückwich und so den Abstand zwischen ihnen aufrecht erhielt. Sie folgten ihm, übermütig und siegessicher.

»Na, hast du Schiss? Warst du das mit dem Müll hier?« Nacheinander gingen sie an den umgefallenen Tonnen vorbei, deren Inhalt sich über die feuchte Straße verteilt hatte.

»So geht das nicht«, sprach einer der jungen Männer weiter. »Ich würde sagen, du hebst das wieder auf ... Oder was meint ihr?« Feixend fragte er in die Runde.

John beobachtete sie abschätzend, schritt weiter rückwärts und stellte zufrieden fest, dass sie nicht bemerkten, wie sie immer weiter in die dunkle Straße vordrangen.

»Sollen wir mit ihm die Straße fegen?«, grölte ein anderer. Zustimmendes

Gelächter erklang. Johns Augen begannen sich rötlich zu färben. Die Haut in seinem Gesicht spannte sich fester um seine Wangenknochen, als er sich langsam duckte wie ein Raubtier, das in Lauerstellung ging.

»Was is' los? Hat es dir die Sprache verschlagen?« Wieder triumphierten die jungen Menschen vor ihm, völlig ahnungslos, in welcher Gefahr sie sich befanden.

John ließ seinen letzten Gedanken noch einmal genüsslich auf der Zunge vergehen, während ein unheilvolles, schräges Lächeln auf seinem Gesicht erschien.

»Keiner wird sich mir je wieder in den Weg stellen.«

Für die vier verlorenen Menschen, die da vor ihm standen, war es vermutlich nicht zu hören.

Mit der Zunge fuhr er sich über die Lippen.

Die Stille, die sich über die Straße gesenkt hatte, wurde plötzlich von einem melodischen »Ring … ring« unterbrochen, das sich mehrfach wiederholte.

Johns Blick schnellte zu seiner Hand, die er so vor sich hob, dass er das Display einsehen konnte.

Es war unzweifelhaft sein Handy, das läutete.

Danksagung

Dieses Mal habe ich keine fünfzehn Jahre benötigt, um das Buch fertigzustellen. Mit der Veröffentlichung des ersten Bandes bekam ich viel positives Feedback, was jedoch gleichzeitig auch einen gewissen Druck erzeugte. Denn meine Leserschaft wollte verständlicherweise wissen, wie es weitergeht. Dass die Geschichte in meinem Kopf im Grunde fertig ist, hilft nicht viel. Jede freie Minute nutzte ich, um diesen Roman zu Papier zu bringen. Damit er zu einem runden Abschluss gebracht werden kann, gebe ich ihn einem ausgewählten Lesepublikum, den sogenannten »Betalesern«, die mir unendlich viel Unterstützung geben.

An dieser Stelle einen großen Dank an meine Schwiegermutter Stefanie, die mit Begeisterung unmittelbar jedes Kapitel gelesen hat, sobald es niedergeschrieben war. Die außerdem durch ihre ständige Unterstützung dafür sorgte, dass ich viel Zeit zum Schreiben hatte und immer noch habe. Danke dafür.

Besonderer Dank gilt Elli, die mich äußerst akribisch auf Unstimmigkeiten aufmerksam gemacht hat. Sie lässt nichts durchgehen und diskutiert auch zuweilen so lange mit mir, bis ich den Wald hinter den Bäumen wieder sehe.

Sehr viel lag mir auch an der Meinung von Hannelore, die ohne Unterlass und gnadenlos ihre Kritik auf mich prallen ließ. Ich danke dir dafür.

In Alexandra hatte ich wohl meine anspruchsvollste Leserin. Sie steht nicht auf solche Art Romane und umso mehr freue ich mich darüber, dass ich sie überzeugen konnte. Auch dir mein großer Dank für deine Meinung.

Das spannendste Unterfangen für mich ist immer der Betaleser-Abschluss, bevor ich meine Geschichte loslasse und ins Lektorat gebe. Zu diesem Zweck frage ich Personen, die ich, wenn überhaupt, nur flüchtig kenne. Die also emotional eher distanzierter zu mir sind. »Fremde Menschen« zu fragen, ob sie meine Geschichte lesen möchten, um mir ihr Urteil darüber abzugeben, ist für mich eine wahnsinnig schwere Angelegenheit. Zum einen hinsichtlich der Frage, wen nimmt man, zum anderen wegen der Überwindung zu fragen. Ich habe es geschafft!!

Daher gilt mein Dank an dieser Stelle auch Uschi und Andy, die dies sehr wichtig genommen haben und dadurch einen wertvollen Beitrag zum zweiten Teil leisteten. Noch schöner war dann der Nachmittag bei Kaffee und Kuchen, an dem ich mit den beiden das komplette Manuskript durchgesprochen habe.

Euch allen und den vielen anderen, die mich immer wieder darin bestärken weiterzumachen, vielen Dank.

Begriffserläuterungen

Vampir | Ein Vampir, der schon als solcher geboren wurde. Dies kann nur durch die Liaison eines Vollblutvampirs mit einer Sangvuella geschehen.

Vosantus | (Plural: Vosanti) Ein männlicher Vampir, der erst durch den Biss eines Vampirs zu einem Vampir wurde. Der Vollblutvampir muss nach dem Biss noch wenige Tropfen von seinem Blut dem Blutkreislauf des Mannes zuführen. Ein Vosantus kann keine Nachkommen zeugen.

Vosanta | (Plural: Vosantas) Ein weiblicher Vosantus

Sangvuella | Verfluchte Frau: Durch den Fluch vermehrt sich ihr Blut, das ausschließlich den Zweck hat, den Vampir zu nähren. Nur sie kann seine Nachkommen zur Welt bringen. Bekommt sie einen Jungen, ist er ein Vollblutvampir. Bekommt sie ein Mädchen, ist es eine Sangvuella. Es besteht kein Unterschied zwischen einer verfluchten Frau und einer geborenen Sangvuella. Viele Sangvuellas verfügen über eine Gabe, die erst mit den Jahren zutage tritt.